두 살 무렵 블루 벨벳 드레스 차림의 오스카 와일드.

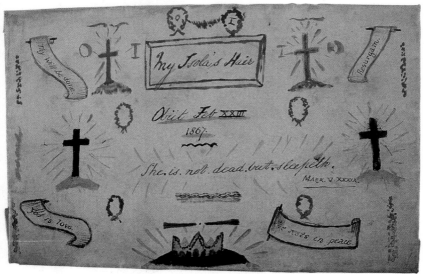

1867년 여동생 이솔라 프란체스카가 열 살의 나이로 죽자, 슬픔에 빠진 와일드는 예쁘게 장식한 봉투에 그녀의 머리카락 한 가닥을 넣어 죽을 때까지 고이 간직했다. 봉투의 중앙에 마가복음 5장 39절에서 인용한 "그녀는 죽은 것이 아니라 잠들어 있는 것이다"라는 글귀가 적혀 있다.

1876년 3월, 옥스퍼드 대학 모들린 칼리지의 동창들과 함께 포즈를 취한 22세의 오스카 와일드(윗줄 맨 오른쪽).

오스카 와일드가 1882년(28세) 미국과 캐나다로 순회강연을 떠났을 당시 뉴욕의 유명한 사진가 나폴레옹 사로니의 스튜디오에서 찍은 사진. 당시 와일드는 적어도 스물일곱 번의 다양한 포즈로 사진을 찍었는데, 이 사진은 그중 첫번째 것이다.

'유미주의의 사도'를 자처하던 와일드를 잘 보여주는 특유의 나른한 포즈. 블랙 벨벳 코트와 무릎
바로 아래에서 홀친 승마 바지, 블랙 실크 스타킹과 플랫 슈즈는 평소 그가 즐기던 차림이다. 손에
들고 있는 것은 1881년에 출간된 그의 『시집』이다.

와일드의 아내 콘스턴스와 첫째 아들 시
릴 와일드(1889년).

와일드의 둘째 아들 비비언 와일드의 다
섯 살 때 모습.

1884년 무렵부터 '후기 유미주의' 시대로 접어들었음을 선언한 와일드는 치렁치렁했던 머리를 짧게 자르고 새롭게 변모한 모습을 선보였다. 사진은 1889년 『도리언 그레이의 초상』의 첫번째 버전을 발표할 무렵의 모습.

오스카 와일드(39세)와 앨프리드 더글러스(23세), 1893년 5월, 옥스퍼드.

와일드는 1893년 1월, 옥스퍼드생이던 더글러스를 가리켜 "아폴론이 미치도록 사랑했던 히아킨토스가 바로 그리스 시대의 당신이었음을 난 알고 있소"라고 했다.

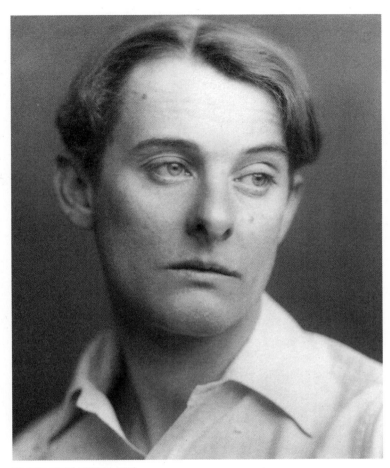

앨프리드 더글러스(1897년, 27세).

윗줄 오른쪽부터 시계 반대 방향으로 레지널드 터너, 로버트 로스, 오스카 와일드(1889년, 35세), 로버트 셰라드, 앙드레 지드(1891년, 22세).

1895년 5월 4일 자 『폴리스 뉴스』의 위쪽으로는 와일드가 미국에서 순회강연을 하던 모습과 보 가의 경찰서에 구금된 모습이, 전면에는 와일드의 재판 광경이, 아래쪽으로는 4월 24일 그의 장서를 비롯하여 모든 동산이 경매에 부쳐지는 광경과 그가 살던 타이트 가의 집 모습이 실려 있다.

프란스 마세렐이 와일드의 『레딩 감옥의 발라드』의 표지(1924년 판)를 위해 제작한 목판화. 'C.3.3.'은 와일드의 수인번호였다.

원즈워스 교도소에서 편지를 쓰고 있는 죄수들. 그들은 석 달에 한 번씩만 편지를 주고받을 수 있었다.

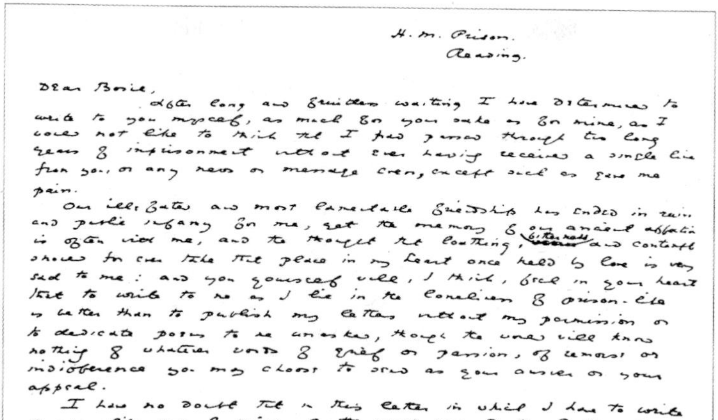

오스카 와일드의 자필 편지 『심연으로부터』의 첫 페이지.

오스카 와일드가 마지막으로 머물렀던 알자스 호텔 전경. 그후 5성급 호텔로 변모하면서 '호텔 (L'Hôtel)'로 이름이 바뀌었다. 아르헨티나의 소설가 호르헤 루이스 보르헤스는 이 호텔의 단골이 었다. "오스카 와일드는 거의 언제나 옳다"라는 말을 남긴 그는 아홉 살 때 와일드의 「행복한 왕 자」를 스페인어로 번역했다. 그후 평생 동안 와일드의 열렬한 팬이었던 보르헤스는 자신이 어린 시절부터 흠모하던 작가가 세상을 떠난 곳에서 죽고 싶어했다고 한다.

와일드는 알자스 호텔의 방 두 개를 빌리면서, 하나는 '글을 쓰기 위한 곳'이고, 다른 하나는 '불면을 위한 곳'이라고 말했다. 하지만 그는 생애 마지막 날들 동안 이곳에 머물면서 단 한 편의 글도 쓰지 못했다.

파리 페르 라셰즈 묘지에 있는 와일드의 무덤에는 그를 기리기 위해 조각가 제이컵 엡스타인이 제작한 '날아가는 수호천사' 상이 세워졌다. 수많은 여성 팬들의 키스 자국으로 인해 무덤이 훼손되는 것을 막기 위해 2미터 높이의 투명 플라스틱 보호막이 설치되었다.

심연으로부터

De Profundis

심연으로부터

오스카 와일드 지음
박명숙 옮김

감히 그 이름을 말할 수 없는 사랑을 위해

문학동네

차례

옮긴이의 말
오스카 와일드
100년 만에 되찾은 이름, 그 명멸의 스토리 ··· 7

심연으로부터 ··· 41

오스카 와일드―앙드레 지드 ··· 241
오스카 와일드를 기리며 ··· 245
『심연으로부터』를 읽고 ··· 283

미주 ··· 297

일러두기

1. 오스카 와일드의 『심연으로부터』는 Oscar Wilde, *De Profundis and Other Prison Writings*, Penguin Classics, Revised edition, 2013, 앙드레 지드의 『오스카 와일드』는 André Gide, *Oscar Wilde*, Mercure de France, 1910(1989)를 우리말로 옮긴 것이다.
2. 『심연으로부터』는 옮긴이가 임의로 장을 나누었다.
3. 『심연으로부터』의 주석은 모두 옮긴이주이며 미주로 처리했다. 『오스카 와일드』의 원주는 각주로 표시했다.
4. 본문 중 고딕체는 원서에서 이탤릭체와 대문자로 강조한 부분이다.

오스카 와일드
100년 만에 되찾은 이름, 그 명멸의 스토리

> 내 인생에서 가장 중요한 두 번의 전환점은,
> 아버지가 나를 옥스퍼드에 보냈을 때,
> 그리고 사회가 나를 감옥에 보냈을 때였다.
> ─오스카 와일드, 『심연으로부터』에서

> 한 번의 키스는 한 인간의 삶을 망칠 수 있다.
> 나는 그것을 잘 알고 있다.
> 아주 잘 알고 있다.
> ─오스카 와일드, 『보잘것없는 여인』에서

1854년 10월 16일, 아일랜드의 더블린에서 저명한 외과의사 윌리엄 와일드와 민족주의 시인이자 번역가인 제인 프란체스카 엘지의 둘째 아들로 태어난 오스카 와일드의 세례명은 오스카 핑걸 오플래허티 윌스 와일드Oscar Fingal O'Flahertie Wills Wilde였다. 평범하지 않은 부모의 비범한 아들 오스카 와일드는 훗날 자신의 미래를 준비하며 이름을 그에 걸맞게 수정한다.

"내 이름에는 두 개의 O, 두 개의 F, 두 개의 W가 있다. 많은 사람들의 입에 오르내릴 이름은 너무 길어선 안 된다. 광고할 때도 비용이 많이 들기 때문이다. 보통 사람에게는 세례명이 유용하거나 필요할 때가 있다. 하지만 나처럼 유명해지고자 하는 사람은 이름에서 몇 개를 버려야만 한다. 열기구를 타는 사람이 높이 올라가기 위해 불필요한 바닥짐을 버리듯이…… 그래서 난 내 이름 다섯 개 중에서 두 개(오스카 와일드)만 남겨두고 나머지는 기구 밖으로 던져버렸다. 난 머지않아 나머지 하나도 마저 버리고 '더 와일드'나 '더 오스카'로만 불리게 될 것이다."

트리니티 칼리지 재학 시절부터 돋보이는 차림새, 빛나는 지성과 현란한 말솜씨, 뛰어난 유머감각, 선함과 관대함을 모두 갖춘 성품으로 특별한 존재감을 과시했던 청년 와일드는 장학금을 받고 옥스퍼드에 진학한 후에도 동료 학생들 사이에서 나날이 인기가 높아졌다. 어느 날, 장래에 무엇을 하고 싶은지 묻는 친구들에게 그는 이렇게 대답한다. "난 절대 옥스퍼드의 따분한 교수가 되진 않을 거야. 나는 시인, 작가, 극작가가 될 거야. 어떤 식으로건 유명해질 거라고. 만약 유명해질 수 없다면 악명이라도 떨치고 말 거야."(그의 바람은 이루어진 셈이다. 어떤 식으로건 유명해진 것은 분명하니까.) 이 이야기는 당시 와일드가 라파엘 전파前派와 유미주의의 상징으로 여겨졌던 백합을 잔뜩 꽂은 블루 차이나(청자기)로 자신의 기숙사 방을 장식하고 "블루 차이나의 수준에 맞춰 사는 것이 날이 갈수록 힘들어진다"라고 말해 재학생들 사이에 경탄을 자아냈던 유명한 일화와 함께 많은 사람들 사이에 널리 회자되고 있다. 훗날 국왕 에드워드 7세가 된 웨일스 공이 오스카 와일드를 만나고 싶다고 요청하면서 했던 말은 당시 그의 사회적 위상이 어느 정도였는지를 단적으로 말해준다. "나는 아직 오스카 와일드를 만나지 못했다. 그와 친분이 없다는 것은, 내가 그만큼 알려진 존재가 아니라는 뜻이다."

오스카 와일드는 극작가와 소설가, 동화작가와 평론가로서 명성을 얻기 전부터 세기말의 데카당스와 맞물린 유미주의의 주창자로서 '유미주의의 사도' '미학 교수'를 자처하며 이름을 날렸다. 1882년에 그는 불과 28세의 나이로 미국 전역과 캐나다로 1년간 순회강연을 떠남으로써 일약 두 대륙 간의 유명 인사로 발돋움하게 된다. 이때 미국 세관에서 "신고할 것이라고는 내 천재성밖에 없다"고 한 그의 말은 지금까지 많은 이들의 입에 오르내리고 있다. 그리고 1891년에는 그의 대표작이 된 장편소설 『도리언 그레이의 초상』을 비롯하여 「사회주의에서의 인간의 영혼」, 문학·예술 평론집 『의도들』, 단편집 『아서 새빌 경의 범죄와 그 밖의 이야기들』과 동화집 『석류나무 집』을 연이어 출간하고 12월에는 파리에서 『살로메』의 집필을 끝내면서 말 그대로 '경이로운 해annus mirabilis'를 맞이한다. 가히 오스카 와일드의 해였다고 해도 전혀 과장이 아니다. 그가 훗날 연인이 된 앨프리드 더글러스를 처음으로 만난 것도 그해 여름이었다. 그로 인해 채 4년도 지나지 않아 와일드가 끝 모르는 나락으로 떨어질 줄은 그 자신을 비롯해 어느 누구도 예상치 못했을 것이다. 생애 최고의 정점에서 추락의 싹이 움트고 있었으니 이보다 더한 삶의 아이러니와 반전이 또 있을까. 아마도 오스카 와일드처럼 화려한 명성의 극을 달리다가 한순간에 지옥의 나락으로 떨어져버린 작가나 예술가는 그 유례를 찾아보기 힘들 것이다.

와일드는 그의 유미주의 미학을 설파한 「거짓의 쇠락」에서 문학이 삶을 모방하는 게 아니라 삶이 문학을 모방하고 재현한다고 주장한 바 있다. "문학은 언제나 삶을 앞지르지. 삶을 모방하는 게 아니라 자신이 원하는 대로 삶을 빚는 거야." 오스카 와일드와 앨프리드 더글러스의 만남은 『도리언 그레이의 초상』에서 묘사된 화가 바질 홀워드와 도리언 그레이의 첫 만남과 몹시도 흡사하다. 소름이 끼칠 정도로. 와일드의 주장대로, 마치 삶이 문학을 모방하고 재현하려 애쓰는 것처럼 보이는 것이다.

(……) 난 갑자기 누군가가 나를 처다보고 있다는 사실을 깨달았어. 나는 몸을 반쯤 돌렸고, 그때 처음으로 도리언 그레이를 보았지. 우리의 눈이 마주쳤을 때 나는 얼굴에서 핏기가 가시는 걸 느낄 수 있었어. 난 기이한 두려움에 휩싸였어. 그 존재만으로도 그토록 매혹적이어서, 내가 허용하기만 한다면 나의 본성과 나의 영혼 전부를, 나의 예술 자체를 다 빨아들이고 말 누군가와 마주하고 있다는 것을 알았지. 나는 내 삶이 그어떤 외적인 영향을 받는 것을 원하지 않아. 내 천성이 독립적이라는 건, 해리 자네도 잘 알 거야. 나는 언제나 나 자신의 주인이었고, 적어도 언제나 그래왔어. 도리언 그레이를 만나기 전까지는. 그런데…… 대체 이걸 자네한테 어떻게 설명해야 할지 모르겠군. 무언가가 내게, 내가 삶에서 어떤 끔찍한 위기에 직면해 있다고 말하는 것 같았어. 운명이 나를 위해 강렬한 기쁨과 강렬한 슬픔, 그 모두를 마련해두고 있는 것 같은 기이한 느낌이 들었지.

소설의 이 부분은 훗날 열린 '퀸스베리 재판'에서 피고측 변호사에 의해 와일드에게 불리한 증거(그의 동성애 성향을 보여주는)로 인용된다.

1891년『도리언 그레이의 초상』을 아홉 번이나 읽고 그 작가에 대한 호기심을 키워온 더글러스는 시인 라이어널 존슨의 소개로 오스카 와일드를 만난다는 생각에 한껏 격앙된다. 오래전에 와일드가 다녔던 옥스퍼드의 모들린 칼리지에 재학중인, 그리스 조각상을 닮은 스물한 살의 미청년과 영국 사회의 유명 인사이자 위험하다는 평판을 얻은 서른일곱 살 와일드의 만남은 오래지 않아 치명적인 열정으로 발전하게 된다. 다음해 5월, 와일드는 '무분별한' 편지(필시 동성애에 관한 이야기가 적혀 있을) 한 통으로 인해 공갈범에게 협박을 당하고 있던 더글러스를 곤경에서 구해주었고, 이후 급속도로 가까워진 두 사람은 떼려야 뗄 수 없는 사이가 된다. 그러나 3년간 이어진 그들의 관계는 끊임없이 창작을 해야만 했던 와일드에게 예술적, 재정적, 사회적으로 엄청나게 파괴적인 영향을 미친다. 와일드는 과격하고 충동적이며 낭비벽이 심하고 끊임없이 관심과 돈을 요구하는 더글러스에게서 벗어나고자 그의 어머니를 설득해 더글러스를 몇 달간 이집트로 보내게 하기도 한다. 하지만『심연으로부터』에서 세세하게 묘사되듯이, 와일드가 그를 떨쳐내려 할 때마다 더글러스는 수없이 전보를 보내며 자신을 만나주지 않으면 자살하겠다는 위협까지 서슴지 않는다. 와일드는 더글러스의 치명적인 매력과 집요함에 번번이 굴복하고 그를 받아들인다. 그리고 결정적으로 그와의 관계를 끝내려고 하던 1894년 10월, 더글러스의 큰형인 드럼랜리그 자작이 사냥중에 총기 사고로 사망하는 비극이 발생한다. 사고사로 포장되었지만 사실 그는 당시 외무장관이던 로즈버리 경과의 동성애 의혹을 받고 있던 차에 스캔들이 두려워(혹은 총리가 된 자신의 연인과 결별한 것에 절망하여) 자살한 것으로 알려져 있다. 와일드 자신은 꿈에도 생각지 못했겠지만, 더글러스의 형의 죽음은 와일드가 감옥에 가는 데 지대한 영향을 미치게 된다. 와일드는 커다란 슬픔과 고통을 겪고 있는 더글러스에 대한 연민으로 또다시 그를 받아들인다. 더글러스와의 공공연한 관계로 인해 법정에 서고 돌이킬 수 없는 파멸에 이르기까지 와일드는 그와의 반복된 다툼과 화해, 수차례의 결별과 재회로 이어지는 연인들의 사랑의 과정을 모두 겪는다. 그리고 더 나아가 그리스도의 수난Passion을 연상시키는 진정한 고행의 가시밭길을 걷게 된다.

오스카 와일드의 동성 연인으로 알려진 앨프리드 더글러스는 누구인가. 그는 스코틀랜드의 오래된 귀족 가문의 후손인 아홉번째 퀸스베리 후작의 셋째 아들이다. 그가 앨프리드 더글러스 경으로 불리는 이유이다. 와일드의 명성에 가려지긴 했지만 그 자신도 시인이자 작가이며 번역가였다. 와일드를 만나기 전부터 동성애를 했던 것으로 알려진 그는 초기에는 주로 동성애를 주제로 하는 시를 썼고, 옥스퍼드 재학 시절에 그가 편집장을 지냈던 잡지 『스피릿 램프The Spirit Lamp』는 동성애를 옹호하기 위한 은밀한 수단으로 사용되었다. 그는 자신의 아버지 퀸스베리 후작과 끊임없이 대립했고, 부자는 서로에 대한 증오심을 격렬하고 과격한 방식과 언사로 표출하는 것을 서슴지 않았다. 마지막 순간까지 망설이던 와일드로 하여금 자기 아버지에 대한 소송을 제기하도록 적극 부추긴 것도 앨프리드 더글러스였다. 퀸스베리 후작은 지금까지도 통용되는 영국 권투의 현대적 규칙을 만든 인물로, 아내와 자식들에게 함부로 대하고 공공연하게 정부情婦들을 만나며, 화가 나

면 사람들에게 말채찍을 마구 내리치는 난폭하고 과격한 성향의 소유
자였다. 이는 와일드의 언급대로 퀸스베리 후작과 더글러스의 피에 공
통적으로 흐르는 가문의 유전적인 기질이었다. "당신은 예전에도 종종
얼마나 많은 당신 가문 사람들이 자신의 피로 손을 더럽혔는지 이야기
하곤 했지. 당신 삼촌이 그랬고, 당신 할아버지도 아마 그랬을 것이며,
당신이 혈통을 이어받은 광기와 사악함으로 얼룩진 계보의 또다른 이
들도 그랬다고 말이지."

　식구들에게 독재자처럼 군림하는 아버지에게 격렬한 증오심을 품고
있던 더글러스는 부모의 이혼과 형의 비극적인 죽음을 모두 아버지의
탓으로 돌리면서 무례하고 모욕적인 편지와 전보를 끊임없이 보내 그
를 도발했다. 와일드는 더글러스를 만나기 전까지는 동성애 성향을 공
개적으로 드러내놓고 다니지 않았지만, 그를 만나고 나서부터는 전혀
다른 태도를 보였다. 세인의 이목을 아랑곳하지 않고 사람들이 많이
모이는 곳에서 자유롭게 활보하던 두 사람은 앨프리드 테일러가 운영
하던 유곽에서 젊은 남자들을 소개받고 그들과 어울리면서 위험한 행
보를 이어갔다. 와일드로서는 예의 그 '표범들'에게 관대하게 굴면서
그들과 함께 사람들 앞에 나서는 것이 당시의 청교도적이고 엄격한 사
회에 대한 무의식적인 도전인 셈이었다. 당시만 해도 그는 그러한 만
남들이 자신의 피할 수 없는 파멸을 초래할 것이라는 사실을 예측하지
못했겠지만. "사람들은 식사 자리에 행실이 좋지 않은 사람들을 초대
해 그들과 함께 즐거운 시간을 보냈다는 사실에 대해 내게 맹렬한 비
난을 퍼붓곤 했지. 하지만 삶의 예술가로서 그들에게 다가가 살펴본바
그들은 유쾌한 암시와 자극으로 가득찬 존재들이었어. 그들과 함께 시

간을 보내는 것은 마치 검은 표범들과 주연酒宴을 벌이는 것과도 같았지. 거기서 느껴지는 흥분의 반은 그 속에 포함된 위험에서 오는 것이었어."

이미 카페와 와일드의 집에서 그와 여러 차례 대면한 바 있는 퀸스베리 후작은 동성애 스캔들로 큰아들을 잃은 후 셋째 아들만은 지키겠다는 부성애 넘치는 아버지의 일념으로 더이상 그들의 관계를 묵과하지 않겠다는 결심을 실행에 옮긴다. 자신의 아버지에 대한 증오로 가득찼던 더글러스는 그에게 와일드와의 사이에 싸움이 벌어지면 '장전된 권총을 들고' 와일드의 편을 들 것이라고 단호하게 경고한다. 와일드는 『심연으로부터』에서 그때의 일을 떠올리며 이렇게 말한다. "무례한 당신의 전보는 자연스럽게 거만한 변호사의 편지로 이어졌고, 당신 변호사가 당신 아버지에게 보낸 편지들은 물론 그의 화를 더욱더 돋우는 결과를 낳았지. (…) 그래서 그는 (…) 공개적으로, 공인으로서의 나를 공격하기 시작했어. (…) 너무나도 비열한 그의 공격에 반격을 했더라면 나는 파멸하고 말았을 거야. 그리고 반격하지 않았더라도 마찬가지로 파멸했을 거고." 와일드는 자신이 그들 부자간의 갈등의 희생양이었음을 말하고 있다. "아니면, 당신 아버지와의 증오 싸움에서 내가 당신들 각자에게 방패이자 무기였다는 사실을 말하고 싶었던 건가? 아니면 한술 더 떠서, 그 전쟁이 끝난 다음에 벌어진, 내 인생을 건 그 끔찍한 사냥에서 당신이 친 그물에 먼저 걸려들지 않았더라면 당신 아버지가 결코 내게 위해를 가할 수 없었을 거라는 사실을 얘기하고 싶었던 건가?"

1895년은 시인이자 극작가, 소설가이자 평론가로서 영광의 정점에 다다른 오스카 와일드가 한순간에 끝없는 나락으로 떨어진 '최악의 해 annus horribilis'로 기록되고 있다. 그해 1월 3일, 런던의 헤이마켓 극장에서는 와일드의 『이상적인 남편』이 초연되었고, 2월 14일 런던의 세인트제임스 극장에서는 와일드 최고의 극작품으로 꼽히는 『진지함의 중요성』이 초연될 예정이었다. 퀸스베리 후작은 극이 끝나고 와일드가 무대 인사를 할 때 그에게 썩은 야채 다발을 던질 궁리를 단단히 하고 있었다. 하지만 그가 미리 그 사실을 떠벌리고 다닌 덕분에 와일드는 경찰을 동원해 그를 저지하여 봉변을 면할 수 있었다. 그러자 퀸스베리 후작은 2월 18일에 와일드의 단골 클럽인 앨버말 클럽에 자신의 명함을 남겨놓았는데(와일드는 열흘 후에야 그 명함을 발견했다) 거기에는 '남색자를 자처하는 오스카 와일드에게To Oscar Wilde posing Somdomite'라고 씌어 있었다('Somdomite'는 'Sodomite'를 잘못 쓴 것이다. 퀸스베리의 필체가 불분명한 탓에 '남색자를 자처하는'인지 '남색자인 척하는'인지에 대해서는 의견이 분분하다). 수개월간 그의 집요한 추적과 공격에 시달리고, 자기 아버지에 대한 증오에 눈이 먼 더글러스의 충동질에 지치고 궁지에 몰린 와일드는 그예 돌아올 수 없는 강을 건너고 만다. "하지만 당신은 증오에 눈이 멀었던 거야. (…) 당신이 늘 하던 말대로 그가 '피고인석에 서 있는 것'을 보는 것, 당신 머릿속은 오직 그 생각만으로 가득차 있었지. 당신은 그 말을 매일같이 지겹도록 반복했지. 난 식사할 때마다 그 말을 어김없이 들어야 했어. 어쨌거나 당신은 소원을 이룬 셈이지. (…) 당신들은 역겹기 짝이 없는 '누가 더 미워하나' 게임에서 내 영혼을 걸고 주사위를 던졌고, 그 결과 당신이 지고 말았지." 로버트 로스(와일드는 그를 '로비'라고 불렀다)를 비롯한 그의 친구 몇몇은 자살행위나 다름없는 소송을 당장 취하하고 가족과 함께 파리로 떠나 있을 것을 강력하게 충고했다. 와일드가 그들의 충고를 따르려고 할 때 뒤늦게 나타난 더글러스는 소송비용까지 대주면서 소송을 진행하도록 그를 밀어붙였다. "더이상은 앞으로 나아갈 수가 없어요. 그러니 이제 무언가가 일어날 차례입니다." 그는 불과 두어 달 전 알제에서 앙드레 지드를 만났을 때 이렇게 예고한 바 있다. 그는 다시는 뒤로 돌아갈 수 없는 지점에 이르렀고, 이제 어떤 식으로든 결말이 나야 할 터였다. 와일드는 그의 죽음의 천사가 된 연인의 손에 이끌려 마치 최면에 걸린 제물처럼 제단을 향해 나아갔다. "당신들 사이에서 난 이성을 잃고 만 거야. 나의 판단력은 나를 저버렸고, 두려움이 그 자리를 대신 차지했지. 솔직히 말해서, 그때는 당신들에게서 벗어날 수 있는 어떤 출구도 보이지 않았어. 난 눈이 가려진 채 도살장으로 끌려가는 소처럼 비틀거렸지. 나는 엄청난 정신적 과오를 범한 거야."

와일드가 퀸스베리 후작에 맞서 제기한 명예훼손에 대한 재판(퀸스베리 재판)은 4월 3~5일 런던의 중앙형사법원(올드 베일리)에서 열렸다. 재판의 주요 쟁점은 다음과 같았다. 와일드는 자신이 '남색자를 자처한' 적이 없음을 입증해야만 하며, 퀸스베리는 자신의 주장은 진실이고, 그 진실은 대중의 이해를 위해 모두에게 알려져야만 한다는 것을 입증해야만 했다. 피고측은 본격적인 재판이 시작되기 전에 열다섯 개의 소인訴因을 작성해 와일드측에 전달했다. 그중 열세 개는 와일드와 함께 남색행위를 했다고 주장하는 젊은 남자들의 명단에 관한 것이었고, 나머지 두 개는 그의 글들에 대한 공격이었다. 와일드는 그중 몇 몇에 대해 집중적인 해명을 해야만 했다. 그가 더글러스에게 보낸 편지들과 『도리언 그레이의 초상』의 부도덕성, 그리고 더글러스의 부탁으로 그의 친구인 존 프랜시스 블록섬이 펴내는 동성애 성향의 잡지 『카멜레온』에 기고한 글이 법의 도마 위에 올랐다. 더글러스에 대한 열정적인 찬사로 가득한 와일드의 편지들이 더글러스의 부주의로 직업적인 공갈범들의 손에 들어갔고, 이로 인해 와일드는 여러 차례 그들에게 협박을 받았다. 그는 이 문제와 관련한 피고측 변호사 에드워드 카슨(그는 와일드와 트리니티 칼리지를 같이 다녔다)의 질문에 유연하게 대처했다.

특히 문제가 된 편지는 1893년 1월, 옥스퍼드생 더글러스가 보낸 시에 대한 화답으로 와일드가 보낸 것이었다. "나의 소중한 소년이여, 그대의 소네트는 정말 사랑스럽구려. 붉은 장미꽃잎 같은 그대의 입술이 격렬한 입맞춤과 더불어 감미로운 노래를 위해서도 존재하다니 이 얼마나 경이로운 일인지. 그대의 날렵한 황금빛 영혼은 격정과 시 사이를 거닐고 있구려. 아폴론이 미치도록 사랑했던 히아킨토스가 바로 그리스 시대의 당신이었음을 난 알고 있소." 와일드의 변호사인 에드워드 클라크와 와일드는 히아킨토스에게 보낸 편지의 말들이 "피고측에서 주장하는 역겹고 추악한 것에 대한 암시와는 아무 상관 없는 순수한 시적 감정을 표현한 것뿐"이며, 산문으로 쓰인 소네트라는 점을 거듭 강조했다. 실제로 1893년 5월 4일, 프랑스 작가 피에르 루이스는 그 편지를 프랑스어로 번역하여 잡지 『스피릿 램프』에 발표했다. 에드워드 카슨이 『도리언 그레이의 초상』의 부도덕성과 사악함을 언급하는 대목에서는 와일드가 자신의 소설은 도덕이 아닌 예술의 관점에서 보아야 한다고 역설했다. 카슨은 『카멜레온』에 실린 「신부와 복사服事」를 와일드의 글이라고 주장하며(익명으로 실린 이 글은 사실 블록섬 자신이 쓴 글이었다), 이야기의 사악함과 잡지의 나쁜 평판을 이용해 와일드의 부도덕성을 강조하고, 배심원들의 마음속에 그의 신망에 대한 의문을 심어놓고자 했다. 와일드가 더글러스의 부탁으로 그 잡지에 짧은 글을 기고한 사실 역시 그에게 불리한 증거로 악용되었다.

또한 그간 와일드가 고급 레스토랑과 호텔 등지에 초대하고 값비싼 선물들을 안겨주었던 하층민 출신의 젊은이들은 퀸스베리 후작에게 매수되어 자신들은 와일드의 피해자라고 주장하며 그의 등에 칼을 꽂기를 서슴지 않았다. 오직 이들을 소개하는 역할을 했던 앨프리드 테일러만이 그에 대한 불리한 증언을 거부하여 그와 똑같은 형을 선고받았다. 와일드는 그들에게 선물을 했던 사실을 인정하면서도 그들과는 결코 성적인 관계가 아니었다고 주장했다. 와일드의 변호사는 선물의 사심 없는 성격을 강조하며 사실을 축소하고자 했고, 퀸스베리 후작이 자신의 아들에게 보낸 과격하고 살벌한 내용의 편지들을 읽어주면서 배심원들에게 그에 대한 좋지 않은 인상을 심어주고자 했다. 반면, 퀸스베리의 변호사는 와일드가 자신의 나이를 한 살 낮추어 얘기한 것을 물고 늘어지면서 그를 정직하지 못한 사람, 세상 물정 모르는 순수한 젊은이를 유혹하여 타락시키고자 한 사악한 '늙다리' 호색한으로 몰아갔다.

에드워드 카슨이 이끈 반대신문은 이내 두 사람 사이의 치열한 설전으로 바뀌었다. 카슨은 점점 더 끈질기고 치밀하게 와일드를 추궁했고, 와일드는 법정을 연극무대로 변모시키면서 평소처럼 여유로운 모습으로 재치 있는 즉답과 언어유희를 구사하여 법정의 청중들에게 웃음을 선사했다. 그는 지나치게 자신만만한 나머지 사법제도와 기존의 질서를 경멸하는 듯한 모습을 보이며 점차 배심원들에게 좋지 않은 인상을 심어주었다. 와일드는 자신이 서서히 가라앉고 있음을 의식하지 못한 채 사람들로 하여금 자신에게 등을 돌리게 만들었던 것이다. 그는 지나치게 말을 많이 함으로써 상대방에게 결정적인 허점을 보였고, 에드워드 카슨은 그 틈새를 집요하게 파고들었다. 반대신문에서 카슨은 와일드에게, 옥스퍼드에서 더글러스가 머물렀던 저택의 하인 월터 그레인저에 관해 질문했다. 이에 대한 와일드의 답변은 그를 자승자박의 굴레에 빠지게 하면서 그에게 결정적인 충격타를 가했다.

"그에게 키스를 했습니까?"

"오, 맙소사, 천만에요! 그는 아주 평범한 청년이었습니다. 유감스럽게도 아주 못생겼고요. 참으로 딱할 정도로 말이죠."

"그래서 키스하지 않은 겁니까?"

"카슨 씨, 아주 무례하시군요."

"그 청년의 못생긴 외모를 언급한 이유가 뭡니까?"

카슨은 이 문제를 계속 물고 늘어지면서 와일드의 답변에 담긴 외설스러움을 강조했고, 자신이 내뱉은 말의 덫에 걸린 와일드는 당황하며 허우적거렸다. 다음날 그의 변호사는 상대 변호사와 판사에게 고소를 취하하겠다는 의사를 밝혔고, 그후 배심원들은 일사천리로 퀸스베리 후작의 주장과 반소反訴 청구는 지극히 정당하다고 선언했다. 청중석에서 우레와 같은 박수가 터져나왔지만 와일드에게 적대감을 갖고 있던 판사는 아무런 제지도 하지 않았다. 평소 와일드에게 조롱당했던 언론 역시 일제히 적의로 가득찬 자극적인 기사를 줄줄이 쏟아냈다. 4월 5일, 사흘간 이어진 재판에서 패소하고 법정을 떠난 와일드는 자신의 입장을 밝히고자 『이브닝 뉴스』에 짧은 편지를 보냈다. 그로서는 더글러스를 그의 아버지와 맞서는 증인으로 법정에 세우지 않고서는 재판에서 이길 수 없었음을 설명하는 편지였다. 그는 또한 더글러스가 증언에 응하겠다고 했더라도, 자신은 친구를 그토록 고통스러운 입장에 처하게 하기보다는 불명예와 치욕을 홀로 감당하고 싶어했을 거라고 말했다.

한편 무죄로 풀려난 퀸스베리 후작은 그 즉시 오스카 와일드에게 불리한 자료들과 증언들을 검찰총장에게 보냈고, 검찰총장은 그것들을 곧바로 내무부로 보냈다. 그날 이른 오후, 와일드는 친구들로부터 자신에게 체포영장이 발부되었다는 소식을 전해 들었고, 그들은 즉시 그에게 프랑스로 떠나라고 재촉했다. 심지어 당국조차도 그에게 도망갈 틈을 주려는 듯 시간을 지체했다. 하지만 와일드는 끝내 머무는 편을 택했고, 저녁 6시 30분 더글러스가 머물던 캐도건 호텔에서 다수의 동성과 외설행위를 한 혐의로 체포되어 스코틀랜드 야드(런던경찰국)로 끌려갔다. 그리고 보 가街의 경찰서로 이송, 구금되었다. 재판을 받기도 전에 이미 유죄선고를 받은 셈이었다. 언론과 영국의 귀족과 상류층이 퀸스베리의 뒤에서 하나로 똘똘 뭉쳐 그와 맞섰다. 앨프리드 테일러도 그와 함께 체포되었다. 와일드는 보석 신청도 거부되어 4월 26일 그의 첫 번째 재판이 열리기 전까지 홀러웨이 구치소에 수감되었다. 4월 24일에는 퀸스베리 재판의 비용을 갚지 못해 타이트 가에 있는 집의 모든 동산과 장서가 경매에 부쳐졌다.

4월 26일에 열린 재판에서는 『카멜레온』에 발표한 더글러스의 시 「두 개의 사랑」이 와일드에게 불리한 증거로 채택되었다. "나는 감히 그 이름을 말할 수 없는 사랑이니"라고 한 시의 마지막 구절은 금지된 사랑, 동성애를 가리키는 것이며, 그 상대는 와일드라는 암시를 심어주기 위한 것이었다. 5월 1일, 배심원들은 불일치 판결을 내렸고, 어렵게 보석으로 풀려난 와일드는 살아서 지옥을 경험해야 했다. 거리에서 그를 알아본 사람들에게 모욕당하고 쫓기기도 했으며, 호텔과 레스토랑에서는 문전박대를 당했다. 5월 20일에 다시 열려 엿새 동안 이어진 두 번째 재판에서 와일드는 태도와 어조를 완전히 바꿔 겸손하고 법에 순응하는 태도를 보였다. 하지만 예전 재판들에서와 똑같은 신문, 반대신문, 증언 그리고 논고가 끝없이 이어진 끝에 와일드는 테일러와 함께 '다른 남성들과 역겨운 외설행위를 했다'는 죄목으로(1885년에 발효된 형사법 개정안 11조에 근거하여) 법적 최고형인 2년간의 강제 노역형을 선고받았다. 일찌감치 예상되었던 판결이었다. 재판장이었던 윌리스는 판결을 내리는 데 그치지 않고, 지금까지 이토록 가증스러운 사건은 다뤄본 적이 없으며, 저질러진 범죄에 비하면 법적인 판결이 지나치게 관대하다며 가차없는 논평을 덧붙였다. 와일드는 무슨 말인가를 하려고 했지만 발언조차 저지당한 채 퇴장해야만 했다. 이제 그는 빛나는 재담으로 좌중을 매료하던 예전의 오스카 와일드가 아니었다. 박탈당한 영예로운 이름 대신 수인번호 C.3.3.으로 납덩어리보다 무거운 침묵을 강요당한 채 살아가야 하는 한낱 흉악범일 뿐이었다.

여기서 한 가지 짚고 넘어가야 할 점은, 와일드의 동성애에 대한 단

죄는 단지 한 개인을 풍속사범으로 감옥에 보낸 것에 그치지 않는다는 것이다. 와일드의 두번째 재판에서 배심원 대표는 판사에게 "앨프리드 더글러스 경과 오스카 와일드의 친밀한 관계를 고려해볼 때" 더글러스에게도 체포영장이 발부되었는지 물었다. 이에 부정적인 답변이 돌아오자 그는 이번에는 그러한 조치를 고려하고 있는지 물었다. 판사는 또다시 부정적인 답변을 하면서 다음과 같은 말을 덧붙였다. "그에게 체포영장이 발부되지 않은 데에는 우리가 알지 못하는, 그의 증언을 가로막는 수많은 이유가 있을 것입니다. 배심원들은 자신에게 맡겨진 사실에만 집중해야 할 것입니다." 배심원들이 의문을 제기한 것은 지극히 타당한 일이었다. 똑같은 '범죄'를 저질렀음에도 더글러스에게는 어떤 법적인 조치나 처벌도 가해지지 않았으며, 그는 와일드의 재판이 시작되자 그다음 날 유럽으로 떠나 3년간 영국으로 돌아오지 않았다.

오스카 와일드의 동성애 스캔들이 터지기 몇 년 전에도 이와 유사한 스캔들이 발생한 적이 있었다. 1889년, 경찰이 클리블랜드 가의 유곽을 검색하던 중, 그곳에 소속된 남창들과 정계 인사들을 포함한 영국의 유력 인사들 사이에 은밀한 거래가 있었음이 드러났다. 그후 사건의 수사는 재빨리 덮이면서 유야무야로 끝나버렸고, 그로 인해 국가의 신망에 커다랗게 금이 갔다. 따라서 당국으로서는 이번에야말로 추락한 국가의 도덕성과 명예를 회복하려는 단호한 의지를 보여줄 때였던 것이다. 게다가 와일드의 스캔들 뒤에는 그보다 훨씬 더 중대하고 심각한 스캔들이 숨어 있었다. 1894년 10월 18일 자살한 것으로 추정되는 더글러스의 형 드럼랜리그 자작은 외무장관에 이어 영국의 총리가 된 로즈버리 경의 비서관이자 동성 연인이었다. 따라서 국가의 근간마저 뒤흔들지도 모르는 엄청난 스캔들을 또다른 스캔들로 덮어버리기 위해 누군가를 희생양으로 만들어야 할 강력한 필요성이 대두되었던 것이다.

그가 유죄선고를 받자, 런던의 극장과 서점가에서는 오스카 와일드라는 이름과 그의 연극, 책 들이 일제히 자취를 감추었다. 심지어 그의 축출을 축하하는 파티까지 열렸으며, 그가 다녔던 트리니티 칼리지의 우등생 명판에서도 그의 이름이 지워졌다(그가 복권된 후에 다시 올려졌다). 불과 얼마 전까지만 해도 런던에서 가장 '핫한' 유명 인사였던 오스카 와일드는 이제 몇몇 충실한 친구들을 제외한 모두에게 배척당하고 버림받은 무명의 죄수로 전락하고 말았다. 그의 아내 콘스턴스는 두 아들을 데리고 독일로 떠났고, 와일드라는 성을 홀랜드로 바꾸었으며, 그는 죽을 때까지 두 아들을 다시 보지 못했다. 그리고 그가 죽은 후에도 그의 후손은 끝내 와일드라는 성을 되찾지 않았다.

5월 25일, 뉴게이트 교도소와 홀러웨이 구치소에서 각각 수감절차를 마친 와일드는 펜턴빌 교도소에 수감되었다. 7월 4일에는 원즈워스 교도소로 옮겨졌고, 11월 21일에는 다시 레딩 감옥으로 이감되어 그곳에서 형기를 마쳤다. 와일드가 복역했던 19세기 말 영국 교도소는 끔찍할 정도로 환경이 열악했다. 조금만 규율을 어겨도 가차없이 처벌을 받았고, 고되기 그지없는 강제 노역은 인간으로서 최소한의 존엄성마저 지키지 못하도록 신체를 혹사시키고 모든 의지를 꺾어놓았다. 와일드는 세상으로부터 고립된 채 배고픔, 추위, 일상적인 치욕, 절망감 그리고 침묵과 싸워야 했다. 그는 매일같이 이어지는 뱃밥 따기로 손에는 피멍이 들고, 하루에 여섯 시간씩 거대한 물레방아 돌리기와 같은 가혹한 신체적 징벌과 불결한 음식과 불면 탓에 탈진과 설사를 거듭했다. 배변조차 자유롭지 못해 감방 안에서 양동이로 처리해야만 했다. 그러나 이 모든 일상적인 고통 가운데서 무엇보다 그를 고통스럽게 한 것은 온전히 홀로 견뎌야 하는 지적인 굶주림이었다. 누구보다 책과 대화를 사랑했던 와일드는 새로운 교도소장이 부임할 때까지 모든 문화적인 것과 단절된 채 더욱더 극심한 정신적인 고통을 견뎌야 했다.

그가 감옥에서 14개월을 보냈을 때 부임한 새 교도소장 제임스 오스먼드 넬슨 소령은 악명 높았던 전임 소장과는 달리 와일드에게 깊은 연민을 느껴 그가 자유롭게 책을 보고 편지를 쓸 수 있게 배려했다(그에게는 오직 사적인 편지를 쓰는 것만 허락되었다). 하지만 외부로 편지를 내보내는 것은 허용되지 않아 넬슨 소장은 와일드가 쓴 편지를 모아두었다가(그는 자신이 아주 중요한 문서를 보관하고 있음을 알고 있었다) 그가 출소할 때 되돌려주었다. 편지는 매일 한 페이지밖에 쓸 수 없었으며, 다 쓴 편지는 펜과 함께 반납해야만 했다. 따라서 와일드는 자신이 쓴 편지를 다시 읽어보거나 수정할 수 없었다(이로써 편지에서 간간이 발견되는 문법적인 오류나 잘못된 기억과 문학적 인용 등이 설명된다). 와일드가 수감되자 그와 가까운 몇몇 친구들은 런던과 파리에서 각각 "그가 감옥에서 고통받고 쇠약해져 죽는 일이 없도록" 그의 석방을 촉구하는 탄원서를 작성했다. 특히 프랑스의 저명한 극비평가인 앙리 바우에르는 '문명화된 국가에 걸맞지 않은, 인류에 대한 모독이나 다름없는 판결과 형벌의 가혹함'을 맹렬하게 비난했다.

하지만 와일드는 단 하루도 감형받지 못하고 형기를 꼬박 채워야 했다. 그리고 마지막 몇 주간은 바깥세상의 적대감과 다시 마주해야 한다는 두려움에 떨어야 했다. 특히 1895년 11월 21일 레딩 감옥으로 이송되던 날 클래펌 분기점에서 겪었던 끔찍한 일(191~192쪽 참조)은 그의 수감 기간을 통틀어 가장 고통스럽고 치욕적인 경험으로 그를 내내 따라다녔다. 또다시 세간의 조롱과 경멸 어린 시선을 견뎌야 한다는 생각에 겁을 집어먹은 와일드는 예정된 5월 20일 대신 15일에 석방해달라고 요청했다. 그러나 영국의 법은 끝까지 그에게 자비를 베풀지 않았다. 그럼에도 넬슨 소장은 그가 18일에 출소할 수 있도록 배려했고, 와일드는 19일 아침에 처음 수감되었던 펜턴빌 교도소에서 다시 세상으로 나올 수 있었다. 언젠가 넬슨 소장은 와일드를 면회했던 로스에게 와일드를 가리켜 이렇게 말했다. "지금은 괜찮은 듯 보이지만, 와일드 씨처럼 이런 중노동에 익숙하지 않은 사람들이 대개 그렇듯이, 그도 아마 앞으로 2년 내에 죽게 될 겁니다." 와일드는 그로부터 3년 6개월 후에 세상을 떠났다.

와일드는 1897년 5월 19일, 자신의 편지 뭉치를 겨드랑이에 끼고 영국을 떠나 20일 프랑스의 디에프에 도착해 로스를 만났다. 그는 로스에게 그것을 건네주면서 한 부를 타자해서 간직하고 원본은 더글러스에게 전해줄 것을 당부했다. 편지를 간직하고 있던 로스는 원본은 자신이 갖고 타자한 한 부를 더글러스에게 전해주었다. 하지만 더글러스는 자신은 편지를 받은 적이 없다고(여러 정황상 거짓말로 추측되지만) 주장했다가, 나중에는 첫 장만 읽고 모두 불태워버렸다고 말하기도 했다. 와일드의 편지가 세상 사람들에게 처음으로 공개된 것은 1905년

독일에서였다. 같은 해, 로스도 런던의 메수엔 출판사에서 편지의 삭제판을 펴냈다. 당시 로스는 분쟁의 소지를 없애기 위해 더글러스와 그의 가족과 관련된 모든 구절(전체 분량의 3분의 2에 해당)을 삭제하여 이 편지가 누구를 향한 것인지 알지 못하게 했다. 따라서 1949년에 와일드의 아들 비비언 홀랜드가 여전히 불완전한 편지의 새 버전을 펴내고, 1962년 비로소 완전한 와일드의 편지가 처음으로 세상에 공개될 때까지 사람들은 『심연으로부터』를 오스카 와일드의 단순한 '참회록' 정도로만 알고 있었다. 지금까지 국내에도 그의 작품들이 수백 권의 책으로 번역되어 나와 있지만, 그 어디에서도 『심연으로부터』에 대한 제대로 된 언급을 찾을 수 없다는 사실이 놀라울 뿐이다. 너무나 오랫동안 통용되어온 잘못된 정보를 이제는 바로잡을 때인 것이다.

본래 와일드가 자신의 편지에 붙인 제목은 '감옥에서, 사슬에 묶여 쓴 편지Epistola: In Carcere et Vinculis'(호라티우스에게서 빌려온 표현)였다. '심연으로부터'는 로스가 1905년에 삭제판을 펴내면서 구약의 시편 130편의 첫 문장에서 빌려와 붙인 제목이다. 그는 편지를 좀더 안전한 곳에 보관해야겠다는 생각으로 1909년, 향후 50년간 공개하지 않는다는 조건과 함께 영국박물관에 원본을 맡겼다. 편지의 수신인이 앨프리드 더글러스라는 사실이 세상에 처음으로 알려진 것은 1912년이었다. 로스의 친구였던 아서 랜섬이 『오스카 와일드: 비평적 연구』라는 책을 펴내면서 문제의 삭제된 구절들(로스가 개인적으로 알려주어 알게 된)을 언급한 것이다. 다음해, 더글러스는 책의 저자와 편집자를 명예훼손죄로 고소했고, 문제의 편지 구절들은 법정에 증거로 채택되어 사람들 앞에서 큰 소리로 읽혔다. 배심원들은 랜섬이 진실을 말했음을 인정했고, 더글러스는 패소했다. 하지만 자신의 책이 불미스러운 스캔들에 휘말리는 것을 원치 않았던 랜섬은 책의 다음 쇄에서 문제의 구절을 삭제했고, 그후 로스가 이미 요구했던 바와 같이 더글러스의 생전에는 와일드의 편지 전문을 공개하지 않는 것으로 비공식적인 합의가 이루어졌다. 시간이 흘러 로스는 자신이 보관하고 있던 타자한 편지를 와일드의 차남 비비언에게 물려주었다. 1945년에 더글러스가 사망하자, 비비언은 아버지의 편지 전문을 세상에 공개할 때가 왔다고 생각해 1949년, 여전히 '심연으로부터'라는 제목으로 최초의 완전하고 진정한 판본이라고 믿은 와일드의 편지를 책으로 펴냈다. 그러나 로스가 건네준 원고에는 다음과 같은 잘못된 부분들이 포함되어 있었다. 예전에는 명료하고 우아했던 와일드의 필체가 읽기 어렵게 변하여 때때로 내용을 잘못 이해함으로써 생긴 오류, 로스가 불러주는 편지의 내용을 잘못 이해한 타이피스트의 실수로 인한 오류, 로스 자신이 문법과 구문에 관한 수정을 하고, 문장과 때로는 단락 전체의 위치를 바꿔서 생긴 오류 등이 그것이다. 게다가 로스는 더글러스와 그의 아버지에 관한 와일드의 신랄하고 비판적인 말들을 100여 군데나 삭제했다. 그후 와일드의 편지는 무려 65년을 기다린 끝에 1962년에야 비로소 어떠한 수정이나 가감 없이 다시 세상에 나올 수 있었다.

와일드는 형기가 5개월 남짓 남은 시점에서 더글러스에게 기나긴 편지를 쓰기 시작했다. 편지의 앞부분에는, 연인의 기나긴 침묵에 지치고 절망한 와일드가 쏟아내는 구구절절한 원망과 신랄한 비난, 그와의 관계를 일찌감치 끝내지 못한 자신의 우유부단함에 대한 쓰디쓴 자책이 가득하다. 고통스러운 수감생활로 심신이 피폐해진 와일드는 때로는 감정이 격화되고 부정확한 기억을 드러내기도 한다. 오스카 와일드는 앨프리드 더글러스의 단점과 잘못을 들추어내면서 모든 비극을 그의 탓으로 돌리기 위해 이 글을 썼던 것일까? 앙드레 지드에게 '예술에는 1인칭이 없다'고 단언했던 와일드가 유일하게 자신의 맨얼굴과 치부를 드러내며 써내려간 이 글을 하나의 단면만으로 판단하는 것은 섣부른 예단일 터이다. 『심연으로부터』는 보는 관점에 따라 다양하게 읽힐 수 있는 흥미로운 면모와 문학적 가치를 지닌 글이다. 와일드로 하여금 이토록 기나긴 편지를 쓰게 했던 중요한 한 가지 동기는 글을 다 쓴 직후 로스에게 보낸 1897년 4월 1일 자 편지에 잘 나타나 있다.

따라서 자네가 나의 문학과 관련한 유언집행자가 되려면 퀸스베리와 앨프리드 더글러스에 대한 나의 기이한 행동을 제대로 설명해주는 유일한 문서를 확보하고 있어야만 할 거야. 이 편지를 다 읽으면, 자넨 그 속에 세상 사람들의 눈에 어리석음의 극치와 천박한 허세에서 비롯된 것처럼 보일 내 행동에 대한 심리적인 해명이 들어 있음을 알게 될 거야. 언젠가 진실은 밝혀질 거야. 내가 살아 있는 동안이나 더글러스의 생전에는 아닐지 몰라도. 하지만 난 언제까지고 저들에 의해 기괴한 공시대에 매달려 있고 싶은 생각이 없어. 나는 내 아버지와 어머니로부터 문학과 예술에서 고귀한 이름을 물려받았기 때문이야. 그래서 나는 그 이름이 영원히 퀸스베리 부자의 방패막이와 무기가 되는 것을 용납할 수 없어. 나는 내 행위에 대한 변명 같은 건 하지 않을 거야. 단지 해명할 뿐이지.
또한 그 편지 속에는 감옥에서의 나의 정신적 성장과, 지난 삶에 대한 지적 태도와 나의 기질의 필연적인 변화를 다루는 구절들이 포함되어 있어. 나는 자네를 비롯하여 변함없이 나에 대한 애정을 간직한 채 내 편에 서 있는 이들이 내가 어떤 마음과 태도로 세상과 맞서고자 하는지 정확히 알기를 바라.

오로지 쾌락만을 좇으며 살아온 와일드는 자신의 삶의 계획에 포함되지 않았던 슬픔과 고통과 쓸쓸함과 치욕으로 가득한 낯선 세계에 내던져졌다. 그곳에서 그는 "단지 기다란 복도에 있는 한 조그만 감방을 나타내는 숫자와 알파벳"에 불과했고, "생명 없는 천 개의 삶 중 하나, 생명 없는 천 개의 숫자 중 하나"일 뿐이었다. 고통과 치욕이 일상이 된 세상에서 와일드는 그 모든 것을 자신의 예술적 삶의 완성과 궁극적인 자아실현을 위한 필수적인 요소로 받아들이기로 마음먹는다. '강렬하고 놀라운 실재實在'이자 '삶의 비밀'인 고통을 거부하는 것은 예술가로서의 삶에 스스로 제약을 가하는 것이기 때문이다.

『심연으로부터』가 포함한 특별함 중 하나는 그리스도에 대한 와일드의 참신하고 새로운 해석이다. 와일드의 종교적 열망은 언제나 그의 유미주의 철학과 일치하는 미학적이고 낭만적인 성질의 것이었다. 도덕적이고 종교적인 전향을 거부해온 그는 예술가처럼 그 본질에 '강렬하고 불꽃같은 상상력'을 포함한 그리스도에게서 '지고한 개인주의자'의 전형을 본다. 스스로를 "타고난 도덕률 폐기론자이며, 법이 아닌 예외를 위해 태어난 사람"으로 규정한 와일드는 그리스도를 두고 "그에게는 법칙이란 것은 없었어. 오직 예외만이 있을 뿐이었지"라고 이야기한다. 또한 그리스도로 하여금 영원한 문제적 인간이 되게 한 그의 철저히 자유로운 행보는 당대의 문제적 인간으로 낙인찍힌 와일드의 행보와 비교되며, 그리스도에게 가해진 십자가의 형벌은 와일드 자신의 형벌을 연상시킨다. 영어생활 동안 고통과 연민이라는 감정에 새롭게 눈뜬 와일드는 예수의 도덕성 또한 연민이었음을 강조하면서 자신의 고통과 연민에 커다란 의미를 부여하고자 했다. "고통이 있는 곳에는 신성한 땅이 존재하는 법이야." 그는 심지어 그 사실을 깨닫기 위해 감옥에 가는 것도 나름대로 가치가 있다고 이야기한다.

에르네스트 르낭은, 자신에 대해 이야기하는 것은 그러한 계획이 다른 이들에게 하나의 예를 제공함으로써, 즉 내밀함이 보편성을 향해 열림으로써 자신을 넘어설 때만 가치가 있다고 말한 바 있다. 『심연으로부터』를 읽다보면 편지의 진정한 수신인은 앨프리드 더글러스를 포함한 세상 사람들과 와일드 자신임을 알 수 있다. 그는 더글러스와의 관계에서의 문제점들을 차근차근 되짚어보면서, 자신의 삶을 파탄에 이르게 한 크고 작은 일들을 재구성하여 그것들에 어떤 의미를 부여하고자 했다. 동시에 절절한 사랑 고백에 다름아닌 편지를 써내려가며 자신과 더글러스 사이에 여전히 서로에 대한 애정이 남아 있음을 스스로에게 납득시키고자 했다. 그런 과정을 통해 마치 푸닥거리를 하듯, 더글러스와의 만남에서 비롯된 삶의 혼란과 무질서를 몰아내고, 자신을 벌하고 내친 사회와의 새로운 관계 정립을 통해 미래에 대한 희망을 그려보고자 한 것이다.

와일드는 감옥이 그에게 가르쳐준 고통과, 그것과 연관된 감정들, 슬픔, 치욕, 부당함, 분노를 마음속에서 몰아내고, 깊은 곳에 웅크리고 있던 자신의 자아를 다시 세상으로 불러내 사랑받았던 과거의 자신과 배척당한 현재의 자신 사이의 단절된 연결고리를 찾고자 했다. 그럼으로써 영예로웠던 이름, 이제는 사람들의 기억에서 잊힌 자신의 이름에 실체를 부여하고, 한 인간과 예술가로서의 존엄성을 되찾고 싶었던 게 아닐까.

만 2년 만에 다시 세상으로 나온 와일드는 가톨릭으로 개종해 1년 정도 수도원에서 머물기를 원했지만 예수회 수도사들에게 거부당하고 영국을 떠나야 했다. 그는 프랑스 노르망디 지방의 디에프 부근에 있는 조그만 시골마을 베른발에서 서배스천 멜모스라는 가명으로 조용히 지냈다. 디에프에서 마주친 영국인들은 그에게 손가락질을 하며 그를 따돌렸다. 와일드는 그토록 보고 싶어했던 두 아들을 끝내 다시 만나지 못한 채 어디에도 정착하지 못하고 표류하듯 여기저기를 떠돌았다. 그는 베른발에서 그의 마지막 작품이 된 『레딩 감옥의 발라드』를 집필하여 1898년 2월에 출간한 것(오스카 와일드가 아닌 수인번호 'C.3.3.'으로 출간) 말고는 더이상 글을 쓰거나, 과거의 영광을 되살리거나 잃어버린 명예를 회복하려는 어떤 시도도 하지 않았다. 삶에 대한 모든 의욕을 상실한 그에게는 잠시나마 외로움을 잊기 위해 카페를 어슬렁거리는 게 유일한 낙이었다.

생계는 『레딩 감옥의 발라드』를 포함한 몇몇 작품에서 나오는 약간의 인세 수입과, 아내 콘스턴스(그녀는 죽을 때까지 와일드와 이혼하지 않았다)가 보내주는 얼마간의 돈과 몇몇 친구들과 지인들이 가끔씩 보태주는 돈으로 이어갔다. 이 책에 실린 앙드레 지드의 회상기에서도 알 수 있듯이, 그는 지인들에게 노골적으로 돈을 요구하기도 했으며,

어떤 때에는 수중에 돈이 한 푼도 없어서 저녁식사를 거르기도 했다. 그는 친구인 프랭크 해리스의 배려로 남프랑스의 니스와 라나풀에서 겨울을 보내기도 했고, 부유한 영국인 해럴드 멜러의 초대로 스위스에서 잠깐 체류하거나 그와 함께 이탈리아를 여행하기도 했다. 오래전부터 로마 가톨릭에 이끌렸던 와일드는 로마에서 교황 레오 13세를 여러 차례 알현하여 축복을 받았다. 파리로 돌아온 이후에는 이 호텔 저 호텔을 전전하며 시간을 죽여나갔다.

그는 대부분 혼자였고, 세상 사람들의 은밀하거나 노골적인 적대감과 끊임없는 치욕을 견뎌야만 했다. 그는 로비에게 보낸 편지(1897년 4월 1일 자)에서 예고한 대로, 자유를 되찾은 것이 아니라 '세상이라는 또다른 감옥'으로 옮겨간 것뿐이었다. "물론 어떤 관점에서는, 감옥에서 나가는 날, 나는 단지 하나의 감옥에서 또다른 감옥으로 옮겨갈 뿐이라는 것도 잘 알고 있네. 내게는 온 세상이 내 감방만큼 조그맣고 두려움으로 가득찬 것 같을 때가 있고 말이지." 어디를 가든지, 그가 마주칠 예전 친구들이 그에게 말을 걸어올지 그를 철저하게 외면할지 전혀 예측할 수 없었다. 지드의 회상기에서도 알 수 있는 것처럼, 와일드와 친분이 각별했던 지드조차 그와 함께 사람들의 눈에 띄는 것을 꺼려했다. 어느 날, 와일드의 어머니의 친구였던 애나 드 브레몽 백작 부인이 그에게 왜 더이상 글을 쓰지 않는지 묻자(그녀는 전날 그를 모른 체했던 것을 미안해했다) 그는 이렇게 말했다. "난 이미 글로 쓸 수 있는 것을 다 썼습니다. 나는 삶이 뭔지 모를 때 글을 썼지요. 이젠 그 의미를 알기 때문에 더이상 쓸 게 없습니다. 삶은 글로 쓸 수 있는 게 아닙니다. 그저 살아내는 것입니다. 나는 삶을 살아냈습니다." 이미 오래전에 예술적, 사회적 죽음을 맞이한 오스카 와일드는 이제 더이상 어디에도 존재하지 않았던 것이다. 그는 1897년 8월, 루앙에서 더글러스와 재회하여 함께 이탈리아로 떠났다. 나폴리를 비롯해 여기저기로 옮겨다니던 그들은 와일드의 아내와 친구들, 더글러스의 아버지의 비난과 압력에 굴복해 다시 헤어졌다. 이러한 그의 행보를 나무라고 염려하는 로스에게 와일드는 다음과 같은 편지를 보냈다.

친애하는 로비, 오늘 자네 편지를 받았네.

내가 보시에게 돌아간 건 심리학적으로 불가피한 일이었어. (…) 세상이 나를 그렇게 만든 거라고. 나는 사랑의 기운이 없이는 살 수 없어. 나는 사랑하고, 사랑받아야만 하는 사람이야. 그로 인해 어떤 대가를 치르더라도 말이지. (…) 베른발에서 지낸 마지막 한 달 동안 난 너무나 외로워서 죽고 싶은 생각뿐이었네. 세상이 내게 문을 닫아걸었을 때, 사랑의 문은 아직 열려 있었던 거야. 사람들이 내가 보시에게 돌아간 것을 비난하면 그들에게 이렇게 말해주게. 그는 내게 사랑을 선물해주었다고. 외로움과 오욕 속에서, 끔찍한 속물세계와 석 달간 치열하게 싸운 끝에 난 자연스럽게 그에게 돌아갔던 거야. 물론 나는 종종 불행할 거야. 하지만 난 아직 그를 사랑하고 있네. 그가 내 삶을 망가뜨렸다는 사실이 그를 사랑하게 만든 거야. (…) (1897년 9월 21일, 나폴리에서)

생애 마지막 날들 동안 파리의 싸구려 호텔들을 전전하던 오스카 와일드는 1900년 9월 말 건강이 급속도로 나빠져 병석에 눕게 된다. 그는 수감중에 다친 오른쪽 귀의 상처가 악화되어 고통받던 중 10월 10일 호텔방에서 수술을 받았다. 친구들에게 돈을 빌려 수술을 받은 그는 죽음이 가까이 와 있음을 느끼고는 시체안치소를 방문하기도 했다. 로스는 와일드의 병세가 심각하다는 소식에 와일드의 생일인 10월 16일 런던에서 한달음에 달려왔다. 그리고 그 무렵 와일드는 그를 보러 온 친구들에게 이런 말을 남겼다. "난 지금까지 살아온 것처럼 분에 넘치게 죽어갑니다. 나는 결코 이 세기를 넘기지 못할 겁니다." 또다른 친구와 로스에게는 "나는 죽을 여유조차 없소", "내 비극은 너무 오래 끌었소"라고 말하기도 했다. 10월 29일, 몇 주 만에 처음으로 자리에서 일어나 로스와 산책을 나간 그는 힘겹게 발걸음을 떼면서 한 친구에게 이렇게 말했다. "난 지금 벽지와 사투를 벌이고 있습니다. 우리 둘 중 하나는 떠나야 합니다." 로스는 그의 병세가 악화되자 불안감을 감추지 못하며 11월 2일 페르 라셰즈 묘지에 다녀오기도 했다. 와일드는 로스에게 자기 묏자리를 봐두었는지 물었다. 그는 오랜 바람대로 죽기 직전에 세례를 받고 로마 가톨릭에 귀의했다. 그리고 1900년 11월 30일, 변함없이 그에게 충실했던 두 친구 로버트 로스와 레지널드 터너가 지켜보는 가운데 알자스 호텔에서 뇌막염으로 숨을 거두었다.

그의 죽음이 매독으로 인한 후유증과 관련이 있다는 설도 있지만 그는 단 한 번도 그런 증세를 보인 적이 없었다. 와일드가 마지막까지 사랑했던 연인 앨프리드 더글러스는 전보를 받고 12월 2일에야 뒤늦게 도착했다. 12월 3일, 생제르맹데프레에 있는 교회에서 치러진 장례미사 후 그의 운구 행렬을 따른 이들은 소수에 불과했다. 와일드는 바뇌 묘지에 6등급으로 매장되었고, 돌로 된 단순한 묘비에는 로스가 선택한 욥기(29장 22절)의 문구가 새겨졌다. "내가 말한 후에는 그들이 말을 거듭하지 못하였나니 나의 말이 그들에게 스며들었음이라." 더글러스와 로스, 터너, 모어 애디, 아들러 슈스터 등의 친구들이 마지막으로 화환을 바치며 그를 애도했고, 알자스 호텔 주인 장 뒤푸아리에가 바친 구슬 화환에는 "나의 세입자에게"라고 쓰여 있었다. 생애 마지막 3년 반을 부초처럼 떠돌았던 와일드가 마지막으로 머물렀던 호텔의 주인은 그에게 밀린 숙박비(훗날 로스가 갚아주었다)를 차마 요구할 수 없었고, 의사의 왕진비도 대신 내주었다.

1909년, 와일드의 유해는 로스가 사들인 페르 라셰즈의 영구 임대 묘지로 이장되었으며, 『레딩 감옥의 발라드』 속의 구절이 새겨진 묘비명이 그의 목소리를 대신하고 있다. "낯선 이들의 눈물이 그를 위해/ 오래전에 깨어진 연민의 항아리를 채우리라/ 그의 조문객들은 배척당한 이들일 것이며,/ 배척당한 이들은 언제나 애도하리니." 1912년에는 와일드의 열렬한 지지자였던 헬렌 커루의 후원으로, 미국 출신 조각가 제이컵 엡스타인이 제작한 기념비적인 조각상, '날아가는 수호천사 Flying Demon Angel'(와일드의 장시 「스핑크스」에서 빌려온 스핑크스의 신비스러운 이미지와 그의 얼굴 모습이 결합된)가 와일드의 무덤에 세워졌다. 하지만 조각상의 성기가 그대로 노출되었다는 이유로 1914년 8월까지 보호덮개로 씌워진 채 대중에게 공개되지 않았다. 그후 불경하다는 비난을 받아오던 조각상은 1961년 반달리즘에 의해 성기가 잘려나갔고, 이후 그 부분은 은으로 된 보철로 대체되었다.

와일드의 무덤은 1995년에 프랑스의 문화유산으로 지정되었고, 페르 라셰즈 묘지에서 사람들이 가장 많이 찾는 낭만적인 명소가 되었다. 그런데 1990년대 초반부터 그의 무덤이 수많은 여성 팬들의 붉은 키스 자국으로 뒤덮여 심각하게 훼손되자, 아일랜드 정부와 프랑스 관계 당국의 후원으로 대대적인 보수작업을 거쳐 2미터 높이의 투명 플라스틱 보호막이 설치되었다. 와일드의 손자인 멀린 홀랜드는 와일드의 팬들에게 "붉은색 키스 대신 꽃으로" 그에게 경의를 표해줄 것을 부탁했으며, 그의 극들을 수차례 공연한 적이 있는 영국 배우 루퍼트 에버렛은 오스카 와일드가 금지된 키스로 인해 강제 노역형에 처해져 죽음에 이르렀음을 상기시키면서 "오스카 와일드에게 키스는 단순한 사랑의 징표가 아니다. 그에게 키스는 위험과 죽음과 연결되어 있다"라고 말했다.

엄청난 반전이 있는 한 편의 기막힌 드라마를 방불케 하는 와일드의 생애에서 그와 가장 오랫동안 동고동락한 사람은 그의 어머니도, 그의 아내도, 그의 공식적인 연인 앨프리드 더글러스도 아니었다. 와일드의 첫 동성애 상대로 알려진 로버트 로스(그는 캐나다 초대 총리의 손자였다)는 일찌감치 애정 관계를 넘어선 그의 가장 충실한 친구이자 지지자로서 그와 평생을 함께했다. 그는 와일드가 감옥에 있을 때에도 가장 가까이에서 그를 도왔고 변함없이 그를 존중했으며, 그의 마지막 순간에도 만사를 제쳐놓고 그의 곁을 지켰다. 와일드의 사후에는 그의 문학과 관련한 유언집행자로서 그의 작품들을 펴내고, 거기에서 나오는 수입을 관리해 그가 생전에 진 빚을 모두 갚았다. 그리고 자신의 오랜 바람대로 죽어서도 와일드와 함께 묻혔다. 오스카 와일드도 누구보다 그를 사랑한 로비와 함께 잠든 것에 기뻐하고 있지 않을까.

동성애로 유죄선고를 받은 지 꼭 100년 만에, 그를 단죄했던 영국이 런던 웨스트민스터 사원의 문인 구역에 그를 기리는 대형 명판을 설치함으로써 비로소 자신의 이름을 되찾은 오스카 와일드. 어쩌면 지금쯤 그는 투병중일 때 그랬던 것처럼, 특유의 나른한 표정을 지으며 로비에게 이렇게 속삭이고 있을지도 모르겠다. "아, 로비, 우리가 죽어서 반암의 무덤에 누워 있을 때/ 최후의 심판을 알리는 나팔 소리가 울리면,/ 나는 몸을 돌려 자네에게 속삭이겠네./ 로비, 로비, '우린 저 소리를 못 들은 체하세'라고."

오스카 와일드는 앨프리드 더글러스와의 금지된 사랑으로 인해 많은 것을 잃었고, 많은 이들에게 크고 작은 영향을 미쳤다. 그는 작가로서의 영광과 명예와 사회적 지위뿐만 아니라 자신의 전 재산을 잃고 파산자의 불명예를 안은 채 생을 마감했다. 자신의 특별한 아들에 대한 커다란 자부심을 갖고 살았던 그의 어머니는 그가 감옥에 있는 동안 끝내 아들을 다시 보지 못하고 세상을 떠났다. 죽어서 제노바에 묻힌 그의 아내 콘스턴스의 묘비에는 1963년에야 '와일드의 아내'라는 글귀가 추가되었다. 그의 장남 시릴은 부모의 비극적인 삶의 굴레에서 벗어나고자 참전했다가 전사했다. 차남 비비언은 와일드가 다녔던 옥스퍼드 대학에 입학을 거부당하기도 했다.

와일드의 가족을 제외한 사람들 중에서, 그와의 관계로 인해 누구보다 오랫동안 혼란스럽고 고통스러운 삶을 이어간 사람은 앨프리드 더글러스일 것이다. 어쩌면 그는 1945년에 사망할 때까지 단 한순간도 오스카 와일드의 환영에서 벗어나지 못했을지 모른다. 그 역시 와일드처럼 자신의 이름 대신 오스카 와일드의 연인이라는 굴레를 평생 안고 살아야 했을 테니까. 와일드의 단죄와 투옥은 더글러스(당시 그는 24세에 불과했다)에게도 행복의 종말이자 오랜 고통의 시작을 알리는 일생의 대사건이었다. 와일드가 수감된 후 그는 3년간 고국으로 돌아가지 못한 채 유랑해야 했다. 그는 와일드의 죽음 이후 한동안 그와의 관계에서 많은 것을 부인하고 자신의 억울함을 항변하는 듯한 행보를 보였다. 1902년에는 결혼을 하고 아들까지 얻었으나 행복한 결혼생활을 이어가지는 못했다. 1911년에는 그도 와일드처럼 로마 가톨릭에 귀의했다. 그는 와일드 사후에 다양한 송사에 휘말렸고, 특히 1923년에는 당시 장관이던 윈스턴 처칠을 비방한 죄목으로 6개월간 옥고를 치러야 했다. 그때에야 비로소 와일드를 더 잘 이해하게 된 더글러스는 훗날 수감생활로 인해 몸과 마음이 많이 망가져 다시는 회복하지 못했노라고 고백했다. 또한 와일드의 『심연으로부터』에 화답하듯 '높은 곳에서 In Excelsis'라고 제목을 붙인 장시를 집필하기도 했다. 그것은 그의 마지막 작품이었다.

이 책에 함께 실린 앙드레 지드의 글 두 편은 세간에 잘 알려져 있지 않은 와일드의 새로운 면모를 보여주는 귀한 가치가 있는 글이다. 젊은 문학도였던 지드는 1891년 11월 26일 파리에서 와일드를 처음 만났다. 당시 37세였던 와일드는 작가로서의 전성기를 구가하고 있었고, 와일드와의 짧은 만남은 청년 지드(당시 그는 22세였다)에게 영혼마저 뒤흔드는 듯한 핵폭탄 급의 강렬한 충격을 안겨주었다. 와일드를 만난 직후 지드는 친구였던 폴 발레리에게 보낸 편지에서 그때의 심경을 이렇게 토로하고 있다. "그동안 연락을 못해서 미안해. 와일드를 만

난 이후로 나는 더이상 존재하지 않는 것 같아." "와일드는 내게 나쁜 영향만 끼친 게 분명해. 그는 내게 생각하는 법마저 잊게 만들었어. 함께 있으면서 느껴지는 다양한 감정들을 어떻게 정돈해야 할지 도무지 모르겠더라고." 지드의 작품들(『한 알의 밀알이 죽지 않는다면』『지상의 양식』『배덕자』) 곳곳에서 오스카 와일드의 흔적을 찾을 수 있는 것처럼, 그는 평생 동안 와일드에 대한 기억을 떨쳐버리지 못한 채 그에게서 지대한 영향을 받았음을 고백하고 있다. 이 책에 실린 글에서 지드는 파리에서 와일드를 처음 대면한 이후 피렌체, 알제리, 베른발 그리고 다시 파리에서 그와 여러 차례 마주친 기억을 떠올리면서 그를 회상하고 있다. 자신이 인간 와일드를 잘 알지 못했을 때 그의 작품들을 과소평가했음을 인정하면서.

살다보면 때로는 사소해 보이는 동기가 아주 중요한 일을 이루도록 우리를 이끌기도 한다. 우연히 「거짓의 쇠락The Decay of Lying」이라는 글의 제목이 눈에 번쩍 띄었고, 그것이 오스카 와일드의 글이라는 사실에 더욱더 호기심이 커졌다. 그렇게 해서 오스카 와일드의 두 책『거짓의 쇠락』(은행나무, 2015)과 『심연으로부터』를 연이어 번역, 출간하게 되었다. 그러는 동안 나는 그가 경험했던 천국과 지옥을 함께 맛보는 느낌이 들었다. 그가 작가로서의 최전성기에 펴낸 『거짓의 쇠락』을 번역할 때는 그 속에서 느껴지는, 세상을 자기 손안에 쥐고 주무르는 듯한 그의 빛나는 지성과 젊은 날의 패기와 야심만만함에 갈채를 보내면서도, 한편으로 불과 4년 후에 그에게 닥칠 비극을 생각하면 마음이 아팠다. 『심연으로부터』를 번역할 때는 앞선 책에 대한 기억으로 또 마음이 아팠다. 하지만 그의 작품을 번역하면서 그에 대한 연민을 느끼는 것은 옳지 않은 태도일 것이다. 지드 또한 "이제 그를 향한 경멸과 오만한 관대함, 그리고 경멸보다 훨씬 더 모욕적인 연민만을 느끼는 것을 그만두어야 할 때인 것이다"라고 하지 않았던가. 와일드는 지드에게 "내 삶은 한 편의 예술작품과도 같다"고 단언했다. 그의 말에 전적으로 공감한다. 오스카 와일드는 "나는 내 삶에 내 모든 천재성을 쏟아부었다. 내 작품들에는 내 재능만을 투영했을 뿐이다"라고 한 자신의 말대로 삶도 사랑도 한 편의 예술작품처럼 살아냈다. 비록 그가 원했던 것은 아닐지라도, 그는 극한의 고통을 포함한 삶의 다양한 스펙트럼을 경험하는 동안 단 한순간도 자신이 뼛속까지 예술가임을 잊지 않았다. 『심연으로부터』는 차디찬 감옥의 어둠과 침묵 속에서도 자신이 천생 예술가임을 말하고 입증하고자 했던 이의 절절한 기록이며 뜨거운 삶의 고백록이다. 언젠가 그가 잠들어 있는 파리의 페르 라셰즈 묘지에 가게 된다면 이 책을 오스카 와일드의 영전에 바치며 그와 로비의 영원한 안식을 기원하고 싶다. 이처럼 귀중한 책이 내 손을 거쳐 우리 독자들에게 선보일 수 있도록 애써주신 문학동네 편집부의 노고에 깊이 감사드린다.

2015년 봄의 문턱에서
박명숙

OSCAR
WILDE

심연으로부터

1장

앨프리드 더글러스 경에게
1897년 1~3월, 레딩 감옥[1]에서

보시Bosie[2]에게,

오랫동안 헛된 기다림을 이어온 끝에 나는 당신과 나 모두를 위해 당신에게 편지를 쓰기로 마음먹었어. 2년이라는 긴 시간 동안 감옥에서 지내는 동안, 당신이 내게 안겨준 고통 말고는 당신에게서 단 한 줄의 편지도, 아니 어떤 소식이나 메시지도 받지 못했다는[3] 생각에 견딜 수가 없었기 때문이야.

참으로 한탄스럽고 불운했던 우리의 우정은 내게 공적인 불명예를 안겨주면서 파멸로 끝나고 말았지. 하지만 아직 서로의 애정에 대한 기억이 종종 떠오르는데, 한때 사랑이 차지했던 내 마음속에 증오와 쓸쓸함과 경멸이 영원히 자리할 거라는 생각이 나를 무척 슬프게 해. 어쩌면 당신도 마음속으로는, 외로운 옥살이를 하고 있는 내게 편지를 쓰는 게 내 허락도 없이 내 편지를 출간하거나 내게 시를 헌정하는 것보다 나을 거라고 생각할지도 모르겠어. 물론 당신이 어떤 슬픔이나 열정, 또는 회한이나 무관심의 말들로써 내게 답장을 하거나 호소를 할지 세상 사람들은 알지 못하겠지만.

미리 말해두지만, 당신의 삶과 나의 삶, 과거와 미래, 씁쓸함으로 바뀐 달콤한 것들, 그리고 기쁨으로 변할지도 모르는 씁쓸한 것들에 대해 말해야 하는 이 편지 속에는 당신의 오만함에 깊은 상처를 낼지도 모르는 이야기가 자주 나올 거야. 만약 그렇다면, 그것이 당신의 오만함을 완전히 죽여버릴 때까지 편지를 읽고 또 읽기를. 만약 편지 속에서 당신이 부당하게 비난받는다고 느끼는 무언가를 발견한다면, 살다 보면 누구에게나 부당하게 비난받는 어떤 과오가 있게 마련이라는 사실에 감사해야 한다는 것을 기억하기를. 만약 편지 속에 당신 눈에서 눈물을 자아내는 구절이 단 하나라도 있다면, 밤과 더불어 낮마저도 눈물을 위한 시간이 되어야 하는 감옥에서 우리가 우는 것처럼 울기를 바라. 그러는 것만이 당신을 구원할 수 있을 테니까. 내가 로비[4]에게 보낸 편지에서 당신을 경멸했다고 불평을 늘어놓았던 것처럼 또다시 당신 어머니에게 하소연함으로써 그녀가 당신을 자아도취와 자만심에 빠지도록 어르고 달래게 한다면 당신은 더이상 가망이 없는 거야. 만약 당신 자신을 위해 그릇된 변명 하나를 생각해낸다면, 당신은 머지 않아 100가지의 변명을 찾아낼 것이고, 그럼 다시 과거의 당신으로 돌아가고 말 거라고.

당신은 로비에게 변명한 것처럼 지금도 여전히 내가 당신한테 '어울리지 않는 동기를 부여하고 있다'고 말하고 싶은 거야? 천만에! 당신은 지금까지 살아오는 동안 동기란 걸 가져본 적이 없었어. 기껏해야 어떤 것에 대한 욕구를 느꼈을 뿐이지. 동기는 지적인 목표를 말해. 아니면, 우리의 우정이 시작되었을 때 당신은 '너무 어렸다'고 변명하고 싶은 건가? 당신의 진정한 문제점은, 당신이 인생에 대해 아무것도 몰랐다는 게 아니라 너무 많은 것을 알고 있었다는 거야. 당신은 삶의 새벽과도 같은 어린 시절, 그 연약한 꽃봉오리, 그 투명하고 깨끗한 빛, 그 순수성과 기대가 주는 기쁨을 저만치 뒤로한 채 앞질러나갔지. 빠르고 날렵한 걸음으로 낭만주의에서 사실주의로 넘어가버린 거야. 그리고 당신은 시궁창과 그 속에서 사는 것들에 매혹되기 시작했어. 그러다 곤란한 일이 생겨 내게 도움을 청했고, 나는 세상의 지혜에 비추어볼 때 매우 어리석게도 동정과 친절을 베푼답시고 당신을 도왔지. 당신은 이 편지를 끝까지 다 읽어야만 할 거야. 편지 속의 한마디 한마디가 생살을 태우는 뜨거운 불이나 피를 흘리게 하는 외과의사의 메스처럼 느껴질지라도.

당신은 신들의 눈에 비친 바보와 인간의 눈에 비친 바보는 아주 다르다는 사실을 기억해야만 해. 끊임없이 변화하는 예술 양식이나 진보하는 사상의 양상, 라틴어 시구의 장엄함이나 그리스어 모음의 한층 풍부한 음악성, 토스카나의 조각이나 엘리자베스 시대의 노래에 대해서 아무것도 모르는 사람이라도 얼마든지 감미로운 지혜를 지닐 수 있어. 신들이 조롱하거나 가혹하게 다루는 진정한 바보는 자기 자신을 알지 못하는 사람이야. 내가 바로 아주 오랫동안 그런 사람이었지. 당신도 아주 오랫동안 그런 사람이었고. 이제 더이상은 그렇게 살지 말도록 해. 그렇다고 겁먹을 필요는 없어. 피상적인 것은 최고의 악덕이야. 뭐든지 깨닫는 것은 옳은 것이고. 당신이 내 편지를 읽으면서 느끼는 괴로움보다 그것을 써내려가면서 느끼는 내 고통이 훨씬 더 크다는 것도 알아야 할 거야. 눈에 보이지 않는 힘들이 당신한테는 몹시 관대한 것 같다는 생각이 들어. 마치 크리스털에 어른거리는 그림자를 바라보듯 당신에게 삶의 기이하고 비극적인 형태들을 한 걸음 떨어져서 바라볼 수 있게 한 걸 보면. 당신은 쳐다보기만 해도 사람을 돌로 만들어버리는 메두사의 머리도 거울을 통해서만 보도록 허락받았고 말이지. 당신은 꽃들 사이를 자유롭게 거닐 수 있지. 하지만 나는 색채와 움직임으로 이루어진 아름다운 세상을 모두 빼앗겨버렸어.

이 편지에서 난 먼저 당신한테 나 자신을 엄청나게 자책하고 있다는 이야기부터 하려고 해. 불명예와 파산을 한꺼번에 감당해야 했던 나는 지금 죄수복을 입고 이곳 컴컴한 감방에 앉아서 나 자신을 탓하고 있어. 잠을 설치고 혼란과 두려움으로 점철된 밤에도, 고통만이 단조롭고 길게 이어지는 낮에도 나는 나 자신을 자책하고 있어. 비지성적인 우정, 그 첫번째 목적이 아름다운 것들의 창조와 관조가 아닌 우정이 내 삶을 전적으로 지배하도록 내버려둔 나 자신을 탓하는 거야. 처음 시작부터 우리 사이에는 아주 커다란 차이점이 존재했지. 당신은 중고등학교 때 게으른 학생이었고, 대학에 와서는 더욱더 나태하게 생활했지.[5] 당신은 모름지기 예술가는, 그리고 특별히 나처럼 개성의 강화에 작품의 질이 좌우되는 예술가는 더더욱 자신의 예술을 꽃피우기 위해 아이디어의 교류와, 차분함과 평온함 그리고 고독이 동반된 지적인 분위기를 필요로 한다는 것을 알지 못했어. 당신은 완성된 내 작품을 보고 감탄했지. 내 연극이 초연되던 날에는 그 놀라운 성공과 그에 뒤이은 멋진 연회를 즐겼고. 당신은 지극히 당연하게도, 그토록 유명한 예술가의 가까운 친구라는 사실을 자랑스러워했지. 하지만 당신은 예술

작품의 창조에 어떤 조건이 필요한지를 이해하지 못했어. 나는 지금 수사학적 과장법으로 말하는 게 아니라 실제 사실에 근거한 절대적인 진실에 관해 이야기하는 거야. 우리가 함께 지냈던 그 모든 시간 동안 내가 단 한 줄도 쓰지 못했던 것[6]을 떠올려보길 바라. 토키, 고링, 런던, 피렌체 또는 그 어디에서든 당신이 내 곁에 있던 동안 내 삶은 철저히 비생산적이고 비창조적이었지. 그리고 이런 말을 하게 되어 유감이지만, 당신은 거의 공백 없이 언제나 내 곁에 있었어.

수많은 것 중에서 한 가지 예를 들자면 1893년 9월의 일이 생각나는 군. 그때 나는 희곡을 써주기로 했던 존 헤어와의 계약을 지키지 못해서 누구에게도 방해받지 않고 오직 작업에 몰두하기 위해 아파트 하나를 빌렸지. 그 일로 존 헤어에게서 압박을 받고 있었거든. 당신은 처음 1주일간은 내게서 떨어져 있었지. 우린 충분히 그럴 만한 이유로 당신이 한 『살로메』번역[7]의 예술적 가치에 대해 서로 의견이 달랐고, 당신은 그 문제로 내게 멍청한 편지들을 보내는 것으로 그쳤지. 바로 그 주에 나는 『이상적인 남편』의 1막 집필을 마치고 세부적인 것을 모두 완성했어. 최종적으로 상연된 것처럼 말이지. 그런데 그다음 주에 당신이 돌아오자 나는 사실상 작업을 포기해야만 했지. 그 당시 나는 집이 아무리 조용하고 평화롭다 해도 가정생활로 인해 작업이 중단되는 일 없이 생각하고 글을 쓰기 위해 매일 아침 11시 30분에 세인트제임스플레이스[8]에 도착하곤 했지. 그런데 그러한 시도는 헛수고가 되고 말았던 거야. 당신은 12시면 어김없이 나타나 담배를 피우며 수다를 떨었고, 1시 30분이 되면 나는 당신을 카페 루아얄이나 버클리[9]로 데리고 가 점심을 먹어야 했어. 리큐어[10]를 곁들인 점심은 대개 3시 30분까지 이어졌지. 그런 다음 당신은 한 시간 정도 화이트 클럽[11]에서 시간을 보냈어. 그러다 티타임이 되면 다시 나타나 저녁식사를 위해 옷을 차려입어야 하는 시간까지 머물렀지. 그리고 사보이 호텔이나 타이트가[12]에서 나와 함께 저녁을 먹었지. 우리는 대개 자정 후에 윌리스[13]에서 황홀했던 하루를 마무리할 때까지 헤어지지 않았지. 그게 그 당시 석 달간의 내 삶이었어. 당신이 외국에 나가 있던 나흘을 빼고는 단 하루도 빠짐없이 이어진. 물론 그때도 당신을 다시 데려오기 위해 칼레까지 몸소 가야 했지만. 이 모두가 나 같은 본성과 기질을 가진 사람에게는 너무나 기막힌 비극적인 상황이었지.

당신도 이젠 분명히 알 수 있겠지? 절대 혼자 있지 못하고, 다른 사람들의 관심과 시간을 집요하게 요구하는 성격, 지적이고 일관된 집중력의 부족, 불행한 사고(그건 단지 사고일 뿐이라고 믿고 싶거든)로 인해 지적인 문제에서 '옥스퍼드적인 기질'을 갖추지 못하게 된 사실(당신은 자신의 생각을 과격하게 표현할 줄만 알았지 생각을 우아하게 다루는 법을 알지 못했어). 당신의 욕망과 관심은 예술이 아닌 삶으로만 향하고 있다는 사실과 합쳐진 이 모든 것들이 당신의 문화적 발전이나 나의 예술가적 작업에 얼마나 파괴적으로 작용했는지를 확실히 깨달았으리라 믿어. 나는 당신과 나의 우정을 당신보다 젊은 존 그레이나 피에르 루이스[14] 같은 사람들의 우정과 비교해볼 때 부끄러운 생각마저 들어. 나의 진정한 삶, 나의 고귀한 삶은 그런 사람들 곁에서만, 그런 부류의 사람들과 어울림으로써만 가능한 거야.

나는 지금은 당신과의 우정이 초래한 끔찍한 결과들에 대해서는 이야기하지 않으려고 해. 단지 그 우정이 지속되는 동안 그것이 어떤 것이었는지만 생각하고 있어. 그건 내게 지적인 손실을 초래하는 것이었지. 당신은 기본적으로 아직 미성숙 단계에 있는 예술적 기질을 지니고 있었어. 난 당신을 너무 늦게 혹은 너무 일찍 만났던 거야. 어느 쪽이었는지는 나도 모르겠지만. 당신이 내게서 멀리 있을 때 난 아무런 문제가 없었어. 앞서 언급한 그해 12월 초, 당신 어머니를 설득해 당신을 영국 밖으로 보내도록 했을 때, 난 망가지고 복잡하게 엉켜버린 내 상상력의 실타래를 다시 풀어서 감고, 다시 스스로 내 삶을 통제하고, 『이상적인 남편』의 나머지 3막을 완성했을 뿐만 아니라 서로 완전히 다른 유형의 극인 『피렌체의 비극』과 『신성한 유녀遊女』[15]를 거의 완성했어. 그런데 갑자기 예상 밖으로 달갑지 않게, 내 행복에 치명적인 상황 속에서 당신이 돌아온 거야. 결국 두 작품은 불완전한 상태로 남겨두게 되었고, 난 그것들을 끝낼 수 없었어. 처음 그 작품들을 쓸 때의 기분으로 되돌아가는 게 불가능했기 때문이지. 당신도 이젠 시집을 출간한[16] 사람으로서 지금 내가 한 말이 모두 사실이라는 걸 알 수 있겠지. 당신이 그 사실을 깨달았건 그러지 못했건 그것은 우리 우정의 가장 깊은 곳에 추한 진실로 남아 있게 될 거야.

나와 함께 있는 동안 당신은 내 예술에 절대적인 재앙으로 작용했지. 그리고 난 당신한테 예술과 나 자신 사이에 끈질기게 자리하도록 허용한 것을 더없이 수치스럽게 여기면서 끝없이 나를 자책하고 있어. 당신은 알지도 못했고, 이해할 수도 없었으며, 제대로 평가할 줄도 몰랐지. 나한테는 당신에게서 그런 것들을 조금이라도 기대할 권리가 없었던 거야. 당신은 오직 근사한 식사와 당신 기분에만 관심이 있었으니까. 당신은 그저 즐기는 것과, 평범하거나 그보다 저급한 쾌락만을 원했어. 그 당시 당신은 기질적으로 그런 것들을 필요로 했거나, 필요로 한다고 생각했지. 당신을 내 집이나 아파트에 오지 못하게 했어야 했어. 특별히 당신을 초대했을 때를 제외하고는. 나는 나 자신의 나약함을 탓하고 또 탓했어. 그건 단지 나약함일 뿐이었던 거야. 당신과 일생을 보내는 것보다 예술과 30분을 같이 보내는 게 내게는 언제나 더 유익했어. 내 삶의 그 어떤 시기에도 예술과 비교해볼 때 조금이라도 더 중요했던 건 정말이지 아무것도 없었어. 예술가에게 나약함은 곧 죄악이야. 그 나약함이 상상력을 마비시킨다면.

나는 당신이 나를 불명예스럽게 재정적으로 완전히 파산하게 만들도록 내버려둔 것에 대해서도 나 자신을 자책하고 있어. 1892년 10월 초 어느 날 아침, 브랙널[17] 부근의 노랗게 물든 숲에서 당신 어머니와 함께 앉아 이야기를 나누던 게 생각나는군. 그때만 해도 난 당신의 진짜 성격에 대해서 거의 아는 게 없었지. 나는 토요일부터 월요일까지 옥스퍼드에서 당신과 함께 지냈지. 당신은 크로머[18]에서 열흘간 나와 함께 지내며 골프를 쳤고. 우리 대화는 자연스럽게 당신 이야기로 흘러갔고, 당신 어머니는 내게 당신 성격에 관해 얘기하기 시작했어. 당신의 중요한 두 가지 결점이 어떤 것인지 말해주었지. 당신의 자만심과, 그녀의 표현 그대로 말하자면, '돈에 관한 기막힌 무개념'이 늘 문제라고 말이야. 그 말을 듣고 내가 얼마나 웃었는지 지금도 똑똑히 기억나. 그때 난 첫번째 것이 나를 감옥으로, 두번째 것이 나를 파산으로 이끌 줄은 꿈에도 생각지 못했던 거야.

나는 젊은이에게 자만심은 가슴에 꽂고 다니는 우아한 꽃과 같다고 생각했어. 낭비벽—난 당신 어머니가 말한 게 낭비벽이라고 생각했거든—의 경우 검약과 절약의 미덕은 나 같은 기질이나 부류의 사람에게는 해당되지 않는 것이었고. 그런데 우리가 가깝게 지낸 지 채 한 달도 되지 않아서 난 당신 어머니가 무엇을 말하려고 했는지 깨닫기 시작했어. 당신은 무분별한 낭비벽으로 점철된 생활을 지속했고, 끊임없이 돈을 요구했으며, 나와 함께 있건 아니건 모든 유흥비를 내가 지불하도록 했지. 그런 당신 때문에 나는 얼마 지나지 않아 심각한 재정적 위기를 겪게 되었던 거야. 그리고 당신이 내 삶에 점점 더 많이 개입하려고 함에 따라 당신의 낭비벽이 적어도 내겐 지극히 단조롭고 흥미롭지 않게 느껴진 이유는, 그 돈이 거의 대부분 먹고 마시는 것과 그 비슷한 것을 위해서만 쓰였기 때문이야. 때때로 식탁을 포도주와 장미꽃으로 붉게 장식하는 것은 삶에 즐거움을 줄 수 있지. 하지만 당신은 취향과 절제 모두에서 그 도가 지나쳤어. 당신은 무례하게 요구했고, 받으면서도 감사할 줄 몰랐어. 당신은 점점 더, 내 돈으로, 예전에는 경험하지 못했던 풍요롭고 사치스러운 삶을 사는 것을 일종의 권리처럼 여기게 되었지. 그리고 바로 그런 이유 때문에 당신의 욕구가 점점 더 커져갔던 것이고. 심지어 알제[19]의 카지노에서 도박을 하다가 돈을 잃으면 내게 즉시 전보를 쳐서 당신 은행계좌로 잃은 금액만큼의 돈을 부쳐달라고 요구하기도 했어. 그리고 그후에는 그 문제에 대해 더이상 생각하지 않았지.

1892년 가을부터 내가 감옥에 수감될[20] 때까지 당신과 함께 그리고 당신을 위해 쓴 돈—내가 지불해야 했던 청구서들은 제외하고— 이 현금으로만 5000파운드가 넘는다고 하면,[21] 당신이 어떤 종류의 삶을 살아왔는지 조금은 파악이 되겠지. 혹시 내가 과장하는 거라고 생각해? 런던에서 당신하고 평범한 하루를 보내는 데 드는 돈—점심, 저녁, 밤참, 유흥비, 마차 삯 그리고 기타—이 12파운드에서 20파운드가량 되었지. 그러니까 1주일 동안 쓴 돈이 총 80파운드에서 130파운드가량 된다는 계산이 나오는 거지. 우리가 고링[22]에서 석 달을 함께 지내는 동안 내가 쓴 돈이(물론 집세를 포함해서) 1340파운드에 달했어. 나는 파산관재인과 차례차례 내 삶의 모든 항목들을 살펴보아야만 했지. 정말 끔찍했어. 물론 그때 당신은 '평범한 삶과 고귀한 생각'[23]이라는 이상의 의미를 이해할 수도 없었겠지만, 그렇게 탕진하는 삶은 우리 모두에게 정말 수치스러운 일이었어.

내 기억에 가장 즐거웠던 저녁식사 중 하나는 로비하고 소호의 조그만 카페에서 함께 했던 것이었는데, 당신하고 식사할 때 썼던 돈에서 파운드를 실링[24]으로 바꾼 만큼의 비용밖에 들지 않았지. 로비하고의 저녁식사에서 나의 최초이자 가장 훌륭한 대화체의 글[25]이 탄생했고 말이지. 3프랑 50센트짜리 정식에서 글의 아이디어와 제목, 주제를 다루는 방식, 글의 양식 등 모든 것이 정해진 거야. 과도한 돈을 쓴 당신과의 저녁식사에서 남은 거라고는, 너무 많이 먹고 너무 많이 마신 기억밖에 없어. 그리고 내가 당신 요구를 순순히 들어준 것은 당신을 위해서도 좋은 일이 아니었어. 당신도 이젠 그걸 깨달았겠지만. 그 때문에 당신은 종종 욕심을 부렸고, 때로 염치없는 행동을 하기도 했으며, 언제나 무례하게 굴었지. 아주 많은 경우 당신과 함께 식사를 하는 건 그 어떤 즐거움도 특권도 되지 못했어. 당신은 잊고 있었던 거야—나는 지금 형식적인 정중한 감사 인사를 말하려는 게 아니야. 그건 친밀한 우정에 오히려 방해가 되니까. 다정한 동료애의 우아함과 유쾌한 대화의 매력, 그리스인들이 '위험한 즐거움'이라고 불렀던 그런 것, 그리고 삶을 아름답게 하면서, 사물의 조화를 유지하고 불화와 침묵의 순간을 아름다운 선율로 채우는 음악처럼 삶에 동반되는 친절하고 세심한 배려들을 말이지. 나처럼 끔찍한 처지에 놓인 사람이 하나의 수치와 또다른 수치를 구분한다는 게 당신한테는 이상해 보일지 모르지만 그래도 솔직하게 말해야 할 것은, 어리석게도 그 많은 돈을 당신에게 낭비하고, 당신이 당신과 나의 불행을 위해 내 재산을 탕진하게 내버려두었다는 사실이 적어도 내가 보기에는 나의 파산에 통속적인 방탕의 색채를 부여하면서 내게 두 배의 수치심을 안겨준다는 거야. 나는 다른 것들을 위해 생겨난 사람이기 때문이지.

하지만 무엇보다도 나는 당신이 내게 도덕적 실추를 불러오도록 허용한 나 자신을 몹시 탓하고 있어. 본래 인성의 근본을 이루는 것은 의지력인데, 내 의지력은 전적으로 당신에게 종속돼버리고 말았지. 터무니없는 얘기처럼 들릴지 모르지만 분명한 사실이야. 당신에게 거의 육체적으로 필요한 듯했던, 끊임없이 반복된 광경들—그럴 때 당신은 몸과 마음이 뒤틀려버려서 당신을 쳐다보는 것도, 당신 이야기를 듣는 것도 끔찍했지. 당신 아버지에게서 물려받은, 혐오스럽고 역겨운 편지를 쓰는 지독한 기벽, 앙심을 품은 듯 뚱한 오랜 침묵과, 간질 발작처럼 느닷없이 터져나오는 발작 증세들이 보여주는 감정 통제력의 상실. 내가 언젠가 당신에게 보낸 편지[26]에서, 당신이 사보이나 다른 호텔에 내버려두어서 당신 아버지의 변호사가 법원에 제출하게 했던 그 편지 말이야, 페이소스[27]를 곁들여—그때 당신이 그 구성요소나 표현에 포함된 페이소스를 이해했는지 모르겠지만—제발 그러지 말라고 간청하듯 얘기했던 것들. 바로 이런 것들이 점점 커지는 당신의 요구에 치명적으로 응하게 된 근본 이유였던 거야. 당신은 나를 지치게 하고 진을 빼놓았지. 그건 큰 것에 대한 작은 것의 승리였어. 내가 내 극의 어딘가에서 '유일하게 지속되는 독재'[28]라고 묘사했던 바로 그것, 강자에 대한 약자의 승리를 잘 보여주는 것이었지.

그리고 그건 어쩔 수 없는 것이었어. 누구나 살아가면서 다른 사람들과 맺는 모든 관계에서 각자 자신에게 맞는 삶의 방식moyen de vivre을 찾아야만 하니까. 당신의 경우에는, 내가 당신에게 굴복하거나 당신을 굴복시키거나 둘 중 하나였지. 그 밖에 다른 선택은 없었어. 비록 잘못된 것이지만 당신에 대한 깊은 애정 때문에, 당신의 성격과 기질적 결점에 대한 깊은 연민 때문에, 익히 알려진 나의 관대한 천성과 켈트족 고유의 게으름 때문에, 상스러운 다툼과 추한 말들에 대한 예술가적 혐오 때문에, 어떤 종류의 원망도 품을 수 없었던 당시 나의 성정 때문에, 관심이 다른 데로 향하고 있었던 내 눈에는 잠깐의 생각이나 관심조차 아까운, 지극히 하찮고 사소한 것으로 인해 삶이 불쾌하고 추하게 느껴지는 걸 지켜볼 수가 없었기 때문에—당신에게는 지극히 단순해 보일 수도 있는 이런 이유들 때문에 난 항상 당신한테 굴복하고 말았던 거야. 그 자연스러운 결과로, 당신의 요구와 내게 영향력을 행사하고자 하는 시도, 당신의 강요는 점점 더 이성의 한계를 넘어서게 되었지. 당신의 더없이 비열한 동기, 천박하기 이를 데 없는 욕구, 지극히 저속한 열정은 당신에겐 다른 사람들의 삶이 언제나 따라야 하는 법칙이 되어버렸고, 필요한 경우에는 그 법칙에 따라 다른 사람들의 삶이 가차없이 희생될 수도 있었지. 소란을 피움으로써 언제나 자신이 원하는 것을 얻을 수 있다는 것을 알게 되면서 당신은 자연스럽게, 물론 무의식적으로 그랬겠지만, 극단적인 저속한 폭력성을 마음껏 드러내 보였던 거야. 그러다 마침내 자신이 무엇을 위해 어디를 향해 서둘러 가고 있는지도 알지 못하게 되었지.

만족할 줄 모르는 맹목적인 탐욕에 사로잡힌 당신은 나의 천재성과 내 의지력과 내 재산을 차지한 것으로도 모자라 내 삶 전체를 요구했지. 그리고 당신은 내 삶을 빼앗아갔어. 내 인생을 통틀어 더할 나위 없이 비극적으로 위기였던 순간에, 어처구니없는 소송을 제기하려는 한탄스러운 결정을 내리기 직전, 한쪽에는 내 클럽에 남겨둔 역겨운 명함들로 나를 공격하는 당신의 아버지가 있었고,[29] 다른 한쪽에는 마찬가지로 혐오스러운 편지들로 나를 공격하는 당신이 있었지. 당신 아버지에 대한 우스꽝스러운 체포영장을 제출하기 위해 당신에게 경찰 재판소로 나를 데려가게 했던 그날 아침,[30] 당신에게서 받았던 편지는 정말이지 최악이었어. 그것도 가장 부끄러운 이유로 말이지. 당신들 사이에서 난 이성을 잃고 만 거야. 나의 판단력은 나를 저버렸고, 두려움이 그 자리를 대신 차지했지. 솔직히 말해서, 그때는 당신들에게서 벗어날 수 있는 어떤 출구도 보이지 않았어. 난 눈이 가려진 채 도살장으로 끌려가는 소처럼 비틀거렸지. 나는 엄청난 정신적 과오를 범한 거야. 난 늘 사소한 문제에서 당신 뜻에 따르는 것은 별 의미가 없다고 생각해왔어. 그러다 정말 중요한 문제가 생기면, 난 당연히 우월한 내 의지력을 재확인할 수 있을 거라고 믿었거든. 그런데 그렇지가 않았던 거야. 정말 중요한 순간에 내 의지력은 내게 아무런 도움이 되지 못했어.

사실 우리 삶에서 사소한 일이나 큰일 같은 건 없어. 모든 게 다 똑같은 가치와 똑같은 크기로 이루어졌지. 모든 것에서 당신에게 굴복하는 내 습관—처음에는 대부분 무관심에서 비롯된—은 서서히 진정한 내 본성의 일부가 되어버리고 만 거야. 내가 그 사실을 의식하지 못하는 사이에 그러한 습관은 나의 기질을 영구적이고 치명적인 한 가지 성격으로 고착시키고 만 거라고. 그게 바로 페이터가 그의 에세이의 초판을 끝맺는 섬세한 글에서 "습관의 형성은 실패를 의미한다"[31]라고 말한 이유야. 그가 이 말을 했을 때 멍청한 옥스퍼드생들은 그의 문장이 아리스토텔레스 『윤리학』의 다소 지루한 텍스트를 의도적으로 뒤집은 것이라고 생각했지. 사실 그 문장 속에는 엄청난 진실이 숨겨져 있었거든. 난 당신에게 내 기질의 힘을 야금야금 약화시키는 것을 허용했어. 그리고 내게 습관의 형성은 단지 실패가 아닌 파멸인 것으로 드러났지. 당신은 내게 예술적으로보다 윤리적으로 훨씬 더 파괴적인 존재였던 거야.

2장

일단 영장 청구가 받아들여지자, 당신은 물론 모든 것을 자기 마음대로 하기 시작했지. 내가 런던에 머물면서 현명한 조언들에 귀 기울이며 나 스스로 걸려든 끔찍한 덫―당신 아버지는 지금까지도 그것을 '부비트랩'이라고 부르지―에 대해 차분히 생각할 필요가 있었던 순간에, 당신은 신이 창조한 가장 역겨운 장소인 몬테카를로로 데려다달라고 나를 졸랐어. 거기서 카지노가 열려 있는 동안에는 밤낮없이 도박을 하려고 말이지. 바카라에도 아무런 흥미를 못 느낀 나는 밖에서 당신을 기다려야 했지. 당신은 당신과 당신 아버지가 나를 어떤 상황으로 몰아넣었는지에 대해 얘기하고 싶어하는 내게 단 5분도 할애하려고 하지 않았어. 내 역할은 단지 호텔 숙박료와 게임에서 잃은 돈을 지불하는 것뿐이었지. 내가 나를 기다리고 있는 시련에 대해 조금이라도 언급할라치면 당신은 즉시 지루해죽겠다는 표정을 지어 보이곤 했어. 당신한테는 누군가가 우리에게 추천해준 새로운 샴페인 브랜드가 훨씬 더 흥미로웠던 거야.

우리가 런던으로 돌아오자, 나의 안위를 진정으로 걱정하는 몇몇 친구들이 내게 아무런 승산이 없는 재판을 그만두고 외국으로 떠나라고 간청했지. 그런데 당신은 비열한 이유로 그런 충고를 하는 것이라며 그들을 비난했고, 그들의 말에 귀 기울이는 나를 비겁하다고 몰아세웠지. 끝까지 남아서, 가능하면 법정에서 뻔뻔하게 말도 안 되는 어리석은 거짓증언이라도 하라고 강요하면서. 결국 나는 당연히 체포되었고, 당신 아버지는 당대의 영웅이 되었지. 사실 당대의 영웅 그 이상이라고 볼 수 있지. 참으로 희한하게도 당신 가족은 이제 불멸의 신들과 어깨를 나란히 하게 된 거야. 역사에서 고딕풍[1]의 요소를 떠올리게 하며, 클레이오[2]를 가장 하찮은 뮤즈로 전락시키는 효과를 불러일으키는 기괴함과 함께 당신 아버지는 교리문답서에 등장할 법한 순수한 마음의 부모들 가운데서 영원히 살게 될 것이고, 당신은 어린 사무엘[3]과 같은 자리를 차지하겠지. 그리고 나는 말레볼제[4]의 가장 끔찍한 진창 속에서 질 드 레[5]와 마르키 드 사드 사이에 앉아 있게 될 거고.

물론 나는 당신을 진작 떼어냈어야 했어. 옷에 붙어서 몸을 찌르는 벌레를 떼어내듯 당신을 내 삶에서 몰아냈어야 했던 거야. 아이스킬로스가 쓴 가장 훌륭한 극작품에 자기 집에 새끼 사자를 데리고 온 한 위대한 인물의 이야기가 나오지.[6] 그는 그 새끼 사자를 무척 아꼈어. 그가 부르면 사자는 언제라도 눈빛을 반짝이며 달려왔고, 먹을 것을 달라고 재롱을 부리곤 했지. 그런데 그 새끼 사자가 성장하더니 사자의 타고난 본성을 드러내면서 자기 주인과 그의 집과 그가 가진 모든 것을 파괴하고 만 거야. 난 내가 바로 그런 사람이었다는 생각이 들어.

하지만 내 잘못은 당신과 헤어지지 않은 게 아니라, 당신과 너무 자주 헤어졌다는 거야. 내 기억으로는, 난 석 달에 한 번씩 정기적으로 당신과의 관계를 끝냈어. 그럴 때마다 당신은 애원과 전보, 편지, 당신 친구들의 중재, 내 친구들의 중재 등 다양한 방법을 동원해서 당신이 다시 돌아오는 것을 허용하도록 나를 설득했지. 1893년 3월 말, 당신이 토키에 있는 내 집을 떠났을 때 나는 당신하고 다시는 말하지 않기로, 다시는 어떤 상황에서도 당신이 나와 함께 있는 것을 허용하지 않기로 마음먹었어. 당신이 떠나기 전날 보여준 과격한 행동을 더이상은 용납할 수 없었기 때문이었지. 그런데 당신은 브리스톨에서 내게 편지를 보내고 전보를 쳐서는 당신을 용서하고 다시 만나달라고 애걸하다시피 했지. 당신이 떠난 후 내 집에 계속 남아 있었던 당신 가정교사가 내게 그러더군. 당신은 때로 당신이 말하고 행동한 것에 대해 아주 무책임하다고. 그리고 모두는 아니지만 모들린[7]의 많은 이들이 같은 생각을 하고 있다고 말이지. 나는 당신을 다시 만나기로 했고, 물론 당신을 용서했지. 함께 런던으로 가는 동안 당신은 내게 사보이 호텔에 데려다달라고 간청했지. 그건 정말 나한테는 치명적인 방문이었어.

그로부터 석 달 후 6월에 우린 고링에 있었지. 당신의 옥스퍼드 친구 몇몇이 와서 토요일부터 월요일까지 머물다 가곤 했지. 그들이 떠나던 어느 날 아침, 당신은 또다시 난리를 피우면서 나를 엄청나게 닦달했고, 난 견디다못해 우린 헤어져야 한다고 말했지. 나는 그때의 광경을 지금도 똑똑히 기억하고 있어. 우린 잔디가 잘 다듬어진 크로케 구장 위에 서 있었고, 난 당신한테 알아듣게 얘기했지. 우린 서로의 삶을 망치고 있고, 당신은 내 삶을 완전히 망가뜨렸으며, 난 당신을 전혀 행복하게 해주지 못하고 있으므로, 다시는 돌이킬 수 없는 완전한 결별만이 우리가 내릴 수 있는 유일하게 이성적이고 현명한 결정이라고 말이지. 그러자 당신은 점심을 먹은 후 뚱한 얼굴로 떠나면서 내게 전해 달라며 집사에게 몹시 불쾌한 편지 한 장을 남겼지. 그리고 사흘도 지나지 않아 당신은 런던에서 내게 용서를 빌며 다시 돌아가도록 허락해줄 것을 간청하는 전보를 보낸 거야. 난 당신을 기쁘게 해주려고 그 집을 빌렸어. 당신의 요구대로 당신 하인들도 고용했지. 난 당신이 자신의 불같은 성격을 스스로도 어쩌지 못하는 것을 보면서 참으로 안타까운 마음이 들었어. 나는 당신을 좋아했으니까. 그래서 당신이 다시 돌아오는 것을 허락했고 당신을 용서했지.

그리고 석 달이 지난 9월, 또다시 한바탕 난리가 났지. 당신이 『살로메』를 번역하면서 저지른 기본적인 잘못들을 내가 지적했기 때문이었지. 당신도 지금쯤은 프랑스어 실력이 꽤 늘었을 테니까, 그때 당신이 했던 번역이 보통의 옥스퍼드 학생이라면 저지르지 않았을 실수였다는 것을 인정하리라 생각해. 물론 그때 당신은 그걸 몰랐겠지만. 당신은 몹시 공격적인 어조의 편지에서 그 문제에 관해 이렇게 말했지. 당신은 내게 "어떤 종류의 지적知的 의무도 없다"라고. 나는 그 문장을 읽는 순간, 그것이 우리가 서로 알고 지낸 시간 동안 당신이 내게 했던 유일하게 진실한 말이라고 느꼈어. 그 순간, 당신한테는 나보다 지적 수준이 낮은 사람이 더 잘 어울릴 거라는 생각이 들었지. 나는 지금 결코 씁쓸한 마음으로 이런 말을 하는 게 아니야. 단지 우리가 함께 나눈 삶의 경험에 근거한 사실을 이야기하는 것뿐이야. 궁극적으로, 결혼이나 우정과 같은 공동적인 관계를 이어주는 건 대화이고, 대화는 서로의 공통적인 기반이 있어야 가능하지. 그리고 지적 수준이 아주 다른 두 사람 사이에 가능한 공통적 기반은 가장 낮은 수준이 될 수밖에 없어. 생각과 행동에서 경박한 것은 매력적이지.[8] 경박함은 내 극과 역설 속에 표현된 아주 멋진 철학의 핵심이기도 하고. 하지만 삶의 허황됨과 어리석음은 종종 나를 진력나게 했어. 우린 오직 진창 속에서만 만날 수 있었던 거야. 당신이 끝없이 반복했던 단 한 가지 이야기가 아무리 지독하게 매력적이라고 할지라도 결국에는 그것조차 더없이 단조롭게 느껴졌지. 난 종종 지루해 죽을 것만 같았고, 당신이 하는 이야기를 당신과 어울리기 위해 치러야 하는 값비싼 대가의 일부로, 어쩔 수 없이 참고 견뎌야 하는 것으로 받아들였지. 뮤직홀[9]에 빠져드는 당신의 취향이나, 먹고 마시는 데 엄청난 돈을 써대는 당신의 기벽, 또는 별로 매력적이지 않은 당신의 성격을 받아들였던 것처럼.

내가 고링을 떠나 2주일간 디나르[10]에서 지내게 되었을 때 당신은 자기를 함께 데리고 가지 않는다고 엄청나게 화를 냈지. 그리고 내가 그곳으로 떠나기 전, 그 일로 앨버말 호텔에서 불쾌하기 짝이 없는 광경을 연출했고, 내가 며칠간 머물던 시골집으로 마찬가지로 불쾌한 전보들을 보냈어. 난 그때 당신한테 분명히 말했어. 당신은 시즌[11] 전부를 가족과 떨어져 지냈으니까, 이제 그들과 조금이라도 시간을 함께 보내는 게 당신의 의무라고 말이지. 하지만 아주 솔직하게 얘기하자면, 사실 난 어떤 경우라도 당신이 나하고 함께 있는 것을 용납할 수 없었던 거야. 우린 거의 12주를 함께 지냈어. 나는 당신과 함께 있는 데서 느껴지는 엄청난 중압감에서 벗어나 휴식을 취해야만 했어. 잠시라도 나 혼자 있을 필요가 있었지. 그건 지적인 측면에서 필요한 일이었어.

솔직히 고백하자면, 난 앞서 언급한 당신 편지에서, 어느 날 갑자기 우리 사이에 생겨난 치명적인 우정을 끝낼 수 있는, 그것도 아무런 씁쓸한 뒤끝 없이 끝낼 수 있는 더없이 좋은 기회를 발견했어. 석 달 전 고링에서, 어느 화창한 6월의 아침에 그렇게 하려고 시도했던 것처럼 말이지. 그런데 언젠가 당신이 고민을 털어놓으러 찾아갔던 내 친구[12]가—당신한테 솔직하게 말해야 할 것 같아서—내게 그러더군. 그로 인해 당신이 상처를 많이 받을지도 모른다고, 아마도 자기 번역을 초등학생 숙제처럼 되돌려 받은 것에 대해 수치심마저 느낄 거라고. 그리고 내가 당신에게 지적인 면에서 너무 많은 것을 기대했고, 당신이 어떤 글을 쓰고 무슨 행동을 했든 당신은 절대적이고 전적으로 내게 헌신적이었다고 말이지. 난 당신이 문학에 첫발을 내딛는 순간에 당신 앞날을 가로막거나 당신 용기를 꺾어놓는 첫번째 사람이 되고 싶지 않았어. 나는 시인이 아닌 한 그 누구도 내 작품의 색채와 리듬을 적절하게 살리는 번역을 할 수 없다는 것을 잘 알고 있었지. 그리고 당시의 내게 헌신이란 것은 함부로 내팽개쳐서는 안 되는 고귀한 것으로 여겨졌고, 그런 생각은 지금도 변함이 없어. 그래서 나는 당신의 번역과 당신을 다시 받아들였던 거야.

그로부터 정확히 석 달이 지난 어느 월요일 저녁, 당신은 친구 두 명과 함께 내가 있는 곳으로 찾아와 평소보다 훨씬 더 격렬한 언행으로 역겨움의 절정을 보여주었고, 다음날 아침 나는 당신에게서 벗어나기 위해 외국으로 달아나고 있는 나 자신을 발견했지.[13] 가족에게는 갑작스럽게 떠나는 것에 대해 터무니없는 핑계를 둘러댔고, 당신이 다음 기차로 뒤쫓아올까 두려워 내 하인에게 거짓 주소를 남겨두었지. 그리고 그날 오후 파리로 향하는 기차 안에서 나는 내가 어쩌다가 이렇게 말도 안 되는 완전히 잘못된 상황에 처하게 되었는지를 곰곰 생각하고 있었어.[14] 나처럼 세계적인 명성을 얻은 사람이 사실상 강제로 영국에서 도망을 치고 있다니, 그것도 지적인 면에서나 도덕적인 면에서 나의 좋은 점은 모두 철저하게 망가뜨리는 우정을 끝내기 위해서라니. 게다가 내가 멀리하려는 대상이 시궁창이나 진창으로부터 현대의 삶 속으로 뛰어들어 나와 인연을 맺은 무시무시한 생물체가 아니라, 바로 당신, 나와 같은 사회적 신분과 지위를 누리는 청년, 나와 같은 옥스퍼드의 칼리지를 다녔고, 수없이 내 집을 방문했던 바로 그 사람이라니.

그후 의례적인 애원과 후회를 담은 전보들이 잇달아 도착했고, 나는 그것들을 모두 무시했어. 마지막으로 당신은 내가 당신을 다시 만나주지 않으면 절대 이집트에 가지 않겠다고 협박했어. 그때 난 당신에게도 알리고 당신의 동의를 얻어, 당신 어머니에게 당신을 영국에서 멀리 떨어진 이집트로 보낼 것을 간청한 터였지. 당신이 런던에서 삶을 망가뜨리고 있다는 이유로.[15] 그런데 당신이 가지 않으면 당신 어머니가 엄청나게 실망할 것이기 때문에 나는 그녀를 위해 당신을 다시 만났고, 격한 감정에 사로잡혀―당신도 그 순간은 결코 잊을 수 없을 거야―당신이 과거에 한 일을 모두 용서한 거야. 하지만 난 미래에 관해서는 한마디도 하지 않았지.

런던으로 돌아온 다음날, 내 방에 앉아서 당신이 정말 내가 생각했던 그런 사람인지 아닌지를 판단하기 위해 슬프고도 심각하게 고민했던 기억이 나. 심각한 결점투성이다, 당신 자신과 다른 사람들에게 지독하게 파괴적이며, 같이 지내거나 그냥 알고 지내는 것만으로도 엄청나게 치명적인 존재라고 생각했던 당신이 정말 그런 사람인지에 대해서. 나는 1주일 내내 그 생각만 했어. 그리고 마침내 당신을 그렇게 평가했던 나 자신이 부당하지도 틀리지도 않았다는 결론에 이르렀지. 그리고 1주일 뒤 난 당신 어머니에게서 편지 한 통을 건네받았지. 그 편지는 당신에 대해 내가 느꼈던 것과 같은 느낌들을 아주 충실하고 솔직하게 표현하고 있었어. 당신으로 하여금 자기 가족을 경멸하게 만들고, 자신의 형―가장 순수한 영혼candidissima anima이었던―을 속물[16] 취급하게 만든 당신의 맹목적이고 지나친 오만함, 당신 어머니가 당신한테 당신 삶에 관해 말하는 것을―당신이 어떤 삶을 살고 있는지 그녀도 다 느끼고 알고 있었으니까―두려워하게 만든 당신의 불같은 기질, 여러 면에서 심히 걱정스러운 돈 문제에 관한 당신의 행동, 점점 더 타락해가는 당신의 변화 등 모든 것에 대해서 말이지. 당신 어머니는 물론 유전적 특징이 그 끔찍한 유산으로 당신을 무겁게 짓누르고 있는 것을 지켜보았고, 그 사실을 솔직히 인정했어. 두렵다는 말과 함께. 그녀는 편지에서 당신이 "치명적인 더글러스 가문의 기질[17]"을 물려받은 자식들 중 하나"라고 말하더군. 그리고 마지막으로 솔직하게 말해야 할 것 같다면서, 그녀가 보기에는 당신과 나의 우정이 당신의 오만함을 더 키워 모든 과오의 근원이 되게 했으니, 나보고 외국에서 당신을 만나지 말아달라고 간곡하게 애원했어. 나는 그녀에게 즉시 답장을 써서 그녀의 말에 구구절절 동감한다고 하며 몇 마디를 덧붙였지. 난 내가 할 수 있는 한 모든 것을 솔직하게 털어놓았어. 당신이 옥스퍼드에 다닐 때 아주 특별한 성격의 심각한 곤경에 처하게 되어 내게 도움을 청하면서 당신을 처음 알게 되었다고 말했지.[18] 그리고 당신의 삶은 그후에도 계속해서 같은 종류의 문제에 맞닥뜨리고 있다는 얘기도 했어. 당신은 벨기에에 갔던 이유를 당신과 함께 갔던 이의 잘못으로 돌렸고, 당신 어머니는 그 친구에게 당신을 소개해준 나를 원망했지. 난 그 잘못의 책임을 올바른 어깨 위로 되돌려놓았어. 당신 어깨 위로 말이지. 그리고 마지막으로, 난 외국에서 당신을 만날 생각이 추호도 없으며, 당신을 그곳에 계속 머물게 해달라고 그녀에게 간청했어. 가능하면 명예 대사관원으로 일하게 하든지, 그게 불가능하다면 현대 언어를 배우게 해서라도. 또는 다른 어떤 핑계를 대서라도 당신과 나를 위해 적어도 2, 3년간은 당신을 그곳에 붙들어두라고 얘기한 거야.

그사이 당신은 이집트에서 내게 하루도 빠짐없이 편지를 보냈지. 나는 당신이 하는 그 어떤 말에도 귀 기울이지 않았어. 편지들을 읽고는 즉시 찢어버렸다. 나는 더이상 당신과는 아무것도 하지 않기로 굳게 결심했어. 일단 결심이 서자, 당신 때문에 더이상 앞으로 나아가지 못하고 있던 예술에 기쁜 마음으로 전념했지. 그리고 석 달이 지나자, 당신 어머니는 그녀의 특징이자, 당신 아버지의 폭력성만큼이나 내 삶의 비극의 한 요인이 된 유감스러운 의지력 부족으로 내게 편지를 보내—물론 십중팔구 당신이 부추긴 것이겠지만—당신이 내 소식을 초조하게 기다리고 있다면서, 내가 연락하지 않을 핑계를 대지 못하도록 아테네의 당신 주소를—물론 난 당신 주소를 정확하게 알고 있었지만—알려주었지.

솔직히 말하면 나는 당신 어머니의 편지를 받고 정말 어이가 없었어. 어떻게 지난 12월에 내게 그런 편지를 보내놓고, 내가 답장에서 분명히 내 뜻을 밝혔는데도 당신과의 불행한 우정을 바로잡고 다시 시작하도록 나를 설득할 생각을 할 수 있는지 도저히 이해가 되지 않았지.

나는 물론 편지를 받았음을 알리고, 다시 한번 더 그녀에게 당신이 영국으로 돌아오지 못하도록 당신을 외국의 대사관과 연결시키라고 재촉했지. 하지만 난 당신에게 편지를 쓰지도 않았고, 당신 어머니가 내게 편지를 보내기 전처럼 당신의 전보에 신경을 쓰지도 않았어. 그러자 당신은 최후의 수단으로 내 아내에게 전보를 쳐서 내가 당신한테 답장을 하도록 힘을 써달라고 애원하다시피 했지. 우리의 우정은 그녀에겐 언제나 괴로움의 근원이었어. 그녀는 개인적으로 당신을 전혀 좋아하지 않았을 뿐만 아니라, 당신과의 교제가 나를 얼마나 달라지게 했는지─그것도 더 나쁜 쪽으로─똑똑히 보았기 때문이지.[19] 그렇더라도 그녀는 당신에게 언제나 더없이 자애롭고 친절하게 대했던 것처럼, 내가 그 어떤 친구에게라도 어떤 식으로든 불친절하게 구는 것을─그녀에겐 내 태도가 그렇게 보였을 테고─용납할 수가 없었던 거야. 그녀는 그런 내 행동이 내 본성과 어울리지 않는다고 생각했고, 실제로도 그렇다는 것을 잘 알고 있었지.

나는 그녀의 청을 거절할 수 없어 당신에게 다시 연락했지. 그때 당신에게 보낸 전보에 쓴 단어까지 아직도 세세히 기억이 나. 난 시간이 상처를 치유해줄 거라고, 하지만 앞으로 여러 달 동안 당신에게 편지하지도, 당신을 만나지도 않을 거라고 말했지. 당신은 즉시 파리로 향하면서 오는 길에 계속 열정적인 전보를 보내 어쨌거나 꼭 한 번만 만나달라고 간청했지. 나는 당신 청을 거절했어. 토요일 밤 늦게 파리에 도착한 당신은 호텔에서 당신을 기다리는 나의 간략한 편지를 발견했지. 다시는 당신을 보지 않겠다는 내용의 편지였지. 그리고 다음날 아침 나는 타이트 가의 집에서 무려 10, 11페이지에 이르는 당신 전보를 받은 거야.[20] 당신이 내게 무슨 짓을 했건 내가 당신을 절대 만나지 않겠다는 사실을 믿을 수 없다고 말하는 내용이었지. 당신은 내게, 단 한 시간이라도 나를 보기 위해 6일 밤낮을 단 한순간도 쉬지 않고 유럽을 가로질러 달려왔다는 사실을 강조했어. 있는 그대로 말하자면, 처음에는 더없이 애처로운 호소로 시작된 전보는 나중에는 노골적인 자살에의 위협으로 끝을 맺었지. 당신은 예전에도 종종 얼마나 많은 당신 가문 사람들이 자신의 피로 손을 더럽혔는지 이야기하곤 했지. 당신 삼촌이 그랬고, 당신 할아버지도 아마 그랬을 것이며, 당신이 혈통을 이어받은 광기와 사악함으로 얼룩진 계보의 또다른 이들도 그랬다고 말이지. 당신에 대한 연민, 과거에 당신에게 느꼈던 애정, 그런 끔찍한 상황 속에서 당신의 죽음이 당신 어머니에게 얼마나 감당 못할 엄청난 충격일지에 대한 염려, 그토록 젊은 삶이, 추한 결점들에도 불구하고 아직 아름다움에의 가능성을 지니고 있는 삶이 그토록 끔찍한 종말을 맞을지도 모른다는 두려운 생각, 그리고 순수한 인간애, 이 모든 이유들이―굳이 평계를 대야 한다면―나 자신으로 하여금 당신에게 마지막으로 꼭 한 번 만남을 허락하게 한 거야.

내가 파리에 도착하자, 당신은 저녁 내내 눈물을 흘리고 또 흘렸지. 먼저 부아쟁에서 저녁을 먹고, 나중에 파이야르에서 밤참을 먹을 때까지 당신의 두 볼에는 눈물이 비처럼 줄줄 흘러내렸어. 나를 보자 마치 자기 잘못을 뉘우치는 순수한 어린아이처럼 수시로 내 손을 잡으며 뛸 듯이 기뻐하던 모습, 그 순간만큼은 그토록 단순하고 진지하게 뉘우치는 당신 모습을 보고 나는 우리의 우정을 새롭게 시작하는 데 동의했지. 이틀 후 우리는 함께 런던으로 돌아왔고, 당신 아버지가 카페 루아

알에서 나와 함께 점심을 먹고 있는 당신을 발견하고는 내 테이블로 와서 내 포도주를 마셨지. 그리고 그날 오후, 그는 당신에게 보낸 편지로 나를 향한 첫번째 공격을 시도한 거야.[21]

3장

　이상하게 들릴지 모르지만, 난 또다시 당신과 헤어져야 한다는 강력한 의무감―그럴 수 있는 기회를 말하는 게 아니라―을 느꼈어. 내가 지금 1894년 10월 10일부터 13일까지 브라이턴에서 당신이 내게 한 행동에 대해 말하고 있다는 건 상기시킬 필요조차 없겠지. 당신에게 3년 전은 뒤돌아보기에 긴 시간이겠지. 하지만 감옥에서 지내는 우리로서는, 슬퍼하는 것 말고는 달리 할 일이 없는 우리는 고통이 주는 통증과 쓰라린 순간들에 대한 기억으로 시간을 가늠할 수밖에 없어. 우리에겐 달리 생각할 게 없거든. 당신한테는 이상하게 들릴지 모르지만, 고통은 우리를 살아갈 수 있게 해주는 수단이야. 고통만이 유일하게 우리가 살아 있음을 의식하게 해주기 때문이지. 과거의 고통에 대한 기억은 우리에게 꼭 필요해. 그건 우리의 지속적인 정체성에 대한 보증서이자 증거 같은 것이거든. 나 자신과 즐거움의 기억 사이에는 나 자신과 실제의 즐거움 사이만큼이나 깊은 심연이 가로놓여 있어. 세상 사람들이 그럴 거라고 생각하는 것처럼 당신과의 삶이 쾌락과 허랑방탕함과 웃음만으로 일관된 것이었다면, 아마 난 과거의 단 한순간도 기억해낼 수 없었을 거야. 우리가 함께 보낸 시간들이 비극적이고 씁쓸하며 불길한 전조와, 단조로운 장면들과 볼썽사나운 과격함 속에서 무미건조함과 두려움이 느껴지는 순간들과 날들로 점철된 것이었기 때문에 난 그 각각의 사건들을 아주 세세한 것까지 보고 들을 수 있는 거야. 사실, 그 밖의 다른 것은 아무것도 보지도 듣지도 못해. 이곳에서는 일상적인 고통에 둘러싸여 살아가다보니, 어쩔 수 없이 떠올리게 되는 당신과의 우정이 내가 여기서 매일같이 겪어내야 하는 다양한 고통의 방식들을 위한 전주곡 같다는 생각이 늘 나를 따라다녀. 아니, 한발 더 나아가, 고통은 우리의 우정에 꼭 필요한 것이었다는 생각마저 들어. 마치 그동안의 내 삶이―나 자신과 남들에게 어떻게 보였든―예술에서 모든 위대한 주제를 다루는 방식을 특징짓는 불가피성과 함께, 리드미컬하게 연결된 악장들을 지나 분명한 결말에 이르는 진정한 슬픔의 교향악이었던 것처럼.

그런데 3년 전 그때, 사흘간 당신이 내게 했던 행동에 대해 이야기하던 중이었지, 아마? 나는 그때 워딩[1]에서 홀로 지내며 새로운 극의 집필을 마무리하던 중이었고, 그사이 당신은 나를 두 번이나 찾아왔지. 그런데 예고도 없이 일행까지 데리고 세번째로 나를 찾아와서는 그를 내 집에 머물게 해달라고 요청한 거야. 난 단호하게 거절했지(당신도 이젠 그런 내가 옳았다는 것을 인정해야 해). 물론 나는 당신을 잘 대접했지. 그 문제에서는 다른 선택이 없었으니까. 하지만 다른 곳이 아닌 내 집에서 그러는 건 용납할 수 없었어. 그다음 날인 월요일, 당신 친구는 직업의 의무를 이행하러 돌아갔고 당신은 내 집에 계속 머물렀지. 그런데 당신은 워딩에 있는 것을 지루해했을 뿐만 아니라, 당시 나의 유일한 관심사였던 내 극에 집중하려는 나의 헛된 노력에 짜증까지 내면서 자신을 브라이턴에 있는 그랜드 호텔에 데리고 가달라고 졸라댔어.[2]

그곳에 도착한 날 밤, 당신은 사람들이 바보같이 인플루엔자라고 부르는 은근히 지독한 열병에 걸리고 말았지. 당신한테는 그게 벌써 두번째나 세번째 발병이었지. 그때 내가 당신을 어떻게 돌보고 간호했는지는 새삼 얘기할 필요도 없을 거야. 돈으로 살 수 있는 과일, 꽃, 선물, 책 등을 잔뜩 안겨준 것은 물론이고, 돈으로는 살 수 없는 애정과 다정함과 사랑으로―당신이 어떻게 생각하든 상관없이―당신을 보살폈지. 아침에 한 시간 동안 산책하고, 오후에 한 시간 정도 마차로 드라이브를 다녀오는 것 말고는 난 호텔을 떠난 적이 없었어. 그러면서 당신이 호텔에서 주는 포도를 좋아하지 않아서 런던에서 특별히 포도를 배달하게 했고, 당신을 기쁘게 해줄 수 있는 것들을 생각해냈고, 당신과 함께 있거나 당신 옆방에서 머물면서 저녁마다 당신을 편안하게 해주거나 즐겁게 해주려고 애썼지.

4, 5일 후 당신이 회복되자 난 극을 마저 끝내기 위해 집을 빌렸지. 물론 당신도 나를 따라왔고. 그곳에 자리를 잡은 다음날 아침 난 몸 상태가 아주 좋지 않았지. 당신은 일 때문에 런던에 가면서 오후에 돌아오겠다고 약속했어. 당신은 런던에서 친구를 만났고, 다음날 늦게까지 브라이턴으로 돌아오지 않았지. 그때까지 나는 엄청난 고열에 시달렸는데, 의사는 나보고 당신한테서 인플루엔자가 옮은 거라고 하더군. 내가 머물던 집은 아픈 사람이 지내기엔 엄청 불편한 곳이었지. 거실은

2층에 있고, 내 침실은 4층에 있었지. 시중들어줄 하인도 없고, 메시지를 전달해줄 사람도, 의사가 처방한 것을 구해다줄 사람도 아무도 없었지. 하지만 당신이 있었기 때문에 난 아무 걱정도 하지 않았어. 그런데 그다음 이틀 동안 당신은 나를 철저하게 홀로 내버려두었지. 보살펴주지도, 같이 있어주지도 않았고, 아무런 도움도 주지 않았어. 난 지금 포도나 꽃, 멋진 선물 같은 걸 말하는 게 아니야. 아주 기본적인 것들에 관한 이야기지. 심지어 나는 의사가 처방해준 우유조차 구할 수가 없었어. 레모네이드 같은 건 꿈도 꾸지 못했지. 당신에게 서적상에 가서 책을 구해다줄 것을 간청하거나, 그들이 내가 원했던 것을 구하지 못했으면 다른 책이라도 가져다달라고 부탁했을 때도 당신은 그곳에 갈 생각을 전혀 하지 않았지. 그 바람에 내가 하루종일 읽을거리 없이 무료한 시간을 보내게 되자, 당신은 태연히 내게 책을 샀으며 그들이 곧 보내주기로 했다고 말했지. 하지만 그후 난 우연히 당신 말이 처음부터 끝까지 모두 거짓이었다는 걸 알게 되었어.

당신은 그동안 물론 내 돈으로 지내면서 마차로 드라이브를 하고, 그랜드 호텔에서 근사한 저녁을 먹고, 사실상 돈이 필요할 때만 내 방에 나타났지. 토요일 밤에, 아침부터 철저히 혼자서 침대를 지키고 있던 나는 당신에게 저녁식사 후에 돌아와 잠깐이라도 함께 있어달라고 부탁했지. 당신은 짜증스럽고 불손한 태도로 그러겠다고 약속했어. 난 11시까지 기다렸지만 당신은 끝내 나타나지 않았어. 그래서 나는 당신이 내게 어떤 약속을 하고, 그것을 어떤 식으로 어겼는지를 간단하게 적은 메모를 당신 방에 남겨두었지. 그리고 새벽 3시까지 잠을 이루지 못하고 갈증에 시달리다가 어둠과 추위를 무릅쓰고 거실까지 힘겹게 내려갔지. 그곳에서 물을 발견할 수 있기를 바라면서. 그런데 거기서 나는 당신을 발견한 거야. 당신은 무절제한 성격과 제멋대로 행동하는 통제 불능의 본성이 시키는 대로 나를 향해 온갖 흉측한 말들을 마구 쏟아냈어. 당신은 이기주의가 지닌 무시무시한 마력으로 당신의 회한을 분노로 변화시킨 거야. 당신은 내가 아플 때 당신이 함께 있어주기를 바라는 건 나의 이기심일 뿐이며, 내가 당신과 당신의 기분전환 사이를 가로막고 서서 당신에게서 즐거움을 빼앗아갔다고 맹렬하게 나를 비난했지. 당신은 단지 야회복으로 갈아입고 새로운 즐거움이 당신을 기다리고 있는 어딘가로 가기 위해 자정에 잠깐 집에 들른 것뿐이라고―난 당신 말이 모두 사실이라는 걸 알아―얘기했어. 그런데 내가 당신이 저녁까지 하루종일 나를 혼자 내버려두었다는 사실을 상기시키는 편지를 남겨둠으로써 당신에게서 더 즐기고 싶은 욕구를 앗아가버렸고, 새로운 쾌락을 맛볼 수 있는 능력까지도 감소시켜버렸다고 말했지. 나는 역겨움을 참을 수 없어서 위층으로 올라갔고 새벽까지 잠을 이루지 못했어. 그리고 새벽이 밝은 후 한참이 지나서야 겨우 나를 괴롭히던 열로 인한 갈증을 해소할 수 있었지.

11시가 되자 당신이 내 방으로 들어왔어. 앞선 장면에서 나는 내가 그런 편지를 남김으로써 평소보다 더 광적인 밤을 보내려던 당신 계획에 초를 친 것을 똑똑히 보았지. 아침이 되자 당신은 다시 평온한 모습으로 되돌아가 있었어. 나는 당연히 당신에게서 어떤 변명을 들을지, 당신이 어떤 식으로 내게 용서를 구할지 기대하고 있었지. 당신은 자신이 무슨 짓을 하건 내가 언제나 당신을 용서하리라는 것을 잘 알고 있었으니까. 당신 마음속의 그 절대적인 믿음이 바로 당신에게서 내가 언제나 가장 좋아했던 것이고, 어쩌면 당신의 가장 좋은 점일지도 몰라.

그런데 당신은 그렇게 하기는커녕, 지난밤에 했던 것과 똑같은 장면을 연출하면서 했던 말을 거듭 강조하고 더 공격적인 주장을 늘어놓았어. 나는 참다못해 당신한테 방에서 나가라고 했고, 당신은 그러는 척했지. 그런데 그때까지 베개에 머리를 파묻고 있다가 몸을 일으키려는데 여전히 거기에 서 있는 당신이 눈에 들어온 거야. 당신은 잔인한 웃음을 터뜨리고 히스테릭한 분노를 드러내면서 갑자기 내게 다가오기 시작했지. 그러자 무슨 이유에서인지는 잘 모르겠지만 느닷없이 공포심이 엄습하더군. 난 즉시 침대에서 뛰쳐나와 맨발로 거실까지 두 층을 달려 내려갔지. 그리고 나의 호출에 달려온 집주인이 당신이 내 방에서 나왔다는 것을 알리면서, 필요하면 언제라도 달려올 수 있도록 가까이 있겠다고 약속할 때까지 그곳을 떠나지 않았어. 그사이 달려온 의사는 당연히 내가 심각한 신경쇠약 증세를 보이면서 처음보다 열이 더 많이 난다고 했어. 당신은 떠난 지 한 시간 만에 조용히 다시 돌아왔지. 오직 돈 때문에. 그리고 화장대와 벽난로 위에 있는 걸 모두 챙겨서는 당신 짐과 함께 집을 떠났지.

그후 끔찍한 외로움에 시달리면서 앓아누워 있던 이틀간 당신에 대해 무슨 생각을 했었는지 굳이 얘기할 필요가 있을까? 자신이 어떤 사람인지 확실하게 보여준 당신 같은 사람과 단지 그냥 아는 사람으로라도 계속 가까이 지낸다는 건 내게 치욕이 되리라는 것을 똑똑히 보았음을 다시 말할 필요가 있을까? 이제 마지막 순간이 닥쳤고, 그 순간이 내게 진정 커다란 안도감을 안겨준다는 것을 깨달았으며, 앞으로 나의 예술과 삶은 모든 면에서 지금보다 더 자유롭고 더 나을 것이며 더 아름다우리라는 걸 알았다고 새삼 얘기할 필요가 있을까? 나는 비록 몸은 아팠지만 마음은 오히려 편안해졌어. 당신과의 이별을 돌이킬 수 없다는 사실이 내게 평화를 가져다준 거야.

화요일이 되자 열이 내렸고, 나는 처음으로 아래층에서 식사를 했어. 수요일은 내 생일이었지.[3] 내 테이블 위에 놓인 전보와 우편물 가운데 당신 편지가 보이더군. 나는 슬픔이 몰려오는 것을 느끼면서 편지를 열어보았지. 난 알고 있었어. 사랑스러운 문구, 애정이 느껴지는 표현, 슬픔이 담긴 말 한마디 때문에 당신을 다시 받아들이곤 했던 시절은 이제 영영 지나가버렸다는 것을. 그런데 난 철저하게 속았던 거야. 당신을 과소평가했던 거지. 당신이 내 생일날 내게 보낸 편지는 교묘하고 꼼꼼한 묘사로 앞선 두 장면을 하나도 빠짐없이 반복하고 있었지. 당신은 천박한 농담으로 나를 조롱했어. 그러면서 이 모든 일에서 유일하게 당신 마음에 든 것은, 덕분에 그랜드 호텔에서 묵을 수 있었던 것과 마을을 떠나기 전에 점심식사를 내 앞으로 달아놓은 것이라고 했지. 당신은 병상을 떠날 생각을 한 나의 신중함과 갑자기 아래층으로 도망친 내 행동에 찬사를 보내면서 말했어. "그건 당신한테 아주 좋지 않은 순간이었어. 당신이 생각하는 것보다 훨씬 더 좋지 않은." 아! 나도 물론 그렇다는 것을 절실히 느꼈어. 하지만 실제로 그게 어떤 것이었는지는 알지 못했지. 당신이 당신 아버지를 겁주기 위해 샀던 그 권총─한 레스토랑[4]에서 나와 같이 있을 때 장전된 줄 모르고 쏜 적이 있는─을 그때 가지고 있었던 건지, 그때 마침 우리 사이에 있던 테이블 위의 평범한 식사 나이프를 향해 당신이 손을 뻗었었는지, 격렬한 분노 속에 자신의 작은 키와 미약한 힘을 미처 생각지 못하고 그곳에 누워 있던 내게 특별한 모욕을 주거나 신체적인 위해를 가할 생각을 했었는지, 그런 건 난 알지 못했어. 그리고 지금도 그 점은 여전히 의문으로 남아 있어. 내가 아는 건, 당시 극단적인 공포심이 몰려왔고, 즉시 그 방에서 나가 멀리 도망치지 않으면 당신에게도 평생의 수치로 남게 될 어떤 짓을 당신이 저지르거나, 그러려고 시도하리라는 것을 느꼈다는 것뿐이야.

지금까지 살아오는 동안 나는 인간에게서 이런 두려움의 감정을 느낀 적이 꼭 한 번 있었어. 언젠가 타이트 가의 내 서재에 있을 때 당신 아버지가 들이닥쳤지. 그는 미치광이처럼 길길이 날뛰면서 조그만 주먹을 허공에 대고 휘둘렀어. 그리고 그의 하수인이나 친구쯤 되는 사람이 우리 사이에 버티고 선 채, 그의 추잡한 정신이 생각해낼 수 있는 온갖 추잡한 말들과 함께 역겨운 협박—훗날 교묘하게 실행에 옮겼던—을 늘어놓았지. 후자의 경우, 물론 방을 먼저 떠나야 했던 것은 당신 아버지였지. 내가 그를 내쫓았거든. 그런데 당신의 경우에는 내가 먼저 떠났지. 게다가 당신 자신으로부터 당신을 구해야만 했던 게 처음이 아니었고 말이지.

당신은 이런 말로 편지를 끝맺었지. "영광의 좌대 위에 올라서 있지 않은 당신은 조금도 흥미롭지 않아. 다음에 당신이 다시 병들면 난 즉시 당신을 떠날 거야." 아! 이 얼마나 조악한 본성을 드러내는 말인지! 상상력이라고는 조금도 찾아볼 수 없다니! 어쩌다 심성이 이리도 야멸치고 이리도 천박해졌는지! "영광의 좌대 위에 올라서 있지 않은 당신은 조금도 흥미롭지 않아. 다음에 당신이 다시 병들면 난 즉시 당신을 떠날 거야." 지금까지 거쳐온 여러 교도소의 끔찍하고 고독한 감방에 갇혀 있는 동안 그 말이 얼마나 수시로 내 기억을 괴롭혔는지 당신은 모를 거야! 나는 몇 번이고 거듭해서 그 말을 곱씹어보았어. 그리고 그 말 속에 그동안 당신이 내게 보여주었던 기이한 침묵의 비밀이 숨어 있다는 것을 알게 되었지. 내가 잘못 생각하는 것이길 바라지만. 당신을 간호하다가 병이 옮아 열이 나고 아팠던 내게 그런 편지를 보내는 것은 물론 그 천박함과 치졸함만으로도 충분히 역겨운 행위야. 하지만 이 세상을 살아가는 인간으로서 다른 이에게 그런 편지를 쓴다는 것은 결코 용서받을 수 없는―결코 용서받을 수 없는 죄악이 존재한다면― 죄악인 거야.

당신 편지를 다 읽고 나자 난 나 자신이 타락한 느낌이 들었어. 그런 본성을 가진 사람과 어울림으로써 내 삶을 돌이킬 수 없을 만큼 더럽고 수치스럽게 만들었다는 생각이 들었지. 그래, 내가 그랬다는 건 부인할 수 없는 사실이야. 하지만 난 6개월이 더 지나서야 그 심각성을 깨달을 수 있었어. 나는 오는 금요일에 런던으로 돌아가 조지 루이스 경[5]을 만나 당신 아버지에게 편지를 써줄 것을 요청하리라 마음먹었어. 앞으로 어떤 경우에라도 당신이 내 집에 들어오거나, 내 식탁에 앉거나, 내게 말을 하거나, 나와 함께 산책하거나, 언제 어디서라도 나의 동반자가 되게 하는 일이 없도록 하겠다는 내 결심을 알리기 위해서였지. 그러고 나면, 당신에게는 단지 내가 어떤 행동방침을 정했는지를 알려주기 위해 편지를 쓸 작정이었어. 당신도 내가 그렇게 하는 이유를 이해할 수밖에 없을 거라고 믿으면서.

목요일 밤, 나는 모든 걸 준비해놓았지. 그런데 금요일 아침, 런던으로 출발하기 직전 아침 식탁에서 우연히 펴든 신문에서 비극적인 속보를 보게 된 거야. 당신 가족의 실질적인 가장이자 작위 계승자, 집안의 기둥인 당신의 큰형[6]이 총알이 발사된 그의 총과 함께 도랑에서 시신으로 발견되었다는 사실을 알리는 것이었지. 그러한 비극—지금은 사고로 밝혀졌지만 그때는 어두운 의혹이 제기되었던—을 둘러싼 끔찍한 상황, 그를 알았던 모두에게서 그토록 사랑받았던 이의 갑작스러운 죽음—그것도 결혼을 앞둔 상태에서—에서 느껴지는 비애감, 당신의 고통이 어떨지 또는 어때야만 하는지에 대한 생각, 당신 어머니의 삶에 위안과 기쁨을 주는 존재였으며, 그녀가 언젠가 내게 말한 것처럼, 태어나서 지금껏 눈물 한 방울 흘리게 하지 않은 소중한 아들을 잃은 당신 어머니가 느낄 고통에 대한 생각, 이런 상황에서 당신이 느낄 외로움, 당신의 다른 두 형제가 유럽을 떠나 있어, 슬픔을 함께 나누고 죽음이 동반하는 무서운 사실들의 음울한 의무를 이행하는 데에서 당신 어머니와 여동생이 의지할 데라고는 당신밖에 없다는 사실, 사물의 눈물lacrimae rerum[7], 세상을 이루는 눈물과 모든 인간적인 것들이 지닌 고통에 대한 의식. 내 머릿속으로 한꺼번에 몰려드는 이 모든 생각들과 격한 감정들로부터 당신과 당신 가족에 대한 한없는 연민이 솟아났지. 나는 당신으로 인한 나 자신의 고통과 비통함을 모두 잊었어. 형제를 잃은 당신의 고통 앞에서 당신이 아픈 내게 했던 짓을 되풀이할 수는 없었으니까. 난 즉시 당신한테 깊은 애도를 표하는 전보를 보냈고, 뒤이어 다시 편지를 보내 언제라도 내 집에 와도 좋다면서 당신을 초대했지. 그런 특별한 순간에 당신을 내팽개치는 것은—그것도 변호사를 통해 공식적으로—당신에게는 너무나 끔찍한 일일 거라는 생각이 들었기 때문이야.

당신은 소환되어 갔던 비극의 실제 현장에서 런던으로 돌아오자마자, 지극히 다정하고 지극히 단순한 모습으로, 상복을 입은 채 눈가가 촉촉이 젖어 나를 보러 왔지. 당신은 어린아이처럼 위안과 도움을 구했어. 나는 당신에게 내 집과 내 가정과 내 마음을 활짝 열어주었지. 당신이 슬픔을 견뎌낼 수 있도록 당신의 고통을 내 것인 양 함께 나누었던 거야. 그러면서 당신이 내게 했던 행동과, 예의 그 역겨운 장면들과 역겨운 편지에 대해서는 단 한마디도 언급하지 않았지. 진실했던 당신의 슬픔으로 인해 당신은 그 어느 때보다도 나와 가까워질 수 있었던 거야. 내가 당신 형의 무덤에 가져다놓으라고 사준 꽃들은 그의 삶의 아름다움을 나타내는 상징일 뿐만 아니라, 모든 삶 속에 잠재되어 있다가 언젠가 세상 밖으로 나오게 될 아름다움의 상징이기도 했어.

4장

신들은 참 이상해. 우리를 벌줄 때 우리의 악덕을 그 도구로 사용하는 것만으로는 부족한지, 우리 안의 선하고 다정하고 인간적이고 사랑스러운 것들을 이용해 우리를 파멸로 이끄니 말이야. 나 역시 당신과 당신 가족에 대해 연민과 애정을 느끼지 않았더라면 지금 이 끔찍한 곳에서 눈물 흘리고 있진 않았을 거야.

물론 나는 우리의 모든 관계 속에는 운명이라고 일컫는 것과 비운悲運이 함께 존재한다는 것을 잘 알고 있어. 비운은 핏빛 살육을 향해 언제나 신속히 달려가지. 당신은 당신 아버지로부터 끔찍한 결혼생활과 치명적인 우정을 야기하며, 자신의 삶과 다른 이들의 삶에 심각한 해를 끼치는 성향을 물려받았지. 우리의 서로 다른 삶의 방식들이 만나는 어떤 상황 속에서나, 당신이 내게 쾌락이나 도움을 구하러 왔던, 중요하거나 대수롭지 않게 여겼던 모든 경우에서나, 삶과의 관계에서 햇살 속에서 춤추는 먼지나 바람에 흔들리는 나뭇잎처럼 하찮거나 사소해 보이는 우연이나 사건들 속에서도 파멸은 쓰라린 절규의 메아리나

맹수 곁에서 사냥을 하는 그림자처럼 우리를 따라다니고 있어. 우리의 우정이 진정으로 시작된 것은 당신이 더없이 애처롭고도 매혹적인 편지로 내게 간절하게 도움을 청하면서부터였지. 그때 당신은 누구에게나 곤혹스러울―더구나 당신처럼 젊은 옥스퍼드 재학생에게는 더욱더 그러할―입장에 처해 있었지. 그래서 나는 당신의 청을 들어주었고, 그 결과, 당신이 조지 루이스 경에게 나를 당신 친구로 소개한 덕분에 나에 대한 그의 존중심과 15년이나 된 우리의 우정에 금이 가기 시작했지. 그의 충고와 도움 그리고 배려를 박탈당한 나는 내 인생의 가장 강력한 안전장치를 박탈당한 것이나 다름없었어.

당신은 내게 아주 근사한 시 한 편을 보냈지. 학부생다운 수준을 드러내는 시였지만. 당신은 내게 인정받기를 원했던 거야. 나는 환상적인 문학적 비유가 담긴 답장 속에서, 힐라스[1]나 히아킨토스[2], 노랑수선화[3]나 나르키소스[4], 또는 위대한 시의 신이 총애하고 그의 사랑으로 명예롭게 했던 누군가와 당신을 비유했지. 내 편지는 셰익스피어의 소네트[5] 중의 한 구절을 단조로 바꾸어놓은 것과 같았지. 오직 플라톤의 『향연』[6]을 읽어보거나, 그리스의 대리석상 속에 아름답게 표현된 진중한 정신을 간파할 줄 아는 사람들만 이해할 수 있는 편지였던 것이지.[7] 솔직하게 말하자면, 다소 도발적인 열정의 순간에, 자신이 쓴 시를 내게 보낸 둘 중 한 대학[8]의 매력적인 청년에게 화답으로 썼을 법한―물론 그가 나의 멋진 문구들을 제대로 해석할 수 있는 충분한 기지와 교양을 갖췄음을 확신하고서―종류의 편지였던 거야. 문제의 편지가 거쳐간 기막힌 역사를 한번 돌이켜보라고! 편지는 당신 손에서 한 추잡한 예전 파트너의 손으로 넘어갔지. 그는 그것을 한 공갈범 패거리에게 넘겼고, 그들은 편지의 복사본을 런던의 내 친구들과 내 작품이 상연되고 있는 극장의 관장에게 보냈어.[9] 그러자 올바른 해석을 제외한 온갖 해석이 난무했지. 사람들은 내가 당신에게 그런 수치스러운 편지를 보내기 위해 엄청난 돈을 지불해야 했다는 황당무계한 소문에 흥분을 금치 못했어. 바로 이런 사실들이 당신 아버지가 내게 가해온 비열하기 짝이 없는 공격의 근거가 되었고, 나는 편지가 실제로 어떤 것인지 보여주기 위해 스스로 법정에 원본을 제출했지. 당신 아버지의 변호사는 내 편지가 순수함을 타락시키려는 역겹고 음험한 시도라고 맹렬하게 비난했어. 그 결과, 편지는 형사고발의 증거자료로 인정되었고, 형사법원은 그것을 채택했지. 판사는 미미한 교양과 넘치는 도덕성을 드러내며 편지에 의거해 결론을 내렸어. 나는 결국 편지로 인해 감옥에 갔지. 당신에게 매력적인 편지를 보낸 대가로 말이지.

내가 당신과 함께 솔즈베리[10]에 머무는 동안, 당신은 예전에 알고 지냈던 한 파트너가 보내온 협박 편지에 잔뜩 겁을 집어먹었지. 그리고 나한테 그 사람을 만나 문제를 해결해달라고 간청했어. 나는 당신 말대로 했고, 그 일은 나의 파멸을 초래했지. 나는 당신이 저지른 모든 행위를 내 어깨에 짊어지고 그 책임을 떠맡게 된 거야. 당신은 최종시험에 불합격해 학위를 받지 못한 채 옥스퍼드를 떠나게 되자 런던에 있는 내게 전보를 쳐서 와달라고 애원했지. 나는 즉시 당신에게 달려갔어. 당신은 그런 상황에서 집에 가고 싶지 않다며 고링에 데려가달라고 요청했지. 당신은 고링에서 마음에 꼭 드는 집을 발견했다고 했고, 난 당신을 위해 그 집을 빌렸지. 그리고 모든 면에서 그 일은 내게 파멸을 초래했지.

하루는 당신이 내게 개인적인 부탁이 있다면서, 당신 친구가 곧 창간하려고 하는 옥스퍼드 학부생을 위한 잡지에 글을 좀 써줄 수 있겠느냐고 물었지. 나는 그때까지 그 친구라는 사람의 이름을 들어본 적도 없었고, 그에 관해 아무것도 알지 못했어. 하지만 당신을 기쁘게 해주기 위해—언제는 당신을 기쁘게 해주려고 하지 않은 일이 있었나?—본래 『새터데이 리뷰』에 보내기로 되어 있었던 역설적인 글 모음을 그에게 보냈지.[11] 그리고 몇 달 후, 나는 그 잡지의 성격 때문에 올드 베일리[12]의 피고인석에 서게 되었어. 잡지의 성격이 법원이 나를 기소하는 요건이 되었던 거야. 나는 당신 친구의 산문[13]과 당신이 쓴 시[14]를 변호해야만 했지. 전자에 관해서는, 내가 도저히 완화해 이야기할 수가 없었지. 후자에 관해서는, 나는 마지막까지 최선을 다해—그로 인해 내가 고통받을 것을 각오하고—당신의 젊은 삶과 젊은 문학을 내세우며, 당신이 외설작가로 낙인찍히는 일이 없도록 매우 강력하게 당신을 옹호했지. 그 결과, 나는 마찬가지로 감옥에 가야 했어. 당신 친구의 잡지와 '감히 그 이름을 말할 수 없는 사랑'[15]을 위해.

크리스마스에 나는 당신이 몹시 갖고 싶어했던, 기껏해야 40~50파운드밖에 되지 않는 '아주 예쁜 선물'—당신이 감사 편지에서 그렇게 표현했지—을 당신에게 주었지. 내 삶에 닥친 파국으로 인해 파산했을 때 내 서재를 압류한 집행관은 그 선물을 경매에 부쳤어. '아주 예쁜 선물'에 들어간 돈을 갚기 위해서. 그것 때문에 내 집에서 동산 압류가 집행되었고.[16] 사람들의 비아냥거림에 시달리고, 당신 아버지가 체포되도록 그와 맞서 소송을 벌이라는 당신의 조롱과 부추김에 갈등하던 두렵고 결정적인 순간, 그 상황으로부터 도망치려는 절망적인 노력 속에서 내가 최후의 수단으로 삼은 것은 소송에 들어가는 엄청난 비용이었어. 나는 당신이 보는 앞에서 변호사에게 내게는 필요한 자금이 없으며, 가진 돈이 하나도 없는 나로서는 도저히 그 어마어마한 비용을 댈 수 없다고 말했지. 당신도 알다시피 내 말은 모두 사실이었어.

그 치명적인 금요일[17], 진작 에이번데일 호텔을 떠날 수 있었더라면, 험프리[18]의 사무실에서 나 자신의 파멸에 미약하게 동조하는 대신, 당신 아버지의 역겨운 명함을 무시하고 당신의 편지들에도 무심하게 반응하면서 당신과 당신 아버지에게서 멀리 떨어져 프랑스에서 행복하고 자유롭게 지낼 수 있었을 텐데. 하지만 호텔 사람들은 내가 절대 떠나지 못하도록 나를 붙들어두었지. 당신은 호텔에서 나와 함께 열흘간 머물렀어. 그리고 내가 엄청나게 화를 내는 게 당연하게도—이제 당신도 인정하겠지만—당신 친구까지 데리고 와서는 우리와 함께 머물게 했지. 열흘간의 숙박료는 거의 140파운드에 달했어. 호텔 주인은 내가 그 돈을 모두 지불할 때까지 호텔에서 내 짐을 가져가게 할 수 없다고 단호하게 말했지. 그래서 나는 런던을 떠날 수 없었던 거야. 호텔 숙박료만 아니었다면 난 목요일 아침에는 파리로 향하고 있었을 거라고.

내가 변호사에게 그처럼 엄청난 비용을 댈 돈이 없다고 하자 당신이 즉시 개입했지. 당신은 당신 가족이 기꺼이 필요한 모든 비용을 지불할 거라고 하면서 다음과 같은 이유들을 읊어댔지. 당신 아버지는 가족 모두에게 큰 걱정거리이고, 그들은 종종 그를 멀리 떼어놓기 위해 정신병원에 집어넣을 수 있는 가능성을 궁리하며, 그는 당신 어머니와 다른 모두에게 매일같이 근심과 고통의 근원이고, 내가 나서서 그를 입 다물게 할 수 있다면 그의 가족은 나를 자신들의 옹호자이자 은인으로 여길 것이며, 당신 어머니의 부유한 친척들이 그러한 노력 속에서 발생하는 모든 비용을 대는 것을 진정 기쁘게 생각할 거라고 말이지. 그러자 변호사는 즉시 결론을 지었고, 나는 서둘러 경찰재판소로 향했지. 더이상 가지 않을 이유가 없었던 거야. 나는 강제적으로 그 일에 휘말리고 만 거라고. 물론 당신 가족은 비용을 지불하지 않았고, 내가 파산선고를 받은 것은 당신 아버지의 요청에 의한 것이었으며, 그 것도 소송비용 중에서 얼마 되지 않는 잔금—700파운드가량—때문이었지. 당신에게 편지를 쓰고 있는 지금, 내 아내—1주일 치 내 생활비가 3파운드 또는 3파운드 10실링이 되어야 하는지에 관한 중요한 문제로 나와 사이가 어그러졌지—는 이혼소송을 준비하고 있어. 그러려면 물론 완전히 새로운 증언과 완전히 새로운 재판이 필요할 테고, 아마도 더 심각한 절차들이 뒤따르겠지. 나는 당연히 자세한 내막은 알 수가 없지만. 내가 아는 거라고는, 아내의 변호사들이 그 증언을 기대하고 있는 증인의 이름뿐이야. 그는 다름아닌, 우리가 고링에서 여름을 보낼 때 당신이 특별히 부탁해서 고용했던 옥스퍼드의 당신 하인이라고 하더군.

하지만 사실, 크고 작은 모든 것들에서 당신이 내게 가져다준 기이한 불운의 예를 일일이 열거할 필요가 있을까. 어쩌면 당신은 끔찍한 사건들을 끔찍한 파국으로 치닫게 하기 위해 보이지 않는 비밀스러운 손에 의해 조종당하는 단순한 꼭두각시에 불과했던 게 아닐까 하는 생각이 들 때가 있거든. 그런데 꼭두각시들 또한 스스로의 열정을 지니고 있지. 그들은 자신들이 보여주는 것에 새로운 구성을 추가하고, 자신들의 변덕이나 욕구에 맞춰 사건들의 정해진 결과를 비틀기도 하지.

전적으로 자유로우면서도 동시에 전적으로 어떤 법칙의 지배를 받는 것, 그것이 우리가 매 순간 깨닫게 되는 인간적인 삶의 영원한 모순인 것 같아. 그리고 종종 그것만이 당신 성격에 대한 유일하게 가능한 해명인 것 같다는 생각이 들어. 인간의 영혼이 지닌 심오하고 무시무시한 미스터리에 대해 어떻게든 설명할 수 있다면 말이지. 무엇이 그 미스터리를 더욱더 경이로운 것으로 만드는지는 설명할 수 없겠지만.

물론 당신은 당신만의 환상을 가지고 있었고, 사실상 그 속에 빠져 살았지. 그리고 수시로 변화하는 안개와 채색된 베일을 통해 모든 것을 다르게 보았던 거야. 지금도 또렷이 기억하는데, 당신은 당신 가족과 가족적인 삶을 완전히 제쳐두고 자신을 온전히 내게 바치는 것이 나에 대한 커다란 존중심과 깊은 애정을 보여주는 증거라고 생각했지. 당신은 분명 그렇게 믿었어. 하지만 당신이 나와 함께한다는 것은 곧 사치와 호화스러운 생활, 무한한 쾌락과 넘치는 돈을 의미했다는 걸 잊지 마. 당신 가족의 삶은 당신을 짜증나게 했기 때문이지. 당신은—당신 표현을 빌리자면—'차가운 싸구려 솔즈베리 와인'을 혐오했어. 나와 함께 있을 때는 나의 지적인 매력과 더불어 이집트의 환락가가 선사하는 즐거움까지 누릴 수 있었지. 나와 함께 있지 못할 때 당신이 대용품으로 선택했던 파트너들은 결코 당신을 돋보이게 할 수 없었고 말이야.

당신은 이런 생각도 했지. 변호사를 통해 당신 아버지에게 편지를 보내, 나와의 영원한 우정을 단절하느니 그가 주는 연 250파운드의 보조금—당신이 옥스퍼드에서 진 빚을 제한 금액으로 알고 있어—을 포기하겠다고 말하는 게 더없이 고귀한 자기희생과 우정의 기사도를 실천하는 것이라고 말이야. 하지만 얼마 안 되는 보조금을 포기하는 것이 당신의 불필요한 사치와 과도한 낭비마저 포기할 각오가 되어 있다는 의미는 아니었어. 오히려 그 반대였지. 사치스러운 삶에 대한 당신의 욕구는 그 어느 때보다 강렬해졌지. 파리에서 나와 당신 그리고 당신이 데리고 있던 이탈리아인 하인이 여드레 동안 쓴 돈은 거의 150파운드에 달했어. 파이야르 혼자서 85파운드를 집어삼킨 거야. 당신이 살아가는 방식대로라면, 혼자 식사를 하고 좀더 비용이 적게 드는 유흥을 추구하면서 특별히 절약을 한다 하더라도, 당신의 1년 치 수입이 채 3주도 되지 않아 탕진되고 말았을 거야. 당신이 과시적인 허세를 부리면서 보조금을 포기한 것은 결국 내 돈으로 살아가는 데 그럴싸한 핑계―또는 그럴싸한 핑계라고 생각한 것―를 찾기 위해서였지. 그리고 기회가 있을 때마다 예의 그 핑계를 최대한 부풀리면서 그것을 심각하게 남용했지. 깨진 독에 물 붓기 식의 지속적인 출혈―물론 대부분 내가 감당해야 하는 것이었지만, 내가 알기로 당신 어머니도 어느 정도는 부담해야 했지―이 더더욱 고통스러웠던 이유는, 당신은 어떤 경우에도 내게 고맙다는 말 한마디 하지 않았고, 도무지 절제라고는 알지 못했기 때문이야.

당신이 잘못 생각한 게 또하나 있어. 당신은 끔찍한 편지와 독설 가득한 전보, 모욕적인 엽서로 아버지를 공격하면서 사실은 어머니를 위한 싸움을 하고 있다고 생각했지. 그녀의 옹호자로 앞에 나서서 결혼 생활에서 그녀가 겪었던 잘못된 일과 고통에 대한 복수를 한다고 믿었던 거야. 하지만 그건 당신의 엄청난 착각일 뿐이야. 사실 착각 중에서도 최악의 착각이지. 당신 아버지가 당신 어머니에게 가한 고통에 대해 복수하는—그러는 게 아들의 의무 중 하나라고 믿는다면—길은 당신 어머니에게 지금까지보다 더 나은 아들이 되어주는 거야. 당신 어머니가 진지한 문제에 대해 당신에게 이야기하는 걸 두려워하지 않게 하는 것, 어머니가 갚아야만 하는 계산서에 사인하지 않는 것, 그녀에게 더 다정한 아들이 되는 것, 그리고 그녀의 삶에 고통을 안겨주지 않는 것이 당신이 해야 할 일이라고. 당신 형 프랜시스는 꽃 같았던 그의 짧은 삶 동안 더없이 다정하고 선한 아들로서 그녀가 겪었던 고통을 충분히 보상해주었지. 당신은 그를 본보기로 삼았어야 했어. 무엇보다 나를 통해 당신 아버지를 감옥에 보낼 수 있었더라면 당신 어머니가 무척이나 기뻐하고 즐거워했을 거라고 생각한 것 자체가 잘못된 거야. 여자로서 남편이자 자기 아이들의 아버지인 사람이 죄수복을 입고 감옥에 있는 모습을 보면 어떤 생각이 들지 알고 싶다면 내 아내에게 편지를 써서 물어보도록 해. 그녀가 당신에게 사실대로 얘기해줄 테니.

나 역시 나만의 환상을 가지고 있었지. 나는 내 삶이 한 편의 눈부신 희극이 될 거라고 믿었어. 당신은 그 속에 등장하는 수많은 우아한 인물 중의 하나일 거라고 생각했고. 그런데 알고 보니 내 삶은 한 편의 역겹고 혐오스러운 비극이었던 거야. 그리고 그 대재앙의 사악한—한 가지 목적만의 추구와 편협한 의지력의 발현에서—동인動因은 바로 당신이었지. 나와 더불어 당신 자신마저 속이고 길을 잃고 헤매게 만들었던 기쁨과 쾌락의 가면을 벗어버린 당신 말이지.

이제 당신도 내가 무엇 때문에 고통받고 있는지 조금은 이해하리라 생각해. 그렇지 않아? 어떤 신문—팰맬 가제트[19]였던 것 같은데—에서 내 연극의 총연습을 묘사하면서 당신이 그림자처럼 늘 나를 따라다

닌다고 했던 기사를 읽은 기억이 나. 우리가 함께했던 순간들의 기억은 이곳에서 나와 함께 걸어다니는 그림자와도 같아. 나를 결코 떠나지 않으면서, 밤에도 나를 깨워 똑같은 이야기를 하고 또 하지. 그 지루한 반복이 새벽까지 나를 깨어 있게 하면서. 그러다 날이 밝아오면 그 기억도 어김없이 다시 돌아오지. 그리고 교도소 마당까지 나를 따라와서는 마당을 터벅터벅 걷는 동안 나 자신에게 혼잣말을 하게 만들어. 내게 끔찍했던 매 순간의 세세한 부분까지 떠올리도록 강요하면서. 그 불운했던 나날 동안의 일들은 고통이나 절망을 위해 따로 마련된 내 머릿속 방에서 하나도 빠짐없이 재현되었지. 긴장한 듯 어색함이 느껴지던 당신 목소리, 신경질적으로 손가락을 움직이던 당신 모습, 당신이 내게 했던 신랄한 말들과 독기 서린 표현들 모두가 생각나는 거야. 우리가 함께 거닐었던 거리나 강가, 우리를 에워쌌던 벽이나 숲, 시곗바늘이 몇시를 가리켰는지, 바람의 날개가 어디로 향했는지, 우리를 비추던 달의 모양과 색깔까지도.

나는 알고 있어, 지금까지 내가 말한 모든 것에는 단 한 가지 답밖에 없다는 것을. 그건, 당신이 나를 사랑했다는 거야. 운명의 여신들이 우리의 각기 다른 삶의 실로 단 하나의 진홍색 무늬를 짰던 2년 반이라는 시간 내내 당신은 나를 진정으로 사랑했던 거야. 그래, 나는 당신이 나를 사랑했다는 걸 알아. 나에 대한 당신의 행동이 어떠했든, 나는 당신이 마음속으로는 나를 진정으로 사랑했다는 걸 언제나 느끼고 있었어. 예술세계에서의 내 지위와 나의 특별한 개성이 불러일으켰던 관심, 내돈, 나의 호화로운 삶, 내 삶을 그토록 매력적이고 그토록 근사하게 있을 법하지 않은 삶으로 만들어주었던 수많은 것들, 그 모든 것 하나하나가 당신을 매혹하고 내게 매달리게 만들었지. 나는 그 사실을 아주 잘 알고 있었어. 그런데 이 모든 것들 말고도 내게는 기이하게 당신의 마음을 끌어당기는 무언가가 더 있었던 거야. 당신은 당신이 사랑했던 그 누구보다도 훨씬 더 많이 나를 사랑했어.

하지만 당신도 살아오는 동안 나처럼 끔찍한 비극을 겪었지. 내가 경험한 비극과는 정반대 성질의 것이었지만. 그게 뭐였는지 알고 싶어? 그건 바로, 당신에게는 증오가 사랑보다 언제나 더 강했다는 거야. 아버지를 향한 너무나도 강한 증오가 나에 대한 당신의 사랑을 앞지르고 쓰러뜨리며 빛이 바래게 했던 거지. 그 둘 사이에는 충돌이 전혀 없었고, 있었다 해도 아주 적었지. 그만큼 당신의 증오는 엄청난 것이었고, 무섭게 커져갔지. 당신은 하나의 영혼 속에는 강렬한 두 가지 감정을 위한 공간이 있을 수 없다는 것을 깨닫지 못했던 거야. 그 감정들은 아름답게 다듬어진 집에서 함께 살 수가 없어.

사랑은 상상력을 먹고 자라지. 우리는 상상력에 의해 우리가 생각하는 것보다 더 현명해지고, 우리가 느끼는 것보다 더 나아지고, 지금의 우리보다 더 고귀해질 수 있어. 상상력에 의해 우리는 삶을 하나의 전체로 볼 수 있는 거야. 그리고 오직 상상력에 의해서만 실제적이고 이상적인 관계 속에서 다른 이들을 이해할 수 있고 말이지. 오직 아름다운 것과, 아름답게 상상된 것만이 사랑을 살찌울 수 있는 거야. 하지만 증오는 무엇이든 먹고 살을 찌울 수 있지. 그 오랜 시간 동안 당신이 마셨던 샴페인 한 잔, 당신이 먹었던 기름진 음식 어느 하나도 당신이 품은 증오를 살찌우고 더 커지게 만들지 않았던 것은 없었어. 또한 당신은 자신의 증오심을 충족시키기 위해 내 삶을 가지고 도박을 했지. 내

돈으로 도박을 하듯 경솔하고 무모하게, 그 결과는 전혀 생각지 않으면서. 혹시 도박에서 지더라도, 당신은 그 책임을 지지 않아도 될 거라고 생각했겠지. 만약 당신이 이기면, 그 환희와 승리의 열매를 맛보는 건 당신이 되리라는 걸 당신은 알고 있었던 거야.

5장

증오는 우리를 눈멀게 하지. 당신은 그 사실을 의식하지 못했겠지만. 사랑은 아주 멀리 떨어진 별에 쓰인 것도 읽을 수 있게 하지만, 증오는 당신을 철저히 눈멀게 해 담장으로 둘러싸인 옹색한 정원, 방탕함으로 꽃이 시들어버린 저속한 욕망의 정원 너머는 볼 수 없게 만들지. 당신의 끔찍한 상상력 부족—당신 성격 중 실제로 치명적인 단 하나의 결점—은 전적으로 당신 안에서 살았던 증오의 결과물이야. 증오는 이끼가 갯버들의 뿌리를 조금씩 갉아먹듯 교묘하고 조용하고 은밀하게 당신 본성을 갉아먹었지. 그 결과 당신 머릿속은 시답잖은 흥밋거리들과 하찮은 목표들로 가득차게 된 거야. 사랑이 당신 안에서 키워줄 수 있었을 능력을 증오가 독살하고 마비시켰던 거지.

당신 아버지가 처음 나를 공격하기 시작한 것은 내가 당신과 가까운 친구이기 때문이었고, 당신에게 보낸 사적인 편지를 통해서였지. 외설적인 협박과 거친 폭언이 담긴 그 편지를 읽자마자 나는 즉시 나의 혼란스러운 날들의 지평선에 무시무시한 위험이 조금씩 다가오고 있음을 직감했지. 나는 당신한테 당신과 당신 아버지 사이의 해묵은 증오를 위한 배출구가 되고 싶지 않다고 분명히 얘기했어. 당연히 런던에 있는 내가 홈부르크에 있는 외무장관의 비서관'보다 훨씬 더 흥미로운 사냥감이 될 것이며, 잠시라도 그런 입장에 처한다는 것은 내게는 부당한 일이며, 나는 그런 술주정뱅이에 인생 낙오자déclassé이며 멍청한 인간과 실랑이를 벌이는 것보다 더 나은 할 일이 많은 사람이라는 것을 분명히 얘기했지. 하지만 당신은 그런 것들을 이해하지 못했어. 당신은 증오로 눈이 멀었던 거야. 당신은 그 싸움이 나와는 정말 아무 상관이 없고, 당신 아버지가 당신의 사적인 우정을 두고 왈가왈부하는 것을 용납하지 않을 것이며, 거기에 내가 개입하는 것은 지극히 부당한 일이 될 거라고 강조했지. 그리고 그 문제로 나를 만나기 전에 이미 당신 아버지에게 답장으로 멍청하고 천박하기 그지없는 전보를 보낸 거야. 물론 그런 경거망동으로 인해 당신은 그후에도 멍청하고 천박한 행태를 되풀이하게 되었던 것이고.

인생의 치명적인 실수는 인간의 비합리성에 기인하는 게 아니야. 비합리적인 순간이 때로는 가장 근사한 순간이 될 수도 있거든. 인생의 치명적인 실수는 인간의 논리적인 면에서 비롯되지. 둘 사이에는 아주 큰 차이가 있어. 문제의 전보는 당신과 당신 아버지의 앞으로의 관계 전체에, 그리고 결과적으로 내 삶 전체에 커다란 영향을 미쳤지. 그리고 이 일에서 무엇보다 기막힌 것은 당신이 보낸 전보가 지극히 평범한 거리의 소년조차 부끄러워할 내용이었다는 거야. 무례한 당신의 전보는 자연스럽게 거만한 변호사의 편지로 이어졌고, 당신 변호사가 당신 아버지에게 보낸 편지들은 물론 그의 화를 더욱더 돋우는 결과를 낳았지. 당신은 그에게 앞으로 나아가는 것 말고는 다른 선택권을 주지 않았어. 당신은 아버지를 더 세게 압박하기 위해 그를 명예냐, 불명예냐의 선택의 기로에 서게 했지. 그래서 그는 이제 사적인 편지로, 당신의 사적인 친구로서의 내가 아니라, 공개적으로, 공인으로서의 나를 공격하기 시작했어. 나는 그를 내 집에서 쫓아내야만 했지. 그러자 그는 나를 찾아 이 식당 저 식당을 뒤지고 다녔어. 모든 사람들 앞에서 공개적으로 내게 모욕을 주기 위해서였지. 너무나도 비열한 그의 공격에 반격을 했더라면 나는 파멸하고 말았을 거야. 그리고 반격하지 않았더라도 마찬가지로 파멸했을 거고. 당신은 그때 앞으로 나서서, 내가 당신으로 인해 그런 추잡한 공격과 비열한 박해의 대상이 되는 것을 원치 않노라고 말하면서, 신속하고도 즉각적으로 나와의 우정을 포기하겠다는 뜻을 밝혔어야 했어. 지금쯤은 당신도 그런 생각을 하고 있을지 모르겠지만.

하지만 그때 당신은 그런 생각을 전혀 하지 않았어. 증오가 당신을 눈멀게 했기 때문이지. 당신이 생각해낼 수 있었던 거라고는(물론 당신 아버지에게 모욕적인 편지와 전보를 보내는 것 말고) 우스꽝스러운 권총을 사는 것뿐이었어. 그리고 버클리 레스토랑에서 실수로 총을 발사해 당신이 지금까지 들어본 것 가운데 최악의 스캔들을 일으켰지. 사실 당신은 자신이 당신 아버지와 나 같은 위치에 있는 사람 사이에서 끔찍한 다툼의 대상이 된다는 사실에 우쭐한 기분이 들었던 거야. 그런 생각은 아주 당연하게도 당신의 자만심을 충족시켰고, 당신의 자아도취를 부추겼지. 몸은 아버지와 함께 있으면서—나는 아무래도 상관없었지만—, 영혼은 나와 함께 있는 것—그는 아무래도 상관없었겠지만—은 당신에겐 용납할 수 없는 해결책이었을 거야. 당신은 공적인 스캔들의 기미를 감지하고는 그것을 향해 돌진했지. 우리 둘 사이의 싸움에서 당신은 온전할 수 있을 거라는 생각에 회심의 미소까지 지으면서.

나는 그 시즌의 나머지 기간에 그랬던 것만큼 당신 기분이 고조되어 있는 걸 본 적이 없어. 다만 유일하게 당신을 실망시킨 것은, 실제로는 아무 일도 일어나지 않았고, 당신 아버지와 나 사이에 더이상 어떤 만남이나 다툼도 없었다는 것이었지. 그러자 당신은 그에게 차마 입에 올리기 힘든 내용이 담긴 전보들을 보내는 것으로 위안을 삼았지. 그 불쌍한 남자는 참다못해 당신한테 편지를 보내, 자기 하인들에게 어떤 이유로도 자신에게 전보를 전달하지 말라는 지시를 했노라고 말하기까지 했지. 하지만 그런다고 포기할 당신이 아니었지. 당신은 그에게 엽서를 보냄으로써[2] 당신에게 매우 유리한 기회를 이끌어낼 수 있으리라는 걸 간파했고, 그 기회를 마음껏 이용했지. 당신은 나를 더 열심히 뒤쫓을 마음이 생기게끔 당신 아버지를 계속 괴롭혔어. 나는 그가 나를 뒤쫓는 것을 정말로 포기할 수 있었을 거라고 생각지 않아. 그에게 집안 내력은 무엇보다 강한 것이었으니까. 당신에 대한 당신 아버지의 증오는 그에 대한 당신의 증오만큼이나 끈질긴 것이었고, 나는 당신 부자에게 자신을 보호하면서 상대를 공격하기 위한 하나의 구실에 지나지 않았어. 도처에서 악명을 떨치는 당신 아버지의 기질은 개인적인 문제라기보다는 유전적인 요인에 기인한 것이었지. 그렇다 해도 나에 대한 그의 관심이 다소 수그러들던 차에, 당신이 보낸 편지들과 엽서들이 또다시 예전의 불길에 기름을 붓는 격이 된 거야. 그리고 정말로 그렇게 되었지.

나를 향한 당신 아버지의 공격은 자연스럽게 그 도를 더해갔지. 처음에는 사적인 삶을 살아가는 한 개인인 나를, 그다음엔 공적인 삶을 살아가는 공인으로서의 나를 공격했지. 그리고 마지막으로, 내 예술이 공연되는 곳에서, 예술가로서의 내게 치명적인 공격을 가하기로 작정한 거야.[3] 그는 술수를 써서 내 연극이 초연되는 극장의 좌석을 확보하고 공연을 중단시킬 음모를 꾸몄어. 관객들 앞에서 나에 관한 역겨운 말들을 늘어놓고, 내 배우들에게 욕설을 퍼부으며, 공연이 끝나고 내가 무대인사를 하는 순간을 이용해 내게 모욕적이거나 외설적인 포탄을 발사하려고 작정했지. 비열하기 짝이 없는 방식으로, 내 작품을 통해 나를 파멸시키기 위해서 말이지. 그런데 참으로 우연한 기회에, 그는 평소보다 좀더 취한 상태에서 우발적이고 순간적인 솔직함을 드러내며 다른 사람들 앞에서 자신의 계획을 떠벌리고 만 거야. 그러자 그 사실을 알게 된 경찰이 즉시 개입해 그의 극장 출입을 막았지. 그때가 바로 당신에게 주어진 기회였어. 당신은 그 기회를 잡았어야 했어. 당신도 지금쯤은 그걸 깨닫지 않았을까? 그때 그 사실을 간파하고 당신이 나서서, 어떤 경우에라도 당신 때문에 내 예술을 망치는 일이 있어서는 안 된다고 말했어야 한다는 것을? 당신은 내게 예술이 어떤 의미였는지 잘 알고 있었어. 나에게 예술은 먼저 나 자신을 스스로에게 드러내 보여주고, 그다음에는 나 자신을 세상에 드러내 보여줄 수 있게 해준 가장 원초적인 기조基調였던 거야. 예술은 내 삶의 진정한 열정이었지. 또한 예술은 사랑이었어. 그에 비하면 세상의 다른 사랑들은 적포도주와 비교한 진흙탕이나, 달의 마법거울과 비교한 습지의 반딧불이나 마찬가지야.

당신도 이젠 상상력 부족이 당신 성격에서 유일하게 진정으로 치명적인 결함이라는 것을 이해할 수 있겠지? 당신이 해야만 했던 것은 아주 단순하고 아주 명확했어. 하지만 증오가 당신을 눈멀게 했고, 따라서 당신은 아무것도 볼 수 없었던 거야. 거의 아홉 달 동안 더없이 혐오스러운 방식으로 나를 모욕하고 괴롭혔던 당신 아버지에게 내가 사과를 할 수는 없었지. 나는 당신을 내 인생에서 몰아내지도 못했어. 몇 번이고 시도했음에도 불구하고. 심지어 당신에게서 벗어날 수 있으리라는 기대 속에 영국을 떠나 외국으로 간 적도 있었지. 하지만 그 모두가 허사였지. 당신은 무엇이라도 시도할 수 있었던 유일한 사람이었어. 이 모든 문제를 풀 수 있는 열쇠가 전적으로 당신 손안에 있었던 거야. 그동안 내가 당신에게 보여주었던 사랑과 애정과 친절 그리고 관대함과 배려에 아주 작은 보답이라도 할 수 있는 유일한 절호의 기회가 당신에게 주어졌던 거라고. 당신이 예술가로서의 내 가치의 10분의 1만큼이라도 나를 인정했더라면 아마도 그렇게 했겠지.

하지만 당신은 증오에 눈이 멀었던 거야. '실제적이고 이상적인 관계 속에서 다른 이들을 이해할 수 있게 해주는 유일한 능력[4]'이 당신 안에서 죽어버린 거지. 당신은 어떻게 당신 아버지를 감옥에 보낼 수 있을지 오직 그것만 생각했어. 당신이 늘 하던 말대로 그가 '피고인석에 서 있는 것'을 보는 것, 당신 머릿속은 오직 그 생각만으로 가득차 있었지. 당신은 그 말을 매일같이 지겹도록 반복했지. 난 식사할 때마다 그 말을 어김없이 들어야 했어. 어쨌거나 당신은 소원을 이룬 셈이지. 당신이 품은 증오가 당신이 소망한 것을 모두 들어주었으니까. 증오는 당신에겐 더없이 관대한 주인이었던 거야. 사실 증오는 그것을 섬기는 이들 모두에게 관대하지. 이틀 동안 당신은 법원 관리들과 함께 상석에 앉아 중앙형사법원의 피고인석에 당신 아버지가 서 있는 광경을 마음껏 즐겼어. 그리고 셋째 날, 난 그가 섰던 자리에 서게 되었지. 그리고 어떻게 되었지? 당신들은 역겹기 짝이 없는 '누가 더 미워하나' 게임에서 내 영혼을 걸고 주사위를 던졌고, 그 결과 당신이 지고 말았지. 그게 다였어.

당신도 이제 내가 당신 삶에 관한 이야기를 할 수밖에 없었음을 이해하겠지. 난 당신이 모든 사실을 분명히 알 수 있기를 바란 거야. 우리가 서로를 알고 지낸 지도 벌써 4년이 넘었어. 우린 그 시간의 반을 함께 보냈지. 그리고 우리 우정의 결과로 난 그 나머지 반을 감옥에서 보내야 했어. 당신이 이 편지를 어디에서 받아보게 될지—편지가 당신한테 제대로 전달된다고 가정할 때—난 알지 못해. 당신은 지금쯤 분명 로마나 나폴리, 파리나 베네치아 같은 아름다운 도시의 바닷가나 강가에 머물고 있을 거야. 그리고 나와 함께 누렸던 쓸모없는 호화로운 것들과 함께 있진 않더라도, 당신의 눈과 귀와 미각을 즐겁게 해주는 온갖 것들에 둘러싸여 있을 테고. 당신에게 삶은 더없이 아름다운 것이지. 당신이 현명한 사람이라면, 그리고 삶이 다른 방식으로 더욱더 아름다워지기를 바란다면 이 끔찍한—그렇다는 것을 난 잘 알고 있어—편지를 읽는 것이 당신 삶에서 하나의 고통스러운 경험과 전환점이 되도록 해야만 해. 편지를 쓰는 것이 내 삶에서 하나의 고통스러운 경험과 전환점이 되었던 것처럼. 당신의 창백한 얼굴은 포도주를 마시거나 기분이 좋으면 쉽게 달아오르곤 했지. 만약 내 편지에 쓰인 것을 읽는 동안 때때로 용광로 옆에 있는 것처럼 수치심으로 얼굴이 화끈거려온다면 그건 당신한테 아주 잘된 일일 거야. 최고의 악덕은 피상적인 것이기 때문이지. 무엇이든 깨닫는 것은 옳은 거야.

내 기억이 맞는다면, 이제 나는 구치소로 이송된 거야. 경찰서 유치장에서 하룻밤을 보낸 후 죄수호송차를 타고 그곳으로 보내진 거지. 그때 당신은 더없이 친절하고 세심하게 내게 신경을 써주었지. 외국에 가기 전까지[5] 거의 매일 오후 홀러웨이[6]까지 나를 보러 달려왔고, 내게 아주 다정하고 따뜻한 편지들을 보내주었지. 하지만 나를 감옥에 보낸 것은 당신 아버지가 아닌 당신이었고, 처음부터 끝까지 이 모든 일에 대한 책임을 져야 하는 사람도 당신이었으며, 내가 이곳에 있는 것은 당신을 통해, 당신을 위해 그리고 당신에 의해서라는 생각은 단 한 순간도 당신 머릿속을 스쳐가지 않았지. 심지어 나무 우리의 창살 너머에 있는 내 모습조차도 당신의 죽어버린 상상력을 되살리지는 못했어. 당신은 매우 비장한 연극을 지켜보는 관객의 연민과 감상으로 나를 대했지. 자신이 이 끔찍한 비극을 쓴 장본인이라는 사실을 깨닫지 못했던 거야. 나는 당신이 자신이 한 짓을 전혀 의식하지 못한다는 것을 알았지. 그렇다고 하더라도 당신 마음이 당신에게 말해주었어야 하는 것을, 당신 마음이 증오로 굳고 무감각해지지 않았더라면 얼마든지 말해줄 수 있었을 것을 당신에게 알려주는 사람이 되고 싶지는 않았어. 모든 것은 우리 자신의 마음에서 우러나와야 하는 것이기 때문이지. 누군가에게 그가 느끼지 않고 이해하지 못하는 것을 말해줄 필요는 없어.

내가 지금 당신에게 편지를 쓰는 것은 내 오랜 영어생활 동안 당신이 지킨 침묵과 당신이 보여준 행동 때문이야. 게다가 결과적으로 오직 나만 커다란 타격을 입은 셈이 되었지. 그 사실은 나를 기쁘게 했어. 나는 여러 가지 이유로 고통받는 것에 만족했어. 비록 당신을 지켜보면서, 당신의 철저하고 고집스러운 맹목성 속에는 여전히 지극히 경멸스러운 점이 있음을 알게 되었지만. 당신이 하찮은 대중지에 공개한 나에 관한 편지[7]를 엄청난 자부심을 느끼면서 내게 보여주던 일이 생각나. 아주 신중하고 절제되어 있으면서 진부하기 짝이 없는 글이었지. 당신은 '추락한 사람'을 대변해 '페어플레이에 대한 영국인들의 감각'이나 그 비슷한 매우 따분한 것에 호소했지. 당신 편지는 당신과는 전혀 친분이 없지만 그런대로 존중할 만한 인물이 고통스러운 비난의 대상이 되었을 때 그를 위해 썼을 법한 종류의 글이었어. 그런데 당신은 자신의 글이 아주 멋지다고 생각한 거야. 마치 거의 돈키호테적인 기사도 정신의 발현인 것처럼 여겼지. 나는 당신이 다른 신문들에도 또다른 편지들을 보낸 것을—그들이 신문에 싣지는 않았지만—알고 있었어. 하지만 그것들은 단지 당신이 아버지를 증오한다는 것을 말하고 있었을 뿐이고, 그런 당신 말에 관심을 두는 사람은 아무도 없었어. 당신이 아직 모르고 있는 것은, 증오는 지적인 관점에서 볼 때 영원한 부정否定이라는 거야. 감정적인 관점에서 볼 때, 증오는 위축증의 한 형태이며, 자신을 제외한 모든 것을 죽이지. 신문에 누군가를 증오한다는 글을 발표하는 것은 자신이 어떤 수치스러운 병을 감추고 있음을 공개하는 것이나 다를 바 없어. 당신이 증오하는 사람이 다름아닌 당신 아버지이며, 그러한 감정이 철저하게 상호적인 것이라는 사실이 당신이 품은 증오를 어떤 식으로든 고귀하거나 근사한 것으로 만들어주지는 않아. 당신의 증오가 무언가를 보여주었다면, 그건 단지 당신이 느끼는 증오가 유전적인 질병이라는 사실뿐이야.

또하나, 내 집에 동산 압류가 들어왔을 때의 일이 생각나. 그때 내 책들과 가구 모두가 차압당하면서 경매에 부쳐진다는 공고가 났지. 파산이 임박했던 거야. 난 당연히 당신한테 그 사실을 알리는 편지를 썼지. 하지만 나는 당신이 종종 식사를 했던 집에 집행관들이 쳐들어온 게 당신에게 한 선물들 때문이었다는 말은 하지 않았어. 그 말이 사실이건 아니건 그런 소식이 당신을 조금이라도 괴롭게 할 수 있을 거라고 생각했거든. 난 당신에게 있는 그대로의 사실만을 이야기했어. 당신도 알아야 한다고 생각했기 때문이었지. 그러자 당신은 불로뉴에서 거의 서정적인 열광 상태를 보여주는 어조로 내게 답장을 보내왔지. 당신은 아버지가 '돈에 쪼들리고' 있어서 소송비용을 위해 1500파운드를 어디선가 융통해야 한다는 것을 알고 있고, 따라서 나의 임박한 파산은 그에게 비용 청구를 할 수 없게 함으로써 그에게 '통쾌한 한 방을 먹이는' 셈이 될 거라고 기뻐했어!

당신도 이젠 증오가 사람을 눈멀게 한다는 게 어떤 건지 깨닫지 않았을까? 증오는 자신만 빼고 모든 것을 파괴하는 위축증이라고 묘사했을 때 나는 실제의 심리학적 사실을 과학적으로 묘사한 것이었음을 당신도 인정하지 않을까? 내가 소장했던 매력적인 물건들. 내가 아끼던 번존스[8], 휘슬러, 몽티셀리 그리고 시메온 솔로몬의 그림들. 내가 애지중지하던 도자기들[9]. 당대의 거의 모든 이름난 작가들—위고부터 휘트먼, 스윈번[10]부터 말라르메, 모리스[11]부터 베를렌에 이르기까지—에게서 선사받은 증정본. 내 아버지와 어머니의 아름답게 장정한 저서들. 중고등학교와 대학교에서 받은 특별한 상들. 호화 장정본*éditions* de luxe이 포함된 장서들과 또다른 것들. 이 모든 것들이 경매에서 하나도 남김없이 팔려나간 사실[12]이 당신에게는 아무것도 아니었지. 당신은 대단히 유감스럽다고 말했을 뿐이야. 그게 다였지. 이 일에서 당신이 본 것은 당신 아버지가 최종적으로 몇백 파운드 정도 손실을 볼지도 모른다는 가능성이었고, 당신은 그런 하찮은 생각에 황홀경과 유사한 기쁨을 느꼈던 거야.

소송비용으로 말하자면, 이 얘기가 당신의 흥미를 끌지도 모르겠군. 당신 아버지가 올리언스 클럽에서 공공연하게, 소송비용에 2만 파운드가 들었더라도 돈을 아주 잘 쓴 것으로 생각했을 거라고 말했다더군. 그 덕분에 엄청난 즐거움과 기쁨 그리고 승리감을 맛볼 수 있었을 테니까. 게다가 나를 2년간 감옥에 있게 했을 뿐 아니라, 어느 날 오후 나를 잠시 나오게 해 공적인 파산선고[13]를 받게 했다는 사실은 그가 기대하지 않았던 기막히게 세련된 즐거움을 덤으로 느끼게 해주었고 말이지. 그것은 내 치욕의 정점이자, 그의 완전하고도 완벽한 승리의 정점이었지.

만약 당신 아버지가 내게 소송비용을 청구할 권리가 없었다면, 당신은 빈말로라도 내 장서의 완전한 손실—문인에게는 돌이킬 수 없는 손실이며, 내가 입은 물질적 손실 중 가장 고통스러운—에 대해 그 누구보다 안타까워하는 마음을 표현했었을 거야. 당신은 분명 그랬으리라는 걸 난 잘 알아. 더 나아가, 내가 당신을 위해 아낌없이 썼던 엄청난 돈과 당신이 수년간 내 돈으로 살아온 것을 생각하면서, 나를 위해 내 책들의 일부라도 되사는 수고를 했을지도 몰라. 더없이 귀한 내 책들이 150파운드도 안 되는 금액에 팔려나갔지. 평범한 1주일간 당신을 위해 썼던 돈과 거의 맞먹는 금액에 말이지. 그런데도 당신은 당신 아버지가 얼마 안 되는 손실을 볼 거라는 생각에 천박하고 하찮은 기쁨을 느끼느라 내게 작은 보답을 하려는 시도조차 할 생각을 하지 않았어. 아주 사소하고, 지극히 쉽고, 돈도 얼마 들지 않고, 지극히 명백하면서, 당신이 하기만 했다면 내게 엄청난 위안이 될 수 있었을 작은 보답 말이야. 이래도 증오가 사람들을 눈멀게 한다는 내 말이 틀리다고 할 수 있을까? 이젠 당신도 내 말이 맞는다는 것을 알 수 있겠지? 아직도 모르겠다면, 알 수 있도록 노력하기를.

6장

그때 내가 그 사실을 얼마나 분명하게 깨달았는지는—지금도 그런 것처럼—새삼 얘기할 필요도 없겠지. 하지만 그때 난 이런 생각을 했어. '어떤 대가를 치르더라도 나는 내 마음속에 사랑을 간직해야만 한다. 사랑 없이 감옥에 간다면 내 영혼은 어떻게 될 것인가?' 당시 홀러웨이에서 당신에게 보낸 편지들은 사랑을 내 본질을 지배하는 기조로 간직하기 위한 노력의 결과물이었어. 내가 그러기를 원했다면 혹독한 비난으로 당신 마음을 마구 찢어놓았을 거야. 저주와 함께 당신을 갈기갈기 찢어놓을 수도 있었어. 당신에게 거울을 들이대 당신의 흉측한 모습을 보여줄 수도 있었지. 당신은 처음에는 자신의 모습을 알아보지 못하겠지만, 공포의 몸짓을 흉내내는 거울을 보면서 그게 누구의 모습인지 알아차리고는 그 모습과 당신 자신을 영원히 증오하게 되었을 거라고.

하지만 그보다 더 중요한 게 있어. 그건, 다른 사람이 저지른 죄에 대한 대가를 내가 치르고 있다는 사실이야. 그러고자 마음만 먹었다면 나는 매 재판마다 그를 희생시키고 나 자신을 구해낼 수 있었을 거야. 부끄러움으로부터가 아니라 투옥으로부터 말이지. 내가 만약 당신 아버지와 그의 변호사들이 검찰측 증인들—가장 중요한 세 명—에게 단지 침묵하는 것뿐 아니라 확언하는 방법, 그리고 계획적으로 짜인 각본과 연습을 통해 다른 사람이 한 짓을 내게 전적으로 전가하는 방법을 면밀하게 지시했음을 밝히고자 했다면, 나는 판사로 하여금 그들 모두를 증인석에서 내쫓게 했을 거야. 가증스러운 위증을 했던 앳킨스'가 쫓겨났던 것보다 더 신속하게 말이지. 그런 다음 난 그들을 비웃듯 주머니에 손을 찔러넣고 유유히 법정을 떠났을 거야. 자유의 몸이 되어. 난 그러도록 강한 압력을 받았지. 오로지 나의 행복과 내 가정의 안녕을 염려하는 사람들이 내게 그렇게 하도록 진심으로 충고하고 애원하고 간청했어. 하지만 난 거절했지. 나는 그러기를 원치 않았어. 그리고 단 한순간도 내 결정을 후회해본 적이 없어. 수감생활 중 가장 고통스러웠던 순간에조차도. 그런 행동은 나답지 않은 것이었을 테니까.

육체의 죄악은 아무것도 아니야. 그건, 만약 치유되어야 한다면, 의사가 치료할 수 있는 질병과도 같은 것이지. 오직 영혼의 죄악만이 수치스러운 것이야. 그런 방식으로 무죄방면 되었더라면, 나는 평생 괴로워하며 살았을 거야. 그런데 당신은 정말로, 자신이 내가 당신에게 보여준 사랑을 받을 자격이 있거나, 단 한순간이라도 내가 당신이 그럴 자격이 있다고 믿었다고 생각해? 정말로 우리가 함께 지내는 동안 어떤 시기에라도 자신이 내가 당신에게 보여준 사랑을 받을 자격이 있거나, 단 한순간이라도 내가 당신이 그럴 자격이 있다고 믿었다고 생각해? 난 당신이 그럴 자격이 없다는 것을 알고 있었어. 하지만 사랑은 시장에서 거래를 하지도, 행상꾼의 저울을 사용하지도 않아. 사랑의 기쁨은 지적인 기쁨처럼 사랑 자체로 살아 있음을 느끼는 것이지. 사랑의 목적은 사랑하는 것이야. 그 이상도 그 이하도 아닌. 당신은 나의 적이었어. 그 누구도 상대해본 적이 없을 만큼 지독한 적. 나는 당신에게 내 삶 전부를 주었지. 그런데 당신은 인간의 강렬한 감정 중에서 가장 저급하고 경멸스러운 증오와 허영심과 탐욕을 충족시키기 위해 내 삶을 허비해버렸어. 3년도 채 안 되는 시간에 모든 관점에서 내 삶을 철저하게 망가뜨린 거야. 내게는 나 자신을 위해 당신을 사랑하는 것밖에 다른 선택이 없었어. 내가 만약 나 자신에게 당신을 증오하도록 허용했다면, 내가 여행해야 했고 지금도 여전히 여행하고 있는 삶의 황량한 사막 가운데서 바위는 그 그림자를 잃어버리고, 야자수는 시들고, 우물의 수원은 독에 오염되고 말았을 거야. 이제 조금 이해가 되기 시작하는지? 당신의 상상력이 오랜 무기력증에서 깨어나는지? 당신은 증오가 무엇인지 이미 알고 있지. 이제 사랑이 무엇인지, 사랑의 본질이 어떤 건지 조금 이해가 되기 시작하는지? 그런 것들을 배우기에 아직 늦지 않았어. 당신에게 그런 것들을 가르쳐주기 위해 내가 감옥에 갔어야 했는지 모르겠지만.

내게 끔찍한 판결이 내려지고, 죄수복이 입혀지고, 교도소 문이 닫힌 후, 나는 내 멋진 삶의 폐허 한가운데 앉아 있었지. 비통함에 짓눌리고, 두려움에 어쩔 줄 모르며, 고통으로 얼이 빠진 채로. 하지만 나는 당신을 미워하지 않으려고 했어. 그래서 매일 이렇게 되뇌었지. "오늘도 나는 마음속에 사랑을 간직해야만 한다. 그러지 않으면 오늘 하루를 어떻게 살아낼 것인가." 나는 당신이 적어도 나한테만은 해를 끼칠 의도가 없었다고 나 자신에게 자꾸만 상기시켰어. 당신은 그저 무심코 활을 당겼는데 화살이 왕의 갑옷 솔기를 꿰뚫은 것이었다고[2] 생각하기로 한 거야. 당신을 나의 가장 작은 고통과 가장 미미한 손실과 똑같이 취급하는 것은 불공평하다고 느꼈기 때문이지. 그래서 난 당신을 나처럼 고통받는 존재로 여기기로 했어. 오랫동안 멀어 있던 당신 눈에서 마침내 비늘이 벗겨졌다고 믿기로 한 거야. 당신이 자신의 끔찍한 작품을 응시하면서 얼마나 경악했을지 고통스럽게 상상하곤 했지. 내가 당신을 위로할 수 있기를 간절히 바라던 때도 있었어. 그 어두웠던 날들, 내 인생에서 가장 암울했던 순간들에조차도. 당신이 마침내 자신이 무슨 짓을 했는지 깨달았을 거라고 확신하면서 말이지.

그때만 해도 난 당신이 최고의 악덕인 피상적인 면을 지니고 있다는 생각을 하지 못했어. 오히려 편지를 받아볼 수 있는 첫번째 기회를 내 가족 문제에 할애할 수밖에 없음을 당신한테 알리면서 무척 마음 아파했지.[3] 내 처남이 내게 편지를 보내서는, 내가 편지를 한 번만이라도 보내주면 나와 내 아이들을 위해 이혼소송을 하지 않겠다는 아내의 말을 전해주었어. 나로서는 그녀의 말대로 해주는 게 내 의무라고 느꼈지. 다른 이유들은 차치하고, 난 내 아들 시릴[4]과 헤어져야 한다는 것을 참을 수가 없었어. 더없이 아름답고 사랑스럽고 다정다감한 내 아들. 내게는 그 누구보다 가까운 친구이자 동반자이며, 금발이 빛나는 조그만 머리의 터럭 하나가 당신 머리부터 발끝을 합친 것보다 훨씬 더 소중하고 귀할 뿐 아니라, 온 세상에서 가장 완벽한 감람석[5]과도 같은 내 아들. 나한테 그애는 언제나 그런 존재였지. 난 그 사실을 너무 늦게 깨달았지만.

당신이 신청서를 제출하고 2주 후, 난 당신 소식을 들을 수 있었지. 내가 아는 뛰어난 인물들 중에서 누구보다 용감하고 의협심이 강한 친구 로버트 셰라드[6]가 나를 보러 와서는, 문학적 타락의 진정한 본산인 양 허세를 부리는 우스꽝스러운 잡지 『메르퀴르 드 프랑스』에 당신이 내 편지들의 발췌문과 함께 나에 관한 기고문을 실으려 한다는 것을 알려주더군. 그러면서 정말 그게 내 뜻에 의한 것인지를 물었어. 그 말에 나는 기겁하면서 몹시 불편한 심기를 드러냈지. 그리고 즉시 그 일을 중단시켜달라고 부탁했어. 당신은 내가 보낸 편지들을 아무렇게나 놔두어, 당신의 공갈범 친구들이 훔쳐가고, 호텔 종업원들이 슬쩍하고, 가정부들이 돈을 받고 팔아버리게 만들었어. 내 편지의 가치를 알아보지 못하는 당신의 무능력과 조심성 부족을 여실히 보여준 사건이었지. 그런데도 당신이 남아 있는 내 편지들 중에서 고른 것들을 출간할 것을 진지하게 제안했다는 사실을 믿을 수가 없었어. 그게 어떤 편지들이었는지는 나도 알 수 없었지만. 그것이 내가 처음 들은 당신 소식이었고, 난 몹시 불쾌했지.

그리고 얼마 지나지 않아 두번째 소식을 들을 수 있었어. 당신 아버지의 변호사들이 감옥으로 찾아와 내게 직접 파산 통지서를 전해주었지. 겨우 700파운드밖에 안 되는 소송비용 때문에 나는 공식적인 파산 선고를 받고, 법원에 출두하라는 지시를 받아야 했어. 후에 이 문제를 다시 얘기하겠지만, 그때 나는 그 비용을 갚아야 하는 건 당신 가족이어야 한다고 굳게 믿었고, 지금도 여전히 그렇게 믿고 있어. 당신은 당신 가족이 갚을 거라고 호언장담했던 것에 대한 책임을 져야 했어. 당신 말을 믿고 변호사가 그렇게 추진했던 거니까. 이 일에 대한 전적인 책임은 당신에게 있는 거야. 아니, 가족을 대신해 한 약속과는 상관없이 당신은 자신으로 인해 내가 파멸에 이르렀으므로, 당신이 나를 위해 할 수 있는 최소한의 것은, 나로 하여금 하찮은 금액—고링에서 짧은 석 달간의 여름에 당신에게 쓴 돈의 반도 안 되는—으로 인한 파산이라는 추가적인 수치스러움을 면하게 해주는 것이라는 사실을 깨달았어야만 해. 하지만 지금으로서는 그에 관해 더는 얘기하지 않으려고 해. 나는 변호사의 서기를 통해 그 문제에 관해, 또는 그와 관련한 당신의 메시지를 분명히 전해 들었지. 내 진술과 서술을 접수하러 오던 날, 그는 탁자에 몸을 기댄 채 주머니에서 꺼낸 서류를 훑어보더니 나직한 목소리로 내게 이렇게 말하더군. "플뢰르 드 리스[7] 왕자께서 당신에게 안부를 전해달라고 하십니다." 난 무슨 말인지 몰라 그를 빤히 쳐다보았지. 그러자 그는 똑같은 말을 반복하더니 야릇한 표정으로 덧붙였어. "그분은 지금 외국에 나가 계십니다." 그때 번쩍하고 어떤 생각이 스쳐 지나가더군. 아마 수감생활을 통틀어 그렇게 웃은 것은 그때가 처음이자 마지막이었을 거야. 그 웃음 속에는 모든 세상에 대한 경멸이 담겨 있었지. 플뢰르 드 리스 왕자라니! 그때 난 깨달았어. 그동안 일어난 일들은 당신에게 아무런 깨달음도 주지 못했다는 것을. 그리고 그후의 일들은 내 생각이 옳았음을 입증해주었지. 당신은 스스로의 눈에는 비극의 음울한 등장인물이 아니라 여전히 시시껄렁한 희극에 나오는 우아한 왕자님이었던 거야. 지금까지 있었던 모든 일들이 당신에게는 조그만 머리 위의 금빛 모자에 달린 깃털이나, 증오만이, 오직 증오만이 덮힐 수 있고, 사랑만이, 오직 사랑만이 차갑게 느낄 수 있는 마음을 감춰주는 더블릿[8]에 꽂은 꽃 정도밖에 안 되었던 거야.

당신이 가명으로 내게 메시지를 전달한 것은 어쩌면 잘한 일인지도 몰라. 그 당시 나는 아무런 이름도 갖고 있지 않았지. 당시 내가 수감되어 있던 커다란 교도소[9]에서 나는 단지 기다란 복도에 있는 한 조그만 감방을 나타내는 숫자와 알파벳[10]에 불과했어. 생명 없는 천 개의 삶 중 하나, 생명 없는 천 개의 숫자 중 하나였던 거야. 하지만 진짜 역사 속에는 분명 당신한테 훨씬 더 잘 어울릴 법한 진짜 이름들이 많이 있었어. 나는 그 이름들을 통해 당신을 금세 알아볼 수 있었을 테고, 흥미로운 가면무도회에나 어울릴 법한 번쩍거리는 가면의 스팽글 장식 뒤에 숨은 당신을 찾지 않아도 되었겠지. 아! 당신 영혼이, 그 자신의 완성을 위해서라도 그랬어야 하는 것처럼, 고통으로 인해 상처받고, 회한에 짓눌리고, 비탄에 잠겨 겸손해질 수 있었다면, 고통의 집에 들어가기 위해 그런 가면의 뒤에 숨을 필요는 없었을 텐데! 삶의 위대한 것들은 겉으로 보이는 것이며, 바로 그런 이유로—당신한테는 이상하게 들릴지 몰라도—종종 해석하기가 힘들지. 하지만 삶의 하찮은 것들은 상징들이야. 그리고 우리는 그 상징들을 통해서 가장 손쉽게 삶의 쓸쓸한 교훈들을 얻게 되지. 당신 가명으로 말하자면, 겉보기에는 우연한 것으로 보이는 그 선택은 상징적인 것이었고, 앞으로도 그렇게 남게 될 거야. 그 선택은 당신이 누구인지를 보여주기 때문이지.

그리고 다시 6주가 지나서 세번째 소식이 도착했어. 나는 아파서 처량하게 누워 있던 교도소 병동[11]에서 호출을 받고 일어나 나갔어. 당신에게서 온 특별한 메시지를 교도소장을 통해 전달받기 위해서였지. 소장은 당신이 그에게 보낸 편지를 큰 소리로 내게 읽어주었어. 당신이 『메르퀴르 드 프랑스』에(어떤 기막힌 이유로 그랬는지 모르겠지만, 당신은 '우리 영국의 『포트나이틀리 리뷰』에 해당하는 잡지'라는 설명을 덧붙였지) '오스카 와일드 씨의 소송에 관하여'라는 기고문을 발표하려고 하는데, 거기에 내 편지 몇 편과 발췌문을 싣는 것을 허락해주기를 간절히 바란다는 내용이었지. 어떤 편지들을? 내가 홀러웨이 구치소에서 당신에게 보냈던 편지들을! 당신에게는 이 세상 그 무엇보다 신성하고 비밀스러운 것이었어야 할 그 편지들을! 지루해하던 데카당décadent[12]이 깜짝 놀라도록, 탐욕스러운 신문의 기고가feuilletoniste가 기사를 써내려가도록, 카르티에라탱Quartier Latin[13]의 명사名士들이 입을 딱 벌리고는 신이 나서 떠들어대게 하려고 당신은 그 편지들을 세상에 발표하고자 했던 거야! 당신 마음속에 그토록 천박한 신성모독에 항의할 수 있는 것이 아무것도 남아 있지 않았다 해도, 당신은 적어도 런던의 공개 경매에서 존 키츠의 편지들이 팔려나가는 것을 무한한 슬픔과 경멸과 함께 지켜보았던 이[14]가 쓴 소네트를 떠올리고는 마침내 내 시구의 진정한 의미를 이해할 수도 있었어.

> 그들은 예술을 사랑하지 않는 것 같다
> 크리스털로 된 시인의 마음을 부숴놓고는
> 고소하다는 듯 병적인 조그만 눈을 반짝이는 사람들.[15]

당신 기고문이 보여주고자 했던 게 무엇이었는지 묻고 싶군. 내가 당신을 무척 좋아했었다는 것? 그건 파리의 어린아이gamin조차 이미 알고 있는 사실이야. 그곳 사람들 모두 신문을 보고, 그중 많은 이들이 신문에 글을 기고하지. 아니면, 내가 천재적 재능을 가진 사람이었다는 것? 프랑스인들도 그 사실과 내 천재성의 특별한 점을 잘 알고 있어. 당신보다 더 잘, 혹은 그들이 당신에게서 기대했던 것보다 훨씬 더 많이. 아니면, 천재성은 종종 열정과 욕망의 흥미로운 도착증을 동반한다는 사실을 보여주고 싶었던 건가? 멋진 발상이야. 하지만 그 주제는 당신보다는 롬브로소[16]의 소관이 아닐까. 게다가 문제의 병리학적 현상은 천재성을 지니지 않은 사람들 사이에서도 발견되는 것이고 말이지. 아니면, 당신 아버지와의 증오 싸움에서 내가 당신들 각자에게 방패이자 무기였다는 사실을 말하고 싶었던 건가? 아니면 한술 더 떠서, 그 전쟁이 끝난 다음에 벌어진, 내 인생을 건 그 끔찍한 사냥에서 당신이 친 그물에 걸려들지 않았더라면 당신 아버지가 결코 내게 위해를 가할 수 없었을 거라는 사실을 얘기하고 싶었던 건가? 그래, 그건 부인할 수 없는 사실이지. 하지만 내가 듣기로는, 앙리 바우에르[17]가 이미 그 사실을 아주 명백하게 보여주었다고 하던데. 더구나 그의 논점을 뒷받침하기 위한 것이라면, 당신 의도가 그런 것이었다면, 내 편지들을 공개할 필요는 없었을 거야. 그것도 홀러웨이 구치소에서 썼던 것들을.

당신은 어쩌면 내 질문들에 대한 답으로, 내가 홀러웨이에서 보냈던 어떤 편지 속에서 당신에게, 어떤 방법을 동원해서라도 세상의 작은 부분만이라도 나라는 사람을 똑바로 알 수 있게 해달라고 하지 않았냐고 할지도 모르겠군. 맞아, 내가 그런 말을 했었지. 내가 지금 이 순간 왜, 어떻게 해서 여기에 와 있는지를 다시 생각해보길. 내가 여기 와 있는 게 내 재판의 증인들과의 관계 때문이라고 생각해? 실제든 추정된 것이든, 그런 부류의 사람들과 나의 관계는 전혀 정부나 상류사회의 흥밋거리가 되지 못해. 그들은 그런 사람들에 대해 아무것도 알지 못할 뿐만 아니라 관심은 더더욱 없어. 내가 여기 와 있는 것은 당신 아버지를 감옥에 보내려고 했기 때문이라고. 물론 내 시도는 실패했지. 내 변호사들조차 나에 관한 변론을 포기했으니까. 당신 아버지는 완전히 정세를 역전시켜서 나를 감옥에 보냈고, 지금도 여전히 여기에 나를 붙들어두고 있지. 그렇게 해서 사람들의 경멸은 내 몫이 되었고, 내 평판은 바닥까지 떨어져내렸지. 그렇게 해서 나는 끔찍한 형기의 매일, 매시간, 매분까지 가차없이 채워야만 하게 되었어. 그리고 그런 이유로 내 청원도 철저하게 거절당했고.[18]

당신은 어떤 면에서건 경멸이나 위험 또는 비난에 직면하지 않고도 이 모든 일에 다른 색채를 부여하고, 사건을 다른 시각에서 볼 수 있게 하며, 진실이 어떤 것인지를 조금이라도 보여줄 수 있었던 유일한 사람이었어. 나는 물론 당신이 옥스퍼드에서 어려움을 겪었을 때 어떤 목적으로, 어떤 식으로 내게 도움을 청했는지, 또는 어떤 의도로—만약 조금이라도 의도하는 바가 있었다면—, 어떻게 3년 가까이 내 곁을 한시도 떠나지 않았는지를 당신 스스로 밝힐 거라고 기대하지도, 당신이 그러기를 바라지도 않았어. 예술가, 존중받는 사회적 지위를 가진 사람, 심지어 단지 사회의 일원으로서의 내게 그토록 파괴적이었던 우정을 청산하려는 끊임없는 내 시도에 관해 여기서 얘기하듯 상세하게 기술할 필요도 없었지. 당신이 지겹도록 똑같은 패턴으로 반복하던 남부끄러운 소란들을 묘사하거나, 당신이 내게 보낸 기막힌 전보들—사랑과 돈 이야기를 절묘하게 섞어놓은—을 당신 스스로 공개하기를 원한 적도 없어. 또한 나는 어쩔 수 없이 그렇게 했다지만, 당신이 내게 보낸 편지들 중에서 더없이 역겹고 냉정한 구절들을 스스로 인용하기를 바란 적도 없어. 그렇다고는 해도, 당신이 나와 당신 자신을 위해서, 당신 아버지가 내놓은 우리 우정의 터무니없고 독기 어린 버전—당신에게는 황당하고, 내게는 불명예스러운—에 조금이라도 항변할 수 있었더라면 좋았을 텐데 하는 아쉬움을 느끼는 것도 사실이야. 그 문제의 버전은 이제 공식적인 역사가 되어버렸지. 사람들은 그것이 사실인 양 인용하고 믿고 이야기하지. 목사는 그것을 설교에 써먹고, 도덕주의자는 그것을 바탕으로 무익한 주제를 발전시켜나가지. 모든 세대의 관심을 한 몸에 받았던 내가 원숭이이자 어릿광대 같은 사람이 내린 판결을 받아들여야만 했던 거야. 이 편지 앞에서도 씁쓸하게 언급했던 것처럼, 참으로 아이러니하게도 당신 아버지는 교리문답서에 나올 법한 영웅으로 살아가고, 당신은 어린 사무엘과 동급으로 여겨지며, 나는 질 드 레와 마르키 드 사드 사이에 앉아 있게 되겠지. 어쩌면 그편이 더 나은지도 모르겠어. 나는 불평할 생각이 전혀 없어. 감옥에서 깨닫게 되는 것 중의 하나는, 모든 것은 그대로이며, 앞으로도 그대로일 것이라는 사실이야. 게다가 난 내게는 중세시대에 배척당한 사람과 『쥐스틴』의 저자[19]가 샌드퍼드와 머튼[20]보다 더 나은 동반자가 되어줄 거라고 믿고 있어.

하지만 난 당신에게 편지를 보낼 당시에는, 당신 아버지가 속물적인 사람들의 교화를 위해 그의 변호사를 통해 제시하게 한 버전을 받아들이지 않는 것이 우리 두 사람을 위해 바람직하고 적절하고 정당한 일이라고 생각했어. 그래서 당신한테 신중하게 생각해보고 좀더 진실에 가까운 무언가를 쓰도록 요청했던 거야. 그것이 적어도 당신에겐, 프랑스 신문들에 당신 부모님의 가정생활에 관한 허접한 글을 기고하는 것보다 더 득이 되는 일이었을 테니까. 당신 부모님이 행복한 가정생활을 했건 말건 프랑스인들이 그딴 것에 관심을 가질 거라고 생각해? 그런 건 그들에겐 아무런 흥미도 불러일으키지 못하는 시답잖은 주제일 뿐이라고. 그들의 관심을 끌 수 있는 것은, 나처럼 뛰어난 예술가가, 그가 화신이 되어 이끈 유파와 운동을 통해 프랑스적 사상이 나아갈 길에 현저한 영향을 미친 예술가가, 어떻게 그토록 화려한 삶을 살다가 그런 소송에 휘말리게 되었는가 하는 거야.

당신이 내가 보낸 수많은 편지들을 당신 기고문에 싣겠다고 했다면, 비록 편지들의 공개를 허락하진 않았더라도 이해할 수는 있었을 거야. 당신이 내 삶에 초래한 파멸, 당신 자신과 내게 해를 입히면서도 끝내 다스리지 못했던 당신의 광기 어린 분노, 모든 면에서 내게 엄청나게 치명적이었던 우정을 끝내고자 했던 내 바람, 아니 굳은 결심에 대해 이야기했던 편지들 말이야. 나를 자기모순에 빠지게 하려던 당신 아버지의 변호사가 느닷없이 법원에 내 편지—1893년 3월에 당신에게 보낸—를 제출했을 때는, 부수적으로 우리 우정의 그런 측면이 세인들의 시선에 노출되어야 한다는 사실이 내게 비통함을 느끼게 했지. 편지에서 나는, 당신이 내 앞에서 되풀이해 벌였던—그러면서 당신은 커다란 쾌감을 느끼는 듯했지만—끔찍한 소란들을 다시 겪느니 차라리 '런던의 모든 남창들에게 협박당하는' 데 기꺼이 응하겠다고 말했지. 하지만 무엇보다 나에게 가장 큰 고통과 가장 가슴 아픈 실망감을 안겨주었고, 지금도 여전히 그런 것은, 당신이 그토록 이해가 느리고, 그토록 감수성이 부족하며, 당신 스스로 내 편지들—난 그 속에서, 그것들을 통해 사랑의 정수와 영혼을 계속 살아 있게 해, 오랜 기간 육체적인 굴욕을 당하는 동안 내 몸속에 머물게 하려 했던 거야—을 발표할 것을 제안할 정도로 둔하다는—귀하고 섬세하고 아름다운 것을 알아보지 못할 만큼—사실이야. 당신이 왜 그랬는지는 유감스럽게도 아주 잘 알고 말이지. 증오가 당신의 눈을 멀게 했다면, 오만함은 당신의 눈꺼풀을 철실로 꿰매버렸던 거야. 당신의 편협한 이기주의는 '실제적이고 이상적인 관계 속에서 다른 이들을 이해할 수 있게 해주는 유일한' 능력을 둔화시켰고, 오랫동안 그 능력을 사용하지 않아 무용한 것으로 만들었지. 당신의 상상력은 나처럼 감옥에 갇혀 있었던 거야. 빗장을 질러 창문들을 막아버린 것은 당신의 오만함이었고, 당신을 지키는 간수의 이름은 다름아닌 증오였던 것이지.

7장

    이 모든 것은 재작년 11월 초에 일어난 일이었지. 그토록 아득한 시간과 당신 사이에는 거대한 삶의 강물이 가로놓여 있지. 당신이 그토록 광대한 황량함 너머를 본다는 것은 아마도 거의 불가능한 일일 거야. 하지만 내겐, 이 모든 일이 어제도 아닌, 바로 오늘 일어난 것만 같이 느껴져. 고통은 하나의 긴 순간이기 때문이지.[1] 고통은 계절처럼 나눌 수 있는 게 아니야. 우린 다만 그 다양한 순간들을 기록하고, 그 순간들이 다시 돌아오는 것을 이야기할 수 있을 뿐이라고. 우리에게 시간은 전진하는 게 아니야. 순환할 뿐이지. 이곳에서의 시간은 고통을 중심축으로 끊임없이 회전하는 것처럼 느껴져. 삶을 마비시키는 부동성不動性. 일상의 세세한 상황까지 불변의 패턴에 따라 규제하기. 먹고 마시고 걷고 눕고 기도하거나 또는 기도하기 위해 무릎을 꿇는 행위까지 빠짐없이 지배하는, 철의 공식으로 이루어진 가차없는 법칙. 이러한 삶의 부동성은 끔찍한 각각의 날들을 아주 작은 디테일에서까지 형제처럼 닮게 만들어버리면서, 본질적으로 끊임없이 변화할 수밖에 없는 외적인 힘들에까지 그 부동성을 전염시키는 것처럼 보이지. 파종기나 수확기, 허리를 굽혀 곡식을 수확하는 사람들이나 포도나무 사이를 요리조리 빠져나가면서 포도를 따는 사람들, 떨어진 꽃잎들로 새하얗게 변하거나 떨어진 과일들이 흩어져 있는 과수원의 풀밭에 관해서 우린 아무것도 알지 못하고, 아무것도 알 수 없어. 우리에겐 오직 한 가지 계절, 고통의 계절만이 존재하기 때문이지. 심지어 우리에겐 해와 달조차 허락되지 않아. 바깥에서는 날들이 푸르고 금빛으로 빛날지 모르지만, 쇠창살로 가로막힌 조그맣고 두꺼운 유리 창문 사이로 스며들어오는 빛은 그 아래 웅크리고 앉은 우리에겐 더없이 인색한 잿빛일 뿐이야. 이곳 감방은 언제나 석양이 지배하고 있어. 우리의 마음속이 언제나 한밤중인 것처럼. 그리고 시간뿐만 아니라 생각의 영역도 정지되어 있지. 당신이 개인적으로 이미 오래전에 잊어버렸거나 쉽게 잊어버리는 것이 지금 내게는 여전히 일어나고 있고, 내일 또다시 일어날 거야. 이 사실을 기억하길 바라. 그러면 내가 왜 지금 당신에게 편지를 쓰고 있는지, 왜 이런 식으로 편지를 쓰는지 조금은 이해할 수 있을 테니까.

1주일 후 나는 이곳으로 이송되었지. 그리고 석 달 후, 어머니가 돌아가셨어.[2] 당신은 내가 어머니를 얼마나 깊이 사랑하고 존경했는지 그 누구보다 잘 알고 있을 거야. 어머니의 죽음은 내게 너무나 끔찍한 충격이어서, 한때 '언어의 제왕'[3]이라고 불렸던 나조차도 내가 느낀 비통함과 부끄러움을 표현할 수 있는 단어를 찾을 수 없었어. 예술가로서 가장 화려한 전성기를 구가했을 때조차도, 이토록 엄숙한 마음의 짐을 지는 것을 도와주고, 충분히 장엄한 음악에 맞춰 형언할 길 없는 슬픔의 자줏빛 행렬을 따라갈 수 있게 해주는 말들을 찾아낼 수 없었을 거야. 내 어머니와 아버지는 문학과 예술, 고고학과 과학에서뿐만 아니라, 내 나라가 한 국가로서 발전하는 과정에서의 공식적인 역사에서도 고귀하고 명예롭게 여겨지는 이름을 내게 물려주셨지. 그런데 내가 그 이름을 영원히 욕되게 했어. 그 이름이 비천한 사람들 사이에서 하찮은 조롱거리가 되게 했지. 내가 그 이름을 진창 속으로 끌고 들어간 거야. 상스러운 자들이 그 이름을 상스러운 것으로 입에 오르내리게 하고, 어리석은 자들이 그 이름을 어리석음의 동의어로 변질시키게 만들었던 거야. 그때 내가 겪었고, 지금도 여전히 겪고 있는 고통은 그 어떤 펜으로도 쓸 수 없고, 그 어떤 종이에도 기록할 수 없을 거야. 당시 내게 배려 깊고 다정했던 아내는 무관심하거나 낯선 사람의 입에서 그 소식을 전해 듣지 않게 하려고 아픈 몸을 끌고 제노바에서 영국까지 먼 길을 달려왔어.[4] 결코 돌이킬 수도 바로잡을 수도 없는 엄청난 손실에 대한 소식을 그녀 자신이 직접 전해주기 위해서 말이지. 나를 여전히 아꼈던 모든 이들에게서도 애도의 메시지가 몰려들었지. 심지어 나를 개인적으로 알지 못했던 사람들까지 망가진 내 삶에 새로운 고통이 더해졌다는 소식에 내게 자신들의 조의弔意를 전달할 수 있는지 묻는 편지를 보내오기도 했어. 오직 당신만이 냉담하게, 내게 아무런 메시지도 편지도 보내지 않았지. 그런 태도에 관해서는, 베르길리우스가 단테에게 고귀한 충동도 느끼지 못하고 피상적인 것만을 좇던 이들을 가리켜 했던 말이 꼭 어울릴 거야. "그들에 관해서는 아무 말 하지 말자. 그냥 쳐다보고 지나치도록 하자."[5]

그리고 다시 석 달이 흘렀지. 나는 감방 문 밖에 걸린 일과표—

내 이름과 형량 그리고 매일같이 내게 부과되는 일과 노역이 적혀 있는—를 보고서야 5월이 되었음을 알았어. 그리고 친구들이 다시 나를 보러 왔지. 나는 늘 그렇듯이 당신 안부를 물었고, 당신이 나폴리의 별장에 가 있고, 시집을 출간하려 한다는 이야기를 전해 들었어. 면회가 끝날 무렵, 지나가는 말로 당신이 그 시집을 내게 헌정하려 한다는 이야기가 나왔지. 그 소식에 삶에 대한 환멸 같은 게 느껴지더군. 구역질이 나올 것만 같았지. 나는 더이상 아무 말도 하지 않고, 마음속에 당신에 대한 경멸과 비웃음을 간직한 채 감방으로 돌아왔어. 어떻게 내게 먼저 허락도 구하지 않고 시집을 헌정하겠다고 꿈꿀 수 있었는지? 아니, '꿈꾼다'는 말로는 부족해. 어떻게 감히 그런 짓을 할 생각을 할 수 있었는지?

어쩌면 당신은 나의 삶에 영광과 명예가 넘치던 전성기에는 당신이 초기 작품을 헌정하는 데 기꺼이 동의하지 않았느냐고 내게 되물을지 모르겠군. 물론, 그때는 그랬지. 아름답고도 힘든 문학이라는 예술에 첫발을 내딛는 다른 어떤 젊은이였더라도 난 그가 바치는 경의를 기꺼이 받아주었을 테니까. 예술가에게는 모든 경의가 유쾌한 법이지. 게다가 경의를 바치는 이가 젊은이라면 그 기쁨이 배가되지. 월계관과 월계수 잎은 나이든 이들의 손에서는 금세 시들고 말아. 오직 젊은이들만이 예술가에게 왕관을 씌워줄 권리가 있어. 그것이 바로 젊음의 진정한 특권이지. 젊은이들은 그 사실을 깨닫지 못하겠지만. 하지만 실추와 오명으로 점철된 날들은 위대함과 명성으로 빛나던 날들과는 전혀 다른 법이야. 당신이 아직 모르고 있는 것은, 번영, 기쁨 그리고 성공이 거친 낟알과 흔한 섬유질로 이루어진 것이라면, 고통은 세상에 창조된 모든 것 중에서 가장 민감하다는 사실이야. 생각이나 운동의 세상에서는 약간의 움직임에도 고통이 섬세하면서도 어김없는 떨림으로 반응하곤 하지. 눈에 보이지 않는 힘들의 움직임을 감지하는 떨리는 금박[6]과 고통을 비교하는 것은 대략적인 비유일 뿐이야. 고통은 사랑이 아닌 다른 손으로 만지는 즉시 피를 흘리는 상처인 거야. 그리고 사랑의 손길에도 또다시 피를 흘리게 되지. 비록 아픔 때문이 아니더라도.

당신은 '우리 영국의 『포트나이틀리 리뷰』에 해당하는' 『메르퀴르 드 프랑스』에 내 편지를 발표하기 위해 내 허락을 요청하는 내용의 편지를 윈즈워스 교도소 소장에게 보냈지. 그런데 어째서 레딩 감옥의 소장에게는 당신 시집을 내게 헌정하기 위한 허락을 구하는 편지를 보내지 않은 거지? 당신 시들이 얼마나 굉장한 미사여구들로 쓰였는지는 모르겠지만. 먼젓번 경우에는, 내가 잡지사에 편지들을 발표하지 못하도록 금지시켰기—편지들에 대한 권리가 전적으로 내게 있다는 건 당신도 잘 알고 있을 테니—때문에 그렇게 했고, 이번 경우에는 당신 마음대로 무엇이든 할 수 있다는 사실 때문에 그렇게 하지 않은 건가? 내가 개입하기에는 너무 늦어버리기 전까지는 내게 아무것도 알리지 않을 작정으로? 당신 작품 앞면에 내 이름을 넣고 싶었다면, 내가 사회적으로 추락하고 파산해서 감옥에 있다는 사실만으로도 호의와 영광, 특혜를 간청하듯 내게 허락을 구했어야만 했어. 고초를 겪으면서 치욕을 견뎌내고 있는 사람들에게는 그런 식으로 접근해야 하는 거라고.

고통이 있는 곳에는 신성한 땅이 존재하는 법이야. 언젠가는 당신도 이 말이 무엇을 의미하는지 깨닫게 될 거야. 그럴 수 있을 때까지는 인생에 대해 아무것도 모르는 거나 마찬가지야. 내 친구 로비와 그와 같은 사람들은 내 말이 뭘 의미하는지 알 수 있지. 내가 두 명의 경관 사이에서 파산 법정으로 향할 때, 음울한 긴 복도에서 나를 기다리던 로비는 수갑을 차고 고개를 숙인 채 지나가는 내게 엄숙하게 모자를 들어올려 경의를 표했어. 그곳에 모여 있던 사람들은 그의 감미롭고 단순한 몸짓 앞에서 침묵을 지켰지. 인간은 그보다 더 작은 것으로도 천국에 갈 수 있었어. 바로 이런 정신으로, 이런 사랑의 방식으로 성인들이 무릎을 꿇고 가난한 이들의 발을 씻기고, 허리를 구부려 나환자의 뺨에 입을 맞췄던 거야. 그 뒤로 나는 그때의 일에 관해 그에게 언급한 적이 단 한 번도 없어. 지금까지도 내가 그의 행동을 의식했던 것을 그가 인식했는지조차 알지 못해. 그가 내게 보여준 것은 형식적인 말 몇 마디로 형식적인 감사 인사를 할 수 있는 종류의 행동이 아니야. 나는 그것을 내 마음속 보물창고에 넣어두었지. 아마도 내가 결코 갚지 못할 거라고 생각하면서 기쁜 마음으로 그곳에 비밀스러운 빛처럼 고이 간직해둔 거야. 수많은 눈물로 이루어진 몰약[7]과 계피로 방부 처리를 하고 향기롭게 한 채 말이지. 지혜가 내게 아무 도움도 되지 못하고, 철학은 불모지와 같고, 내게 위안을 주고자 했던 이들의 격언이나 문구가 내 입속에서 티끌과 재처럼 서걱거릴 때, 그 조용히 침묵하던 작은 사랑의 행위에 대한 기억은 나를 위해 모든 연민의 우물을 막아놓았던 봉인을 풀고, 사막을 장미처럼 활짝 꽃피우게 하며, 고독한 유배의 씁쓸함으로부터 나를 끌어내 세상의 상처받고 망가진 위대한 영혼들과 조화를 이루게 했지. 로비의 행위가 포함한 아름다움뿐만 아니라 그의 행위가 내게 얼마나 큰 의미가 있는지, 그리고 앞으로도 그렇게 남을 거라는 걸 이해할 수 있다면, 그제야 비로소 당신은 어떤 식으로, 어떤 마음으로 내게 시집을 헌정하기 위한 허락을 구했어야 하는지 깨달을 수 있을 거야.

하지만 나로서는 어떤 경우에라도 당신의 헌정을 받아들이지 않았을 거라고 밝히는 것만이 올바른 태도이겠지. 다른 상황에서 그런 청을 받았더라면 기뻤을 수도 있겠지만, 그렇더라도 나는 내 개인적인 감정과는 상관없이 당신을 위해 그 청을 거절했을 거야. 젊은이가 성년의 봄날에 처음 세상에 내놓는 시집은 봄철의 새싹이나 꽃, 모들린 목초지의 흰색 산사나무 꽃, 컴너⁸ 들판의 앵초꽃 같아야 해. 역겹고 끔찍한 비극과 역겹고 끔찍한 스캔들의 무게에 짓눌려서는 안 되지. 내 이름이 당신 책에 후원자처럼 쓰이는 것을 허용했더라면 나는 중대한 예술적 과오를 저지른 것으로 여겨졌을 거야. 그리했더라면, 작품에 어울리지 않는 분위기가 형성되었을 테고. 현대예술에서 분위기가 매우 중요하다는 것은 당신도 알고 있겠지. 현대의 삶은 복잡하고 상대적이야. 이 두 가지가 현대적 삶의 두드러진 특징이지. 전자를 표현하기 위해서는 뉘앙스와 암시, 특별한 관점과 같은 미묘함을 곁들인 분위기가 요구되지. 후자를 표현하기 위해서는 배경이 요구되고. 그게 바로 조각이 더이상 표현적인 예술이 될 수 없는 이유야. 또한 음악이 표현적인 예술인 이유이고, 문학이 최고의 표현적인 예술이며, 지금까지 죽 그래왔듯이 앞으로도 언제까지나 그렇게 남을 수 있는 이유인 거지.

당신의 작은 책은 피고석의 역겨운 악취나 교도소 감방의 탁한 공기 대신 시칠리아와 아르카디아⁹의 신선한 공기를 실어 왔어야만 해. 당신이 제안한 헌정은 잘못된 예술적 취향을 드러낼 뿐만 아니라, 다른 관점에서 볼 때도 전혀 적절하지 않은 것으로 여겨졌을 거야. 내가 체포된 후에도 당신은 조금도 달라지지 않고 예전과 똑같이 처신하는 것처럼 보이게 했을 테니까. 어리석은 허세—수치의 거리에서 헐값에 사고파는 부류의 용기—를 부리려는 시도처럼 보였을 거라고. 우리의 우정에 관해서는 이미 네메시스[10]가 우리 두 사람을 파리처럼 짓눌러버렸지. 내가 감옥에 있는 동안 시집을 내게 헌정하는 것은 재치 있는 말재주를 과시하려는 어리석은 시도처럼 보였을 거야. 당신이 내게 그 끔찍한 편지를 보내던 시절—진심으로 당신을 위해 그런 시절이 다시 오지 않기를 바라—에 공공연하게 자랑했고, 그것을 자랑하는 것을 삶의 기쁨으로 여겼던 그 말재주 말이야. 그것은 당신이 애초에 의도했던 진지하고 아름다운 효과—당신은 이런 것을 기대했겠지만—를 거두지 못했을 거야. 당신이 내게 의견을 물었더라면 나는 시집 출간을 조금 미루라고 충고했을 거야. 혹은 그러기 싫다면, 처음에는 익명으로 출간했다가 당신의 시를 사랑하는 이들—진정으로 얻을 가치가 있는 종류의 연인들이지—이 생기면, 그때 모습을 드러내고 세상에 이렇게 외칠 수도 있었을 거야. "그대들이 찬사를 보내는 이 꽃들은 내가 씨를 뿌려 자라난 것입니다. 나는 이제 이 꽃들을 그대들이 버림받고 배척당한 사람으로 여기는 이에게, 그에게서 내가 사랑하고 존경하고 감탄하는 것에 대한 헌사로 바치려고 합니다." 하지만 당신은 잘못된 방법과 잘못된 순간을 선택했어. 사랑에도 요령이란 게 필요하지. 문학에도 요령이 있듯이. 그리고 당신은 둘 중 어느 것에도 소질이 없었던 거야.

　내가 당신에게 이 점에 관해 자세하게 이야기하는 것은, 당신이 모든 면에서 그 문제를 충분히 생각하고, 내가 왜 즉시 로비에게 당신에 대한 야유와 경멸이 담긴 편지를 보냈는지 이해하길 바라서야. 나는 그에게, 당신이 내게 시집을 헌정하는 것을 전적으로 금지시키고, 내가 당신에 관해 한 말들을 있는 그대로 꼼꼼하게 옮겨 적어서 당신에게 보내줄 것을 부탁했어. 마침내 당신으로 하여금 자신이 한 짓을 직시하고, 인정하고, 조금이라도 깨닫게 해야 할 때가 왔다고 느꼈기 때문이지. 맹목성이 극단으로 치닫게 되면 기괴해지기 마련이거든. 그리고 상상력이 부족한 기질은 그것을 일깨우기 위한 어떤 조치가 취해지지 않으면 마치 돌처럼 무감각하게 굳고 말지. 육체가 먹고 마시고 쾌락을 추구하는 동안, 그 속에 살고 있는 영혼은 단테의 브란카 도리아[11]의 영혼처럼 완전히 죽어버리고 마는 거야. 다행스럽게도 내 편지가 적절한 시기에 도착한 것 같더군. 당신은 아마 벼락을 맞은 기분이었을 거야. 로비에게 보낸 답장에서 당신은 '생각하고 표현할 수 있는 힘을 모두 박탈당한 것 같다'고 말했다지. 과연 당신은 어머니에게 불평하는 편지를 쓰는 것 말고는 아무것도 생각할 수 없는 것 같았어. 물론 그녀는 당신을 진정으로 위하는 길이 무엇인지 제대로 보지 못하는 맹목적인 사랑—그녀 자신과 당신에게 치명적으로 작용하는—으로 할 수 있는 온갖 방법을 동원해 당신을 위로하고 얼러서 다시 예전의 불행하고 불명예스러운 상황에 처하게 했고 말이지. 나에 관해서는, 내가 당신을 두고 한 말들이 너무 가혹해 '심히 언짢다'고 내 친구들에게 알렸다더군. 물론 당신 어머니는 내 친구들에게만 그런 유감스러운 심경을 밝힌 것이 아니었어. 내 친구가 아닌 사람들—그 수가 훨씬 더 많다는 건 당신도 짐작할 수 있겠지—에게도 그런 말을 퍼뜨렸지. 그리고 이 모든 일의 결과로, 나의 특출한 천재성과 내가 겪는 끔찍한 고통으로 인해 점차 커져가고 있던 나에 대한 동정 여론이 대부분 사그라져버렸다는 것을 당신과 당신 가족에게 호의적인 소식통을 통해 알게되었지. 사람들은 이렇게 말하곤 하지. "아! 처음에는 그 자애로운 아버지를 감옥에 보내려고 하다가 뜻대로 안 되니까, 이젠 태도를 바꿔자신의 실패를 순진한 아들 탓으로 돌리려 하는구나. 그러니까 우리가 그를 경멸하는 거라고! 그는 조롱을 당해도 싸다니까!" 당신 어머니 앞에서 내 이름이 언급될 경우, 내 집의 폐허¹² 한가운데서 그녀가 느껴야 할—적지 않은 부분에서—비통함이나 후회를 표현하지 않는다면, 적어도 침묵하는 게 그녀가 지켜야 할 도리라고 생각해.

당신으로 말하자면, 지금쯤은 당신도 그녀에게 불평하는 편지나 쓰는 대신, 내게 직접 편지를 써서, 당신이 말해야만 하거나 말해야 한다고 생각한 것을 용기 있게 말하는 게 당신을 위해 모든 면에서 더 나을 거라고 생각하고 있지 않은지? 내가 그 편지를 보낸 게 거의 1년 전이었어. 그 시간 동안 당신이 내내 '생각하고 표현할 수 있는 힘을 모두 박탈당한 채' 있었을 리는 없잖아. 대체 왜 내게 편지를 보내지 않은 거지? 내가 보낸 편지를 읽어봤다면, 당신이 한 모든 행동 때문에 내가 얼마나 깊이 상처받고 크게 분노했는지 알 수 있었을 텐데. 아니, 더 나아가 당신은 마침내 당신과 나의 우정에 관한 모든 진실을 있는 그대로, 속속들이 들여다볼 수 있었을 거야.

예전에 우리가 함께 지낼 때 난 종종 당신이 내 삶을 망가뜨리고 있다는 말을 하곤 했지. 그럴 때마다 당신은 늘 대수롭지 않다는 듯 웃어넘겼어. 우리가 만난 지 얼마 되지 않았을 때, 에드윈 레비는 자신이 벌인 유감스러운 옥스퍼드 사건—이렇게 부르기로 한다면—으로 인한 충격과 성가심, 그리고 비용까지도 내게 떠넘기는 당신을 보고는 한 시간 동안이나 내게 당신을 가까이하지 말라고 경고했지. 그리고 브래널에서 내가 그와의 인상적인 오랜 면담에 관해 들려주자 당신은 아무런 대꾸 없이 웃음을 터뜨렸지. 법정에서 결국 나와 피고석에 나란히 서게 된 불행한 젊은이[13]조차 당신이 나를 완전한 파멸로 이끌 거라고—어리석게도 내가 예전에 알고 지냈던 평범한 청년들보다 더 철저히—여러 차례 경고했음을 얘기했을 때도 당신은 여전히 웃음으로 대꾸할 뿐이었지. 비록 예전처럼 재미있어하는 것 같진 않았지만. 좀더 신중하거나 덜 호의적인 나의 친구들이 당신과의 우정 때문에 내게 경고하거나 나를 떠날 때도 당신은 경멸하는 듯한 웃음을 지었어. 당신 아버지가 나에 관한 모욕적인 편지를 처음 당신에게 보냈을 때, 나는 나 자신이 당신들이 벌이는 역겨운 싸움의 구실일 뿐임을 알고 있으며, 언젠가 그 때문에 나쁜 일을 겪게 될 거라고 말했을 때도 당신은 미친 듯이 웃기만 했어.

하지만 결과를 놓고 볼 때, 내가 일어날 거라고 예고한 일들이 모두 그대로 일어났지. 당신은 이렇게 되리라는 것을 몰랐다고 변명할 여지조차 없는 거야. 왜 나한테 편지를 쓰지 않았지? 비겁함 때문에? 내게 무관심해서? 대체 왜? 내가 당신한테 화가 많이 났고, 그러한 분노를 표현했기 때문에, 당신은 더더욱 내게 편지를 써야만 했어. 내 편지가 옳은 말을 하고 있다고 생각했다면 당신은 내게 편지를 썼어야 했어. 내 편지에서 아주 조금 부당한 점을 발견했다 해도 당신은 내게 편지를 썼어야 했어. 나는 편지를 기다렸어. 오랜 애정, 맹세를 거듭한 사랑, 당신에게 아낌없이 베풀었지만 응답받지 못한 관대함의 행위들, 당신이 내게 아직 갚지 못한 감사함의 빚들—이 모든 게 당신에겐 아무것도 아니었다면, 단지 의무 때문에라도, 인간과 인간을 이어주는 유대 중에 가장 메마른 유대인 의무에 의해서라도 내게 편지를 써야 했음을 당신도 결국엔 인정하게 될 거라고 난 굳게 믿고 있었어. 설마 정말로, 내가 가족들로부터 일과 관련된 편지만을 받아볼 수 있는 줄 알았다고 말하지는 않겠지. 로비가 내게 석 달마다 꼬박꼬박 문학계의 소식을 담은 편지를 보내오고 있다는 것을 당신도 잘 알 거야. 재치, 매우 치밀하고 영리한 비평적 감각, 표현의 경쾌함이 느껴지는 그의 편지들보다 더 매력적인 것은 없을 거야. 그야말로 진정한 편지가 어떤 것인지를 잘 보여주지. 그의 편지를 읽노라면 마치 누군가와 이야기를 하는 것 같고, 프랑스식의 은밀한 담소causerie intime를 나누는 것처럼 느껴지거든. 그는 내게 경의를 표하는 섬세한 방식을 통해 어떤 때는 나의 판단력, 어떤 때는 나의 유머감각, 또 때로는 아름다움에 대한 나의 본능 또는 나의 교양에 호소하고, 예전에 내가 많은 이들에게 예술의 영역에서 스타일의 결정권자였으며, 어떤 이들에게는 최고의 결정권자였음을 수많은 미묘한 방식으로 내게 상기시키면서, 그가 문학의 요령뿐만 아니라 사랑의 요령 또한 터득하고 있음을 입증하지. 그의 편지들은 나와 내가 한때 왕이었던 예술의 아름답고 비현실적인 세상 사이의 작은 전달자들이 되어주었지. 거칠고 완성되지 않은 열정, 분별없는 욕구, 끝 모르는 욕망과 무형의 탐욕으로 이루어진 불완전한 세상의 유혹에 휘말리지 않았더라면 나는 여전히 그 세상의 왕으로 남아 있었을 거야. 어쨌거나 이젠, 단순히 심리적인 호기심의 차원에서라도, 앨프리드 오스틴[14]이 시집을 출간하려 한다거나, 스트리트[15]가 『데일리 크로니클』에 발표할 극비평을 쓴다든지, 찬사를 보낼 때마다 말을 더듬는 이가 메넬 부인이 스타일의 새로운 시빌레[16]가 될 거라고 예고했다는 소식[17]을 듣는 것보다는 당신에게서 편지를 받아보는 게 내겐 훨씬 더 흥미로우리라는 것은 당신도 이해할 수 있거나 적어도 생각해볼 수는 있겠지.

8장

아! 당신이 감옥에 갔더라면—내 잘못 때문이라고 말하진 않을 거야. 난 그토록 가혹한 생각을 결코 감당할 수 없을 테니까. 오직 당신 잘못이나 실수로, 어울릴 가치가 없는 친구를 믿었다거나, 한때의 실수로 진창에 빠졌다거나, 누군가에게 믿음과 사랑을 잘못 주었거나, 이 모든 게 아닌 다른 어떤 이유, 혹은 이 모든 이유들 때문에 그랬다면—쓰라린 오욕의 무게를 감당할 수 있도록 내가 어떻게든, 미약하게라도 돕지 않고, 당신이 어둡고 외로운 그곳에서 홀로 회한을 곱씹게 내버려두었을 것 같아? 난 당신이 고통스러우면 나 또한 고통스럽다는 것을 당신이 알게 했을 거야. 당신이 눈물 흘리면, 내 눈에도 마찬가지로 눈물이 흘렀을 거야. 당신이 속박의 집에 몸을 누인 채 사람들에게 손가락질을 받고 있다면, 나는 내 깊은 슬픔으로 집을 지어 그곳에서 당신이 오기를 기다렸을 거야. 당신의 아픔을 치유하기 위해, 그곳의 금고에 온 세상 사람들이 당신에게 거부한 것들을 백배나 더 많이 쌓아놓고 당신을 기다렸을 거야. 행여 마음 아프지만 어쩔 수 없이―내게는 더더욱 마음 아픈 일이겠지만―혹은 신중을 기하느라 당신 곁에 있을 수 없고, 감옥의 창살 너머로라도 수치의 옷을 입은 당신을 볼 수 있는 기쁨이 내게서 박탈된다면, 나는 단 한 줄, 단 한마디, 아니 사랑의 조각난 메아리라도 당신에게 가 닿을 수 있으리라는 희망으로 끊임없이 당신한테 편지를 보냈을 거야.

만약 당신이 내 편지를 받기를 거부한다 해도, 나는 당신에게 계속 편지를 보냈을 거야. 언제나 당신을 기다리는 편지들이 있다는 것을 당신이 알 수 있도록. 많은 사람들이 나를 위해 그렇게 했지. 그들은 석 달에 한 번씩 내게 편지를 보내거나, 그러겠다는 말을 전하곤 해. 그들이 보낸 편지와 메시지는 잘 보관되었다가 교도소를 나갈 때 내게 전달될 거야. 나는 그 편지들이 나를 기다리고 있다는 걸 알아. 그 편지들을 쓴 이들의 이름도 다 알고, 그들이 나에 대한 연민과 애정과 배려로 충만하다는 것도 알고 있지. 내겐 그것으로 충분하고, 더이상 알 필요도 없어. 그런데 당신의 침묵은 정말 끔찍했어. 그것도 단지 몇 주나 몇 달이 아니라 수년간 이어진 침묵이었지. 당신처럼 빠르게 흘러가는 행복한 삶을 사는 사람에게조차도 춤을 추듯 스쳐가버려 따라잡기 힘든 금빛 발을 가진 나날, 쾌락을 추구하는 것만으로도 숨이 차는 긴 시간이지. 당신의 침묵은 어떤 변명으로 용서받을 수도, 어떤 정상도 참작될 수 없어. 난 당신이 진흙으로 된 발[1]을 가졌음을 알고 있었어. 그걸 나보다 더 잘 아는 사람이 누가 있겠어? 내 경구들 중에, 황금 조각상을 더 귀한 것으로 만드는 것은 다름아닌 진흙으로 된 발[2]이라는 말이 있는데, 그건 바로 당신을 생각하며 쓴 말이었어. 그런데 당신이 스스로 만든 이미지는 진흙 발을 가진 황금 조각상이 아니었어. 당신은 뿔 달린 짐승이 평범한 길을 발굽으로 짓이겨 생겨난 진창의 흙먼지로 당신과 똑 닮은 모습을 만들어 내게 보여주었어. 그래서 나의 은밀한 욕망이 무엇이든 그 모습을 바라볼 때마다 경멸과 비웃음 외에는 다른 어떤 감정도 느낄 수 없게 했지. 당신과 나 자신 모두에게. 그리고 다른 모든 이유를 차치하고라도, 당신의 무심함, 당신의 세속적인 지혜, 당신의 냉담함, 당신의 신중함 등등 당신이 어떻게 부르든지, 나의 추락을 동반하거나 그에 뒤따른 특별한 상황들로 인해 당신의 그런 태도가 더욱더 씁쓸하게 느껴질 수밖에 없는 거야.

다른 불운한 이들이 감옥으로 내던져지면, 비록 세상의 아름다움은 박탈당하더라도, 적어도 세상의 가장 치명적인 창과 가장 무서운 화살의 공격으로부터는 얼마간 안전할 수 있어. 그들은 감방의 어둠 속으로 숨어들 수도 있고, 자신들의 실추를 안식의 한 방식으로 만들 수도 있어. 자신이 원하는 바를 이룬 세상은 자기 길을 가고, 그들은 누구에게도 방해받지 않고 홀로 고통받을 수 있지. 하지만 내 경우는 전혀 그렇지가 않았어. 고통은 끊임없이 나를 쫓아다니며 감방 문을 두드렸지. 저들은 문을 활짝 열고 고통을 내게 들여보냈어. 내 친구들은 아주 힘들게 나를 만날 수 있었어. 하지만 내 적들은 언제라도 나를 마음껏 볼 수 있었지. 나는 파산 법정에 공개적으로 섰을 때 두 번, 그리고 교도소를 옮기는 과정에서 대중 앞에 또다시 두 번씩이나 모습을 드러내야 했어. 형언할 수 없을 만큼 수치스러운 상황 속에서 수많은 사람들의 시선과 조롱을 감당해야만 했던 거야. 죽음의 전령이 내게 소식을 전하고 가버리자, 내게 위로와 작은 위안이라도 줄 수 있는 모든 것으로부터 고립된 채, 내 어머니의 기억이 내게 남겨준, 지금도 여전히 나를 짓누르는 고통과 회한의 무거운 짐을 철저한 고독 속에서 홀로 견뎌야만 했지. 결코 치유될 수 없는 그 상처가 겨우 아물기 시작할 무렵, 아내의 변호사를 통해 신랄함과 가혹함으로 가득한 그녀의 편지들이 도착했어. 나는 사람들에게 비웃음을 사는 동시에 가난의 위협에 시달려야 했지. 그런 건 참을 수 있어. 아니, 그보다 더 힘든 것도 이겨낼 수 있어. 하지만 법적인 절차에 의해 나의 두 아들을 빼앗겼다는 사실은 내겐 언제까지나 무한한 절망과 가없는 고통, 결코 끝나지 않을 슬픔의 근원으로 남아 있을 거야. 법이 권리를 남용해 내게 내 아이들과 함께 있을 자격이 없다고 판결을 내린 것은 정말이지 너무나 끔찍한 일이야. 그에 비하면 투옥으로 인한 불명예나 수치는 아무것도 아니야. 나는 나와 함께 교도소 뜰을 걷는 다른 이들이 부럽기 짝이 없어. 그들의 아이들은 그들이 오기를 기다리고 있을 테고, 그들을 사랑으로 맞이해줄 테니까.

　가난한 이들은 우리보다 더 현명하고, 더 자비로우며, 더 다정하고, 더 감성적이지. 그들의 눈에 비친 감옥은 한 인간의 삶에 닥친 비극이고 불운이자 사고이며, 다른 사람의 연민을 필요로 하는 것이지. 그들은 감옥에 있는 사람을 두고 단지 그가 '어려움에 처해 있다'고만 말해. 그들은 늘 그렇게 말하고, 그 말 속에는 사랑의 완벽한 지혜가 담겨 있지. 하지만 우리와 같은 부류의 사람들에게는 얘기가 전혀 달라져. 우리에게 감옥은 한 사람을 천민으로 만드는 곳이야. 특별히 나 같은 사람은 신선한 공기와 햇빛에 대한 권리조차 주장할 수 없어. 내 존재 자체가 다른 사람들의 즐거움을 오염시키기 때문이지. 그들은 내가 자신들 앞에 나타나는 것을 전혀 반기지 않아. 내겐 희미한 달빛을 다시 보는 것조차 허락되지 않지. 나는 내 아이들까지 빼앗기고 말았어. 인류와의 사랑스러운 연결고리가 끊어지고 만 거야. 나를 치유하고 도울 수 있으며, 나의 멍든 마음에 연고를 발라주고, 고통받는 영혼에 평화를 가져다줄 수 있는 유일한 한 가지, 난 그것마저 거부당한 거야.

그리고 이 모든 것에 작지만 잔인한 사실 하나가 더해졌지. 당신의 행위들과 당신의 침묵, 당신이 한 것과 하지 않은 것으로써 당신은 나의 긴 감옥살이의 하루하루를 더욱더 힘겹게 만들었어. 심지어 당신은 교도소에서 먹는 빵과 물까지도 변화시켰어. 빵은 더욱 씁쓸하게, 물은 더욱 짜게 만들었지. 당신이 함께 나누었어야 할 슬픔이 당신으로 인해 배가되었고, 당신이 경감시키도록 노력했어야 할 고통은 더욱더 큰 아픔으로 변했지. 물론 나는 당신이 이 모든 것을 의도했다고는 생각지 않아. 당신은 아마 그럴 의도가 없었을 거야. 다만, '당신 성격 중 실제로 치명적인 단 하나의 결점, 당신의 절대적인 상상력 부족'이 문제였던 거야.

그리고 이 모든 것에서 얻은 결론은, 나는 당신을 용서해야 한다는 거야. 나는 반드시 당신을 용서해야만 해. 지금 이 편지를 쓰는 것도 당신 마음속에 씁쓸함을 심기 위해서가 아니라, 내 마음속에서 그런 감정을 뽑아내기 위해서야. 나는 나 자신을 위해서 당신을 용서해야 하는 거야. 가슴속에 독뱀을 품은 채 자신을 갉아먹고 자라게 하거나, 매일 밤 일어나 자기 영혼의 정원에 가시를 심을 수는 없으니까. 그리고 당신을 용서하는 건 전혀 어려운 일이 아닐 거야. 당신이 나를 조금만 도와준다면. 예전에는 당신이 내게 무슨 짓을 했건 난 언제나 금세 당신을 용서했지. 당시에는 내 용서가 당신에게 아무런 도움이 되지 않았을 거야. 아무런 흠이 없는 삶을 사는 사람만이 누군가의 죄를 용서할 수 있는 법이니까. 하지만 내가 치욕과 불명예에 처해 있는 지금은 이야기가 달라지지. 내 용서는 지금의 당신에게는 많은 것을 의미해야만 해. 당신도 언젠가는 그 사실을 깨닫게 될 거야. 당신이 조금 일찍 또는 조금 늦게 그걸 깨닫거나, 조만간 깨닫거나 혹은 전혀 깨닫지 못하더라도, 난 내가 무엇을 해야 하는지 아주 잘 알고 있어. 당신이 나 같은 사람을 파멸시켰다는 마음의 짐을 지고 인생길을 걸어가게 내버려둘 수는 없어. 그런 생각은 당신을 잔인할 정도로 무심하게 만들거나, 죽을 만큼 슬프게 할지도 모르니까. 그래서 난 당신에게서 그 짐을 거두어 내 어깨 위에 올려놓아야만 해.

나는 스스로에게 거듭 되뇌어야 해. 당신이나 당신 아버지 같은 이들은, 설사 그 수가 천배나 많아진다 하더라도, 결코 나 같은 사람을 파멸시킬 수 없을 거라고. 나를 파멸시킨 것은 바로 나 자신이며, 위대하거나 하찮은 누구라도 자신이 아닌 다른 누구에 의해 파멸에 이를 수는 없는 거라고. 나는 이 말을 마음에 깊이 새길 준비가 되어 있고, 지금도 그러려고 노력하는 중이야. 지금으로서는 내 말을 믿기 힘들지 모르겠지만. 내가 당신을 가차없이 비난한 게 사실이라면, 나 자신에 대해서는 어떤 가혹한 비난을 가했는지를 생각해봐. 당신이 내게 한 짓이 잔인했다면, 내가 나 자신에게 한 짓은 훨씬 더 잔인했다는 것을 잊지 말기를.

나는 우리 시대의 예술과 문화와 상징적인 관계에 있던 사람이었어. 난 성년이 시작될 무렵 그 사실을 깨달았고, 그후에 우리 시대로 하여금 그것을 깨닫게 만들었지. 살아 있는 동안 그런 위치를 차지하면서 그 사실을 인정받는 사람은 극히 드물어. 대개는 그 사람이 죽고 그의 시대가 한참 지나간 뒤에야 역사가나 비평가에 의해 밝혀지게 마련이지. 그나마 밝혀질 수 있다면 다행이고. 그런데 내 경우는 전혀 달랐어. 나는 그 사실을 나 자신이 먼저 느끼고 그후에 다른 사람들이 느끼게 만든 거야. 바이런 역시 상징적인 인물이었지. 하지만 그는 자신이 살던 시대의 열정과 열정에 뒤따르는 권태로움을 노래했을 뿐이야. 나와 우리 시대의 관계는 그보다 더 폭넓은 영역에 걸쳐 있는, 더 고귀하고 더 영속적이고 더 필수적인 것이었지.

신들은 내게 거의 모든 것을 주었지. 천재적인 재능과 저명한 이름, 높은 사회적 지위, 빛나는 재기, 지적인 대담함 모두를. 나는 예술을 철학으로 변모시켰고, 철학을 예술로 변화시켰지. 또한 사람들의 마음과 사물들의 색깔을 바꾸어놓았지. 나의 말과 행동 모두는 언제나 사람들을 놀라게 했어. 나는 예술에서 가장 객관적인 형태로 알려진 연극을 서정시나 소네트만큼 개인적인 표현 방식이 되게 했고, 그와 동시에 그 범위를 확장시키고 등장인물들의 개성을 부각시켰지. 연극, 소설, 압운시, 산문시, 절묘하고 기막힌 대화체의 글[3] 등등, 손대는 것마다 아름다움의 새로운 방식으로 아름답게 재탄생시킨 거야. 또한 진실 자체에 그 정당한 영역으로서 진실한 것과 거짓된 것을 똑같이 부여했고, 거짓된 것과 진실한 것은 단지 지적인 존재의 형태들일 뿐임을 입증했지.

나는 또한 예술을 지고한 현실로, 삶을 단지 허구의 한 방식으로 다루었어. 그리고 우리 세기의 상상력을 일깨워 내 주위에 신화와 전설이 생겨나게 했지. 나는 모든 시스템을 한 문장으로 요약하고, 모든 존재를 하나의 경구 속에 담아낸 거야.

이런 것들과 더불어 내겐 또다른 것들이 있었어. 난 오랜 기간 이어진 무분별하고 관능적인 안락함 속으로 빠져들었지. 플라뇌르flâneur[4], 댄디, 유행을 선도하는 사람이 되는 것을 즐겼던 거야. 내 주위에는 무미한 기질과 보잘것없는 재능을 가진 이들이 모여들었지. 나는 나의 천재적인 재능을 헤프게 썼고, 영원한 젊음을 낭비하는 것에 야릇한 즐거움을 느꼈어. 정상에 있는 것이 지겨워진 나는 새로운 감각들을 찾아 의도적으로 깊은 구렁 속으로 내려갔던 거야. 열정의 영역에서 퇴폐는 생각의 영역에서 역설逆說이 내게 의미하는 것과 같았지. 욕망은 종국에는 하나의 질병이나 광기, 혹은 그 둘 다가 되고 만 거야. 난 점차 다른 이들의 삶을 소홀히 하게 되었고, 내가 원하는 곳에서 즐거움을 취하는 삶을 계속 이어갔어. 평범한 날의 사소한 모든 행위들이 한 인간을 형성할 수도 해체할 수도 있고, 비밀스러운 방에서 행한 것을 언젠가는 지붕 꼭대기에서 큰 소리로 외쳐야 할 날이 올 수도 있다는 것을 생각하지 못했지. 한마디로, 난 나 자신의 주인이기를 그만둔 거야. 나는 더이상 내 영혼의 선장[5]이 아니었고, 그 사실을 깨닫지도 못했지. 난 당신이 나를 지배하는 것을 허용했고, 당신 아버지가 나를 협박하도록 내버려두었어. 그리고 결국 끔찍한 나락으로 떨어졌지. 이제 내게 남은 것은 단 한 가지, 절대적인 겸손밖에 없어. 당신에게도 오직 한 가지, 절대적인 겸손밖에 남지 않은 것처럼. 당신이 이곳 먼지 속으로 걸어 들어와 내 곁에서 그 사실을 배울 수 있기를 바라.

내가 감방에서 썩은 지도 벌써 2년이 다 되어가고 있어. 그사이 내 마음속에는 미칠 것 같은 절망감이 몰려왔고, 난 봐주기조차 힘든 비통함에 빠져들었지. 끔찍하고 무력한 분노, 씁쓸함과 경멸, 큰 소리로 울게 만드는 고뇌, 어떤 말로도 표현할 수 없는 비참함과 침묵하는 슬픔을 모두 느꼈지. 난 고통의 모든 방식을 거쳐온 거야. 워즈워스가 무슨 의미로 이런 말을 했는지 워즈워스 그 자신보다 더 잘 알고 있을 만큼.

고통은 영구적이고, 모호하고, 어두우며
무한성을 띠고 있다.[6]

그런데 난 내 고통이 영원할 것이라는 생각에는 때로 기쁨을 느끼기도 했지만, 내 고통이 의미 없는 것이라는 생각은 견딜 수가 없었어. 이제 난, 이 세상에서 의미 없는 것은 하나도 없으며, 그중에서도 의미 없는 고통은 더더욱 있을 수 없다고 내게 속삭여주는 무언가가 나의 내면에 숨겨져 있음을 알게 된 거야. 들판에 숨겨진 보물처럼 내 안에 숨겨져 있던 그 무언가는 바로 겸손이었어.

겸손은 내게 남은 마지막이자 최고의 것이었어. 내가 도달한 지고의 발견이자, 새롭게 나아가기 위한 출발점이었지. 그것은 나 자신으로부터 비롯되었고, 따라서 난 그것이 적절한 시기에 내게 왔음을 알았어. 그것은 더 일찍도 더 늦게도 나를 찾아올 수 없었던 거야. 누군가가 내게 그것에 대해 말했다면, 난 그것을 거부했을 거야. 누군가가 내게 그것을 가져다주었다면, 난 그것을 내쳤을 거야. 나 자신이 발견했기 때문에 난 그것을 간직하려 했던 것이지. 난 그래야만 해. 그것은 나를 위해 그 안에 삶의 요소들, 새로운 삶, 비타 누오바[7]의 요소들을 품고 있는 유일한 것이기 때문이야. 이 세상에서 그것보다 이상한 것은 없을 거야. 누군가에게 그것을 줄 수도 없고, 누군가가 그것을 줄 수도 없지. 자신이 가진 모든 것을 포기하지 않으면 그것을 얻을 수도 없어. 우린 자신이 가진 모든 것을 잃고 나서야 비로소 자신이 그것을 가지고 있음을 알게 되지.

그것이 내 안에 있음을 깨달은 지금 난 내가 무엇을 해야 할지, 실제로 무엇을 해야만 하는지 아주 잘 알 것 같아. 내가 이런 말을 할 때는 어떤 외부의 제재나 지시를 말하고자 하는 게 아니라는 걸 굳이 설명할 필요는 없겠지. 난 그런 것들을 결코 받아들일 수 없어. 난 지금 과거 그 어느 때보다도 더한 개인주의자가 되어 있기 때문이야. 자기 스스로 터득하는 것을 제외하고는 그 어떤 것도 아무런 가치가 없어. 나의 본질은 자기실현의 새로운 방식을 찾고 있어. 난 지금 오직 그 생각뿐이야. 그러기 위해 내가 첫번째로 해야 할 일은, 당신에 대한 모든 씁쓸한 감정으로부터 나 자신을 자유롭게 하는 거야.

9장

나는 지금 완전한 알거지에 노숙자보다 못한 처지에 놓여 있어. 하지만 이 세상에는 이보다 더 힘든 일도 많다고 생각해. 이건 정말 진심으로 하는 얘긴데, 난 당신이나 세상에 대한 원망을 가슴에 품고 이 감옥에서 나가느니, 기꺼이 집집마다 다니며 빵을 구걸하며 사는 편을 택할 거야. 만약 부자들의 집에서 아무것도 얻지 못한다면, 가난한 이들의 집에서는 뭐라도 얻을 수 있겠지. 많이 가진 사람들은 종종 탐욕스럽게 굴지만, 아무것도 없는 이들은 언제나 뭐라도 나누려 하는 법이거든. 난 여름에는 서늘한 풀숲에서 얼마든지 잠잘 수 있고, 겨울이 오면 푹신하고 따뜻한 건초더미 속에서나 널찍한 곳간의 지붕 밑 다락방에서도 기쁘게 잠들 수 있어. 내 마음속에 사랑만 간직할 수 있다면. 이제 내겐 삶의 외적인 것들은 조금도 중요하지 않아. 당신도 이제 내가 얼마나 강렬한 단계의 개인주의에 이르렀는지 알 수 있을 거라고 생각해. 아니, 좀더 정확히는 그렇게 되어가고 있는 중이라는 게 맞을 거야. 아직 갈 길이 멀고, "내가 걸어가는 길마다 가시밭길이 펼쳐져 있기"[1] 때문이지.

　물론 내가 길가에서 구걸을 하며 살게 되리라고는 생각지 않아. 내가 만약 밤에 서늘한 풀숲에 누워 있게 된다면, 그것은 달에게 소네트를 바치기 위해서일 거야. 내가 감옥에서 나가게 될 때는, 로비가 쇠징이 박힌 커다란 문 반대편에서 나를 기다리고 있을 거야. 그는 자신의 애정뿐만 아니라 다른 많은 이들의 애정을 상징하기도 하지. 난 내가 적어도 18개월 정도는 먹고살 수 있을 거라고 생각해. 그렇다면 아름다운 책들을 쓰지는 못할지라도 적어도 아름다운 책들을 읽을 수는 있을 테니, 내게 그보다 더 큰 즐거움이 있을까?

　그런 다음에는, 나의 창작능력을 되살릴 수 있기를 바라고 있어. 하지만 현실이 그것을 허락하지 않는다면, 이 세상에 남아 있는 친구가 단 한 사람도 없다면, 연민에서라도 내게 문을 열어줄 집이 단 한 군데도 없다면, 찢어지게 가난해서 어쩔 수 없이 낡아빠진 누더기 외투와 적선을 받아들여야만 한다면? 그렇더라도 난 모든 원망과 냉혹함과 경멸에서 자유로울 수만 있다면, 자줏빛 고급 리넨을 몸에 두르고 증오로 병든 영혼으로 살아가는 것보다 더 평온하고 확신에 찬 채 삶과 정면으로 마주할 수 있을 거라고 생각해. 그리고 정말로 조금도 힘들지 않게 당신을 용서할 수 있을 거야. 하지만 기쁜 마음으로 그럴 수 있으려면, 당신 스스로 용서를 원한다는 것을 느껴야만 해. 당신이 진정으로 용서를 원하게 되면, 그것이 당신을 기다리고 있음을 알게 될 거야.

　내 임무가 거기서 그치지 않는다는 것은 굳이 말할 필요도 없겠지. 만약 당신을 용서하는 것으로 끝난다면 내겐 오히려 쉬운 일일 거야. 하지만 내 앞에는 그보다 훨씬 더 많은 일이 날 기다리고 있어. 난 더욱더 가파른 언덕을 기어 올라가야 하고, 훨씬 더 어두운 계곡을 통과해야만 하지. 그리고 그 모든 것의 출발점은 바로 나 자신이 되어야 해. 종교나 도덕, 이성 그 어느 것도 나를 도울 수 없기 때문이야.

도덕은 내게 아무런 도움이 되지 못해. 나는 타고난 도덕률 폐기론자이며, 법이 아닌 예외를 위해 태어난 사람들 중 하나이기 때문이지. 하지만 우리가 '무엇을 하느냐'에는 아무 잘못이 없어도, 우리가 '무엇이 되느냐'에는 잘못이 있을 수 있음을 알 것 같아. 그것을 알게 되어 참 다행이야.

종교도 내겐 아무런 도움이 되지 못해. 다른 이들이 눈에 보이지 않는 것에 주는 믿음을 난 만질 수 있고 바라볼 수 있는 것에 주지. 나의 신들은 손으로 만들어진 신전에 살고 있고, 실제 경험의 범주 안에서 나의 믿음은 완전하고 완벽해지지. 어쩌면 너무 완벽한지도 모르겠어. 이 땅에 자신들의 천국을 자리잡게 하는 다른 많은, 또는 모든 사람들처럼 난 그 속에서 천국의 아름다움뿐만 아니라 지옥의 공포까지도 발견했기 때문이야. 종교에 관해 생각할 때마다 난 믿지 않는 사람들을 위한 교단을 만들고 싶다는 생각이 들곤 해. 고아 형제회쯤으로 부를 수 있을 그곳의 제단 위에는 양초가 불을 밝히지도 않고, 마음에 평화가 깃들지 않은 사제가 축복받지 못한 빵과 포도주가 들어 있지 않은 성배를 가지고 미사를 주관하게 될 거야. 진실한 것은 무엇이든 종교가 될 수 있어야만 해. 그리고 불가지론不可知論도 믿음 못지않게 자신만의 의식을 행해야만 하지. 자신의 순교자들을 씨 뿌려놓았으니 자신의 성인들을 거둬들여야 하는 거야. 그리고 사람들에게 자신을 숨긴 신에게 매일 감사 기도를 올려야만 해. 하지만 믿음이나 불가지론 그 어떤 것이든 나와 상관없는 외적인 것이어서는 안 돼. 그것의 상징들은 나 스스로가 만들어내는 것이어야만 해. 스스로 형태를 만들어가는 것만이 유일하게 영적인 것이기 때문이지. 내 안에서 그 비밀을 발견할 수 없다면, 난 그것을 어디에서도 찾지 못할 거야. 내가 이미 갖고 있지 않은 것이라면, 그것은 결코 내게 오지 못할 거라고.

이성 또한 내게 아무런 도움이 되지 못해. 이성은 내게 유죄판결을 내린 법이 잘못된 부당한 것이라 말하고, 내게 고통을 주는 제도는 잘못된 부당한 제도라 말하고 있어. 하지만 어떻게든 난 이 모든 것을 내게 정당하고 옳은 것이 되게 해야만 해. 예술에서 우리가 자신에게 특별한 어떤 순간에 어떤 특별한 것에만 관심을 가지는 것처럼, 우리 기질의 도덕적인 발전도 그와 유사한 과정을 거치지. 나는 내게 일어난 모든 일이 내게 유익한 것이 되게 해야만 해. 널빤지 침대, 역겨운 음식, 손끝이 고통으로 무감각해질 때까지 잘게 찢어야 하는 질긴 밧줄, 매일같이 하루를 시작하고 끝맺을 때까지 끝없이 반복해야 하는 천한 노동, 판에 박힌 일상이 필요로 하는 듯한 엄격한 지시들, 슬픔을 바라보기에도 흉측한 것으로 만들어버리는 끔찍한 죄수복, 침묵, 고독, 수치스러움―나는 이 모든 것들과 각각의 것들을 영적인 경험으로 변모시켜야 하는 거야. 모든 육체적인 타락을 하나도 빠짐없이 영혼의 영화靈化를 위한 수단으로 변화시키도록 노력해야 하는 거라고.

난 아주 단순하고 솔직하게 이렇게 말할 수 있을 순간이 오기를 바라. "내 인생에서 가장 중요한 두 번의 전환점은, 아버지가 나를 옥스퍼드에 보냈을 때, 그리고 사회가 나를 감옥에 보냈을 때였다." 하지만 그 일이 내게 일어날 수 있었던 최고의 것이라는 말은 하지 않을 거야.

그런 말은 너무 자조적으로 들릴 테니까. 그보다는 이렇게 말하거나, 사람들이 나에 관해 이렇게 말하는 것을 듣고 싶어. "나는 우리 시대의 지극히 전형적인 자녀로서, 나의 사악함으로 인해, 그 사악함을 충족시키기 위해 내 삶의 좋은 것들을 악으로, 악한 것들을 선으로 변모시켰다." 하지만 나 자신이나 다른 사람들이 한 말은 별로 중요하지 않아. 정말 중요한 것, 나를 기다리고 있는 것, 내가 해야만 하는 것은—내게 남은 얼마 안 되는 시간 동안 불구가 되거나 망가지거나 불완전한 존재로 남게 되지만 않는다면—내게 일어난 모든 것을 나의 기질 속으로 빨아들여 그것이 나의 일부가 되게 하고, 아무런 불평이나 두려움이나 저항감 없이 그것을 받아들이는 거야. 피상적인 것은 최고의 악덕이야. 뭐든지 깨닫는 것은 옳은 것이고.

처음으로 내가 감옥에 수감되었을 때 어떤 이들은 내게 자신이 누군지 잊도록 노력하라고 충고했어. 아주 파괴적인 충고였지. 내가 누군가를 깨닫게 될 때에야 비로소 어떤 종류의 위안을 발견할 수 있기 때문이지. 그리고 이제 또 어떤 이들은 자유의 몸이 되면 내가 감옥에 있었다는 사실을 모두 잊어버리라고 충고하곤 하지. 하지만 난 그러는 것 역시 내겐 치명적이 되리라는 걸 잘 알아. 그건 곧, 난 내내 견딜 수 없는 불명예에 대한 기억에 시달려야 한다는 것을 의미하기 때문이지. 또한 다른 누구에게나 마찬가지로 내게도 소중한 것들—해와 달의 아름다움, 계절의 행렬, 새벽의 음악과 깊은 밤의 침묵, 나뭇잎들 사이로 흘러내리는 빗물, 잔디 위로 살금살금 기어가며 잔디가 은빛을 띠게 하는 이슬—이 내겐 모두 어두운 기억으로 더럽혀지고, 그것들의 치유하는 힘과 기쁨을 전달하는 힘을 잃어버린다는 것을 의미하는 거야. 자신의 경험을 거부하는 것은 자신의 발전을 저해하는 것이야. 자신의 경험을 부인하는 것은 자신의 삶의 입술에 거짓을 부여하는 것이고. 그것은 자신의 영혼을 부인하는 것과 다를 바 없어. 우리의 육체는 온갖 종류의 것들—천하고 더러운 것들과, 사제司祭나 우리의 환상이 정화시킨 것들을 포함한—을 모두 빨아들여서, 그것들을 유연성이나 힘, 멋진 근육의 움직임이나 잘 다듬어진 몸의 형태, 또는 머리카락과 입술, 눈의 곡선과 색깔로 변화시키지. 마찬가지로 우리의 영혼도 그만의 유익한 기능을 갖고 있어서, 본래는 비루하고 잔인하고 비천한 것들을 고귀한 생각이나 수준 높은 열정으로 변화시킬 수 있으며, 더 나아가 그런 것들 속에서 자신의 존재를 각인시키는 가장 위엄 있는 방식을 발견하거나, 본래 망가뜨리거나 파괴하도록 되어 있는 것들을 통해 종종 가장 완벽하게 스스로를 드러내기도 하지.

나는 내가 평범한 교도소의 평범한 죄수였다는 사실을 솔직하게 받아들여야만 해. 그리고 당신한테는 이상하게 들릴지 모르지만, 내가 배워야 하는 것들 중 하나는 그런 사실을 부끄럽게 생각하면 안 된다는 거야. 나는 그 사실을 하나의 벌로 받아들여야 해. 만약 벌 받는 것을 부끄러워한다면, 벌 받는 게 아무 소용 없겠지. 물론 난 내가 저지르지 않은 일들 때문에 유죄판결을 받기도 했고, 내가 한 행동들 때문에 유죄판결을 받기도 했지. 그리고 지금까지 살아오는 동안 내가 저지르고도 한 번도 벌을 받지 않은 것들이 그보다 훨씬 더 많아. 내가 이 편지에서 앞서 말한—신들은 이상하게도 우리의 악덕과 사악함뿐만 아니라 선함과 인간적인 행위 때문에도 우리를 벌한다고 했던—것과 관련해 이야기하자면, 난 이제 우리는 자신이 저지른 악행뿐 아니라 자신의 선행 때문에도 벌을 받을 수 있다는 사실을 인정해야만 해. 나는 그러는 것이 정당하다고 굳게 믿고 있어. 그 두 가지 사실을 깨닫고, 그 어느 쪽에 대해서든 자만하지 않는 것은 우리에게 도움이 되거나, 도움이 되어야만 해. 그리고 내 바람대로, 내가 받는 벌에 대해 부끄러워하지 않게 되면 난 자유롭게 생각하고, 걷고, 살아갈 수 있을 거야.

많은 사람들이 출소할 때 자신의 감옥을 세상으로 함께 가지고 나가며, 그것을 자기 마음속에 비밀스러운 불명예처럼 간직하다가 종국에는 독에 중독된 불쌍한 짐승처럼 보이지 않는 구덩이 속으로 숨어들어가 죽고 말지. 그들이 그렇게 해야만 하는 것은 더없이 비참한 일이고, 사회가 그렇게 하도록 그들을 막다른 길로 내모는 것은 잘못된, 아주 잘못된 일이야. 사회는 개인에게 끔찍한 벌을 가할 권리를 휘두르지만, 피상적이라는 최고의 악덕을 지니고 있고, 자신이 무슨 짓을 했는지도 깨닫지 못하지. 누군가를 벌주는 것이 끝나면, 사회는 그에게 더이상 아무런 관심을 갖지 않아. 말하자면, 그를 향한 사회의 가장 큰 의무가 시작되는 순간에 그를 내팽개치는 거야. 사실 사회는 자신이 한 행동을 부끄럽게 생각하면서 자신이 벌준 사람들을 피하는 거야. 자신이 갚을 수 없는 빚을 진 채권자를 피하거나, 되돌릴 수도 보상할 길도 없는 잘못의 피해자가 된 누군가를 피하는 사람들처럼 말이지. 나로서는 내가 고통받았다는 사실을 의식하는 만큼 사회도 내게 어떤 고통을 가했는지를 의식하기를 바라는 거야. 그러면 서로에 대한 쓸쓸함이나 원망 같은 것을 떨쳐버릴 수 있지 않을까 생각하기 때문이야.

물론 난 어떤 관점에서는 그렇게 하는 것이 내겐 다른 사람들보다 더 힘들 거라는 걸 잘 알고 있어. 사실 내 경우의 특수성 때문에라도 그럴 수밖에 없고 말이지. 이곳에 나와 함께 수감된 불쌍한 도둑들이나 무법자들은 여러 가지 면에서 나보다 더 운이 좋은 사람들이야. 잿빛 도시나 초원에서 그들의 죄를 목격했던 은밀한 장소는 그 범위가 아주 작아. 그들이 무슨 짓을 저질렀는지 전혀 알지 못하는 사람들을 찾기 위해서는 새가 석양과 새벽 사이에 날아갈 수 있는 거리 이상으로 나아갈 필요도 없어. 하지만 내게 "세상은 손바닥만큼이나 줄어들어 있지".[2] 그리고 내가 돌아보는 곳마다 바위에 내 이름이 납으로 새겨져 있어. 나는 무명의 존재에서 범죄로 인한 일시적인 악명을 얻은 것이 아니라, 영원할 것 같은 명성을 누리다가 영원한 불명예를 얻었기 때문이지. 때로는 내가 명성과 악명은 한 걸음 차이라는 것을 보여주었다는—그런 걸 보여줄 필요가 있는지 모르겠지만—생각이 들어. 어쩌면 한 걸음 차이도 안 될지 모르지만.

그런데도 어디를 가든 사람들이 나를 알아보고, 내 삶에 관해 모두 알고 있다는—내 삶의 별스러운 행각이 이어지는 한—사실 속에서 내게 좋은 점을 찾아낼 수도 있게 되었어. 그 사실은 내게 다시금 예술가로서의 나 자신을 확고히 할 필요성을 강요할 것이기 때문이야. 그것도 되도록 빠른 시간에. 내가 만약 다시 한번 아름다운 예술작품을 창조해낼 수 있다면, 난 악의에서 독을, 비겁함에서 비웃음을, 사람들의 혀에서 경멸을 뿌리째 뽑아낼 수 있을 거야. 그리고 삶이 내게 문제가 되는 게 분명한 사실이라면, 나 역시 삶에 문제가 되는 것도 부인할 수 없는 사실이야. 사람들은 나에 대해 어떤 태도를 취해야 하고, 그들 자신과 나에 관한 어떤 판단을 내려야만 하기 때문이지. 물론 지금 내가 특정한 개인들을 이야기하는 게 아니라는 건 말할 필요도 없겠지. 내가 같이 있고 싶은 유일한 사람들은 예술가들과 고통을 겪은 사람들이야. 아름다움이 무엇인지 아는 사람들과, 고통이 무엇인지 아는 사람들. 그 밖의 다른 사람들은 내게 아무런 흥미를 불러일으키지 못해. 게다가 난 삶에 어떤 것도 바라지 않아. 내가 말한 모든 것들 중에서 나는 삶 전체에 대한 나 자신의 정신적인 태도에만 신경을 쓸 뿐이야. 나는 나 자신의 완성을 위해 도달해야 하는 첫번째 단계 중 하나가 내가 벌을 받았다는 사실을 부끄러워하지 않는 것임을 느끼고 있어. 나는 매우 불완전한 존재이기 때문이지.

그런 다음에 나는 행복해지는 법을 배워야 해. 예전에 난 그 방법을 알고 있었거나, 안다고 생각했어. 본능적으로 말이지. 예전에 내 마음속은 언제나 봄날이었지. 나의 기질은 기쁨을 닮아 있었어. 난 내 삶을 즐거움으로 가득 채웠지. 포도주를 잔 가장자리까지 가득 채우듯. 이제 난 삶에 완전히 새로운 관점으로 접근하고 있고, 행복을 떠올리는 것조차 지극히 어렵게 느껴질 때가 많아. 옥스퍼드의 첫번째 학기에 페이터의 『르네상스』—내 삶 전체에 기이한 영향을 미친 책이지—에서 단테가 "슬픔 속에서 살기를 고집하는 사람들"[3]을 지옥에서도 얼마나 깊은 곳에 자리잡게 했는지를 얘기한 것을 읽고, 당장 대학 도서관으로 달려가 시커먼 수렁 아래 '상큼한 공기 속에서도 음울한' 이들이 누워 있다는 구절을 찾아본 기억이 나. 그들은 깊은 한숨을 내쉬며 평생 동안 이렇게 중얼거렸다더군.

상큼한 공기와 따스한 햇살 속에서도

불안과 분노로 음울했거늘.[4]

　나는 교회가 '나태accidia'[5]를 단죄한다는 것을 알고 있었어. 하지만 난 그런 발상이 정말 터무니없다고 생각했지. 내가 보기에 그건 단지 실제 삶에 대해서는 아무것도 몰랐던 어떤 사제가 지어냈을 법한 죄악 같은 것이었으니까. 나는 또한 "고통이 우리를 신과 다시 결혼하게 한다"[6]고 말하는 단테가 어떻게 멜랑콜리와 사랑에 빠진 사람들에게 그토록 가혹하게 굴 수 있었는지도 이해할 수 없었지. 그런 사람들이 정말 있다면 말이지. 나는 언젠가 이것이 내가 살아오면서 경험했던 커다란 유혹들 중 하나가 되리라고는 꿈에도 생각지 못했던 거야.

10장

원즈워스 교도소에 수감되어 있는 동안 나는 죽기를 간절히 바랐어. 그것만이 나의 단 하나의 소원이었지. 그곳 교도소 병동에서 두 달을 보낸 후 이곳으로 이감되어 점차 건강이 회복되자 난 분노에 휩싸였어. 나는 교도소 문을 나서는 날 자살을 하리라 마음먹었지. 그리고 그 최악의 상태가 지나가자 나는 다시 살아야겠다고 결심했어. 하지만 그건 왕이 자줏빛 망토를 걸치듯 우울함을 입고 살기 위해서였어. 다시는 웃지 않고, 내가 들어가는 집마다 애도의 집으로 만들고, 내 친구들이 나와 함께 슬퍼하며 천천히 걷게 하고, 그들에게 멜랑콜리가 삶의 진정한 비밀이라고 가르치고, 그들에겐 낯선 슬픔으로 그들을 다치게 하고, 나 자신의 고통으로 그들을 망치기 위해서였지. 하지만 이젠 생각이 완전히 달라졌어. 그토록 우울한 얼굴을 하고 있어서, 내 친구들이 나를 보러 와서 내게 그들의 공감을 표현하기 위해 나보다 더 우울한 얼굴을 하게 만들거나, 그들을 맞이하고자 한다면, 그들을 초대해 쓰디쓴 풀과 장례식의 구운 고기 앞에서 말없이 앉아 있게 하는 것은 나로서는 배은망덕하고 배려심 없는 행동이라는 것을 알게 된 거야. 그래서 난 즐겁고 행복해지는 법을 배워야만 해.

이곳에서 내 친구들을 만날 수 있었던 마지막 두 번의 접견 동안 나는 되도록 경쾌해지려고 노력했고, 나를 보려고 런던에서 먼 길을 마다않고 달려온 그들에게 아주 작은 보답이라도 하기 위해 나의 경쾌함을 보여주고자 애썼어. 물론 그것은 아주 작은 보답일 뿐이라는 것을 잘 알고 있지만, 나는 그렇게 하는 것이 그들을 가장 기쁘게 해주는 것임을 확실히 느낄 수 있었어. 지난 토요일에 한 시간 동안 로비와 함께 있었을 때, 난 우리의 만남에서 진정으로 느꼈던 기쁨을 최대한 충실하게 전달하고자 노력했지. 그리고 이곳에서 나 자신에게 주입시키고 있던 관점들과 생각들에서 내가 옳았음을 입증하는 것은, 교도소에 수감된 이후 처음으로 진정으로 살고 싶다는 생각이 들었다는 사실이야.

내 앞에는 아주 많은 할 일이 나를 기다리고 있어서 그것들의 아주 작은 일부라도 이루기 전에 죽는 것은 정말 끔찍한 비극이 될 거야. 이제 예술과 삶에서 새로운 발전이 이루어지고 있고, 각각의 발전은 새로운 완성의 방식이 될 거야. 난 기필코 살아서 내게 새로운 세상으로 다가온 것을 탐험할 수 있기를 바라. 내가 말하는 새로운 세상이 뭔지 궁금해? 당신은 그게 어떤 것인지 짐작할 수 있을 거야. 그건 바로 지금 내가 살고 있는 세상이지.

고통과 그것이 가르쳐주는 모든 것이 나의 새로운 세상이야. 나는 지금까지 오로지 쾌락만을 좇으며 살아왔어. 모든 종류의 슬픔과 고통을 피했던 거야. 나는 둘 다 극도로 싫어했어. 그리고 되도록 그것들을 외면하려고 마음먹고는, 일종의 불완전함의 형태들로 취급했지. 슬픔과 고통은 내 삶의 계획에 속해 있지 않았고, 나의 철학에서 제외되었지. 전체로서의 삶에 관해 잘 알고 있었던 내 어머니는 칼라일[1]이 번역해 자신의 책—그는 수년 전에 이 책을 내 어머니에게 주었어—에 인용했던 괴테의 구절을 내게 종종 들려주곤 하셨지.

> 눈물 젖은 빵을 먹어보지 못한 사람,
> 긴긴밤을 눈물 흘리며 새벽이 오는 것을
> 기다려보지 못한 사람,
> 그는 당신을 알지 못합니다, 당신, 하늘의 힘들을.[2]

이 시구들은 나폴레옹에게 거칠고 무례하게 취급당했던 고귀한 프러시아의 왕비[3]가 그녀의 수치스러운 유배생활 동안 늘 되뇌곤 했던 구절이었어. 또한 내 어머니가 말년의 힘든 삶 속에서 종종 떠올렸던 구절이기도 하지. 하지만 나는 이 말들 속에 감춰진 엄청난 진실을 받아들이거나 인정하기를 전적으로 거부했어. 그것을 이해할 수 없었기 때문이지. 그래서 어머니에게 난 눈물 젖은 빵을 먹고 싶지도 않고, 더 쓸쓸한 새벽이 오는 것을 지켜보면서 눈물 흘리는 밤을 보내고 싶지도 않다고 말하곤 했던 것을 아직도 생생하게 기억해. 그때 난 그것이 운명이 나를 위해 특별히 준비해둔 것들 중 하나이며, 사실상 1년 내내 그러는 것밖에 달리 할 게 없으리라고는 꿈에도 생각지 못했던 거야. 하지만 그게 바로 내게 할당된 몫이었지. 그리고 최근 몇 달 동안 끔찍한 갈등과 어려움을 겪은 끝에 고통의 깊은 곳에 숨겨진 몇몇 교훈들을 이해할 수 있게 되었어. 아무런 생각 없이 그럴듯한 말들을 늘어놓는 성직자들과 사람들은 때로 고통을 신비스러운 것으로 얘기하곤 하지. 고통은 사실 하나의 계시인데 말이지. 고통으로 인해 예전에는 결코 알지 못했던 것을 깨닫게 되거든. 모든 역사를 다른 관점에서 접근하게 되고. 또한 예전에는 예술에 대해 본능적으로 모호하게 느꼈던 것을, 더없이 명료한 통찰력과 강력하고 완전한 이해력으로 지적이고 감정적으로 깨달을 수도 있고 말이지.

이제 난 인간이 느낄 수 있는 지고한 감정인 고통이 모든 위대한 예술의 전형이자 시금석이라는 것을 알 것 같아. 예술가가 늘 추구하는 것은, 영혼과 육체가 하나이면서 불가분의 관계에 있는 삶의 방식이야. 외양이 내면을 표현하고, 형식이 내용을 드러내는 삶이지. 그리고 그러한 삶의 방식이 아주 드문 것도 아니야. 어느 때에는, 젊음과 젊음에 관심을 두는 예술이 우리에게 그러한 본보기가 될 수 있지. 또 어떤 때에는, 현대적 풍경화가 섬세하고 감각적으로 인상印象을 표현함으로써, 외적인 사물에 영혼이 깃들어 있음을 암시함으로써, 땅과 공기, 엷은 안개와 도시를 외관에 걸침으로써, 그리고 분위기와 색조와 색채의 병적인 동조同調를 이룸으로써, 그리스인들이 그토록 완벽한 조각을 통해 실현했던 것을 우리를 위해 그림을 통해 실현하고 있다고 생각할 수도 있을 거야. 그 표현 속에 모든 주제가 녹아 있는 음악, 그 둘이 분리될 수 없는 음악은 복잡한 하나의 예이며, 꽃이나 어린아이는 내가 말하고자 하는 것의 단순한 예가 될 수 있어. 하지만 고통은 삶과 예술 모두에서 지고한 전형이 될 수 있지.

즐거움과 웃음 뒤에는 거칠고 엄혹하고 냉담한 기질이 있을 수 있어. 하지만 고통 뒤에는 언제나 고통이 있을 뿐이지. 기쁨과는 달리 고통은 가면을 쓰지 않아. 예술에서 진실은 근본적인 아이디어와 우연적인 존재의 필연적인 일치가 아니야. 그것은 형태와 그림자 사이의 유사성도, 크리스털에 비친 형태와 형태 그 자체 사이의 유사성도 아니야. 공허한 언덕으로부터 들려오는 메아리도 아니고, 달을 달에게 보여주고 나르키소스를 나르키소스에게 보여주는 계곡의 은빛 샘물도 아니야. 예술에서 진실은 어떤 것이 자신과 일치하는 것을 의미하지. 내면을 표현하는 외형. 인간의 모습을 한 영혼. 정신이 충만한 육체. 이런 이유로 고통에 비견할 수 있는 진실은 세상에 없어. 때로는 고통만이 유일한 진실인 것처럼 여겨질 때도 있지. 그 밖의 다른 것들은 어쩌면 우리를 눈멀게 하거나 물리게 하기 위한, 눈이나 욕구에서 비롯된 환상일 수도 있지만, 세상은 고통으로부터 만들어졌고, 어린아이나 별의 탄생에도 고통이 함께하지.

한발 더 나아가, 고통 속에는 강렬하고 놀라운 현실이 포함되어 있어. 언젠가 나 자신에 대해, 우리 시대의 예술과 문화와 상징적인 관계에 있던 사람이라고 말한 적이 있지. 이런 끔찍한 곳에서 나와 함께 있는 비참한 사람들 중에서 삶의 비밀과 상징적인 관계에 있지 않은 사람은 아무도 없어. 삶의 비밀은 고통이기 때문이야. 고통은 모든 것 뒤에 숨어 있지. 우리는 태어나서부터 자신에게 달콤한 것은 아주 달콤하고, 씁쓸한 것은 아주 씁쓸하게 느끼면서 필연적으로 자신의 모든 욕망을 쾌락으로 향하게 하며, 단지 '한두 달 동안 꿀을 먹고 살아가는 것'[4]으로 그치지 않고 평생 동안 다른 것은 먹으려 하지 않게 되지. 그러는 동안 우린 자신의 영혼을 굶어죽게 만들고 있음을 알지 못하고 말이지.

언젠가 내가 알았던 더없이 아름다운 사람들 중 한 명[5]과 이 문제에 관해 이야기한 적이 있었지. 내가 투옥되는 비극을 겪기 전과 그 이후 그녀가 내게 보여준 연민과 고귀한 배려는 말로 표현할 수 없을 정도야. 그녀 자신은 알지 못했지만, 그녀는 내 불행의 짐을 짊어지는 데 이 세상 그 누구보다도 내게 힘이 되어준 사람이었어. 단지 그녀의 존재 자체만으로도, 그녀가 한편으로는 하나의 이상, 또 한편으로는 하나의 영향력을 나타낸다는 사실만으로도, 각자 무엇이 될 수 있을지를 제시해주고, 그 미래의 진정한 동반자가 되어줄 것이라는 사실만으로도, 평범한 공기를 달콤하게 바꾸어놓고, 정신적인 것을 햇살이나 바다처럼 단순하고 자연스러운 것이 되게 하는 영혼을 가진 사실만으로도 말이지. 그녀에게는 아름다움과 고통이 나란히 손잡고 걸어가고, 똑같은 메시지를 지니고 있어. 그 당시 나는 그녀에게, 런던의 비좁은 골목길에는 신이 인간을 사랑하지 않는다는 것을 보여주는 충분히 많은 고통이 존재하며, 자신이 저질렀거나 저지르지 않은 잘못 때문에 조그만 정원에서 쪼그려 앉아 울고 있는 어린아이의 고통만으로도 창조된 세상의 모든 얼굴이 남김없이 망가질 수 있다고 말했던 것을 똑똑히 기억하고 있어. 나는 완전히 잘못 생각하고 있었던 거야. 그녀는 내게 그렇게 말했지만, 나는 그녀의 말을 믿을 수가 없었어. 그때 난 그러한 믿음에 가 닿을 수 없는 세계에서 살고 있었던 거지. 하지만 이젠 그것이 어떤 형태든 오직 사랑만이 이 세상에 존재하는 무수한 고통을 설명할 수 있는 유일한 길임을 알 것 같아. 그것 말고는 다른 어떤 설명도 생각할 수 없어. 사랑 외에 다른 설명은 없으며, 이 세상이 정말 고통으로부터 세워진 것이라면, 그것은 사랑의 손길로 만들어졌음을 확신하게 된 거야. 이 세상이 인간의 영혼을 위해 창조된 것이라면, 사랑이 아닌 다른 방식으로는 결코 더없이 완벽해질 수 없기 때문이지. 쾌락은 아름다운 육체를 위해 존재하고, 고통은 아름다운 영혼을 위해 존재하는 거야.

내가 이런 것들을 확신한다고 말한다면 그건 지나친 자만심을 드러내는 것이겠지. 멀리 떨어져서 보면, 완벽한 진주를 닮은 신의 도시가 보이지. 그것은 무척 근사해서 마치 어린아이도 어느 여름날 단번에 그곳에 도달할 수 있을 것 같고, 실제로 어린아이는 그럴 수도 있을 거야. 하지만 나와 나 같은 부류의 사람들은 결코 그럴 수가 없어. 어느 한순간에 무언가를 깨달았다가는, 이내 무거운 걸음으로 뒤따르는 긴 시간 동안 그것을 잊고 살기 때문이지. '영혼이 도달할 수 있는 높은 곳'[6]에 계속 머물러 있는 것은 아주 어려운 일이야. 우린 영원 속에서 생각을 하지만, 시간 속에서는 아주 느리게 움직이지. 하물며 우리처럼 감옥에 누워 있는 사람들에게는 시간이 얼마나 느리게 갈지 새삼 얘기할 필요도 없겠지. 우리 감방 속으로 그리고 우리 마음의 감방 속으로 슬금슬금 기어들어 오는 무기력감과 절망감에 대해서도. 어찌나 집요하게 파고들어 오는지, 그것들을 맞이하기 위해 말하자면 우리의 집을 청소하고 꾸며야만 하지. 마치 반갑지 않은 손님이나 엄격한 주인, 또는 우연히 혹은 선택에 의해 우리 자신이 그의 노예가 되어 섬겨야 하는 노예를 맞이하기 위한 것처럼. 그리고 지금은 내 말을 믿기 어려울지 모르지만 그래도 사실인 것은, 자유로움과 게으름과 안락함 속에서 살고 있는 당신이, 꿇어앉아 내 감방의 마룻바닥을 닦는 것으로 하루를 시작하는 나보다 겸양의 교훈을 배우기가 훨씬 더 쉽다는 거야.

왜냐하면 감옥에서의 삶은 끊임없는 결핍들과 제약들로 사람을 반항적으로 만들기 때문이지. 수감생활에서 가장 끔찍한 게 뭔 줄 알아? 그건, 사람의 마음을 찢어놓는 게 아니라—마음은 찢어지라고 있는 것이니까—돌로 만들어버린다는 거야. 때로 이곳에서 하루를 무사히 보내기 위해서는 청동으로 만든 얼굴과 경멸로 가득한 입술을 지녀야만 한다고 느낄 때가 있어. 그리고 교회가 아주 좋아하는—당연히 아주 좋아할 만한—표현을 빌려 말하자면, 반항 상태에 있는 사람은 은총을 받을 수가 없어. 예술과 마찬가지로 삶에서도, 반항의 기운은 영혼의 통로를 막아버리고, 천국의 기운이 들어오지 못하도록 문을 닫아버리기 때문이지. 이런 교훈들을 어디선가 배워야 한다면, 나는 여기서 그것들을 배워야만 해. 내 발걸음이 옳은 길로 향하고 있다면 나는 내 마음을 기쁨으로 가득 채워야만 하고, 비록 수없이 진창 속으로 넘어지고 종종 안개 속에서 길을 잃고 헤매더라도 내 얼굴은 '미문美門이라는 성전 문'[7] 쪽으로 향해야만 하는 거야.

이런 새로운 삶—단테에 대한 나의 애정 때문인지 때로 이렇게 부르는 것을 좋아해—은 사실 전혀 새로운 삶이 아니야. 단지 발전과 진화를 통한 나의 예전 삶의 연장일 뿐이지. 옥스퍼드에 다닐 때 어떤 친구에게—졸업시험을 앞둔 6월의 어느 날 아침, 우린 새들이 지저귀는 모들린의 비좁은 산책로를 거닐고 있었지—이런 말을 했던 기억이나. 나는 세상의 정원에 있는 모든 나무들의 과일을 먹고 싶고, 마음속에 그런 열정을 품고 세상으로 나갈 거라고. 그리고 실제로 그렇게 세상 속으로 걸어들어갔고, 그렇게 살았지. 나의 유일한 잘못은 오직 정원의 양지 쪽에서 자라는 것 같은 나무들에만 관심을 갖고, 그늘과 슬품이 깃든 다른 쪽의 나무들은 외면했다는 거야. 실패, 실추, 빈곤, 슬픔, 절망, 고통, 심지어 눈물조차도. 고통의 입술에서 흘러나오는 부서진 말들. 자신을 가시밭길에서 걷게 만드는 회한. 자신을 단죄하는 양심. 자신을 벌하는 겸비謙卑. 머리를 재[8]로 뒤덮이게 하는 빈곤함. 스스로 거친 삼베옷을 입고 자신의 술에 쓸개즙을 타 마시게 만드는 절망감. 나는 이 모든 것들이 두려웠어. 그래서 그것들을 모두 외면하기로 마음먹었기 때문에, 그로 인해 그 각각의 것을 차례로 맛볼 것을 강요당하고, 그것들로 먹고살고, 한 계절 내내 오직 그것들만 먹어야 했던 거야. 나는 즐거움을 추구하며 살았던 것을 단 한순간도 후회해본 적이 없어. 무언가를 할 때는 모든 것에 전력을 다해야 하는 것처럼, 나는 그런 삶을 전력을 다해 살았지. 나는 이 세상에 존재하는 즐거움이란 즐거움은 모두 경험해보았어. 나는 내 영혼의 진주를 포도주잔 속에 던져버렸던 거야. 플루트 소리에 맞춰 환락의 꽃길을 따라 내려갔고, 달콤한 꿀을 먹고 살았어. 하지만 똑같은 삶을 계속 사는 것은 나 자신에게 한계를 짓는 일이 되었을 거야. 나는 앞으로 계속 나아가야만 했어. 정원의 또다른 반쪽도 나를 위한 비밀을 간직하고 있었기 때문이지.

11장

물론 이 모든 것은 나의 예술 속에서 그 전조가 보이고 어느 정도 예고되어 있었지. 「행복한 왕자」에서 조금, 「어린 왕」에서도 조금씩, 무엇보다 주교가 꿇어앉은 소년에게 "불행을 창조한 그가 너보다 현명한 것 아니더냐?"라고 말하는 구절에서. 그것을 썼을 때는 단지 하나의 문구에 지나지 않아 보였던 문장이었는데 말이지. 이 모든 것의 많은 부분은 『도리언 그레이의 초상』의 금빛 천을 관통하는―금빛과 어우러진 자줏빛 실처럼―비운의 기운 속에 감추어져 있지. 「예술가로서의 비평가」에는 다양한 색깔로 제시되어 있고, 「인간의 영혼」[1]에는 아주 이해하기 쉽게 단순한 말들로 쓰여 있어. 「살로메」에서는 이 모든 것이 하나의 후렴처럼 작용하면서, 그것의 반복되는 **모티프**가 작품을 한 편의 음악처럼 느껴지게 하고, 작품에 한 편의 발라드[2]와 같은 일관성을 부여하고 있지. '한순간만 머무르는 즐거움'의 청동 조각상으로부터 '영원히 지속되는 슬픔'의 청동 조각상을 만들어야 하는 사람을 그린 산문시[3]에서는 이 모든 것이 인간의 모습으로 구현되고 있고 말이지. 생각해보면 그럴 수밖에 없었던 거야. 삶의 매 순간마다 우린 과거의 자신인 것만큼 미래의 자신이기도 하기 때문이지. 예술은 하나의 상징이야. 인간이 곧 하나의 상징이기 때문에.

내가 그런 경지에 완벽하게 도달할 수만 있다면, 그건 예술적인 삶의 궁극적인 실현이 될 거야. 예술적인 삶은 한마디로 자기발전을 의미하기 때문이지. 예술가에게 겸손이란 모든 경험들을 있는 그대로 받아들이는 것이라고 볼 수 있어. 예술가에게 사랑이 단지 자신의 몸과 영혼을 세상에 드러내 보여주는 아름다움에 대한 본능적 감각을 의미하는 것처럼. 『쾌락주의자 마리우스』[4]에서 페이터는 심오하고 감미롭고 엄격한 의미에서 예술적인 삶과 종교적인 삶을 화해시키려고 시도하지. 그러나 마리우스는 한 사람의 구경꾼에 불과할 뿐이야. 물론 워즈워스가 시인의 진정한 목적이라고 정의한 것처럼, '적절한 감정들과 함께 삶의 광경을 관조하는' 데 심취하는 이상적인 구경꾼이지. 하지만 어쨌거나 단지 구경꾼일 뿐이며, 어쩌면 성소의 성기聖器의 우아함에 푹 빠진 나머지 자신이 바라보는 것이 슬픔의 성소임을 깨닫지 못하는 구경꾼이라고 볼 수 있지.

나는 그리스도의 진정한 삶과 예술가의 진정한 삶 사이에서 훨씬 더 친밀하고 즉각적인 연관성을 간파하면서, 고통이 나의 날들을 앗아가고 그것의 굴레에 나를 묶어놓기 훨씬 전에 이미 「인간의 영혼」에서 그리스도적인 삶을 살고자 하는 사람은 완벽하게 전적으로 자기 자신이어야만 한다고 말했던 것을 떠올리면서 강렬한 기쁨을 느꼈어. 나는 그것을 설명하기 위해, 언덕 위의 양치기와 감방의 죄수뿐만 아니라, 세상을 화려한 행렬처럼 바라보는 화가와 세상을 하나의 노래로 간주하는 시인도 함께 예로 들었지. 언젠가 앙드레 지드와 함께 파리의 어떤 카페에 앉아서[5] 이런 말을 했던 기억이 나. 형이상학은 내게 별다른 관심을 불러일으키지 못하고 도덕성은 아무런 흥미도 끌지 못하지만, 플라톤이나 그리스도가 말한 것은 무엇이든 즉각적으로 예술의 영역으로 전환될 수 있으며 그 속에서만 완벽하게 실현될 수 있다고 말이지. 그것은 참신하면서도 심오한 일반화였지.

이렇게 말할 수 있는 이유는, 고전주의 예술과 낭만주의 예술을 구별하는 기준이 되는 개성과 완벽성의 밀접한 결합—그리스도로 하여금 삶에서 낭만주의 운동의 진정한 선구자가 되게 한—을 그에게서 발견할 수 있을 뿐만 아니라, 그의 본질이 예술가의 그것처럼 강렬하고 불꽃같은 상상력을 포함하고 있기 때문이지. 그는 모든 인간관계에서, 예술에서 유일한 창조의 비밀인 상상적 공감을 실현한 거야. 그리스도는 나환자의 나병과 맹인의 어둠, 쾌락만을 좇는 이들의 지독한 불행, 부자들의 기이한 빈곤을 모두 이해했어.

당신이 어려움에 처해 있는 내게 "영광의 좌대 위에 올라서 있지 않은 당신은 조금도 흥미롭지 않아. 다음에 당신이 다시 병들면 난 즉시 당신을 떠날 거야"라고 말했을 때, 그런 당신이 매슈 아널드가 '예수의 비밀[6]'이라고 말한 것과 동떨어진 만큼이나 예술가의 진정한 기질과도 거리가 먼 사람이라는 것을 당신도 이젠 알 수 있을 거야. 설마 아직도 잘 모른다고 말하고 싶은 거야? 두 사람 중 하나는 당신에게, 다른 사람에게 일어날 수 있는 일은 자신에게도 일어날 수 있다는 것을 가르칠 수 있었을 거야. 당신이 새벽과 한밤중에 즐거움이나 고통을 느끼기 위해 읽을 수 있는 경구를 새겨두고 싶다면 당신 집 담장에 이렇게 새겨두도록 해. 낮에는 태양이 금빛으로 비추고 밤에는 달이 은빛으로 물들일 수 있도록. '다른 사람에게 일어날 수 있는 일은 자신에게도 일어날 수 있다.' 그리고 누군가가 당신에게 그 말이 무엇을 의미하는지 묻는다면, '우리의 주님 예수 그리스도의 심장과 셰익스피어의 머리'라고 대답하면 돼.

사실 그리스도의 자리는 시인들 옆이야. 그의 인류관人類觀은 바로 상상력으로부터 비롯되는 것이고, 오직 그것에 의해서만 실현될 수 있기 때문이지. 그리스도에게 인간의 의미는 범신론자에게 하느님의 의미와 같아. 그리스도는 갈라진 인종들을 하나의 통일체로 간주한 최초의 인물이었어. 그가 등장하기 전에는 신들과 인간들이 존재했지. 오직 그만이 삶의 저 높은 곳에는 하느님과 인간이 존재할 뿐이라는 것을 깨달았던 거야. 그리고 신비로운 공감을 통해 자기 안에서 그 각각의 존재가 구현되는 것을 느끼며, 그때그때의 기분에 따라 자신을 유일신의 아들이나 인간의 아들이라고 불렀지. 그는 역사상 그 누구보다도 로맨스[7]가 언제나 호소號召했던 경이로움에 대한 감각을 우리 안에 일깨워주었어. 나는 지금도, 젊은 갈릴리의 농부가 자신의 양어깨 위에 온 세상의 짐을 짊어질 수 있다고 생각했다는 게 정말 믿기지가 않아. 이미 저질러진 악행들과 존재했던 고통들. 앞으로 저질러질 악행들과 존재할 고통들. 네로와 체사레 보르자, 알렉산드르 6세[8]가 저지른 죄악들. 로마의 황제였고 태양의 사제였던 이[9]의 악행들. 그 이름이 군대이며, 무덤 사이에서 살고 있는 이들[10]의 고통. 억압당하는 민족들. 공장에서 일하는 아이들. 도둑들, 죄수들, 소외된 사람. 탄압 속에서 말을 잃어버려, 오직 하느님만이 그 침묵을 들을 수 있는 사람들. 그리스도는 이

162

모든 짐을 대신 짊어지는 것을 상상했을 뿐만 아니라, 실제로 그것을 실행에 옮겼던 거야. 그래서 그와 접촉했던 사람들은―비록 그의 제단에 절을 하거나 그의 사제 앞에서 무릎 꿇지 않더라도―즉각적으로 자신들이 저지른 죄악의 추함이 사라져버리고, 자신들이 겪는 고통의 아름다움이 자신들 앞에 모습을 드러내는 것을 발견하게 되지.

　조금 전에 난 그리스도가 시인들과 나란히 자리한다고 말했지. 그건 전적으로 사실이야. 셸리[11]와 소포클레스 역시 그의 친구가 될 수 있어. 더 나아가 그의 삶 전체가 더없이 훌륭한 한 편의 시인 셈이지. 그것이 불러일으키는 '연민과 두려움'[12]의 관점에서 보자면, 그리스 비극 전체를 통틀어 그의 삶과 비견될 수 있는 작품은 없다고 생각해. 그 주인공의 절대적인 순수함은 그와 관련된 이야기 모두를 낭만적인 예술―'테베[13]와 펠롭스 가문[14]과 관련된 고통들[15]은 그 끔찍함 때문에 여기서 제외되었지―의 수준으로 올려놓았고, 아리스토텔레스가 극에 관한 논술[16]에서 결백한 이가 고통을 겪는 광경은 차마 봐줄 수가 없다고 한 말이 얼마나 잘못된 것인지를 여실히 입증하고 있지. 연민에 관한 엄격한 대가인 아이스킬로스나 단테의 작품 속에서도, 모든 위대한 예술가들 중에서 가장 순수하게 인간적인 셰익스피어의 작품 속에서도, 눈물의 베일 뒤에 세상의 아름다움이 감추어져 있고, 인간의 삶이 한 송이 꽃의 그것과 다를 바 없음을 노래하는 켈트족의 신화와 전설 속에서도, 비극적 효과의 장엄함과 하나로 합쳐진 페이소스의 순수함과 단순함에서 그리스도의 수난기의 마지막 막_幕에 필적하거나 근접할 만한 것이 있을까?

　자신의 제자들―그중 한 사람은 이미 하찮은 돈에 그를 팔아버렸지─과 가진 소박한 만찬. 달빛이 비치는 고요한 올리브 정원에서의 고뇌. 그를 배신하기 위해 키스와 함께 그에게 다가간 거짓 친구. 여전히 그리스도를 믿었고, 그리스도가 반석 위에서처럼 그 위에 인간을 위한 안식처를 짓고 싶어했지만 새벽에 닭이 세 번 울기 전 그를 부인한 친구. 그의 처절한 고독, 순종, 모든 것을 받아들이기. 그리고 이 모든 것과 더불어 다음과 같은 역사의 장면들. 분노로 자신의 옷을 찢었던 정교회의 대사제. 그리스도를 역사의 핏빛 인물이 되게 했으며, 죄 없는 이의 핏자국을 씻고자 하는 헛된 바람으로 물을 요구했던 총독.[17] 기록된 역사 가운데 더없이 경이로운 것들 중 하나인 고통의 대관식.[18] 그가 사랑했던 어머니와 제자들이 지켜보는 앞에서 당한 죄 없는 이의 십자가형. 그의 옷을 누가 차지하느냐를 두고 제비뽑기를 하던 군인들. 세상 사람들에게 영원한 상징으로 남게 된 그의 끔찍한 죽음. 그리고 마침내 마치 왕의 아들이기라도 한 것처럼 값비싼 향료와 향수와 함께 이집트산 세마포[19]로 감싸인 채 부유한 이의 무덤에 매장되기. 이 모든 것을 순전히 예술의 관점에서만 고찰해본다면, 교회의 지고한 직무가 피를 흘리지 않고 비극을 공연하는 것, 주님의 수난기를 대화와 의상과 몸짓을 사용해 신비주의적으로 표현하는 것이라는 사실에 감사한 마음마저 들게 돼. 그리고 다른 곳에서 예술에 빼앗겨버린 듯한 고대 그리스극 합창단의 궁극적인 잔재를 미사에서 사제에게 대답하는 신도속에서 발견할 수 있다는 사실을 떠올릴 때마다 기쁨과 경외감을 느끼게 되고 말이지.

하지만 그리스도의 삶 전체는─고통과 아름다움이 그 의미와 발현에서 완전하게 하나가 될 수만 있다면─진정 한 편의 목가牧歌야. 비록

164

성소의 휘장이 찢어지고, 어둠이 다가와 대지의 얼굴을 뒤덮고, 큰 돌이 굴러와 무덤의 입구를 막아버리는 것으로 끝날지라도 말이지. 우리는 여전히 그를 자신의 제자들에게 둘러싸인 젊은 신랑—그도 어딘가에서 스스로를 그렇게 묘사한 것처럼—으로 여기거나, 푸른 초원이나 시원한 개울물을 찾아 자신의 양떼와 함께 계곡을 헤매는 목자, 음악으로 하느님의 도시를 지키는 성벽을 세우고자 노래하는 이, 또는 온 세상도 그의 사랑을 담기에는 너무 작게 느껴지는 연인으로 생각하고 있는 거야. 내겐 그가 일으킨 기적이 봄이 오는 것만큼이나 경이롭고 자연스럽게 느껴져. 그래서 그의 특별한 매력이 매우 강렬한 나머지 그의 존재만으로도 고뇌하는 영혼에 평온함을 가져다줄 수 있고, 그의 옷이나 손을 만진 이들이 그들의 고통을 잊을 수 있다는 사실을 조금도 망설임 없이 믿을 수 있어. 뿐만 아니라, 그가 삶의 대로를 지나는 동안 삶의 신비를 한 번도 접해보지 않은 이들이 그것을 명백히 보게 되고, 쾌락의 목소리 외에는 그 어떤 목소리에도 귀가 멀었던 이들이 처음으로 사랑의 목소리를 듣게 되면서 그것이 '아폴론의 류트 소리만큼이나 음악적'[20]이라고 느끼며, 그가 다가감에 따라 사악한 열정들이 달아나버리며, 죽음과도 같은 밋밋하고 상상력이 결여된 삶을 살던 이들이 자신들을 부르는 그의 목소리에 무덤에서 벌떡 일어나듯 깨어나게 되고, 그가 언덕 위에서 가르칠 때는 군중이 배고픔과 목마름과 세속적인 근심을 잊게 되고, 식탁에서 그의 말을 듣는 그의 친구들에게는 퍽퍽한 음식도 감미롭게 느껴지고, 물은 맛 좋은 포도주 맛을 띠며, 온 집 안에는 감송甘松의 향기와 달콤함이 가득 배는 것도 모두 믿을 수 있게 되었지.

르낭은 그의 명저 『예수의 생애』—우아한 제5복음서, '성 도마에 의한 복음서'라고 부를 수 있을[21] —어딘가에서, 그리스도의 위대한 성취는 그가 살아 있을 때 못지않게 죽음 이후에도 많은 사랑을 받게 만들었다는 사실이라고 말한 바 있어. 분명한 것은, 그의 자리가 시인들 옆이라면, 그는 세상의 모든 연인들 중 최고의 연인이라는 사실이야. 그는 사랑이 바로 현자들이 찾아 헤매던 세상의 숨겨진 비밀이라는 것을 간파했고, 오직 사랑을 통해서만 나환자의 마음이나 하느님의 발밑에 다가갈 수 있음을 깨달았던 거야.

무엇보다 그리스도는 개인주의자들 중에서도 최고의 개인주의자야. 예술가가 모든 경험을 수용하듯, 그에게 겸손은 단지 발현의 한 방식인 거야. 그리스도가 끊임없이 찾아다니는 것은 인간의 영혼이야. 그는 '하느님의 왕국'이라고 부르는 그것을 모든 인간에게서 발견하며, 아주 작은 씨앗, 한 줌의 효모, 진주 같은 아주 조그만 것들에 비유하지. 생경한 격정들, 습득된 문화, 좋거나 나쁜 모든 외적인 소유물을 모두 던져버려야만 비로소 자신의 영혼을 인식할 수 있기 때문이야.

나는 고집스러운 의지와 반항적인 천성으로 모든 것과 맞서며 버텨왔어. 이 세상에서 내게 남은 거라곤 시릴 말고는 아무것도 없을 때까지. 그러느라 내 이름과 지위와 행복과 자유와 건강을 모두 잃었지. 나는 죄수였고 가난했어. 하지만 내겐 아직 아름다운 것이 하나 남아 있었지. 나의 큰아들 시릴이. 그런데 갑자기 법이 내게서 그애를 빼앗아 가버린 거야. 나는 너무나도 끔찍한 충격에 어쩔 줄을 몰랐어. 그래서 바닥에 무릎을 꿇고 고개를 숙인 채 울면서 말했지. "어린아이의 몸은 주님의 몸과 같나이다. 나는 그 어느 쪽에도 합당치 않습니다."[22] 바로 그 순간이 나를 구원한 것 같았어. 그때 난 내가 할 수 있는 유일한 일은 모든 것을 받아들이는 것임을 깨달은 거야. 그 이후—당신한테는 분명 이상하게 들리겠지만—나는 더 행복해졌어.

물론 내가 도달한 것은 내 영혼의 궁극적인 본질이었어. 나는 여러 면에서 내 영혼의 적이었던 거야. 하지만 난 내 영혼이 친구로서 나를 기다리고 있다는 것을 알게 되었어. 우리는 영혼과 접촉하게 되면 어린아이처럼 단순해지지. 그리스도가 그래야 한다고 말한 것처럼. 죽기 전에 '자신의 영혼을 소유한' 사람이 지극히 적다는 것은 진정한 비극이야. 에머슨은 언젠가 "인간에게는 스스로의 행위보다 귀한 것은 없다"라고 말했지. 그의 말은 전적으로 옳아. 대부분의 사람은 다른 사람이야. 그들의 생각은 다른 누군가의 의견이고, 그들의 삶은 모방이며, 그들의 열정은 인용일 뿐이지.

그리스도는 지고한 개인주의자일 뿐만 아니라, 역사에 기록된 최초의 개인주의자야. 사람들은 19세기의 끔찍한 자선가들처럼 그를 평범한 자선가쯤으로 만들려고 하거나, 비과학적이고 감상적인 면을 지닌 이타주의자로 치부했지. 하지만 그는 이도 저도 아니었어. 물론 그는 가난한 이들과 감옥에 갇힌 이들, 하층민들과 불행한 이들을 불쌍히 여겼지. 하지만 그는 부자들과 냉정한 향락주의자들, 물질의 노예가 됨으로써 자신들의 자유를 낭비하는 사람들, 부드러운 옷을 입고 왕의 집에서 살고 있는 이들을 훨씬 더 가엾게 여겼어. 그는 부와 쾌락을 빈곤과 고통보다 훨씬 더 큰 비극으로 간주했던 거야. 이타주의로 말하자면, 우리를 결정짓는 것은 자유의지가 아닌 소명의식이며, 가시나무에서 포도를, 엉겅퀴에서 무화과를 수확할 수 없다는 것을 그보다 더 잘 알았던 이가 있을까?

그의 교리는 다른 사람들을 위해 살아가는 것을 확고하고 의식적인 목표로 삼고 살라는 것이 아니었어. 그것은 그가 설파하는 교리의 근본이 아니었지. 그가 "너의 적들을 용서하라"고 한 것은 적들을 위해서가 아니라 자기 자신을 위해 그렇게 하라는 것이었어. 사랑이 증오보다 더 아름답기 때문이지. 그가 보자마자 사랑한 젊은이에게 "네가 가진 것을 모두 팔아 가난한 이들에게 나눠주라"고 간청했을 때, 그는 가난한 이들의 상태를 생각한 것이 아니라, 그 젊은이의 영혼, 부가 망치고 있는 그의 아름다운 영혼을 염려했던 거야. 그리스도의 인생관을 살펴보면, 그는 자기완성의 필연적인 법칙에 의해 시인은 노래해야만 하고, 조각가는 청동으로만 생각하고, 화가는 자신의 기분을 비추는 거울로서의 세상을 그려야 한다는 것을 아는―산사나무가 봄에 꽃을 피우고, 수확기의 곡식이 황금빛으로 타오르고, 규칙적인 운행 속에서 달이 방패에서 낫으로, 낫에서 방패로 그 모습을 바꾸는 것만큼이나 확실하고 분명하게―예술가와 하나인 거야.

그러나 그리스도는 인간에게 "다른 사람들을 위해 살도록 하라"고 말하진 않았지만, 다른 사람들의 삶과 우리 자신의 삶 사이에는 아무런 차이가 없다는 것을 가리켜 보여주었지. 그런 식으로 그는 인간에게 거대한 타이탄과 같은 인성을 부여한 거야. 그가 이 세상에 온 뒤로 각각의 인간의 역사는 세상의 역사가 되었고, 될 수 있게 되었어. 물론 문화는 인간의 인성을 강화시켰고, 예술은 우리를 무수한 마음을 가진 존재로 만들어주었지. 예술적 기질을 가진 사람들은 단테와 함께 유배를 떠나 다른 사람의 빵이 얼마나 짠지, 남의 집 계단이 얼마나 가파른지를[23] 알게 되는 거야. 그들은 잠시 동안 괴테의 평정심과 평온함을 가까이서 느끼며 어째서 보들레르가 신에게 이렇게 외쳤는지 아주 잘 이해하게 된다는 말이지.

오! 주여! 저에게 주옵소서, 내 몸과
마음을 역겨움 없이 바라볼 힘과 용기를![24]

그들은 스스로 상처받는 것을 감수하면서까지 셰익스피어의 소네트로부터 그의 사랑의 비밀을 캐내 자신들의 것으로 만들지. 또한 새로운 시각으로 현대적 삶을 바라보게 돼. 그들은 쇼팽의 녹턴을 들었고, 그리스의 유물들을 다루어보았으며, 어떤 죽은 여인─머리카락이 섬세한 금실 같았고, 입술은 석류 같았던─을 위한 어떤 죽은 남자의 뜨거운 사랑에 관한 이야기를 읽었기 때문이지. 예술적 기질은 필연적으로 자신을 표현할 줄 아는 것에 공감을 하게 되어 있어. 언어나 색깔, 음악이나 대리석, 아이스킬로스 연극의 채색 가면[25], 시칠리아 양치기의 구멍 뚫린 갈대 다발 등 무엇을 통해서든 인간과 그의 메시지가 드러나야만 했던 거야.

12장

예술가는 오직 표현을 통해서만 삶을 상상할 수 있어. 말을 하지 못하는 것은 그에겐 죽은 것이나 다름없지. 하지만 그리스도는 전혀 그렇지가 않아. 그는 우리를 경외감으로 가득 채우는 광범위하고도 경이로운 상상력으로, 목소리를 잃어버려 표현을 하지 못하는 고통의 세계를 자신의 왕국으로 삼아 스스로 그곳의 영원한 대변자가 되었지. 내가 앞서 이야기한 사람들, 탄압 속에서 말을 잃어버려, '오직 신만이 그 침묵을 들을 수 있는 사람들'을 그는 자신의 형제들로 선택했어. 그리고 장님에게는 눈이, 귀머거리에게는 귀가, 말을 하지 못하는 이들에게는 입술의 소리가 되어주고자 했지. 그의 소망은 자신을 표현할 길이 없는 수많은 사람들에게 천국을 향해 불 수 있는 나팔과 같은 존재가 되는 것이었어. 그리고 아름다움의 개념을 슬픔과 고통을 통해 실현하는 사람의 예술적 기질과 함께, 어떤 생각이든 하나의 이미지로 구현되지 않는 한 아무런 가치가 없음을 느끼고는 자신을 고통의 인간의 이미지로 구현한 거야. 그는 그런 식으로 예술을 매료하고 지배했어. 그 어떤 그리스의 신도 그러지 못했는데 말이지.

　그리스의 신들은 사실 날렵하고 아름다운 하얀색과 선홍색의 손발에서 느껴지는 것과는 아주 다른 모습을 감추고 있는 존재들이지. 아폴론 신의 볼록 나온 이마는 새벽에 언덕 위에 떠 있는 초승달 모양의 해와 같고, 그의 발은 아침의 날개와도 같지. 하지만 아폴론 자신은 마르시아스[1]에게 몹시 잔인했고, 니오베에게서 자식들을 빼앗아갔지.[2] 아테나 여신의 강철 방패 같은 눈에서는 아라크네[3]에 대한 일말의 연민도 느껴지지 않았어. 헤라 여신의 화려함과 공작새는 그녀에게서 찾아볼 수 있는 고귀함의 전부나 마찬가지야. 그리고 신들의 아버지는 인간의 딸들을 지나치게 사랑했지. 그리스 신화에서 가장 깊은 영감을 주는 두 명의 신을 꼽자면, 종교에서는 올림포스 산의 신들에 속하지 않는 대지의 여신 데메테르와, 예술에서는 인간 여인의 아들이며 탄생의 순간이 곧 그의 어머니의 죽음의 순간이 되어버린[4] 디오니소스를 들 수 있을 거야.

　그러나 삶 자신은 가장 낮고 미천한 영역으로부터 페르세포네의 어머니[5]나 세멜레의 아들보다 훨씬 더 놀라운 인물을 창조해냈지. 나사렛의 목수의 작업실에서 신화나 전설에 의해 만들어진 그 누구보다도 훨씬 더 위대한 인물, 기이하게도, 포도주의 신비주의적인 의미와 들판에 핀 백합의 진정한 아름다움을 세상에 드러내 보이기로 운명지어진 존재가 탄생했던 거야. 키타이론 산[6]이나 엔나[7] 그 어느 곳에서도 그 누구도 할 수 없었던 것을 하기 위해서 말이지.

　"슬픔이 무엇인지 아는 고통의 인간인 그는 사람들에게 멸시당하고 배척당했다. 그리고 우린 그 앞에서 얼굴을 가렸다"라고 얘기한 이사야의 노래는 그리스도에게 그 자신을 예고하는 것처럼 생각되었고, 그 예언은 그 안에서 실현되었지. 이런 말에 지레 겁먹을 필요는 없어. 각각의 예술작품은 하나의 예언의 실현인 셈이야. 예술작품은 하나의 아이디어를 하나의 이미지로 변환하는 것이기 때문이지. 마찬가지로 각각의 인간은 하나의 예언의 실현이 되어야만 해. 왜냐하면 모든 인간은 신의 마음속에서나 인간의 마음속에서 이루어지는, 어떤 이상의 실현이 되어야 하기 때문이지. 그리스도는 그 유형을 발견해 고착화했어. 그리고 베르길리우스풍의 시인의 꿈은 오랜 세기가 흐른 끝에 예루살렘이나 바빌론에서, 온 세상이 기다려왔던 그의 안에서 구현되었지. "그의 얼굴은 그 어떤 인간의 얼굴보다 상하였고, 그의 모습은 더 이상 인간의 아들의 그것이 아니었다"라는 예언은 이사야가 새로운 이상理想을 알아보는 징후로 기록해둔 것들이었어. 그리고 그것이 무슨 의미인지 깨달은 예술은, 예술에서의 진실이 그 어느 때보다도 명백하게 모습을 드러낸 사람 앞에서 꽃처럼 활짝 피어났지. 예술에서의 진실이란 결국, 내가 앞서 말한 것처럼 "내면을 표현하는 외형, 인간의 모습을 한 영혼, 정신이 충만한 육체, 형식이 내용을 드러내는 삶"이 아닐까?

내가 역사에서 가장 유감스럽게 생각하는 점은, 샤르트르 대성당과 아서 왕의 전설, 아시시의 성 프란체스코의 삶, 조토[8]의 예술 그리고 단테의 『신곡』을 생겨나게 한 그리스도 고유의 르네상스가 자발적으로 발전하지 못하고, 페트라르카[9]와 라파엘로[10]의 프레스코, 팔라디오[11]풍의 건축, 형식에 얽매인 프랑스 비극, 세인트폴 대성당[12], 포프[13]의 시, 그리고 어떤 영감과 자극을 주는 정신을 통해 내면에서 비롯되지 않고, 죽어버린 규칙에 의해 외부로부터 비롯된 모든 것을 우리에게 선사한 따분한 고전적 르네상스에 의해 맥이 끊겨버렸다는 사실이야. 하지만 예술에서 낭만주의적 기운이 느껴지는 곳이라면 어디에나 어떤 형태로든 그리스도나 그리스도의 영혼이 존재한다고 볼 수 있어. 『로미오와 줄리엣』『겨울 이야기』[14], 프로방스의 시[15], 「늙은 선원의 노래」[16] 「무정한 미인」[17], 그리고 채터턴[18]의 「자비의 발라드」와 같은 작품들 속에서처럼 말이지.

우리는 그에게 아주 다양한 것들과 사람들을 빚지고 있어. 위고의 『레 미제라블』, 보들레르의 『악의 꽃』, 러시아 소설에서 느껴지는 연민의 어조, 스테인드글라스와 태피스트리, 번존스와 모리스의 르네상스풍의 작품들, 베를렌과 베를렌의 시 등은 조토의 종탑, 랜슬롯과 기네비어 왕비, 탄호이저[19], 불안감이 느껴지는 낭만적인 미켈란젤로의 대리석, 첨두식 건축, 그리고 아이와 꽃에 대한 사랑만큼이나 그에게 속한 것들이야. 아이와 꽃으로 말하자면, 이 두 소재는 고전예술에서는 아주 작은 자리만 차지했을 뿐이지. 그 속에서 성장하거나 놀 수 있을 만큼만. 하지만 아이와 꽃은 12세기부터 오늘날까지 다양한 시기에 다양한 방식으로 지속적으로 예술에 등장해왔어. 아이와 꽃이 본래 그러하듯, 장난스럽게 불쑥불쑥 모습을 드러내면서 말이지. 봄이 올 때마다 꽃들은 모습을 감추고 있다가 어른들이 자신들을 찾는 데 지쳐 더 이상 찾지 않게 될까봐 두려움을 느낄 때에만 햇빛에 모습을 드러내는 듯하고, 어린아이의 삶은 비와 태양이 수선화를 위해 존재하는 것 같은 4월의 어느 날과도 같지.

그리고 그리스도를 로맨스의 가슴 뛰게 하는 중심인물로 만든 것은 바로 그리스도 자신의 상상력이었어. 시적인 극과 발라드의 기이한 인물들은 다른 사람들의 상상력에 의해 만들어졌지만, 나사렛의 예수는 전적으로 자신의 상상력에 의해 스스로를 창조한 것이었지. 이사야의 외침은 사실 예수가 세상에 온 것과는 아무 상관 없어. 나이팅게일의 노래가 달이 뜨는 것과 아무런 상관이 없듯이. 그는 예언의 확언이면서 동시에 부정否定이었어. 그는 하나의 소망을 이룰 때마다 또다른 소망을 하나씩 파괴했지. 베이컨은 모든 아름다움에는 '균형의 어떤 기이함'[20]이 존재한다고 말하고, 그리스도는 정신으로부터 태어난 사람들, 즉 그 자신처럼 움직이는 힘인 사람들에 관해, 그들은 "임의로 불어 그 소리를 들어도 어디에서 오는지 어디로 가는지 알지 못하는 바람"과 같다고 말하지. 그게 바로 그가 예술가들에게 그토록 매혹적으로 느껴지는 이유야. 그는 삶이 포함하는 모든 색깔의 요소들을 지니고 있거든. 신비함, 기이함, 페이소스, 암시, 황홀경, 사랑. 그는 감탄할 줄 아는 기질을 가진 이들에게 말을 걸고, 자신이 이해될 수 있는 유일한 분위기를 만들어내지.

그가 만약 '상상력이 충만한' 존재라면, 이 세상도 그의 상상과 똑같은 실체로 이루어져 있다는 것을 떠올리기만 해도 기분이 좋아져. 난 『도리언 그레이의 초상』에서 세상의 가장 큰 죄악들은 머릿속에서 저질러지며, 우리 머릿속에서 모든 일이 생겨나는 것이라고 말했지. 이제 눈으로 보거나 귀로 듣는 게 아니라는 것을 모두 알고 있잖아. 눈과 귀는 감각적인 느낌들을 전달하는, 적절하거나 부적절한 수단일 뿐이야. 양귀비꽃이 붉은색이고, 사과가 향기로우며, 종달새가 노래하는 것은 모두 우리 머릿속에서 일어나는 일들이란 말이지.

최근에 나는 그리스도에 관한 산문시 네 편을 꽤 열심히 공부했어. 크리스마스에 그리스어로 된 신약성서를 어렵사리 구할 수 있었거든. 나는 매일 아침 내 감방을 청소하고 양철로 된 식판을 윤나게 닦은 다음 복음서를 조금씩 읽어나갔어. 아무 데나 펴서 열두 절씩을. 하루를 시작하는 기분 좋은 방식이었지. 당신도 그렇게 한다면 정말 좋을 것 같아. 혼란스럽고 제멋대로인 삶을 살아가는 당신한테도 분명 아주 좋은 영향을 미치게 될 테니까. 그리고 그리스어도 아주 이해하기 쉽게 쓰여 있어. 그동안 성서 속에서 걸핏하면 되풀이되는 끝없는 반복이 우리가 느낄 수 있는 복음서의 순박함naïveté과 신선함, 단순하고도 낭만적인 매력을 망쳐놓았던 거야. 우린 복음서의 이야기들을 너무나도 자주, 너무나 잘못된 방식으로 접해왔던 거지. 모든 반복은 반反정신적인 것이거든. 그리스어 복음서로 돌아가는 것은 마치 비좁고 어두운 집에서 나와 백합이 피어 있는 정원으로 들어가는 것과도 같아.

더구나 우리가 지금 그리스도가 사용한 실제의 언어ipsissima verba를 읽고 있을 가능성이 아주 크다는 사실에 생각이 미치면 기쁨이 두 배가 돼. 사람들은 예수가 아람어로 이야기했다고 추측해왔지.[21] 심지어 르낭도 그렇게 생각했어. 하지만 이제 우리는 갈릴리의 농부들이 오늘날의 아일랜드 농부들처럼 두 개의 언어를 사용했다는 것과, 그리스어는 팔레스타인 전역과 심지어 동양 전역에서까지 소통을 위한 일상적인 언어였다는 것을 알고 있어. 나는 그리스도가 했던 말씀들을 오직 번역의 번역을 통해서만 알 수 있다는 사실이 정말 못마땅했어. 그래서 그리스어 성서를 읽고 그의 대화와 그가 한 말들에 대해 새롭게 알게 된 사실들이 나를 몹시 기쁘게 했지. 카르미데스[22]도 그의 말을 들

었을 수 있고, 소크라테스도 그와 토론을 했으며, 플라톤이 그를 이해
했을 수도 있고, 그가 정말로 "나는 선한 목자라"라고 했으며, 그가 일
하지도 실을 잣지도 않는 들판의 백합들을 떠올리며 한 말이 "들의 백
합이 어떻게 자라는가 생각해보라. 수고도 아니하고 길쌈도 아니하느
니라"였으며, 그가 "내 삶은 완성되었고, 충만하고 완벽해졌다"고 외
쳤을 때 그가 했던 마지막 말이 정확히 성 요한이 우리에게 전한 대로,
"다 이루었다"였던 거야.

복음서―특히 성 요한이 쓴 것이나, 그의 이름과 옷을 빌린 초기 그
노시스파[23]의 것―를 읽는 동안 나는 정신적이고 물질적인 모든 삶의
근본으로서의 상상력이 지속적으로 강조되는 것을 보았어. 또한 그리
스도에게 상상력은 단지 사랑의 한 형태였으며, 그에게 사랑은 완전한
의미의 주님이었다는 것을 알게 되었지. 6주 전쯤 난 의사에게서 교도
소의 일상적인 식사인 검은색이나 갈색의 거친 빵 대신 흰 빵을 먹어
도 된다는 허락을 받았어. 정말 기막히게 맛있었지. 당신한테는 이상
하게 들리겠지만, 맨 빵도 누구에게나 아주 맛있는 음식이 될 수 있어.
내게도 그랬지. 그래서 난 매번 식사를 마칠 때마다 내 양철 식판 위
에 남아 있는 빵 부스러기나, 각자의 탁자를 더럽히지 않기 위해 식탁
보처럼 사용하는 거친 수건 위에 떨어졌을 부스러기를 꼼꼼히 주워 먹
곤 했어. 여전히 배가 고파서가 아니라―난 이제 충분한 양의 음식을
제공받고 있거든―단지 내게 주어진 그 무엇도 낭비하지 않기 위해서
야. 사랑을 할 때도 그래야 한다고 생각해.

모든 매혹적인 인물들이 그러하듯, 그리스도에게는 스스로 아름다
운 것들을 말하는 능력뿐만 아니라, 다른 이들로 하여금 그에게 아름

다운 것들을 말하게 하는 힘도 있었어. 나는 성 마가가 그리스 여인에 관해 우리에게 들려준 이야기를 아주 좋아해. 예수가 그녀의 믿음을 시험하기 위해 그녀에게 이스라엘의 아이들이 먹을 빵을 줄 수 없다고 하자, 그녀는 "식탁 아래 있던 '강아지들'—'강아지들'이라고 옮겨야만 해—도 아이들이 흘린 빵 부스러기를 주워 먹는다"고 대답했지. 대부분의 사람들은 사랑과 존경을 위해 살아가지. 하지만 우린 사랑과 존경에 의해 살아야 해. 만약 누군가가 우리에게 어떤 사랑을 보여준다면, 우린 그 사랑을 받을 자격이 전혀 없다는 것을 인정해야만 해. 사랑받을 자격이 있는 사람은 아무도 없어. 신이 인간을 사랑한다는 사실은, 신들이 정해놓은 이상적인 것들의 순서에는 영원한 사랑은 영원히 자격이 없는 것에게 주어진다고 쓰여 있음을 보여주는 거야. 혹시 이 말이 듣기에 거북하다면 이렇게 말해볼게. 모든 사람은 사랑을 받을 자격이 있어. 자신이 자격이 있다고 생각하는 사람을 제외하고는. 사랑은 무릎을 꿇고 치러야만 하는 성례聖禮와 같은 거야. 그리고 "주여, 저는 (…) 합당치 않습니다Domine, non sum dignus (…)"라는 말은 그것을 받아들이는 사람들의 입술과 가슴으로 느껴져야 하는 거야. 난 당신이 가끔 그걸 생각했으면 좋겠어. 지금 당신한테는 그게 몹시 필요하니까.

내가 만약 다시 글을 쓰게 된다면—예술작품을 창조한다는 의미에서—두 가지 주제에 관해 쓰면서 그것들을 통해 나 자신을 표현하고 싶다는 생각을 했어. 하나는, '삶에서 낭만적 운동의 선구자로서의 그리스도'이고, 다른 하나는 '행위와의 관계 속에서 고찰한 예술적인 삶'이야. 첫번째는 물론 엄청나게 매력적인 주제지. 그리스도 안에서는 지고한 낭만적 유형의 정수뿐 아니라 낭만적 기질에서 비롯되는 우연적인 것들과 고집스러움이 모두 발견되기 때문이야. 그는 사람들에게 '꽃 같은' 삶을 살아야 한다고 말한 최초의 인물이었어. 그는 이 표현을 신성한 것으로 고착시켰지. 그는 아이들을 사람들이 본받아야 하는 모델로 여겼어. 그리하여 어른들에게 그들을 본보기로 제시했지. 나 또한 그것이 아이들의 가장 중요한 용도라고 생각해왔어. 완벽한 것이 어떤 쓸모가 있어야 한다면 말이지. 단테는 인간의 영혼이 '어린아이처럼 울고 웃는' 신의 손으로부터 생겨났다고 말하고 있고, 그리스도 또한 각자의 영혼은 '재롱을 피우고 웃고 우는 어린 소녀 같아야' 한다고 생각했어. 그는 인간의 삶이 변화무쌍하고 유동적이고 적극적이며, 그러한 삶을 어떤 형태로든 정형화하도록 허용하는 것은 곧 죽음을 의미함을 느꼈던 거야. 그는 인간이 물질적이고 일상적인 이해에 집착해서는 안 되며, 비실용적인 생각을 가지는 것은 위대한 것이며, 인간은 세상사에 지나치게 신경써서는 안 된다고 말했어. "새들도 그러지 않는데, 하물며 인간이 왜 그래야 하는가?" 그는 또 이런 매력적인 말도 했어. "그러므로 내일 일을 위하여 염려하지 말라. 영혼이 음식보다 중하지 아니하며, 몸이 의복보다 중하지 아니하냐?" 마지막 문장은 과거에 그리스인이 했을 법한 말이지. 그리스적 감성이 충만한 걸로 봐서. 하지만 오직 그리스도만이 둘 다 말할 수 있었고, 그렇게 우리를 위해 삶을 완벽하게 요약했던 거야.

그의 도덕성은 오로지 연민이었지. 본디 도덕성이란 것이 그래야 하는 것처럼. 만약 그가 했던 유일한 말이 "그녀의 죄는 사함을 받았도다. 그녀는 많이 사랑했기 때문이다"라고 한다면, 그런 말을 한 것만으로도 그는 충분히 죽을 만한 가치가 있었을 거야. 그의 정의는 오로지 시적인 정의를 뜻해. 정의란 모름지기 그래야 하는 것처럼. 걸인은 불행했기 때문에 천국에 간 거야. 아무리 생각해도 그가 천국에 가야 했던 더 그럴듯한 이유를 찾지 못했거든. 같은 포도밭에서 시원한 저녁에 한 시간 일한 사람과 뙤약볕에서 하루종일 고생한 사람이 똑같은 보수를 받기도 하지. 그러면 안 되는 이유가 있을까? 그건 아마도 그 누구도 어떤 것을 누릴 만한 자격이 없기 때문일 거야. 아니면 그들이 서로 다른 부류의 사람들이기 때문인지도 모르고. 그리스도는 사람들을 사물처럼 여기면서 모두를 똑같이 취급하는 따분하고 생기 없는 기계적인 시스템과, 그런 식으로 세상의 모든 사람과 모든 사물이 다 똑같다고 생각하는 것을 용납하지 않았어. 그에게는 법칙이란 것은 없었어. 오직 예외만이 있을 뿐이었지.

낭만적인 예술의 근본이 되는 기조는 실제 삶에도 꼭 들어맞는 원칙이었어. 그에게 그 밖의 다른 원칙이란 없었어. 사람들이 잘못을 저지르다 붙잡힌 여자를 그에게 데려와 법이 정한 그녀의 형벌을 말해주고 어떻게 처분할지 묻자, 그는 그들의 말을 못 들은 척하며 손가락으로 땅바닥에 무언가를 썼어. 그리고 그들이 거듭 그에게 대답을 재촉하자 마침내 그가 고개를 들어 말했지. "너희 중에 한 번도 죄를 짓지 않은 자가 먼저 저 여인에게 돌을 던져라." 그런 말을 한 것만으로도 그는 충분히 살 만한 가치가 있었던 거야.

시적인 심성을 지닌 모든 이들처럼 그는 무지한 사람들을 사랑했어. 그는 무지한 사람의 영혼 속에는 언제나 위대한 생각을 위한 자리가 있다는 것을 알고 있었지. 하지만 그는 어리석은 사람들은 참을 수가 없었어. 특히 교육에 의해 바보가 된 사람들을. 매사에 왈가왈부하지만 정작 아무것도 이해하지 못하는 전형적인 현대인들. 그리스도는 그들을 이렇게 묘사했지. 앎의 열쇠는 갖고 있지만, 자신이 사용할 줄도 모르고 다른 사람들에게 사용하도록 허용하지도 않는 유형이라고. 그 열쇠는 하느님의 왕국으로 가는 문을 열 수 있게 해주는데도 말이지. 그에게 가장 중요한 전쟁은 속물적인 사람들과 맞서 싸우는 것이었어. 그것은 모든 빛의 자녀들이 치러야만 하는 전쟁이었지. 속물주의는 그가 살았던 시대와 공동체를 특징짓는 것이었어. 새로운 생각을 받아들이지 못하는 폐쇄적인 그들의 정신, 따분한 체면 차리기, 지루한 교리, 천박한 성공에 대한 숭배, 삶의 역겨운 물질적 측면에 대한 집착, 그리고 스스로와 스스로의 중요성에 대한 우스꽝스러운 평가. 이 모든 것에서 그리스도가 살던 시대의 예루살렘의 유대인들은 지금 영국의 속물적인 사람들과 아주 꼭 닮은 판박이였지. 그리스도는 허세를 부리는 이들의 '회칠한 무덤'을 비웃었고, 그 표현을 영원히 고착시켰어. 또한 그는 세속적인 성공을 철저하게 경멸할 만한 것으로 치부했어. 그 안에서 바람직한 무언가를 전혀 찾지 못했던 거야. 그는 부富가 인간에게 하나의 족쇄처럼 작용한다고 믿었지.

또한 그는 어떤 사상이나 도덕으로 이루어진 시스템을 위해 인간의 삶을 희생하는 것을 단호하게 거부했어. 인간을 위해 격식과 의식이 만들어졌지, 인간이 격식과 의식을 위해 존재하는 게 아니라는 것을 강조했고, 안식일 엄수주의를 전혀 가치 없는 것 중의 하나로 꼽았어. 또한 냉담한 박애주의, 과시적인 구호활동, 중산층이 몹시 중요시하는 지루한 형식주의 같은 것들을 향해 가차없는 경멸을 노골적으로 드러냈지. 우리는 교리라는 것을 단지 손쉽고 어리석은 묵인으로 여길 뿐이지만, 그들에게 그리고 그들의 손안에서 그것은 사람들의 정신을 마비시키는 무시무시한 독재의 수단이었던 거야. 그리스도는 그것을 몰아내버렸지. 그는 오직 정신만이 가치 있다는 것을 보여주었어. 그는 그들이 **법전**과 예언서를 읽는 데 많은 시간을 보내고 있지만 그것들의 진정한 의미를 조금도 깨닫지 못한다는 것을 지적하는 데 강렬한 즐거움을 느꼈지. 그들이 박하와 운향芸香의 십일조를 바치듯이, 매일매일을 판에 박힌 강제적인 의무의 연속으로 나누는 것에 반기를 들며 순간을 완전하고 충실하게 사는 것의 엄청난 중요성을 설파했고 말이지.

그리스도가 죄악으로부터 구해낸 사람들은 그들 삶의 아름다운 순간들로 인해 구원을 받은 것이었어. 막달라 마리아는 그리스도를 보자 그녀의 일곱 연인이 그녀에게 준 값비싼 옥합을 깨뜨려 지치고 더러운 그의 발에 향유를 부었고,[24] 그 한순간 덕분으로 천국의 새하얀 장미 꽃잎들 사이에서 룻[25]과 베아트리체와 함께 영원히 자리할 수 있게 된 거야.[26] 그리스도가 가볍게 경고하는 방식으로 우리에게 하고자 하는 말은 매 순간이 아름다워야 하고, 영혼은 언제나 신랑을 맞이할 준비가 되어 있어야 하며, 언제나 연인의 목소리를 기다려야 한다는 거야. 속물주의는 간단히 말해 상상력에 의해 일깨워지지 않은 인간 본성의 한 단면일 뿐이야. 그리스도는 삶에 아름다운 영향을 미치는 모든 것들 속에서 빛의 다양한 모습들을 보았어. 상상력은 곧 세상을 비추는 빛이기 때문이지. 세상은 상상력에 의해 만들어졌지만, 그 세상은 상상력을 이해하지 못해. 또한 상상력은 단지 사랑의 발현일 뿐이며, 한 사람을 다른 사람과 구분짓는 것은 바로 사랑과 사랑을 하는 능력인 거야.

그러나 가장 현실적인 의미에서 그가 가장 낭만적인 모습을 보일 때는 죄인을 다룰 때야. 세상은 신적인 완성에 가장 근접하는 존재로서의 성인聖人을 언제나 사랑했지. 그리스도는 그의 안에 내재된 어떤 신적인 본능으로, 완전한 인간에 가장 근접한 존재로서의 죄인을 언제나 사랑했던 것 같아. 그의 첫번째 바람은 사람들을 교화하는 게 아니었어. 그의 첫번째 바람이 인간의 고통을 덜어주는 게 아니었던 것처럼. 그의 목적은 흥미로운 도둑을 따분한 정직한 사람으로 변화시키는 게 아니었어. 그는 재소자 구호단체와 그런 종류의 현대식 운동에는 무관심했을 거야. 그는 세리稅吏를 바리새인[27]으로 개종시키는 것을 결코 대단한 성취로 간주하지 않았을 거야. 그는 세상에서는 아직 이해받지 못하는 방식으로 죄악과 고통을 그 자체로 아름답고 성스러운 것이자 완전함의 방식들로 여겼지. 그것은 매우 위험하게 들리는 생각이고, 실제로도 그래. 모든 위대한 생각은 위험한 법이거든. 이것이 그리스도의 교리였음은 의심의 여지가 없어. 나 역시 이것이 진정한 교리임을 의심하지 않고 말이지.

물론 죄인은 뉘우쳐야만 해. 그런데 왜 그래야 할까? 그러지 않으면 그는 자신이 무슨 짓을 했는지 깨닫지 못할 것이기 때문이지. 뉘우침의 순간은 입문의 순간이야. 아니, 그보다 더 큰 의미가 있지. 그것은 자신의 과거를 바꿀 수 있는 수단이기도 해. 그리스인들은 그것이 불가능하다고 생각했어. 그들은 종종 금언이나 경구 등에서 "신들조차도 과거를 바꿀 수 없다"[28]고 말하곤 했지. 하지만 그리스도는 가장 비천한 죄인도 그럴 수 있으며, 그것이 그가 할 수 있는 유일한 일임을 보여주었어. 만약 그리스도가 그에 관해 질문을 받았더라면, 확신하건대 그는 분명 이렇게 말했을 거야. 방탕한 아들이 무릎을 꿇고 눈물을 흘린 순간 그는, 창녀들과 어울리며 시간과 재물을 낭비하고, 돼지를 치면서 그것들이 먹는 쥐엄나무 열매를 먹고자 했던 사실을 그의 삶에서 일어난 아름답고 성스러운 사건들로 변화시켰다고. 사실 대부분의 사람들에게는 이해하기 힘든 생각일 수도 있어. 그런 것을 이해하려면 감옥에 가야 할지도 몰라. 그렇다면 감옥에 가는 것도 나름대로 가치가 있을 거고 말이지.

그리스도에게는 정말 유일한 무언가가 있어. 물론, 진정한 새벽이 오기 전에 거짓 새벽이 먼저 밝아오고, 겨울날에 느닷없이 햇빛이 가득 비치면서 현명한 크로커스를 헷갈리게 해 적절한 때가 되기 전에 금빛을 낭비하게 하고, 어떤 멍청한 새가 자기 짝을 불러 황량한 나뭇가지 위에 둥지를 짓게 하는 것처럼, 그리스도 이전에도 기독교인들이 존재하긴 했지. 그런 사실에 대해서 우린 감사하게 생각해야 해. 불행한 것은, 그리스도 이후에는 아무도 없었다는 거야. 단, 아시시의 성 프란체스코는 하나의 예외라고 볼 수 있지. 신은 태어날 때부터 그에게 시인의 영혼을 주었고, 그 자신은 아주 젊었을 때 이미 신비주의적인 결혼에서 가난을 그의 신부로 삼았지. 그리고 시인의 영혼과 걸인의 육체로써 완전함으로 가는 길을 어렵지 않게 찾을 수 있었어. 그는 그리스도를 이해했고, 그래서 그리스도처럼 될 수 있었지. 성 프란체스코의 삶이 진정한 그리스도 본받기Imitatio Christi—한 편의 시나 다름없는 그의 삶에 비하면 그 이름을 딴 책[29]은 하찮은 산문에 불과하지—라는 것을 알기 위해 『리베르 콘포르미타툼Liber Conformitatum』[30]까지 읽을 필요도 없는 거야. 사실 그리스도의 매력은 무엇보다 바로 그 점에 있다고 볼 수 있어. 그는 그 자신이 하나의 예술작품과도 같아. 그는 우리에게 특별히 무언가를 가르치지는 않지만, 그와 마주하면 우린 무언가가 되지. 그리고 우리 각자는 언젠가는 그와 마주하도록 예정되어 있어. 살아가는 동안 적어도 한 번은 그리스도와 나란히 엠마오[31]로 가는 길을 걷게 되어 있는 거야.

13장

또다른 주제인 '행위와의 관계 속에서 고찰한 예술적인 삶'에 대해 말하자면, 당신에게는 내가 이런 주제를 선택했다는 게 분명 이상하게 생각될 거야. 사람들은 레딩 감옥을 가리키면서 "예술적인 삶이 사람을 어디로 이끄는지 잘 보라고" 하며 수군대곤 하지. 하지만 뭐, 예술적인 삶을 살다보면 이보다 더 끔찍한 곳에 가 있을 수도 있는 거니까. 빈틈없이 계산된 방식과 수단을 바탕으로 철저한 투기와도 같은 삶을 살아가는 좀더 기계적인 사람들은 자신들이 어디로 가고 있는지 언제나 잘 알고, 결국엔 그곳으로 향하게 되지. 그들은 처음부터 교구 관리원이 되기를 원하고, 삶의 어떤 영역에 놓이게 되든지 결국엔 교구 관리원이 되는 데 성공하고, 그걸로 끝인 거지. 본래의 자신과 다른 무언가—국회의원이나 번창하는 식료품 잡화상, 잘나가는 변호사나 판사, 또는 그 비슷하게 지루한 무언가—가 되기를 원하는 사람은 결국엔 자신이 되고자 했던 게 되고야 말지. 그게 바로 그의 형벌인 거야. 가면을 쓰기를 원하는 사람들은 가면을 써야만 해.

하지만 삶의 역동적인 힘들과, 그 역동적인 힘들을 구현하는 이들하고는 이야기가 달라지지. 오직 자기실현만을 추구하는 사람들은 자신들이 어디로 가고 있는지 결코 알지 못하지. 그런 사람들은 결코 그걸 알 수가 없어. 물론 어떤 의미로는 그리스 신탁이 말한 것처럼 '자기 자신을 아는 것'[1]이 필요하지. 그건 앎에서의 첫번째 성취니까. 그러나 인간의 영혼이 불가지의 것이라는 사실을 인식하는 것은 지혜가 도달할 수 있는 궁극적인 성취야. 최후의 미스터리는 바로 우리 자신이거든. 우리가 아무리 저울로 태양의 무게를 달고, 달의 이동 거리를 재고, 별 하나하나까지 일곱 하늘의 지도를 완성하더라도, 우리 자신은 여전히 미스터리로 남아 있지. 그 누가 자기 영혼의 궤도를 측정할 수 있겠는가 말이야. 기스의 아들이 자기 아버지의 나귀들을 찾아나섰을 때, 그는 신이 보낸 사람[2]이 대관식의 성유聖油를 가지고 자신을 기다리고 있으며, 자신의 영혼이 이미 왕의 영혼이었음을 꿈에도 생각지 못했지.[3]

나는 할 수만 있다면 충분히 오래 살아서, 내 생애 마지막 순간에 "보라, 예술적인 삶은 인간을 이런 곳으로 이끄나니"라고 외칠 수 있게 하는 작품들을 남기고 싶어. 특별한 경험을 하는 동안 나는 베를렌과 크로폿킨의 삶에 관해 우연히 알게 되었지. 이들은 모두 가장 완전한 삶을 살았던 사람들에 속한다고 볼 수 있어. 두 사람 모두 감옥을 경험했지.[4] 한 사람은, 단테 이후로 유일하게 기독교적인 시인이고, 다른 한 사람은 러시아에서 출현한 듯한 아름다운 백인 그리스도의 영혼을 가진 사람이지. 그리고 마지막 7, 8개월 동안 바깥세상으로부터 쉴 새없이 내게 몰아닥치는 엄청난 고난의 연속에도 불구하고, 나는 이

교도소에서 사람들과 사물들을 통해 작용하는 새로운 정신과 직접적으로 접촉할 수 있었어. 이 모든 것은 어떤 말로도 표현할 수 없을 만큼 내게 많은 힘을 주었지. 나는 수감된 이후 처음 1년간은 아무것도 하지 않았고, 무력한 절망감 속에서 두 손을 비틀면서 "이런 비참한 종말이라니! 이토록 끔찍한 종말이라니!"라며 절규한 것 외에는 아무것도 기억나지 않아. 하지만 지금은 다음과 같이 생각하려고 노력하며, 때로 나 자신을 괴롭히지 않을 때면 진심으로 이렇게 말하곤 해. "굉장한 시작이야! 정말 놀라운 시작이 아닌가!" 그리고 정말 그런지도 몰라. 정말 그럴 수도 있고 말이지. 만약 그렇게 된다면, 난 이곳에 있는 모든 사람의 삶을 바꾸어준 새로운 인물[5]에게 정말 많은 것을 빚지게 되는 셈이야.

물질은 그 자체로는 조금도 중요하지 않으며, 사실상—이점에서만은 우리에게 무언가를 가르쳐준 데 대해 형이상학에 진심으로 감사하자고—실제로 존재하는 게 아니야. 중요한 것은 오직 정신뿐이야. 징벌은 상처를 내기 위해서가 아니라 치유하기 위한 방식으로 가해질 수 있지. 구호품을 주는 방식에 따라 그것을 나눠주는 사람의 손에서 빵이 돌로 변할 수도 있는 것처럼. 그사이 어떤 변화가 있었는지는—난 지금 규정의 변화를 말하는 게 아니야. 그런 것은 절대 바뀔 수 없게 고정되어 있으니까. 나는 그 규정을 통해 표현하는 정신의 변화를 말하려는 거야—내 얘기를 들으면 당신도 이해할 수 있을 거야. 만약 내가 그러려고 애썼던 것처럼 작년 5월에 석방되었더라면, 난 이곳과 이곳에 있는 모든 직원들에 대한 증오와 쓸쓸함을 마음에 품고 이곳을 떠났을 거야. 그 때문에 내 삶을 독으로 오염시켰을 거고. 그후 나는 1년을 더 이곳에 머물러야 했지. 그 뒤 감동적인 인간애가 이곳으로 우리를 찾아왔어. 이제 이곳을 나서게 되면, 나는 이곳의 거의 모든 사람들로부터 받은 따뜻한 배려를 오래도록 기억하게 될 거야. 그리고 내가 석방되는 날, 그들에게 진심 어린 감사를 전하면서 그 답례로 나를 기억해달라고 부탁할 생각이야.

교도소 시스템은 정말이지 전적으로 잘못되어 있어. 난 여기서 나갔을 때 그것을 바꿀 수만 있다면 무엇이든 할 수 있을 것 같아. 그리고 그렇게 되도록 노력할 생각이야. 하지만 이 세상에는 사랑의 정신이자, 교회에 있지 않은 그리스도의 정신인 인간애가 바로잡지는 못하더라도, 적어도 마음속에 별다른 씁쓸함 없이 견딜 수 있게 하지 못할 만큼 나쁜 일이란 없다고 생각해.

나는 또한 바깥세상에는 아주 많은 즐거운 것들이 나를 기다리고 있다는 것도 알고 있어. 아시시의 성 프란체스코가 '나의 형제 바람이여' '나의 자매 비여'[6]라고 부른 아름다운 것들부터 대도시의 쇼윈도와 일몰 광경에 이르기까지. 만약 아직 내게 남은 것들의 목록을 작성한다면 어디서 멈춰야 할지 모를 정도야. 왜냐하면 신은 다른 누구를 위한 것처럼 나를 위해서도 똑같이 세상을 만들었기 때문이지. 나는 어쩌면 예전에는 갖지 못한 무언가와 함께 밖으로 나갈지도 몰라. 내게 도덕에서의 개혁들은 신학에서의 개혁들만큼이나 무의미하고 하찮다는 것은 새삼 말할 필요도 없을 거야. 하지만 더 나은 사람이 되겠다고 장담하는 것은 비과학적이고 위선적인 말일 수 있지만, 더 깊이 있는 사람이 되는 것은 고통을 겪은 사람들에게 주어진 특전이지. 그리고 난 그런 사람이 되었다고 생각해. 내 말이 사실인지 아닌지는 당신이 직접 보고 판단하면 되겠지만.

내가 여기서 나간 후에 한 친구가 파티를 열어 나를 초대하지 않는다 해도 난 조금도 서운해하지 않을 거야. 나는 혼자서도 얼마든지 행복할 수 있어. 자유와 책과 꽃과 달이 있는데 어떻게 행복하지 않을 수 있겠어? 게다가 이제 파티 같은 것은 내 몫이 아니야. 그런 건 이미 신물이 날 만큼 해본 터라 더이상 아무런 흥미도 없어. 이제 내겐 그런식의 삶은 완전히 끝났어. 아주 다행스럽게도 말이지. 하지만 여기서 나간 후에 어떤 친구가 슬픔에 처했는데 그것을 나와 함께 나누기를 거부한다면, 그때는 정말 더없이 쓸쓸하게 느껴질 것 같아. 만약 그 친구가 내게 애도의 집의 문을 닫아버린다면, 나는 몇 번이고 다시 돌아가 들어가게 해달라고 애원할 거야. 내가 함께 나눌 자격이 있는 것을 함께 나눌 수 있도록. 만약 그가 나를 그러기에 적절하지 않고, 자신과 함께 눈물 흘릴 자격이 없는 존재로 여긴다면, 나는 그 사실을 가장 사무치는 수치이자 가장 끔찍한 방식으로 내게 가해진 불명예로 느끼게 될 거야. 하지만 그건 있을 수 없는 일이야. 나는 고통을 나눌 자격을 갖추고 있기 때문이지. 세상의 아름다움을 관조하고, 세상의 고통을 함께 나누고, 그 두 가지의 경이로움을 조금이라도 깨달을 수 있는 사람은 신적인 것들과 직접적으로 접촉하면서, 그 누구보다 신의 비밀에 가까이 다가가는 거라고 볼 수 있어.

어쩌면 내 삶과 마찬가지로 내 예술 속에서도 훨씬 더 일관성 있는 열정과, 충동의 단순함과 명쾌함을 보여주는, 한층 더 진중한 분위기가 느껴질 수도 있을 거야. 현대예술의 진정한 목적은 폭이 아니라 강렬함을 추구하는 것이지. 우리는 예술에서 더이상 어떤 전형에 관심을 두지 않아. 우린 예외를 다루어야만 해. 새삼 말할 필요도 없겠지만, 나는 내 고통을 있는 그대로 표현할 수가 없어. 예술은 모방이 끝나는 곳에서 시작되기 때문이지. 하지만 무언가가 내 작품 속에서 발견되어야만 해. 더욱 세심하게 조화를 이룬 언어의 배합, 더욱 풍부해진 리듬, 한층 더 흥미로운 색채의 효과, 더욱 단순해진 구성 등, 어쨌거나 어떤 미학적 특성이 드러나야만 하는 거야.

단테의 가장 무시무시한 문장과 가장 타키투스적인 표현을 빌려 말하자면, 마르시아스가 '그 수족의 칼집에서 뽑혀 갈가리 찢겼을 때'[7] 그는 더이상 노래를 할 수 없었다고 그리스인들이 말했지. 아폴론이 승리자였던 거야. 수금이 피리를 이긴 거지. 하지만 어쩌면 그리스인들이 잘못 생각한 것인지도 몰라. 나는 수많은 현대예술 속에서도 마르시아스의 비명을 들을 수 있어. 그는 보들레르의 작품 속에서는 쓸쓸하게, 라마르틴의 작품 속에서는 감미롭고 구슬프게, 베를렌의 시 속에서는 신비롭게 표현되고 있고, 쇼팽 음악의 늦춰진 해결解決[8] 속에도 존재하지. 또한 번존스의 그림 속에 반복적으로 등장하는 여인들의 얼굴들에서 어김없이 느껴지는 불만족 속에서도 그를 느낄 수 있어. 심지어 서정적인 아름다움을 보여주는 명백한 어조로 '달콤하고 설득력 있는 수금의 승리'와 '유명한 마지막 승리'를 들려준 칼리클레스[9]의 노래를 쓴 매슈 아널드조차도, 그의 시구를 지배하는 회의와 절망이 느껴지는 불안한 표현 속에서 마르시아스의 자취를 드러내고 있지. 그가 차례로 답습했던 괴테와 워즈워스조차도 그를 치유해주지 못했어. 그리고 그가 '티르시스'를 애도하고, '학생 집시'를 노래하고자 했을 때,[10] 그의 괴로움을 표현하기 위해 선택해야 했던 것은 피리였지. 하지만

190

'프리지아의 목신'[11]이 침묵을 지켰건 아니건, 나는 그렇게 할 수 없어. 내게 표현은, 교도소 담장 너머로 보이는, 쉴새없이 바람에 흔들리는 나무들의 시커먼 나뭇가지에 잎과 꽃이 필요한 것만큼이나 꼭 필요한 것이야. 나의 예술과 세상 사이에는 이제 커다란 구덩이가 파여 있지만, 예술과 나 자신 사이에는 아무런 장벽이 없어. 난 적어도 그러기를 바라고 있어.

우리 각자에게는 각기 다른 운명이 할당되었지. 자유, 쾌락, 유흥, 여유로운 삶 등은 당신의 몫이었지. 그리고 당신은 그런 삶을 누릴 자격이 없어. 내 몫은 공공의 불명예, 오랜 수감생활, 빈곤, 파산, 실추였지. 그리고 나 역시 그런 삶과는 어울리지 않아. 적어도 아직까지는. 나는 진정한 비극이 자줏빛 망토와 고귀한 슬픔의 가면을 쓰고 내게 온다면 그런 비극은 얼마든지 견딜 수 있을 거라 생각했다고 종종 말하곤 했었지. 그런데 현대사회에서 정말 끔찍한 것은 비극에 희극의 옷을 입힌다는 거야. 그래서 위대한 현실들이 평범하거나 기괴하거나 스타일이 결여된 것처럼 보이게 되었지. 현대사회에 관한 한 그건 틀림없는 사실이야. 어쩌면 실제 삶에서도 늘 그래왔는지 몰라. 모든 순교는 그것을 바라보는 구경꾼들에게는 하찮아 보이는 법이라고들 하지. 19세기도 그런 일반적인 법칙에서 예외가 아닌 거야.

내가 겪은 비극의 모든 것은 흉측하고 보잘것없고 역겹고 스타일이 결여되어 있지. 우리는 입은 옷만으로도 우리 자신을 기괴한 존재로 만드는 거야. 우린 슬픔의 광대들이지. 심장이 찢겨나간 광대들. 우리는 특별히 사람들의 유머감각을 충족시키도록 운명지어진 존재들이야. 나는 1895년 11월 13일[12] 런던에서 이곳으로 이감되었어. 죄수복을 입고 손에는 수갑을 찬 채 클래펌 분기점의 중앙 플랫폼에서 2시부터 2시 반까지 기다리는 동안 사람들의 구경거리가 되어야 했지. 난 어떤 예고도 듣지 못하고 교도소 병동에서 끌려나왔던 거야. 나는 그들의 눈에 더없이 우스꽝스러운 구경거리였지. 사람들은 그런 나를 보고 웃었어. 기차가 새로 도착할 때마다 구경꾼의 수는 늘어갔지. 그들은 나를 보고 재미있다며 박장대소를 했어. 그건 물론 내가 누군지 알기 전이었지. 그들은 내가 누군지 알게 되자마자 더욱더 크게 웃어댔어. 나는 내게 야유를 보내는 군중에게 둘러싸인 채 잿빛 11월의 빗속에 30분간 서 있었지. 그 일을 겪고 난 뒤 나는 1년간 매일 같은 시각에 같은 시간만큼 울었어. 이런 게 당신에게는 별로 비극적인 일이 아닌 것처럼 여겨질지도 모르겠어. 하지만 감옥에 있는 사람들에게 눈물은 매일 겪는 일상의 한 부분이지. 감옥에서 울지 않는 날은 마음이 행복한 날이 아니라, 마음이 돌처럼 굳은 날이야.

그런데 이제 나는 나 자신에게보다 나를 비웃었던 사람들에게 더 많은 안타까움을 느끼고 있어. 물론 그들이 날 봤을 때 나는 영광의 좌대 위에 올라서 있지 않았지. 나는 공시대公示臺에 매달려 있었으니까. 오직 상상력이 지극히 부족한 사람들만이 좌대 위에 올라서 있는 사람들에게만 관심을 두는 법이지. 좌대는 아주 비현실적인 것일 수 있어. 하지만 공시대는 무시무시한 현실이지. 그들은 또한 고통을 좀더 잘 해석하는 법을 알아야만 했어. 난 고통 뒤에는 언제나 고통이 있다고 말했지. 그런데 그보다는 고통 뒤에는 언제나 영혼이 있다고 말하는 게 더 현명했을 거야. 고통 속에 있는 영혼을 조롱하는 것은 아주 끔찍한 일이야. 그런 짓을 저지르는 사람들의 삶은 추할 수밖에 없어. 이 세상을 지배하는 묘하게 단순한 경제학적 논리에 의하면, 사람들은 자신들이 주는 것만큼만 받을 수 있기 때문이야. 어떤 대상의 겉모습을 뚫고 들어가 연민을 느낄 수 있을 만큼 충분한 상상력이 없는 사람들에게 경멸의 감정 말고 달리 무엇을 느낄 수 있을까?

당신한테 내가 이곳으로 어떻게 이송되었는지 이야기한 것은, 내가 치르는 형벌 속에서 씁쓸함과 절망 외에 다른 어떤 것을 이끌어낸다는 게 나로서는 얼마나 어려운 일인지를 당신이 깨닫게 하기 위해서야. 그렇더라도 난 그렇게 해야만 하고, 그러다보면 때때로 순종과 체념의 순간을 경험하기도 하지. 단 하나의 어린 새싹 속에도 충만한 봄이 숨어 있을 수 있고, 종달새가 땅 가까이 지은 나지막한 둥지는 수많은 장밋빛 붉은 새벽이 다가오는 발소리를 예고하는 즐거움을 간직하고 있을지도 몰라. 그러니까 내게도 아직 삶의 어떤 아름다움이 남아 있다면, 그건 굴복과 실추 그리고 굴욕의 어떤 순간 속에 감추어져 있는 게 아닐까. 어쨌거나 나는 나를 완성한다는 의미에서 앞으로 계속 나아갈 수밖에 없고, 내게 일어난 모든 것을 받아들임으로써 나 자신을 그에 걸맞은 사람이 되게 해야만 해.

14장

예전에 사람들은 지나치게 개인주의적이라며 나를 비난하곤 했지. 지금 나는 그 어느 때보다도 훨씬 더한 개인주의자가 되어야만 해. 그리고 그 어느 때보다도 나 자신으로부터 많은 것을 이끌어내고, 그 어느 때보다도 세상에 적게 요구해야만 해. 사실, 나의 몰락은 삶에 개인주의를 지나치게 요구해서가 아니라 너무 적게 요구한 데서 비롯된 거야. 내 삶에서 유일하게 수치스럽고 용서받을 수 없고 경멸할 만한 행위는 당신 아버지로부터 나를 지켜달라며 마지못해 사회에 도움과 보호를 요청했다는 거야. 누군가에게 그런 도움을 요청하는 것은 개인주의적인 관점에서 볼 때 충분히 잘못된 것일 수 있어. 하지만 당신 아버지 같은 성격과 면모의 사람 때문에 그랬다는 사실에 대해서는 어떤 구차스러운 변명을 늘어놓을 수 있을까?

물론 내가 사회의 힘을 작동시키자마자, 사회는 나를 돌아보며 이렇게 말했지. "당신은 지금까지 나의 법들을 무시하며 살아와놓고, 이젠 자신을 보호하기 위해 그 법들에 호소한다는 건가? 그렇다면 당신은 그 법들이 최대한으로 적용되는 것을 보게 될 것이오. 당신이 법에 호소를 했으니, 그 법을 따라야만 하오." 그 결과, 나는 지금 감옥에 있지. 그리고 경찰재판소부터 시작해서 세 번의 재판을 거치는 동안, 당신 아버지가 대중의 주목을 끌기 위해 부산스럽게 드나드는 것을—마치 마부 같은 걸음걸이와 옷차림, 휘어진 다리, 떨리는 손, 축 늘어진 아랫입술, 모자라 보이는 동물적인 웃음 등이 사람들의 눈에 띄지 않거나 기억되지 않을까봐 불안해하듯—지켜보면서 내가 얼마나 아이러니하고 수치스러운 상황에 처해 있는지를 생각하며 씁쓸해하곤 했지. 심지어 그가 법정에 출석하지 않거나 눈에 보이지 않을 때조차도 난 그의 존재를 느끼곤 했어. 그리고 때로 커다란 법정의 텅 빈 음울한 벽과 허공에 원숭이를 닮은 수많은 가면들이 매달려 있는 것 같았어. 이 세상 그 누구도 나처럼 비루한 수단으로 이토록 비천하게 추락하진 않았을 거야. 나는 『도리언 그레이의 초상』 어딘가에서 "사람은 자신의 적들을 매우 신중하게 선택해야 한다"고 말했지. 그때 난 나 자신을 천민으로 만드는 것은 바로 천민이라는 것을 잘 알지 못했던 거야.

사회에 도움을 청하라고 내게 강요하고 나를 몰아붙인 것, 그게 바로 내가 당신을 그토록 경멸하고, 당신에게 굴복한 나 자신 또한 경멸하게 된 이유 중 하나야. 당신이 나를 예술가로서 인정하지 않은 것은 그래도 용서할 수 있어. 그건 기질적인 것이니까. 당신도 어쩔 수 없었을 거야. 하지만 당신은 나를 개인주의자로서는 얼마든지 인정할 수 있었어. 그건 특별한 교양이 필요 없는 일이니까. 그러나 당신은 그렇게 하지 않았지. 게다가 당신은 속물주의를 철저히 배척했고, 어떤 면에서는 그것을 완전히 절멸시켰던 삶 속에 그것의 요소를 끌어들였지. 삶에서 속물주의적인 요소는 예술을 이해하지 못하는 무능력을 말하는 게 아니야. 어부, 양치기, 농부, 소작농 등등의 매력적인 사람들은 예술에 대해서는 아무것도 모르지만 세상에 꼭 필요한 소금과 같은 존재들이야. 속물은 사회의 무겁고 거추장스럽고 맹목적이고 기계적인 힘들을 지지하고 돕는 사람, 그리고 인간이나 어떤 운동 속에서 역동적인 힘을 만날 때 그것을 알아보지 못하는 사람을 가리키지.

사람들은 식사 자리에 행실이 좋지 않은 젊은이들을 초대해 그들과 함께 즐거운 시간을 보냈다는 사실에 대해 내게 맹렬한 비난을 퍼붓곤 했지. 하지만 삶의 예술가로서 그들에게 다가가 살펴본바 그들은 유쾌한 암시와 자극으로 가득찬 존재들이었어. 그들과 함께 시간을 보내는 것은 마치 검은 표범들과 주연酒宴을 벌이는 것[1]과도 같았지. 거기서 느껴지는 흥분의 반은 그에 포함된 위험에서 오는 것이었어. 그럴 때 나는 마치, 뱀 부리는 사람이 알록달록한 천이나 갈대 바구니 속에 웅크리고 있는 코브라를 꾀어내어, 그의 지시에 따라 뱀이 머리 덮개를 펼치고 개울 속에서 평화롭게 흔들리는 물풀처럼 앞뒤로 흐느적거릴 때 그가 느낄 법한 것과 같은 느낌을 받곤 했지. 그들은 내게 가장 빛나는 금빛 뱀들이었어. 그들이 지닌 독은 그들의 완벽성의 일부였지. 당시 나는 당신의 피리 소리와 당신 아버지의 돈 때문에 그들이 나를 공격하게 되리라는 걸 알지 못했어. 나는 그들과 어울렸던 것을 조금도 부끄럽게 생각하지 않아. 그들은 정말 엄청나게 흥미로운 존재들이었거든.

내가 수치스럽게 생각하는 것은 당신이 나를 끌어들인 역겨운 속물적 분위기야. 나는 예술가로서 에어리얼과 상대해야 하는 사람이었지. 그런데 당신은 나를 캘리밴과 싸우게 했어.[2] 나는 『살로메』나 『피렌체

196

의 비극』『성스러운 창녀』³ 같은 색채와 선율이 느껴지는 아름다운 작품을 창작하는 대신 당신 아버지에게 변호사의 긴 편지를 보내고 내가 줄곧 거부해왔던 것들에 도움을 청하도록 강요받았던 거야. 클리번과 앳킨스⁴는 삶과 맞서 치른 불명예스러운 전쟁에서 아주 놀라운 모습을 보여주었지. 그들을 초대해 함께 시간을 보낸 것은 믿기 어려운 모험 같은 것이었어. 뒤마 페르⁵, 첼리니⁶, 고야, 에드거 앨런 포 또는 보들레르도 똑같이 그렇게 했을 거야.

내가 역겹게 생각하는 것은, 당신과 함께 험프리 변호사를 수없이 찾아가야 했던 것에 대한 기억이야. 나는 희끄무레한 빛이 비추는 음침한 방에서 머리가 벗어진 남자와 마주앉아서 당신과 함께 진지한 얼굴로 진지한 거짓말을 하곤 했지. 정말로 지겨워져서 하품을 하고 신음 소리를 낼 때까지 말이야. 당신과의 2년간의 우정이 이끈 곳이 바로 거기였지. 아름답거나 빛나거나 멋지거나 대담한 모든 것과 멀리 떨어져서는 '속물주의가 판치는 나라'⁷의 한가운데로 떨어진 거야. 나는 마침내 당신 입장을 고려해 존경받을 만한 행위와 청교도주의적인 삶과 예술에서의 도덕성의 옹호자로 앞에 나서게 되었지. 잘못된 길은 우리를 여기로 이끄는 거야Voilà où mènent les mauvais chemins !⁸

내가 정말 이상하게 생각하는 것은 당신이 당신 아버지의 특징적인 성격을 똑같이 따라 하려고 했다는 거야. 그는 당신에게 하나의 경고가 되었어야 하는데 어째서 당신이 모방하고자 하는 본보기가 되었는지 난 도무지 이해할 수가 없어. 서로 증오하는 두 사람 사이에는 어떤 유대감이나 동료애 같은 게 존재할 수도 있다는 예외 때문이 아니라면 말이지. 아마도 비슷한 이들이 서로에게 적대감을 느끼는 기이한 법칙에 의해, 당신과 당신 아버지는 여러 면에서 아주 달라서가 아니라 아주 비슷하기 때문에 서로를 증오하는 게 아닐까 생각해. 1893년 6월, 당신이 학위도 없이 빚―그 자체로는 얼마 되지 않았지만, 아버지에게 돈을 받아 쓰는 사람으로서는 상당한 금액의―만 떠안고 옥스퍼드를 떠났을 때, 당신 아버지는 당신한테 매우 천박하고 격렬하며 모욕적인 편지를 보냈지. 당신이 그에게 보낸 답장은 모든 면에서 더 나빴고, 따라서 더욱 변명의 여지가 없었으며, 결과적으로 당신은 그 사실에 대해 매우 자랑스럽게 생각했지. 당신이 내게 특유의 거만한 태도로 '당신 아버지가 한 짓을 그대로 돌려주면서' 그를 이길 수 있다고 했던 게 생각나는군. 그리고 그건 사실이었어. 하지만 대체 서로 무엇을 주고받는다는 것인지! 부자간에 대체 무슨 경쟁을 하는 것인가 말이야!

당신은 당신 아버지가 살고 있던 당신 사촌 집에서 그가 몰래 빠져나가곤 하는 것을 비웃고 조롱하면서 이웃 호텔에서 그에게 역겨운 편지들을 썼지. 그리고 당신은 내게도 똑같은 짓을 하곤 했어. 사람들이 많은 레스토랑에서 줄곧 나와 점심을 먹으면서 식사하는 동안 부루퉁해 있거나 소란을 피웠지. 그런 다음 화이트 클럽으로 가서 내게 더없이 추잡한 편지를 써서 보내곤 했지. 당신과 당신 아버지의 유일한 차이는, 당신은 특별 전령을 통해 내게 편지를 보낸 뒤, 몇 시간 후 직접 내 방으로 와서 그에 대한 사과를 하는 대신 사보이 호텔에 저녁식사를 주문했는지 묻거나, 아니라면 왜 그러지 않았는지 묻곤 했다는 것뿐이야. 가끔은 내가 당신이 보낸 모욕적인 편지를 채 읽기도 전에 당신이 들이닥칠 때도 있었지. 언젠가 당신이 내게 당신 친구 둘을 카페 루아얄에서의 점심식사에 초대해도 되는지 물었던 게 기억나는군. 그중 한 명은 내가 한 번도 본 적이 없던 사람이었지. 나는 허락했고, 당신의 특별한 요청에 따라 미리 특별히 호사스러운 점심을 준비해두게 했지. 내 기억으로는, 식사 준비를 위해 셰프가 호출되었고, 나는 포도주에 관한 상세한 지시까지 해두었어. 그런데 당신은 식사 시간에 나타나는 대신 내게 모욕적인 편지를 보냈지. 그것도 우리가 당신을 30분이나 기다리게 한 다음 편지가 도착하도록 시간을 맞춰서. 나는 첫 줄을 읽고 즉각 그 의미를 알아차리고는 편지를 내 주머니 속에 넣었지. 그리고 당신 친구들에게 당신이 갑자기 아파서 못 오게 되었고, 편지의 나머지는 병의 증상에 관한 이야기라고 둘러댔어.

사실대로 말하자면, 난 그날 저녁 타이트 가에서 저녁을 먹기 위해 옷을 갈아입을 때까지 그 편지를 자세히 읽지 않고 있었어. 진창에 빠진 것 같은 기분으로, 어떻게 당신이 간질환자의 입술에 묻은 거품 같은 편지를 쓸 수 있었는지 어이없어하며 커다란 슬픔에 잠겨 있을 때, 내 하인이 와서는 당신이 아래층 홀에서 단 5분만이라도 나를 볼 수 있기를 간절히 청한다고 알려주었지. 나는 즉시 내려가 당신한테 올라오라고 했지. 사실 그때 당신은 아주 겁먹고 창백한 얼굴을 하고 있었어. 그리고 럼리에서 온 변호사라는 남자가 당신보고 캐도건 플레이스[9]로 갈 것을 요구했다면서 내게 조언과 도움을 구했지. 당신은 옥스퍼드와 관련된 문제나 어떤 새로운 위험이 당신을 위협하고 있는 건 아닌지 두려워하고 있었어. 나는 당신을 달래면서, 그건 아마 상인이 청구서를 보낸 것뿐일 거라고—나중에 사실로 판명되었지—말했고, 당신이 나와 함께 저녁식사를 하고 시간을 보내도록 했지. 당신은 자신이 보낸 끔찍한 편지에 대해서는 한마디도 하지 않았고, 나 역시 그랬지. 나는 그 사실을 단지 불운한 기질의 불행한 증상이라고만 치부했던 거야. 우리 사이에 그 문제는 언급조차 되지 않았지. 오후 2시 30분에 내게 역겨운 편지를 보내고, 7시 15분에 달려와 내게 조언과 도움을 요구하는 것은 당신에게는 아주 흔히 있는 일이었으니까. 그런 면에서는—다른 면에서도 마찬가지지만—당신은 당신 아버지를 훨씬 앞섰지. 사람들이 공개법정에서 그가 당신한테 보낸 역겨운 편지들을 읽었을 때, 그는 당연히 수치심을 느끼면서 눈물을 흘리는 척했지. 하지만 만약 그의 변호사가 당신이 그에게 보낸 편지를 읽었더라면, 그들은 훨씬 더한 혐오감과 역겨움을 느꼈을 거야. 당신이 '그가 했던 그대로 되돌려주면서 아버지를 이긴 것'은 단지 스타일의 문제가 아니었어. 당신은 공격의 방식에서도 당신 아버지를 한참 능가했어. 당신은 공개적인 전보와 봉투가 없는 엽서를 이용했지. 사실 그런 성가신 일들은 앨프리드 우드 같은 사람들한테 맡길 수도 있었을 거라는 생각이 들어. 그들에게는 그런 일이 유일한 수입원일 테니까. 우드와 그와 같은 부류의 사람들에게는 하나의 직업이었던 것이 당신에겐 단지 하나의 즐거움이었던 거야. 그것도 아주 사악한 즐거움.

게다가 당신은 모욕적인 편지들을 쓰는 끔찍한 버릇을 버리지도 않았지. 그런 편지들로 인해, 그 편지들과 관련해서 내게 불행한 많은 일이 일어났는데도. 당신은 여전히 그런 버릇을 당신이 지닌 재주 중 하나라고 여기면서 그것을 내 친구들에게까지 써먹고 있지. 로버트 셰라드나 또다른 친구들처럼 감옥에 있는 내게 친절을 베풀어준 이들에게 말이야. 당신은 그런 자신을 부끄럽게 생각해야만 해. 『메르퀴르 드 프

랑스』에 어떤 기고문도—편지와 함께든 아니든—발표하기를 원하지
않는다는 내 뜻을 로버트 셰라드가 당신에게 전해주었을 때, 당신은
그 문제에서 내 뜻을 확인해준 데 대해 그에게 감사하는 마음을 가졌
어야 했어. 또한 당신이 이미 준 것보다 더 많은 고통을 내게 가하는—
의도하지는 않았다 하더라도—일이 없게 해준 것에 대해서도 그에게
고마워해야 하지. '추락한 사람'에 대한 '페어플레이'를 이야기하는 오
만하고 속물적인 편지는 영국 신문과 아주 잘 어울린다는 것을 당신
은 기억해야 해. 그건 예술가들에 대한 그들의 태도와 관련한, 영국 저
널리즘의 오래된 전통을 잇는 것이니까. 하지만 프랑스에서 그런 식으
로 말했다가는 나는 세인의 야유를, 당신은 경멸을 한몸에 받게 될 거
야. 나는 그 목적과 성향, 접근 방식 등등을 납득할 수 있을 때까지 나
에 관한 그 어떤 기고문도 싣는 것을 허락하지 않았을 거야. 예술에서
좋은 의도는 아무런 가치가 없어. 형편없는 예술은 모두 좋은 의도에
서 비롯된 것이거든.

그리고 내 친구들 중에서 로버트 셰라드만 당신한테서 신랄하고 씁
쓸한 편지를 받은 게 아니었지. 그것도 그들이 나 자신과 나에 관한 기
사들의 발표, 당신이 내게 시를 헌정하는 것과 내 편지들과 선물들을
처분하는 문제 등에 관해 내 바람과 기분을 물어야 한다고 생각했다는
사실 때문에 말이지. 당신은 나 말고도 다른 사람들 역시 괴롭혔거나
괴롭힐 생각을 했던 거야.

만약 지난 2년간 가혹한 옥고를 치르는 동안 내게 의지할 친구라곤
오직 당신밖에 없었다면 그게 얼마나 끔찍한 상황이었을지, 혹시 그런
생각을 해본 적이 있는지? 단 한 번이라도? 아낌없는 배려와 무한한

헌신, 즐거움과 기쁨을 담은 베풂으로 나의 어두운 짐을 가볍게 하고, 나를 거듭 찾아와주고, 내게 아름답고 연민 가득한 편지들을 보내고, 내 일들을 처리해주고, 나의 미래를 준비해주고, 오욕과 비아냥거림, 노골적인 야유와 심지어 모욕을 감당하면서까지 언제나 내 곁을 지켜준 이들에게 조금이라도 고마운 마음을 가져본 적이 있는지? 나는 당신 외에 다른 친구들을 내게 보내준 데 대해 매일 신에게 감사드리고 있어. 난 그들에게 모든 것을 빚지고 있지. 내가 감방에서 읽는 책들은 로비가 자신의 용돈으로 산 거야. 내가 출소할 때도 그는 그렇게 내가 입을 옷을 마련할 거야. 나는 내게 사랑과 애정으로 주어진 것들을 받는 것을 부끄럽게 생각하지 않아. 오히려 자랑스럽게 생각해. 이처럼 내게 위로와 도움과 애정과 연민을 베풀어준 모어 애디, 로비, 로버트 셰라드, 프랭크 해리스, 그리고 아서 클리프턴 같은 친구들이 내게 어떤 의미였는지 당신은 한 번이라도 생각해본 적이 있어? 아마 당신은 단 한 번도 그런 생각을 해본 적이 없을 거야. 그럼에도 당신에게 일말의 상상력이라도 남아 있다면, 당신은 나의 수감생활 동안 내게 친절하지 않았던 사람이 단 한 명도 없음을 알 수 있을 거야. 자신에게 부과된 의무 규정이 아닌데도 내게 아침저녁으로 인사를 건넸던 교도관, 극심한 정신적 스트레스를 받으며 파산법정을 오가는 동안 습관적인 거친 언행 속에서도 나를 위로하고자 애썼던 평범한 경찰관들, 원즈워스 교도소 뜰을 터벅터벅 걷고 있을 때 나를 알아보고는, 강제적인 오랜 침묵으로 인해 쉬어버린 목소리로 내게 이렇게 속삭였던 초라한 도둑에 이르기까지. "오스카 와일드, 난 당신이 정말 안됐습니다. 당신은 우리 같은 사람보다 훨씬 더 힘들 테니까요."[10] 만약 무릎을 꿇고 그들의 신발에 묻은 진흙을 닦는 것이 당신에게 허락된다면, 당신은 그 사실을 자랑스러워해야 할 거야.

15장

당신 가족을 만난 것이 내게 얼마나 끔찍한 비극이었는지 당신의 그 상상력으로 이해가 될는지? 사회에서 중요한 위치와 영향력 있는 이름을 포함해 소중한 무언가를 지닌 그 누구에게라도 이런 상황이 얼마나 커다란 비극을 초래했을지 짐작할 수 있는지? 당신 가족 중에서―정말 좋은 친구인 퍼시[1]를 제외하고는―어떤 식으로든 나의 파멸에 기여하지 않은 사람은 단 한 사람도 없다고 봐야 해.

당신 어머니에 대해 다소 신랄하게 얘길 했는데, 그녀에게 이 편지를 보여줄 것을 강력하게 충고하는 바야. 무엇보다 당신 자신을 위해서. 만약 당신 어머니가 자기 아들에 대한 고발장을 읽는 것이 고통스럽다고 한다면, 그녀에게 내 어머니―지적으로는 엘리자베스 배럿 브라우닝[2], 역사적으로는 마담 롤랑[3]과 견줄 수 있는―는 뛰어난 재능과 예술을 자랑스러워했고, 저명한 이름의 정당한 계승자로 믿어왔던 아들이 2년간의 강제 노역형에 처해졌다는 사실에 절망한 채, 가슴이 갈기갈기 찢기는 아픔 속에서 죽어갔다는 사실을 상기시켜주길 바라. 당

신은 당신 어머니가 어떤 식으로 나의 파멸에 일조했다는 건지 내게
묻고 싶겠지. 말해줄 테니 잘 들어보기를. 당신이 내게 자신의 모든 부
도덕한 책임들을 떠넘기려고 애썼던 것처럼, 당신 어머니는 당신에 관
한 자신의 도덕적 책임들을 모두 내게 전가하려고 애썼지. 그녀는 어
머니라면 마땅히 그래야 하듯 당신에게 당신 행실에 관해 직접 얘기하
는 대신, 언제나 내게 몰래 편지를 보내면서 당신이 편지에 관해 알게
될까봐 두려우니 이 사실을 비밀로 해달라고 신신당부했지. 내가 당신
과 당신 어머니 사이에서 어떤 난감한 입장에 처해 있었는지를 당신도
이젠 알 수 있겠지. 그건 내가 당신과 당신 아버지 사이에서 처해 있던
상황만큼이나 잘못되고, 우스꽝스럽고, 비극적인 것이었어.

1892년 8월과 그해 11월 8일에 나는 당신 어머니와 당신에 관해 오
랫동안 이야기했어. 그때 나는 두 번 다 그녀에게 왜 당신한테 솔직하
게 이야기하지 않는지 물었지. 그리고 두 번 다 그녀는 내게 똑같이 대
답했지. "나는 아들이 두려워요. 무슨 얘기만 하면 불같이 화를 내곤 하
거든요." 처음에는, 그때만 해도 당신을 잘 몰랐기 때문에 난 당신 어머
니가 하는 말을 잘 이해할 수 없었어. 하지만 두번째에는, 당신을 잘 알
았기 때문에 그녀의 말을 완벽하게 이해할 수 있었지. (그사이 당신은
황달에 걸려서 의사에게서 1주일간 본머스에 가서 요양하라는 지시를
받았지. 그리고 혼자 있는 게 너무나 싫다면서 나보고 함께 가자고 졸
랐지.)

하지만 어머니의 첫번째 의무는 자신의 아들과 진지한 대화를 나누
는 것을 두려워하지 않는 거야. 당신 어머니가 1892년 7월에 당신이
처했던 어려움에 관해 당신과 진지하게 얘기하면서 당신으로 하여금

그녀에게 모든 것을 솔직하게 털어놓게 했더라면, 당신과 어머니 모두에게 훨씬 더 바람직하고 행복한 결과를 낳았을 거야. 그녀가 나와 은밀하고도 비밀스러운 대화를 시도했던 것은 잘못된 처신이었어. 봉투에 '사적인 것'이라고 적은 짤막한 편지를 끊임없이 내게 보내면서, 당신을 너무 자주 식사에 동반하지 말아달라고, 당신한테 절대 돈을 주지 말라고 간청하면서, 메모의 마지막에는 늘 진지하게 "어떤 경우에라도 내가 당신에게 편지를 보냈다는 사실을 앨프리드가 알게 해서는 안 돼요"라는 추신을 덧붙이는 게 대체 무슨 의미가 있느냔 말이지. 그런 식의 대화에서 무슨 뾰족한 수가 생기겠냐고. 당신이 언제 내가 함께 식사하자고 청할 때까지 기다린 적이 있긴 했나? 아니, 단 한 번도 그런 적이 없었지. 당신은 지극히 당연하다는 듯 언제나 나와 함께 식사했으니까. 내가 항변이라도 할라치면 당신은 매번 똑같은 말로 반박했지. "당신이랑 식사하지 않으면 어디 가서 누구랑 하라는 거야? 설마 나보고 집에 가서 밥을 먹으라는 건 아니겠지?" 난 정말 대꾸할 말이 없었어. 그래도 내가 당신과 함께 식사하는 것을 단호하게 거부하면, 당신은 어김없이 소란을 피우겠다고 으름장을 놓았고, 실제로도 그렇게 했지.

당신은 당신 어머니가 내게 보냈던 편지들로부터 어떤 결과가 초래될 수 있었을 거라고 생각해? 실제로 그렇게 되고 만 것처럼, 터무니없고 치명적인 방식으로 내 어깨에 도덕적 책임이 전가된 것 말고는 달리 무슨 일이 일어날 수 있었을까? 당신 어머니의 나약함과 용기 부족이 그녀 자신과 당신 그리고 나에게 얼마나 파괴적으로 작용했는지에 대해서는 구구절절 다시 이야기하고 싶지 않아. 하지만 당신 아버지가 내 집까지 찾아와서 역겨운 소란을 피우고 공공연한 스캔들을 일으키려 한다는 이야기를 당신 어머니가 들었을 때, 그녀는 분명 머지않아 심각한 위기가 닥칠 것을 감지했을 테고, 따라서 그것을 막기 위해 어떤 진지한 조치를 취했어야만 한다고 생각지 않아? 그런데 그녀가 생각해낸 것이라고는, 그럴듯한 사탕발림이나 늘어놓는 조지 윈덤[4]이라는 인물을 내게 보내서는, 정말 기막히게도, '당신을 서서히 떼어놓으라는' 제안을 하는 게 고작이었지!

마치 당신을 서서히 떼어놓는 게 내게 가능한 일이기라도 한 것처럼! 난 이미 여러 가지 방법을 동원해 우리의 우정을 끝내려고 노력했었지. 영국을 떠나 되도록 멀리 가면서, 당신한테 외국의 거짓 주소를 남기기도 했지. 내게 점점 성가시고 역겹고 파괴적으로 변해가는 관계를 단번에 끝장낼 수 있기를 기대하면서. 당신은 내가 정말로 '당신을 서서히 떼어놓을 수' 있었을 거라고 생각해? 그랬다면 당신 아버지가 만족할 수 있었을까? 그렇지 않다는 것을 당신도 잘 알 거야. 사실 당신 아버지가 원했던 것은 우리의 우정을 끝내는 게 아니라 공공연한 스캔들을 일으키는 것이었으니까. 그게 바로 그가 줄곧 원했던 것이었지. 그의 이름은 수년간 언론에 등장하지 않았지. 그는 영국 대중 앞에 완전히 새로운 이미지, 즉 자애로운 아버지의 모습으로 새롭게 등장할 수 있는 절호의 기회를 포착했던 거야. 그의 유머감각이 깨어났던 것이지. 내가 만약 당신과의 관계를 끝냈더라면 그는 엄청나게 실망했을 거야. 그의 두번째 이혼소송에서 얻은 약간의 악명은, 소송의 상세한 내용과 근원이 몹시 역겨운 것이긴 해도[5] 그에게 아주 작은 위로밖엔 되지 못했을 테니까. 그가 노렸던 것은 대중적인 인기였고, 소위 순수함의 옹호자로 자처하는 것은 현재 영국 대중의 여론을 고려해볼 때 그들에게 영웅적 인물처럼 보일 수 있는 가장 확실한 방법이었지. 내 희곡 어딘가에서 말한 것처럼, 영국 대중은 1년의 반은 캘리밴으로, 나머지 반은 타르튀프[6]로 살아가고 있지.[7] 그리고 이 두 인물을 합친 화신인 듯한 당신 아버지는 이런 식으로 공격적이고 가장 특징적인 모습의 청교도주의에 걸맞은 대변자로 간주되었지. 따라서 당신을 서서히 떼어놓는 것이 설사 가능한 일이었다 하더라도 결국엔 아무 소용이 없었을 거야.

이쯤 얘기했으면 당신도 이제 당신 어머니가 유일하게 했어야 하는 일이, 내게 자신을 보러 와달라고 해서는, 당신과 당신 형이 있는 자리에서, 우리의 우정이 완전히 끝나야 한다고 단호하게 말하는 것이었음을 납득할 수 있을 거라고 믿어. 그녀는 내게서 가장 열렬한 지지자를 발견했을 것이고, 나와 드럼랜리그가 방에 함께 있으니 당신한테 이야기하는 것을 두려워하지 않아도 되었을 거야. 하지만 당신 어머니는 그렇게 하지 않았지. 그녀는 자신이 지게 될 책임을 두려워해서 그것을 내게 떠넘기려 한 거야. 그녀가 내게 편지 하나를 보내긴 했지. 아주 간단한 것이었는데, 당신 아버지한테 모든 걸 그만두라고 충고하는 변호사의 편지를 보내지 말라고 말하기 위한 것이었지. 그런데 따지고 보면 당신 어머니 말이 맞긴 했어. 내가 변호사들에게 조언을 구하고, 그들의 보호를 기대한 것은 몹시 어리석은 일이었으니까. 그런데 당신 어머니는 늘 그랬듯 추신을 덧붙임으로써 자신의 편지가 거둘 수도 있었을 효과를 무효로 만들어버렸지. "어떤 경우에라도 내가 당신에게 편지를 보냈다는 사실을 앨프리드가 알게 해서는 안 돼요."

당신은 내 변호사들이 소송과 관련된 편지들을 당신 아버지에게 보낸다는 사실—당신 자신이 편지를 보냈던 것처럼—에 흥분마저 느끼는 듯했어. 그건 당신의 아이디어였지. 난 당신 어머니가 그 생각에 강력하게 반대한다는 사실을 당신에게 말할 수가 없었어. 그녀가 자신의 편지에 관한 이야기를 당신한테 절대 하지 말도록 내게 엄숙하게 약속하게 했기 때문이야. 그리고 어리석게도 난 그녀에게 한 약속을 지켰지. 이젠 당신도 그녀가 당신한테 직접 말하지 않은 게 잘못이라는 것을 알지 않을까? 나하고 은밀하게 대화를 나누고, 남몰래 편지를 전달한 것이 잘못된 행동이었음을? 그 누구도 자신의 책임을 다른 사람에게 떠넘겨서는 안 돼. 그 책임은 결국 당사자에게 돌아가게 되어 있는 거라고. 당신의 유일한 삶의 신조, 유일한 철학—당신도 철학이 있음을 인정한다면—은, 그게 무엇이든 당신이 한 짓에 대한 대가를 다른 누군가가 치러야 한다는 거야. 나는 지금 돈과 관련된 문제만을 얘기하는 게 아니야. 그건 단지 당신 철학을 일상생활에 적용하는 것뿐이니까. 나는 지금 가장 폭넓고 진지한 의미의 전가된 책임에 대해 말하고 있는 거야. 당신은 그걸 자신의 신조로 삼았지. 그리고 그것은 어떤 면에서는 매우 성공적이었지. 당신은 적극적인 조치를 취하도록 나를 몰아붙였어. 당신 아버지가 어떤 식으로든 당신 삶이나 당신을 공격하지 않을 거고, 내가 그 둘을 최대한 지키려고 할 것이며, 내게 무슨 일이 닥치더라도 내가 기꺼이 그 모든 책임을 짊어질 거라는 것을 잘 알고 있었기 때문이지. 그리고 당신 생각은 지극히 옳았어. 당신 아버지와 난 물론 서로 다른 동기에서 출발해 바로 당신이 우리에게 기대했던 것을 각각 실행에 옮겼던 거야.

하지만 이 모든 것에도 불구하고 당신이 완전히 책임을 모면할 수는 없어. 편의상 '어린 사무엘[8] 이론'이라고 부르는 것은 일반 대중이 볼 때는 아주 좋겠지. 그런데 런던에서 그런 얘기를 했다가는 엄청난 야유를 감당해야만 하고 옥스퍼드에서도 비웃음거리가 되기 십상인 것은, 그 두 곳에는 당신을 아는 사람들이 있기 때문이고, 각 곳마다 당신이 흔적을 남겨놓았기 때문이야. 하지만 그 두 곳의 얼마 되지 않는 사람들을 제외한 세상 사람들은 당신을 품행이 단정한 청년이라고 여기면서, 사악하고 부도덕한 예술가의 유혹에 넘어갈 뻔했다가 배려 깊고 자애로운 아버지에 의해 아슬아슬하게 구출되었다고 생각하겠지. 아주 그럴듯하게 들리는 이야기야. 하지만 당신은 그런다고 당신 책임을 모면할 수는 없다는 것을 잘 알 거야. 나는 지금 멍청한 배심원 대표가 했던 어리석은 질문[9]에 관해 이야기하는 게 아니야. 물론 검찰측과 판사는 그 질문을 무시해버렸지. 아무도 그런 것에는 관심을 두지 않으니까. 나는 아마도 주로 당신 자신에 관해 이야기하고 싶은 걸 거야. 언젠가는 당신도 자신의 행동에 대해 생각해봐야 하는 때가 오겠지만, 당신에게는 이 모든 것의 과정과 결말이 완전히 만족스럽지도 않고, 만족스러울 수도 없을 거야. 아마 당신도 마음속으로는 자신에 대해 몹시 부끄럽게 생각하고 있겠지. 당신한테는 세상 사람들 앞에서 당당한 얼굴을 하고 있는 것이 중요하겠지만, 가끔은 지켜보는 사람 없이 혼자 있을 때는 단지 숨을 쉬기 위해서라도 가면을 벗어야만 할 거야. 그러지 않으면 질식해 죽고 말 테니까.

마찬가지로 당신 어머니도 자신의 중대한 책임을 다른 누군가에게 전가하고자 했다는 사실을 때로 반성해야 할 거야. 그것도 이미 충분한 짐을 짊어지고 있는 사람에게 말이지. 그녀는 당신에겐 어머니와 아버지 두 사람의 몫을 하고 있는 셈이지. 그런데 그녀가 과연 어느 한 쪽의 의무를 제대로 이행했다고 볼 수 있을까? 내가 당신의 고약한 성격과 무례함과 당신이 피우는 소란들을 견딜 수 있었다면, 그녀 역시 그것들을 견딜 수 있었을 거라고.

내가 아내를 마지막으로 봤을 때—지금으로부터 14개월 전에—, 시릴에게는 그녀가 어머니이자 아버지가 되어주어야 한다고 얘기했지. 그리고 그녀에게 당신에 대한 당신 어머니의 태도에 관해 아주 자세하게 모두 들려주었지. 물론 이 편지에 쓴 것보다 훨씬 더 자세히. 그리고 당신 어머니가 타이트 가의 우리 집에 보냈던 편지의 봉투에 어김없이 '사적인 것'이라고 적었던 이유를 설명해주었어. 그 당시 나와 아내는 그런 편지가 자꾸 오는 것을 보면서, 우리가 무슨 사회소설이나 그 비슷한 것의 공동 집필자가 된 기분이라고 말하며 웃곤 했지. 나는 아내에게 당신 어머니가 당신에게 했던 것 같은 행동을 절대 시릴에게 하지 말라고 거듭 당부했어. 그리고 그를 이렇게 키워야 할 거라고 말했지. 그가 만약 누군가의 순결한 피를 흘리게 했다면, 즉시 그녀에게 와서 말하게 하고, 그녀는 먼저 그의 손을 씻긴 다음 회개나 속죄로써 그의 영혼을 씻는 법을 가르쳐줘야 한다고. 만약 누군가의 삶—자기 자식의 삶이라 할지라도—에 대한 책임을 지는 것이 두렵다면, 그녀를 도울 수 있는 후견인을 구해야 할 거라는 말도 했지. 그런데 다행스럽게도 그녀는 이미 그렇게 했더라고. 그녀가 선택한 사람은 그녀의 사촌인 애드리언 호프였어. 고귀한 가문 출신에 훌륭한 교양과 성품을 지닌 사람이지. 당신도 타이트 가의 우리 집에서 그를 한 번 만

난 적이 있지. 그와 함께한다면 시릴과 비비언은 멋진 미래를 보장받을 수 있을 거야. 당신 어머니도, 당신에게 진지하게 얘기하는 것이 두려웠다면 그녀의 친척들 중에서 당신이 말을 듣게 할 만한 누군가를 선택했어야 했어. 당신을 두려워할 게 아니라, 상황을 직시하고 당신과 결판을 지었어야 했다고. 어쨌거나, 그 결과를 보라고. 당신 어머니가 과연 이 모든 것에 만족하고 기뻐할까?

나는 그녀가 나를 원망한다는 것을 알고 있어. 나는 그 말을 당신을 아는 사람들에게서 들은 게 아니라, 당신을 알지 못하는 사람들과 당신을 알고 싶어하지 않는 사람들에게서 들었지. 게다가 그런 말을 자주 들었지. 예를 들면, 그녀는 '나이든 사람이 젊은 사람에게 미치는 영향'에 대해 종종 이야기했어. 그건 그녀가 문제를 들먹일 때마다 내비치곤 하는 태도였지. 그러면서 대중의 편견과 무지에 멋들어지게 호소를 한 거야. 내가 당신한테 어떤 영향을 미쳤는지는 당신에게 물어볼 필요도 없을 거야. 당신은 내가 당신한테 아무런 영향도 끼치지 않았다는 걸 누구보다 잘 알 테니까. 그건 당신이 자주 늘어놓는 자랑거리 중 하나였고, 사실상 근거가 있는 유일한 것이었지. 정확히 당신의 어떤 것에 내가 영향을 미칠 수 있었을 거라고 생각해? 당신 머리? 그건 발달이 덜 되었지. 당신 상상력? 그건 죽어버렸지. 당신 마음? 그건 아직 생겨나지도 않았지. 내가 지금까지 살아오는 동안 한 번이라도 마주쳤던 모든 사람들 중에서 당신은 정말이지 유일한 사람이었어. 어떤 면에서건 내가 아무런 영향도 미칠 수 없었던 단 한 사람이었지.

아픈 당신을 돌보다가 병이 옮아 열이 나고 무기력하게 누워 있을 때도, 나는 당신으로 하여금 내게 우유 한 잔을 가져다주게 하는 영향력조차 발휘하지 못했지. 당신은 병자의 방에 필요한 게 다 갖추어져 있는지 살피지도 않았고, 마차를 타고 200미터 정도 떨어진 책방에 가서 내가 돈을 지불한 책을 찾아다주려고도 하지 않았지. 내가 글을 쓰고 있을 때나, 재기才氣에서는 콩그리브[10]를, 철학에서는 뒤마 피스를, 다른 모든 장점들에 대해서는 모두를 능가할 만한 희극들을 집필하고 있을 때조차도, 난 당신으로 하여금, 예술가에게는 마땅히 그래야 하듯, 나를 방해하지 않고 조용히 놔두게 하지도 못했지. 내 집필실이 어디에 있건 당신에게는 그저 평범한 휴게실로 여겨질 뿐이었지. 담배를 피우고 탄산수가 섞인 독일산 백포도주를 마시면서 시시껄렁한 잡담이나 늘어놓기 좋은 곳으로 말이지.

'나이든 사람이 젊은 사람에게 미치는 영향'은 아주 그럴듯한 이론으로 들리지. 내 귀에 들려올 때까지는. 내겐 터무니없기 짝이 없는 말일 뿐이니까. 아마도 당신이 이 말을 듣게 되면 당신은 남몰래 미소를 짓겠지. 당신은 충분히 그럴 만한 자격이 있어. 당신 어머니가 돈에 관해 하고 다니는 말도 내 귀에 아주 자주 들려왔지. 그녀는 당신한테 돈을 주지 말라고 내게 끊임없이 당부했었다는 말도 했지. 맞아, 그녀의 말은 한 치도 틀림없는 사실이야. 모두 인정해. 그녀는 내게 수없이 편지를 보냈고, 그 많은 편지들 속에는 어김없이 "내가 당신에게 편지를 보냈다는 사실을 앨프리드가 알지 못하게 해주세요"라는 추신이 붙어 있었지. 분명히 말하지만, 당신의 아침 면도부터 한밤중의 이륜마차까지 모든 비용을 내가 지불해야 하는 것은 내겐 결코 즐거운 일이 아니었어. 아주 끔찍하게 지루한 일이었지. 게다가 당신한테 몇 번이고 거듭해서 그에 관한 불만을 얘기하기도 했지. 당신도 기억날 거야, 안 그래? 당신이 나를 '유용한' 사람으로 여기는 게 내겐 얼마나 혐오스러운 일인지, 그런 사람으로 간주되거나 그렇게 취급받기를 원하는 예술가는 세상 어디에도 없다고 말했던 것을. 예술가는 예술 그 자체처럼 본질적으로 철저하게 무용한 존재야. 당신은 내가 그런 말을 하면 불같이 화를 내곤 했지. 진실은 언제나 당신을 화나게 했어. 사실 진실은 듣기가 몹시 고통스럽고, 말하기도 아주 괴로운 법이거든. 게다가 그런다고 해서 당신이 태도나 생활방식을 바꾸는 것도 아니었지. 나는 매일같이 당신이 하루종일 하는 모든 것의 비용을 대신 지불해야만 했어. 오직 터무니없는 관대함이나 형언할 수 없는 어리석음을 지닌 사람만이 그렇게 할 수 있었지. 그리고 난 불행하게도 그 둘을 완벽하게 합쳐놓은 사람이었던 거야.

당신 어머니에게 필요한 돈을 요구하라고 내가 말할 때마다, 당신은 언제나 준비되어 있었던 듯한 우아하고 멋들어진 답변을 내놓았지. 당신 아버지가 당신 어머니에게 보내주는 연금—연 1500파운드 정도—은 그녀 같은 지위의 여성의 필요를 채워주기에는 턱없이 부족하며, 당신은 그녀에게 이미 받은 것 외에 추가로 돈을 더 요구할 수 없다고 했지. 그녀의 수입이 그녀 같은 지위와 취향의 여성에게 터무니없이 부족하다는 당신 말은 전혀 틀린 말이 아니야. 하지만 그런 이유로 내 등골을 빼먹다시피 하면서 사치스러운 삶을 산다는 건 말이 안 돼. 오히려 그 반대로, 자립해서 절약하는 삶을 살아야겠다는 생각을 했어야지. 문제는 당신이 전형적인 감상주의자였다는 거야. 지금도 여전히 그럴 거라고 생각하지만. 감상주의자는 아무런 대가를 치르지 않고 감정의 사치를 누리고자 하는 사람을 가리키지. 당신 어머니의 돈

214

을 아끼게 해주려는 마음은 아름다워. 하지만 나에게 그 값을 대신 치르게 하는 짓은 추한 거야. 당신은 사람의 감정을 거저 얻을 수 있다고 생각하는 것 같아. 하지만 그럴 수는 없어. 우린 가장 고귀한 자기희생의 감정들에도 비용을 지불해야만 해. 이상하게 들릴 수도 있겠지만, 그게 그 감정들을 더 고귀하게 만드는 거야.

평범한 사람들의 지적이고 감정적인 삶은 경멸스럽기 짝이 없지. 그들은 그들의 아이디어를 일종의 생각의 순회도서관—영혼 없는 시대의 시대정신Zeitgeist—에서 빌려와서는 1주일이 지나 더럽혀진 상태로 돌려주지. 그리고 자신들이 느끼는 감정을 언제나 외상으로 얻으려 하고, 청구서가 날아오면 그것을 갚기를 거부하지. 당신은 그런 삶의 방식을 벗어던져야만 해. 어떤 감정에 대한 대가를 지불하자마자 당신은 그 가치를 알게 될 거고, 그로 인해 더 나은 사람이 될 수 있을 거야. 그리고 감상주의자는 근본적으로 냉소주의자이기 십상이지. 사실 감상주의는 단지 휴식중인 냉소주의에 불과하기 때문이야. 냉소주의가 지적인 관점에서 아무리 유쾌해 보인다 해도, 클럽¹¹에 합류하기 위해 통을 떠난¹² 지금은 단지 영혼 없는 사람의 완벽한 철학 그 이상이 될 수는 없어. 냉소주의는 그것만의 사회적 가치를 지니고 있고 예술가에게는 모든 표현방식이 흥미롭지만, 그 자체로는 아주 하찮은 것이야. 진정한 냉소주의자에게는 그 어떤 것도 드러나 보이지 않기 때문이지.

이젠 당신 어머니의 수입에 대한 당신 태도와 내 수입에 대한 당신 태도를 돌이켜볼 때, 당신은 그런 자신이 결코 자랑스럽지 않을 거라고 생각해. 그리고 이 편지를 당신 어머니에게 보여주지 않을 거라면, 언젠가는 그녀에게 당신이 당시 내게 얹혀살다시피 했던 것은 내 생각이 전혀 고려되지 않은 것이었음을 설명해주리라 믿어. 그건 단지 나에 대한 당신의 집착이 개인적으로 내게 몹시 고통스러운 특별한 방식으로 드러난 것뿐이었으니까. 많고 적은 돈에서 자신을 내게 의존하게 만듦으로써 당신은 스스로의 눈에 어린 시절의 모든 매력을 되돌려 받은 듯 보였을 거야. 당신이 누리는 즐거움의 비용을 모두 내게 치르게 함으로써 영원한 젊음의 비밀을 발견했다고 생각했을 테지. 솔직히 말하자면 난 당신 어머니가 나를 비난하는 말을 듣는 게 몹시 괴로워. 당신도 곰곰 생각해보면, 당신 어머니가 자신의 가족이 내게 가져다준 파멸에 대해 후회나 슬픔의 말을 하지 않을 거라면 차라리 침묵하는 게 나을 거라는 데 동의할 거라고 믿어. 물론 내가 겪어온 정신적 변화나, 내가 도달하기를 희망하는 출발점에 관해 이야기하는 이 편지의 구절들을 그녀가 반드시 읽어야 할 이유는 없어. 그런 건 그녀에게 흥미롭지 않을 수도 있으니까. 하지만 내가 당신이라면, 순전히 당신 삶과 관련된 부분들은 그녀에게 반드시 보여주었을 거야.

16장

내가 당신이라면, 누군가가 가식적인 것들 때문에 나를 사랑하는 걸 원치 않았을 거야. 누구라도 자신의 삶을 세상에 드러내 보여줘야 할 이유는 없어. 세상은 어차피 아무것도 이해하지 못하니까. 하지만 자신이 애정을 가지고 있는 사람들하고는 얘기가 달라지지. 예전에 언젠가 나와 아주 가까운 친구—10년 동안 알고 지낸 친구[1]—가 나를 보러 와서는 이런 말을 한 적이 있어. 자기는 세상 사람들이 나에 대해 하는 나쁜 말들을 한마디도 믿지 않으며, 나를 완전히 결백한 사람으로, 당신 아버지가 꾸민 비열한 흉계의 희생자라고 생각하고 있음을 내가 알기를 바란다고 말이지. 나는 그의 말에 울음을 터뜨리면서 이렇게 말했어. 당신 아버지의 결정적인 비난 가운데는 거짓된 것들과 역겨운 적의에 의해 내게 전가된 것들이 많은 것이 사실이지만, 내 삶이 비뚤어진 쾌락들과 기이한 열정들로 가득했던 것 또한 사실이라고. 그러니 그가 그 사실을 나에 관한 기지의 사실로 받아들이고 그것을 충분히 이해하지 않는다면 나는 더이상 그의 친구가 될 수 없고, 그와 어울릴 수도 없다고 말했지. 그는 내 말을 듣고 엄청난 충격을 받았지만 우린 여전히 친구로 남았어. 나는 가식으로 그의 우정을 구하지 않았던 거야. 당신에게도 말했듯이, 진실을 말하는 것은 고통을 동반하는 법이야. 하지만 거짓을 말하도록 강요받는 것은 더욱더 고통스러운 일이지.

내 마지막 재판 때 피고석에 앉아 록우드²가 나를 맹렬하게 비난하는 말을 듣고 있던 것이 기억나. 마치 타키투스의 발췌문이나 단테의 한 구절, 또는 로마의 교황들을 비난하는 사보나롤라의 연설을 듣는 것 같았지. 나는 내가 듣는 것에 진저리가 쳐지며 구토가 날 것만 같았어. 그런데 갑자기 이런 생각이 든 거야. "나에 관한 이 모든 것을 이야기하는 게 나였다면, 그럼 얼마나 근사할까!" 그 순간 나는 한 사람에 관해 이야기되는 것들은 아무것도 아니라는 사실을 깨달았지. 중요한 것은, '누가 그것을 말하는가'인 거야. 확신하건대, 인간이 경험할 수 있는 가장 고귀한 순간은, 흙먼지 속에 무릎을 꿇고 자기 가슴을 두드리며 살아오는 동안 저지른 모든 죄를 고백하는 순간이야. 당신의 경우에도 마찬가지야. 당신이 직접 당신 어머니에게 자신의 삶의 일부분이라도 제대로 알게 한다면, 당신은 지금보다 훨씬 더 행복해질 수 있을 거야. 1893년 12월에 난 그녀에게 많은 것을 이야기했지. 하지만 물론 일반론을 얘기하는 데 그치면서 많은 것에 대해 침묵해야 했어. 그리고 내 이야기를 듣고도 그녀는 당신과의 관계에서 더이상의 용기를 낼 생각을 하지 못하는 것 같았어. 아니, 오히려 그 반대였지. 그녀는 그 어느 때보다도 고집스럽게 진실을 직시하기를 피했어. 당신이 그녀에게 직접 말했다면 많은 게 달라졌을지도 몰라. 내 말들이 당신에게는 종종 지나치게 신랄하게 느껴졌을 수도 있어. 하지만 당신도 사실을 부인할 수는 없어. 내가 말한 모든 것은 사실이었고, 당연히 그래야 했듯이 이 편지를 아주 유심히 읽었다면 당신은 자신의 본모습과 마주할 수 있었을 거야.

내가 당신한테 아주 길게 편지를 쓰는 것은, 내가 수감되기 전 당신과 3년간 치명적인 우정을 나누는 동안 당신이 내게 어떤 사람이었는지, 이제 만기까지 두 달도 채 남지 않은 내 수감 기간 동안 당신이 내게 어떻게 했는지, 그리고 출옥 후에는 나 자신과 다른 사람들에게 내가 어떤 사람이 되기를 원하는지 당신이 알게 하기 위해서야. 나는 내 편지를 고쳐 쓰거나 다시 쓸 수도 없어. 당신은 내 편지를 있는 그대로 받아들여야만 해. 여기저기 눈물로 얼룩지고, 어떤 부분에는 열정이나 고통의 흔적들이 남아 있기도 한 편지를 당신은 얼룩들과 수정된 부분까지 모두 최대한 이해하도록 해야만 해. 수정들과 오자들에 대해 말하자면, 난 내 말이 내 생각의 완벽한 표현이 될 수 있도록 그렇게 했던 거야. 과잉이나 부적절함으로 인해 내 말이 왜곡되는 일이 없도록. 언어도 바이올린처럼 서로 음이 맞아야 해. 가수의 목소리에서 느껴지는 너무 많거나 적은 진동이나 현의 떨림이 곡을 망칠 수도 있는 것처럼, 과하거나 부족한 말들은 메시지를 망칠 수 있지. 어쨌거나 내 편지는 있는 그대로 각 문장 뒤에 그것의 명확한 의미를 포함하고 있어. 그 속에 수사학 같은 것은 전혀 없어. 사소해 보이든 공들인 흔적이 보이든 어떤 말을 삭제하거나 다른 말로 대치하는 것은, 내 느낌을 있는 그대로 전달하고, 내 기분을 정확히 표현하기 위해서인 거야. 처음에 느낀 것들은 언제나 맨 나중에 표현하게 되는 법이지.

이 편지가 당신에게 가혹한 편지라는 건 나도 인정해. 당신을 전혀 봐주지 않고 쓴 것이니까. 하지만 당신은 나의 가장 경미한 고통과 가장 하찮은 나의 상실을 당신과 비교하는 것이 당신에게 정말 부당한 것이라는 사실을 인정한 다음에야 비로소 내가 정말로 당신을 가혹하게 다루었다고 말할 수 있을 거야. 난 더없이 세밀하게 당신을 낱낱이 분석했지. 그건 부인할 수 없는 사실이야. 그렇지만 당신을 저울대 위에 올려놓은 것은 바로 당신 자신이라는 것을 기억해야 해.

내 수감 기간의 어느 한순간과 당신을 천칭의 접시 위에 올렸을 때, 당신이 놓여 있던 접시가 아래로 기운다면, 그건 당신의 자만심이 그것을 선택하게 하고, 당신의 자만심이 그것에 매달리게 했기 때문이야. 그건 바로 우리의 우정에는 유일하고도 커다란 정신적 문제점, 즉 완전한 불균형이 존재함을 의미하지. 당신은 자신에게 지나치게 버거운 삶 속으로 스스로를 몰아넣은 거라고. 그 궤도가 당신의 주기운동 능력과 인지능력을 초월하는 삶, 생각과 열정과 행위가 강렬한 의미를 띠고, 폭넓은 관심을 표명하며, 경이롭거나 두려운 결과물이 넘쳐흐르는 삶 속으로 뛰어든 셈이란 말이지.

당신의 사소한 변덕들과 기분들로 이루어진 하잘것없는 삶은 그만의 작은 영역 속에서는 근사한 것이었지. 옥스퍼드에서도 그랬지. 그곳에서 당신에게 일어날 수 있었던 최악의 일은 학생처장으로부터 꾸지람을 듣거나 학장에게서 잔소리를 듣는 것이 고작이었고, 그곳에서 당신에게 가장 큰 흥분을 안겨줄 수 있었던 일은 모들린이 카누 경기의 우승자가 되어, 그 영광스러운 승리를 축하하기 위해 대학 안뜰에 모닥불을 피워 즐기는 것뿐이었을 테니까. 당신은 옥스퍼드를 떠난 후에도 그렇게 계속 자신만의 영역 속에서 살아갔어야 했어. 당신은, 당신 자체로 볼 때는 아무 문제가 없는 사람이었으니까. 당신은, 말하자면 현대적인 인물의 완벽한 전형이었지. 당신이 문제 있는 사람이 된 것은 오로지 나와 관련되었을 때뿐이야. 당신의 과도한 사치도 그 자체로는 죄악이 아니야. 젊음은 본래 사치스러운 법이니까. 당신이 부끄럽게 생각해야 할 것은, 당신이 부리는 그 사치의 대가를 대신 치르도록 내게 강요했다는 사실이야. 아침부터 저녁까지 시간을 함께 보낼 친구를 갖고자 하는 당신의 바람은 멋져. 거의 목가적이라고까지 할 수 있지. 그러나 당신이 집착하는 친구가 문인이나 예술가여서는 안 되었던 거야. 당신의 지속적인 존재가 그의 창작능력을 마비시키고, 모든 아름다운 작품들에 철저히 파괴적으로 작용하기 때문이지. 당신이 저녁 시간을 가장 완벽하게 보내는 방법으로 사보이에서 샴페인을 곁들인 저녁을 먹고, 뮤직홀의 박스 좌석에서 공연을 관람한 다음, 마무리를 위해 윌리스에서 샴페인을 곁들인 근사한 야참bonne-bouche을 먹는 것을 진지하게 고려하는 것은 그 자체로는 어떤 문제가 되지 않아. 런던의 수많은 유쾌한 젊은이들도 당신하고 같은 생각을 할 테니까. 그 정도는 전혀 별난 행동이 아니라는 거지. 그건 화이트 클럽의 회원이 되기 위해 요구되는 조건이기도 하고.

하지만 당신에겐 내게 그러한 즐거움을 조달해주는 사람이 될 것을 요구할 아무런 자격이 없었어. 당신의 그런 행동은 당신이 나의 천재성을 제대로 알아보거나 인정하지 못한다는 것을 여실히 보여주었지. 다시 말하지만, 당신과 당신 아버지 사이의 다툼은, 세상 사람들이 어떻게 생각하든 전적으로 당신 두 사람 사이의 문제로 남았어야만 했어. 그런 싸움은 뒤뜰에서 했어야 하는 거야. 그런 다툼들이 대개 그렇듯이. 당신이 저지른 가장 큰 실수는 그것을 역사의 커다란 무대에서 희비극으로 상연할 것을 고집했다는 거야. 온 세상 사람들을 관객으로 삼고, 나를 경멸스러운 시합의 승리자에게 주는 상품으로 내걸고 말이지. 당신 아버지가 당신을 증오하고, 당신이 아버지를 증오한다는 사실은 영국 대중에게는 아무런 흥밋거리가 될 수 없었어. 그런 감정싸움은 영국인들의 가정사에는 아주 흔한 일이고, 그것이 특징짓는 장소, 즉 가정에 국한되어야만 해. 가정의 울타리를 벗어나는 것은 아주 잘못된 거야. 그것을 다른 데로 옮겨놓는 것은 위법 행위나 마찬가지야. 가정사는 거리에서 흔들어대는 붉은 깃발이나, 지붕 꼭대기에서 목이 쉬도록 불어대는 뿔피리처럼 다뤄져서는 안 돼. 당신은 가정사를 그 고유의 영역 밖으로 끌어냈어. 당신 자신을 당신 고유의 영역 밖으로 끌어낸 것처럼.

자기 고유의 영역을 벗어나는 사람들은 단지 그들의 환경만 바꿀 뿐 본성을 바꿀 수는 없어. 자신들이 침범하는 영역에 걸맞은 생각이나 열정을 획득할 수 없는 거지. 그들에게는 그럴 능력이 없기 때문이야. 감정적인 힘들은, 내가 『의도들』 어딘가에서 말한 것처럼,[3] 그 범위와 지속 기간에서 물리적 에너지의 힘들만큼 제한적이야. 딱 그만큼만 담게 되어 있는 작은 컵은 꼭 그만큼밖엔 담지 못하지. 그 이상은 절대 담지 못해. 아무리 커다란 자줏빛 통에 부르고뉴 포도주를 철철 넘치도록 가득 채우고, 스페인의 돌 많은 포도밭에서 딴 포도를 모아놓은 통 속에서 사람들이 무릎까지 빠지면서 포도를 밟아대더라도 말이지.

엄청난 비극의 원인이나 계기가 된 사람들이 비극적인 분위기와 어울리는 감정들을 공감할 수 있을 거라는 생각보다 더 흔한 착각도 없는 것 같아. 그들에게서 그런 것을 기대하는 것보다 더 치명적인 실수도 없다는 말이지. '불타는 셔츠'[4]를 입은 순교자는 신의 얼굴을 똑바로 바라볼 수 있지. 하지만 화형을 집행하기 위해 나뭇단을 쌓거나, 불이 더 잘 붙게 하려고 묶여 있는 장작들을 느슨하게 풀어놓는 사람에게는 그 장면이, 푸주한이 황소를 도살하거나, 숯꾼이 숲속에서 나무를 베거나, 낫으로 풀을 깎는 사람이 꽃을 자르는 것 이상의 의미가 없는 거라고. 위대한 열정들은 위대한 영혼을 가진 사람들을 위한 것이고, 위대한 사건들은 그것과 대등한 수준의 사람들만 알아볼 수 있다는 말이야.

나는 모든 극들 중에서 셰익스피어의 로젠크랜츠와 길든스턴의 묘사보다 예술적 관점에서 더 훌륭하고, 관찰의 섬세함에서 더 암시적인 것을 본 적이 없어. 그들은 둘 다 햄릿의 대학 친구들로 오랫동안 그의 동반자였지. 그들은 함께 즐거웠던 날들의 기억을 떠올리게 하는 존재였어. 극 중에서 그들이 그와 우연히 마주쳤을 때, 그는 그와 같은 기질의 사람에게는 견디기 힘든 무거운 짐으로 인해 비틀거리고 있었어. 죽은 자들이 무장을 한 채 무덤에서 나와 그에게는 너무나 부담스러우면서 동시에 너무나 하찮것없는 임무를 맡겼기 때문이지. 몽상가인 그가 행동하도록 부름을 받은 거야. 그는 시인의 심성을 지녔는데, 그가 아주 잘 아는 이상적인 본질 속의 삶이 아니라, 그가 아무것도 알지 못하는 구체적인 현실 속의 삶과, 원인과 결과로 뒤얽힌 하찮고 복잡한 것들과 드잡이하도록 요구받은 거지.

그는 어떻게 해야 할지 몰라 갈팡질팡하고, 그의 광기는 단지 광기를 흉내내기 위한 것이지. 브루투스[5]는 광기를 자신의 목적이라는 칼과 자신의 의지라는 단검을 감추기 위한 외투로 사용했지만, 햄릿에게 광기는 단지 나약함을 감추기 위한 가면에 불과한 거야. 그는 찡그린 얼굴과 실없는 말들 속에서 행동을 미룰 수 있는 가능성을 간파해. 그는 예술가가 이론을 가지고 놀듯, 행위를 가지고 놀기를 계속하지. 그는 자기 자신을 스스로의 행동을 살피는 첩자로 삼고, 자신이 한 말들을 들으면서 그것들이 단지 '말, 말, 말뿐'[6]이라는 것을 알고 있어. 그는 자신이 만드는 역사의 영웅이 되는 대신, 자신이 겪는 비극의 관객이 되고자 한 거야. 그는 자신을 포함해서 아무것도 믿지 않고, 그의 의문은 그에게 아무런 도움이 되지 않아. 왜냐하면 그건 회의주의가 아닌 분열된 의지에서 비롯된 것이기 때문이야.

그런데 로젠크랜츠와 길든스턴은 이 모든 것을 전혀 깨닫지 못하지. 그저 고개를 숙이고 알랑거리고 미소를 짓거나, 한 사람이 얘기한 것을 다른 한 사람이 객쩍게 반복할 뿐이지. 그러다 마침내 연극 속의 연극과 광대들의 능청맞은 연기 덕분에 햄릿이 왕의 '본심을 간파하고 는' 두려움에 떠는 그를 왕좌에서 물러나게 했을 때도 그들이 그의 행동을 통해 본 것은, 단지 몹시 유감스럽게도 그가 궁중예법을 위반했다는 사실뿐이야. 그게 그들이 도달할 수 있는 '적절한 감정들과 함께하는 삶의 광경의 관조'[7]의 전부야. 그들은 그의 깊은 비밀에 가까이 다가가지만, 정작 그것에 관해서는 아무것도 눈치채지 못하지. 게다가 그들에게 비밀을 알려주어도 달라지는 건 아무것도 없어. 그들은 딱 그만큼만 담을 수 있는 작은 컵들에 불과하니까. 극의 마지막이 다가오면, 그들은 다른 사람을 위해 놓은 음흉한 덫에 걸려 강렬하고 급작스러운 죽음을 맞거나 맞을 수 있음이 암시되지.[8] 하지만 이러한 비극적인 결말은 희극에서 발견되는 뜻밖의 반전과 정의를 얘기하는 햄릿의 유머가 가미되었음에도 궁극적으로 그들과 같은 부류의 사람들에게는 어울리는 것이라고 볼 수 없어. 그들은 결코 죽지 않기 때문이야. 호레이쇼는 '햄릿을 비난하는 사람들에게 그를 옹호하고 그의 사연을 올바로 전하기 위해'[9] "잠시 지복至福의 순간을 미루고/ 이 거친 세상에서 고통스럽게 숨을 쉬다가" 죽게 되지. 공개적인 죽음을 맞이하지도 않고. 어떤 형제도 남기지 않은 채.

그러나 길든스턴과 로젠크랜츠는 엔젤로[10]나 타르튀프처럼 불멸의 존재이며, 그들과 어깨를 나란히 해야만 해. 그들은 고대인들이 이상적인 우정으로 여기던 것에 현대적 삶의 이상이 더해져 생겨난 존재들이지. 새로운 『우정을 위하여』를 쓰고 싶은 사람은 그들에게 꼭 맞는 자리를 찾아주고, 투스쿨룸[11]식 산문으로 그들을 찬양해야 해. 그들은 영원히 변하지 않는 전형들이야. 그들을 비난하는 것은 제대로 된 평가능력의 결여를 보여주는 것이지. 그들은 자신들의 영역을 벗어난 것뿐이거든. 단지 그것뿐이란 말이지. 숭고한 영혼은 전염되는 법이 없어. 고고한 생각들과 지고한 감정들은 그 자체로 고립되어 있지. 오필리아가 이해할 수 없었던 것을 '길든스턴과 점잖은 로젠크랜츠'나 '로젠크랜츠와 점잖은 길든스턴'[12]이 이해할 수는 없는 거라고.

물론 난 그들과 당신을 비교할 생각은 없어. 그들과 당신 사이에는 엄청난 차이가 있으니까. 그들에게는 그저 우연일 뿐이었던 것이 당신한테는 선택이었으니까. 당신은 내가 초대하지 않았는데도 의도적으로 내 영역 속으로 쳐들어와서는 당신에게 어떤 권리도 자격도 없는 자리를 강제로 차지해버렸지. 그리고 놀랄 정도로 집요하게 당신의 존재 자체를 나의 하루하루의 일부로 만듦으로써 내 삶 전체를 빨아들이는 데 성공한 다음, 그 삶을 산산조각 내버리고 만 거야. 그런데 이런 말이 이상하게 들릴지 모르지만, 당신이 그러는 것은 사실 아주 자연스러운 일이었어.

어린아이에게 그의 낮은 정신 수준에 비해 지나치게 근사하거나, 잠이 덜 깬 눈으로 보기에는 지나치게 아름다운 장난감을 쥐여주면, 의지가 있는 아이라면 그것을 부서뜨릴 것이고, 무심한 아이라면 그것을 버려두고 자신의 놀이 친구들을 만나러 가겠지. 당신에게도 똑같은 일이 일어났던 거야. 당신은 내 삶을 움켜쥐고는 그걸로 뭘 해야 할지 몰랐지. 당신은 절대 알 수가 없었어. 내 삶은 당신이 쥐고 있기에는 지나치게 근사한 것이었으니까. 당신은 그것을 손에서 내려놓고 당신의 놀이 친구들에게 돌아갔어야 했어. 하지만 불행하게도 당신은 고집스러웠고, 그래서 그것을 부서뜨려버렸지. 이제 와 생각해보면, 어쩌면 그게 지금까지 일어났던 모든 일 속에 감춰진 궁극적인 비밀인지도 모르겠어. 본래 비밀이란 언제나 그 구체적인 발현들보다 훨씬 작은 법이거든. 원자의 위치를 옮기는 것만으로도 온 세상이 흔들릴 수 있는 것처럼 말이지. 그리고 당신을 전혀 봐주지 않은 것만큼 나 자신도 냉정하게 평가하려는 의미에서 다음과 같은 말을 덧붙이고자 해. 당신과의 만남이 애초부터 위험한 것이긴 했지만, 그 만남이 어떤 특별한 순간에 일어남으로써 내게 더 치명적으로 작용한 거라고. 그때 당신은 당신이 하는 모든 것이 씨를 뿌리는 행위에 불과한 삶을 살고 있었지만, 나는 이미 내가 하는 모든 것이 곧 수확을 하는 것과 같은 삶의 시기에 도달해 있었기 때문이지.

17장

  당신에게 꼭 말해야 할 게 아직 몇 가지 더 남아 있어. 첫번째는 나
의 파산에 관한 거야. 예전에 언젠가, 솔직히 대단히 실망스럽게도, 당
신 가족이 당신 아버지에게 배상을 하기에는 너무 늦어버렸으며, 그건
불법적인 것이기 때문에, 나는 앞으로도 꽤 오랫동안 지금과 같은 고
통스러운 입장에 처해 있어야 한다는 이야기를 들은 적이 있어.[1] 내겐
씁쓸하기 짝이 없는 현실이지. 왜냐하면 앞으로는 법적 근거에 의해,
파산관재인의 허락 없이는 책 한 권도 펴낼 수 없다는 사실을 확인받
았거든. 게다가 나의 모든 거래 내역을 그에게 제출해야 하고. 극장의
관장과 계약을 하거나 연극을 상연할 때마다 그 수익금을 당신 아버지
와 몇몇 채권자들에게 넘겨주어야 하고 말이지. 이젠 당신도 당신 아
버지로 하여금 나를 파산시키게 함으로써 당신 아버지와의 싸움에서
'우위를 점하려는' 계획이 당신이 꿈꾸었던 것처럼 화려하고 대단한
성공이 아니었다는 걸 인정할 거라고 생각해. 어쨌거나 나한테는 그렇
지 않았어. 그리고 당신의 유머감각이 아무리 신랄하고 뜻밖이었다 해

도 그런 것보다는 빈곤 앞에서의 내 고통과 수치의 감정들이 우선적으로 고려되어야만 했던 거야. 사실상, 나의 파산을 가능하게 만들고 내 첫번째 소송을 진행하도록 내게 강요함으로써 당신은 당신 아버지의 손에 놀아나고 있었고, 정확히 그가 원했던 대로 움직였지. 혼자, 아무런 도움이 없었다면, 그는 처음부터 아무것도 할 수 없었을 거라고. 그는 당신에게서—물론 당신은 그런 끔찍한 역할을 맡을 생각이 없었겠지만—언제나 그의 가장 든든한 동맹군을 발견했던 거야.

모어 애디가 내게 보낸 편지에서, 지난여름 당신이 '내가 당신을 위해 쓴 것을 조금이라도' 내게 갚고 싶다는 말을 여러 번 했다고 전해주더군. 그에게 보낸 답장에서 말했듯이, 불행하게도 내가 당신을 위해 허비한 것은 나의 예술과 나의 삶, 내 이름, 역사 속의 내 위치, 그 모든 것이었어. 만약 당신 가족이 이 세상의 멋진 것들이나, 세상이 그렇게 여기는 것들, 천재성, 아름다움, 재물, 높은 사회적 지위 등등을 모두 갖고 있어서 그 모든 것을 내 발밑에 갖다놓는다고 해도, 내게서 앗아간 것 중에서 가장 하찮은 것의 10분의 1, 또는 내가 흘린 눈물의 한 방울이라도 내게 갚아줄 수는 없어. 그렇지만 누구든지 그가 하는 모든 것은 그 대가를 지불받아야 하지. 그리고 그건 파산한 사람에게도 똑같이 적용되어야만 해. 당신은 파산이 자신의 빚을 갚지 않아도 됨으로써 '채권자들에게 우위를 점할 수 있는' 편리한 방법이라고 생각하는 것 같아. 하지만 그건 전혀 그렇지가 않아. 오히려 그 반대라고 볼 수 있지. 당신이 즐겨 쓰는 표현을 다시 빌려 말하자면, 파산은 어떤 사람의 채권자들이 '그에게 우위를 점할 수 있는' 방법이고, 법의 힘을 빌려 그의 모든 자산을 몰수함으로써 그로 하여금 빚을 남김없이 갚게 하는 수단이지. 그래도 그가 끝내 빚을 갚지 못하면, 그를 무일푼이 되게 해서 하찮은 걸인처럼 포치 아래에서나 거리를 배회하면서 두려움을 느끼며—적어도 영국에서는 그래—손을 내밀어 구걸하게 만드는 게 파산이야. 법은 내게서 내가 가진 모든 것, 장서, 가구, 그림, 출간된 책들과 내 희곡에 대한 저작권, 사실상 『행복한 왕자』와 『윈더미어 부인의 부채』부터 내 집의 계단 카펫과 신발닦개, 그리고 심지어 내가 앞으로 받게 될 것들까지 모든 것을 빼앗아간 거야. 예를 들면, 결혼 계약에서의 내 몫까지 몽땅 팔려나갔지. 다행히 난 그것을 친구들을 통해 되살 수 있었어. 그러지 않았다면, 내 아내가 죽게 되면, 나의 두 아이들은 내가 살아 있는 동안 나처럼 거지꼴이 되고 말 거야. 아마 다음번에는 내 아버지가 내게 물려준 우리 아일랜드의 땅에서 나오는 소득마저 빼앗기게 될 테지. 그 땅마저 팔려나간다면 난 정말로 마음이 아프겠지만, 어쩔 수 없이 순응해야겠지.

당신 아버지에게 빚진 700펜스—파운드였나?—가 내 앞길을 가로막고 있으니 그것도 갚아야만 해. 심지어 내가 가진 모든 것과 앞으로 가지게 될 모든 것을 다 빼앗기고, 절망적인 파산자로 낙인찍힌 채 복권이 되더라도 난 여전히 내 빚들을 갚아야만 해. 맑은 거북이 수프, 시칠리아의 구겨진 포도나무 잎에 싼 오르톨랑[2] 요리, 짙은 호박빛의, 거의 호박향이 나는 샴페인을 곁들인, 사보이에서의 저녁식사들. 당신이 가장 좋아하는 포도주가 다고네 1880년산이었지, 아마? 이 모든 것도 여전히 갚아야만 하는 빚으로 남아 있어. 윌리스에서 먹은 야참들, 우리를 위해 언제나 준비되어 있던 특급 포도주 페리에주에, 스트라스부르에서 직접 가져오는 기막히게 맛있는 파테[3], 인생에서 진정으로 좋은 것이 무엇인지를 아는 진정한 미식가에 의해 그 향이 더 잘 음미될 수 있도록 언제나 커다란 종 모양의 잔 바닥에 담아 내오던 황홀한 고급 샴페인. 이 모든 것도 갚지 않고 놔둘 수는 없어. 마치 부정직한 고객이 남긴 수치스러운 빚처럼 말이지. 심지어 나의 두번째 희극[4]의 성공을 축하하기 위해 내가 디자인해 헨리 루이스에게 주문했던, 당신을 위한 특별한 작은 선물인 앙증맞은 커프스단추—하트 모양의 진주모빛 월장석 네 개가 루비와 다이아몬드가 번갈아 둥글게 박힌 원 안에 세팅된—때문에 진 빚도, 그 빚마저도 갚아야만 해. 당신이 그 선물을 몇 달 후 하찮은 값에 팔아버린 걸로 알고 있으면서도 말이지. 내가 당신에게 준 선물을 보석상이 자신의 돈으로 지불하게 놔둘 수는 없어. 당신이 그것으로 무엇을 했든 말이지. 그러니까, 복권이 되더라도 내가 갚아야 할 빚들은 여전히 남아 있다는 것을 당신도 이젠 알겠지.

그리고 파산한 사람에게 진실인 것은 다른 모든 사람들의 삶에도 해당되는 진실임을 알아야 해. 사람은 각자 자신의 행동에 대한 대가를 치러야 하는 법이야. 당신조차도—모든 의무로부터 전적으로 자유롭고 싶어하는 바람과, 필요한 모든 것을 다른 사람들을 통해 조달받고자 하는 집요함과, 당신에게서 애정이나 관심 또는 감사를 받고 싶어하는 사람들을 배척하려는 시도에도 불구하고—, 당신조차도 언젠가는 자신이 한 행동에 대해 진지하게 생각하고, 속죄를 하려는 어떤 노력이라도 해봐야만 할 거야. 설사 그런 것들이 아무런 효과가 없다 할지라도 말이지. 당신이 진정으로 그렇게 할 수 없다면, 그건 당신이 받는 벌의 일부가 될 거야. 당신은 결코 그 모든 책임에서 벗어날 수 없고, 어깨를 한번 으쓱하거나 씩 웃어 보이고는 다른 새 친구나 새로운 파티를 찾아갈 수도 없어. 당신 잘못으로 내게 일어난 모든 것들을 단지 때때로 담배와 리큐어와 함께 상에 올리는 감상적인 추억이나, 시골 주막에 걸린 낡은 태피스트리 같은, 쾌락에 빠진 현대적 삶의 그림 배경쯤으로 여길 수는 없는 거야. 이 모든 것은 잠깐 동안은 새로운 소스나 신선한 포도주 같은 매력이 느껴질 수도 있겠지. 하지만 파티에서 먹고 남은 음식에서는 퀴퀴한 냄새가 나게 마련이고, 술병에 남은 찌꺼기는 그 맛이 씁쓸하지. 오늘이나 내일, 또는 언젠가 당신은 그 사실을 깨달아야만 해. 안 그러면 당신은 그냥 이대로 죽을 수도 있고, 그렇게 된다면 당신은 정말 얼마나 보잘것없고, 빈약하고, 상상력이 결여된 삶을 살다 가는 것이 되겠느냐고.

나는 모어에게 보낸 편지에서, 당신이 되도록 빨리 어떤 관점에서 이 문제를 생각하면 좋을지 이야기했어. 그가 당신한테 그 이야기를 해줄 거야. 그런데 내가 말한 관점이 어떤 것인지 이해할 수 있으려면 먼저 당신의 상상력을 계발해야 해. 상상력은 사물과 사람을 이상적이고도 실제적인 관계 속에서 볼 수 있게 해주는 자질이라는 사실을 기억해. 만약 그것을 스스로 깨닫지 못한다면, 다른 사람들과 그 문제에 관해 이야기하도록 해.

나는 내 과거를 똑바로 마주해야만 했어. 당신도 당신 과거를 똑바로 바라보도록 해. 가만히 앉아서 당신 과거를 곰곰 되새겨봐. 피상적인 것은 최고의 악덕이야. 뭐든지 깨닫는 것은 옳은 것이고. 그 문제에 관해 당신 형하고 이야기를 해봐. 그런 얘기를 하기에 가장 적당한 사람은 퍼시니까. 그로 하여금 이 편지를 읽고 우리 우정과 관련한 모든 상황을 알게 하도록 해. 그가 이 모든 것을 명확히 알게 된다면, 그 누구보다 현명한 판단을 내려줄 거야. 우리가 진작 그에게 진실을 말했더라면, 나의 고통과 불명예가 얼마나 많이 덜어졌을지! 당신은 당신이 알제에서 런던에 도착했던 날 밤 내가 그렇게 하라고 권유했던 것을 기억할 거야. 당신은 절대 안 된다며 내 말을 무시했지. 그래서 저녁식사 후에 그가 왔을 때 우린 그 앞에서 코미디를 연출해야만 했지. 당신 아버지는 도저히 이해할 수 없는 망상에 시달리는 정신 나간 사람이라고 둘러대면서 말이지. 그건 정말 그 당시에는 더없이 훌륭한 코미디처럼 보였어. 무엇보다 퍼시가 그 모든 것을 정말 진지하게 받아들여서 더욱 그랬지. 그리고 불행하게도 그것은 아주 역겨운 방식으로 끝이 났어. 내가 지금 편지에서 이야기하고 있는 주제 또한 그 결과물 중 하나인 셈이지. 만약 이로 인해 당신이 혼란을 느낀다면, 그건 내게는 바닥까지 경험해야 하는 가장 가혹한 수치라는 것을 부디 잊지 말길 바라. 내게는 다른 선택이 없기 때문이야. 그건 당신도 마찬가지고.

당신하고 두번째로 이야기하고 싶은 것은, 내가 형기를 마치고 우리가 다시 만나게 될 때 그와 관련한 조건과 상황 그리고 장소에 관한 거야. 당신이 작년 초여름에 로비에게 보낸 편지의 일부에서, 당신이 내 편지들과 선물들—적어도 그중 아직 남은 것들—을 두 묶음으로 싸서 내게 개인적으로 전달하려고 안달이 나 있다는 것을 알게 되었어. 물론 당신으로서는 어떻게든 그것들을 처분해야 했겠지. 당신은 내가 왜 당신에게 그토록 아름다운 편지들을 썼는지 이해하지 못했을 테니까. 어째서 내가 당신한테 그토록 아름다운 선물들을 주었는지 이해하지 못했던 것처럼. 당신은 내 선물들이 전당포에 저당되기 위한 것이 아닌 것처럼, 내 편지들이 신문에 공개되기 위해 쓰인 것이 아니라는 것을 깨닫지 못했던 거야. 게다가 그것들은 이미 오래전에 끝나버린 삶의 한순간, 어떤 이유로든 당신은 그 진정한 가치를 알아보지 못했던 우정에 속하는 것들이야. 당신은 이제 당신이 내 모든 삶을 손에 쥐고 흔들었던 날들을 놀라움과 함께 되돌아봐야만 해. 나 역시 그날들을 놀라움과 함께 돌아보고 있어. 당신과는 전혀 다른 느낌으로 말이지.

만약 모든 게 예정대로 진행되어 5월 말경 출소한다면, 나는 그 즉시 로비와 모어 애디와 함께 외국의 어느 조그만 바닷가로 떠나고 싶어. 에우리피데스가 이피게네이아에 관해 이야기한 어느 극[5]에서 그랬듯이, 바다가 세상의 더러움과 상처를 깨끗이 씻어줄 테니까.

나는 적어도 한 달간 친구들과 함께 머물면서, 기운을 북돋워주는 애정 어린 그들의 정기를 받아 평화와 균형 그리고 지금보다 덜 혼란스러운 마음과 더 달콤한 기분을 만끽하고 싶어. 이상하게도 나는 태곳적부터 존재해온 거대하고 원초적인 것들에 대한 동경을 오랫동안 간직해왔지. 이를테면 바다 같은 거 말이야. 내게 바다는 대지처럼 어머니 같은 존재야. 우리 모두는 자연을 지나치게 많이 바라보지만, 자연과 함께 사는 시간은 너무도 적지. 나는 그리스인들이 아주 건전하고 현명한 삶의 방식을 지향했다고 생각해. 그들은 결코 석양에 관해 얘기하지도 않았고, 풀밭 위의 그림자가 정말 연보랏빛인지 아닌지에 대해 토론하지도 않았어. 그들은 바다는 헤엄치는 사람을 위해, 모래는 달리는 사람의 발을 위해 존재한다는 것을 알고 있었던 거야. 그들은 나무가 드리우는 그늘 때문에 나무를 사랑했고, 정오의 침묵 때문에 숲을 사랑했어. 포도원 원정園丁은 새로 돋아난 싹을 굽어볼 때 햇살로부터 자신을 보호하기 위해 담쟁이덩굴을 머리에 둘렀고, 그리스가 우리에게 남겨준 전형적인 두 인물인 예술가와 운동선수로 말하자면, 그들은 씁쓸한 월계수와 야생 파슬리의 잎들로 화관을 만들어 썼지. 그런 용도가 아니라면 그것들은 인간에게 아무런 쓸모가 없었을 거야.

우리는 우리 자신이 실용적인 시대에 살고 있다고 자처하지만 실은 그 무엇도 제대로 사용할 줄 모르지. 물은 깨끗이 씻겨주고, 불은 정화해주며, 대지는 우리 모두에게 어머니라는 사실을 잊고 살아온 거야. 그 결과, 우리의 예술은 달의 성질을 띠며 그림자들과 함께 놀지. 그리스의 예술은 해의 성질을 띠며 사물들을 직접적으로 다루고 있어. 난 자연력은 정화하는 힘을 가지고 있다고 확신해. 그래서 자연으로 가서 그 속에서 살고 싶어. 물론 나처럼 현대적인 사람, 내 시대의 자녀enfant de mon siècle인 나로서는 그런 자연을 바라보는 것만으로도 언제나 행복을 느끼지만. 내가 교도소 문을 나서는 날, 뜰에 금작화와 라일락이 만발할 거라는 생각과, 바람이 불안정한 아름다움으로 금작화의 금빛을 물결치게 하고, 깃털 장식 같은 라일락의 창백한 자줏빛을 흔들리게 해 마치 아라비아에 와 있는 것처럼 느껴지게 하리라는 생각만으로도 기뻐서 몸이 떨려오거든. 린네**⁶**는 처음으로 영국 고지대의 기다란 황야가 평범한 골담초의 향기 나는 황갈색으로 노랗게 물든 것을 보고 꿇어앉아 눈물을 흘리며 기뻐했지. 그리고 나는, 꽃들이 욕망의 일부분인 나로서는 장미의 꽃잎 속에서 나를 기다리는 눈물이 있다는 것을 알지. 나는 소년 시절부터 늘 그래왔어. 꽃받침 속에 감춰진 색깔이나 조개의 곡선 하나에도 사물의 영혼과의 미묘한 공감에 의해 내 기질이 반응하지 않은 적이 없거든. 난 언제나 고티에처럼 '가시적인 세계가 존재하는 이유인 사람들'**⁷** 중 하나였던 거야.

하지만 지금 난 이 모든 아름다움―그 자체만으로도 만족스럽긴 하지만―뒤에는 우리 눈에 보이지 않는 어떤 정신이 존재하고 있음을 느껴. 채색된 형태와 모습은 그 정신이 발현되는 방식들일 뿐이야. 나는 그 정신과 조화를 이룰 수 있기를 바라. 나는 이제 인간과 사물의 명료한 표현에는 신물이 나. 내가 추구하는 것은 예술에서의 신비로움, 삶에서의 신비로움, 자연에서의 신비로움이야. 그리고 어쩌면 음악의 위대한 교향곡과 고통이라는 입문의식, 그리고 바다 깊숙한 곳에서 그것을 찾을 수 있을지도 몰라. 나는 어디서건 그것을 반드시 찾아야만 해.

모든 재판은 누군가의 삶에 대한 재판이야. 모든 선고가 사형선고나 마찬가지듯이. 그리고 나는 세 번이나 재판을 받았지. 처음에는 증언대를 떠난 다음 체포되었지. 두번째는 구치소로 끌려갔고, 세번째는 2년간 감옥살이를 해야 했지. 우리가 만들어놓은 사회는 나를 위한 장소를 허락하지도 않고, 내게 내줄 수 있는 장소도 없어. 하지만 자연은 그렇지 않지. 부정不正하거나 공정한 사람 위로 똑같이 달콤한 비를 내려주는 자연은 바위들 사이에 내가 숨을 수 있는 틈과, 정적 속에서 방해받지 않고 울 수 있는 비밀스러운 계곡을 마련해놓을 거야. 그리고 밤하늘에 별들을 걸어놓아 내가 어둠 속에서도 비틀거리지 않고 멀리까지 갈 수 있게 해주고, 내 발자국들 위로 바람을 불게 해 아무도 나를 쫓아와 해치지 못하게 할 거야. 또한 자연은 넘치는 물로 나를 깨끗이 씻겨주고, 쌉쌀한 풀들로 내게 건강을 되돌려줄 거야.

한 달 후쯤, 6월의 장미꽃들이 화려하고 풍성하게 피어날 때면, 내가 그럴 수만 있다면, 브루게 같은 외국의 조용한 마을에서 당신과 만날 수 있도록 로비에게 주선해달라고 할 거야. 몇 해 전 그곳에 갔을 때 그곳의 회색빛 집들과 초록색 운하 그리고 서늘하고 조용한 길들에 매료되었거든. 우선 당신은 이름부터 바꿔야 할 거야. 당신이 나를 만나기를 원한다면, 당신은 당신이 그토록 자랑스러워하는 하찮은 별칭—사실 그 때문에 당신 이름이 마치 꽃 이름처럼 들리기도 했지[8]—을 포기해야만 해. 한때 명성의 입속에서 그토록 감미롭게 들렸던 내 이름도 나 스스로 버려야만 하는 것처럼.[9] 우리가 살고 있는 이 시대는 정말 얼마나 편협하고 비열하며, 자신의 의무조차 감당하지 못하는 무능력을 보여주고 있는가 말이야! 이 시대는 성공에는 반암으로 된 견고한 성을 제공하지만, 고통과 수치에는 그것들이 머물 수 있는 한낱 오두막 집조차 빌려주지 않지. 이 시대가 나를 위해 할 수 있는 것이라곤 내 이름을 다른 이름으로 바꾸도록 강제하는 것뿐이야. 지금이 중세였다면, 난 수도승의 두건이나 나환자의 복면을 쓰고 편히 쉴 수 있었을 거야.

나는 우리의 만남이, 이 모든 것을 겪고 난 뒤의 당신과 나의 만남이라면 응당 그래야만 하는 만남이 되기를 바라. 과거 우리 사이에는 언제나 커다란 차이가 존재했지. 완성된 예술과 폭넓은 교양의 골이 우리를 갈라놓았던 거야. 지금 우리 사이에는 그보다 훨씬 더 큰 차이가 존재하지. 고통의 골이 바로 그거야. 그러나 겸양을 아는 사람에게는 불가능이란 없어. 그리고 사랑을 아는 사람에겐 모든 것이 쉬워지지.

이 편지에 대한 답장은 길든 짧든 상관없어. 그건 당신 마음에 달린 거니까. 겉봉에는 '교도소장 귀하, 레딩 HM 교도소'라고 적으면 돼. 그리고 봉하지 않은 또다른 봉투에 당신 편지를 넣어서 그걸 그 봉투 안에 넣도록 해. 편지지가 아주 얇으면 양쪽으로 쓰지 말도록. 안 그러면 다른 사람들이 읽기가 아주 힘드니까. 나는 당신에게 철저히 자유롭게 편지를 썼어. 당신도 그러기를 바라. 내가 당신에게서 꼭 듣고 싶은 것은, 재작년 8월 이후, 특히 작년 5월, 그러니까 지금으로부터 11개월 전에, 당신이 나를 얼마나 고통스럽게 했는지, 그리고 내가 그 사실을 어떻게 생각하고 있는지를 알게 된 후에도—당신이 다른 이들에게 솔직하게 말한 것처럼—어째서 내게 단 한 번도 편지 쓸 생각을 하지 않았는가에 대한 해명이야. 나는 수개월 동안 당신 편지를 기다렸어. 설사 내가 기다리지 않고 당신한테 문을 굳게 닫아버렸다 해도, 당신은 그 누구도 사랑에 문을 영원히 닫아걸 수는 없다는 것을 기억했어야만 했어. 복음서에 나오는 부당한 재판관은 마침내 일어나 올바른 결정을 내리지. 그건 정의가 매일같이 찾아와서는 그의 집 문을 두드리기 때문이었어.[10] 그리고 마음속에 어떤 진정한 친구도 갖고 있지 않은 사람이 마침내 '친구의 끈질긴 간청' 때문에 그에게 굴복하고 만다는 일화도 있지.[11] 어떤 세상에도 사랑이 뚫고 들어가지 못할 감옥은 없어. 당신이 그걸 이해하지 못했다면, 당신은 사랑에 관해 아무것도 이해하지 못했던 거야.

이제 당신이 『메르퀴르 드 프랑스』에 싣기로 한 나에 관한 기고문에 대해 모두 말해주면 좋겠어. 나도 그에 관해 어느 정도 들은 바가 있지만. 활자 조판이 끝났다고 하니 그 글의 일부를 인용하는 게 나을 거야. 그리고 당신 시들의 헌사를 있는 그대로 모두 들려주길 바라. 산문으로 쓰였으면 산문으로, 운문으로 쓰인 거면 운문으로. 나는 그 헌사가 아름다우리라는 걸 조금도 의심치 않아. 내게 편지를 쓸 때는 당신 자신에 관한 모든 것을 솔직하게 말해주길 바라. 당신 삶, 당신 친구들, 당신 일 그리고 당신 책들에 관해서. 당신의 책[12]과 독자들의 반응에 대해서도 들려줘. 당신 자신에 관해 무엇을 얘기하든, 두려움 없이 말하도록 해. 진심이 아닌 것을 얘기하진 마. 그게 내가 하고 싶은 부탁의 전부야. 만약 당신 편지에 거짓되거나 가식적인 무언가가 있다면, 난 어조만으로도 그 사실을 즉시 알 수 있을 테니까. 평생 동안 문학을 숭배해오면서 내가 '미다스 왕이 황금에 집착했던 것만큼/소리와 음절에 인색해진 것'[13]은 거저 얻어진 것도, 아무런 이유가 없는 것도 아니야.

또한 난 아직 당신을 더 알아야만 한다는 것도 잊지 마. 어쩌면 우린 아직 서로를 더 알아야 하는지도 모르지.

당신을 위해서 마지막으로 이것 하나만 말해줄게. 과거를 두려워하지 마. 사람들이 당신한테 과거는 돌이킬 수 없는 것이라고 말해도 그들 말을 새겨들을 필요 없어. 과거와 현재 그리고 미래는 신이 보기에는 단 한순간일 뿐이야. 우리는 신의 눈길 아래 살아가도록 노력해야 해. 시간과 공간, 연속과 확장은 생각의 우연적인 조건들일 뿐이야. 상상력은 그런 것들을 초월해서 이상적인 존재의 자유로운 영역 속에서 움직이지. 사물 역시 그 본질에서 그것이 어떠할지를 결정짓는 우리의 선택에 따라 달라져. 다시 말하면, 각각의 사물은 우리가 그것을 바라보는 방식에 따라 다르게 존재한다는 거지. 블레이크도 어디선가 "다른 이들은 언덕 너머로 새벽이 오는 것을 보는 곳에서, 나는 신의 아들들이 기쁨으로 소리치는 것을 본다"[14]라고 말한 것처럼. 나는 당신한테 떠밀리듯 당신 아버지에게 소송을 걸었다가 세상과 나 자신에게 나의 미래로 여겨졌던 것을 모두 잃고 말았지. 다시는 돌이킬 수 없을 만큼. 어쩌면 난 그것을 그보다 훨씬 전에 잃어버렸는지도 몰라. 지금 내 앞에 놓여 있는 것은 나의 과거야. 나는 나 자신과 세상 사람들과 신으로 하여금 그것을 다른 눈으로 바라볼 수 있게 해야만 해. 그러기 위해서는 내 과거를 무시하거나 경시해서도 안 되고, 찬양하거나 부인해서도 안 돼. 오직 내 삶과 인성이 발전하는 데 필수적인 한 부분으로서 내 과거를 전적으로 받아들여야만, 내가 견뎌왔던 모든 것들 앞에서 고개를 숙여야만 그럴 수 있기 때문이야. 내가 그런 영혼의 진정한 기질과 얼마나 멀리 떨어져 있는지는, 변덕스럽고 불안정한 기분, 경멸과 씁쓸함, 열망과 그것을 이루지 못하는 무능력을 보여주는 이 편지가 당신에게 잘 말해주고 있을 거야. 하지만 내 과업을 이루기 위해 내가 지금 얼마나 무시무시한 학교에 와 있는지를 결코 잊지 마. 그리고 내가 비록 불완전하고 결함이 많다 할지라도 당신은 여전히 내게서 배울 게 많을 거야. 당신은 삶의 쾌락과 예술의 기쁨을 배우기 위해 나에게 왔지. 어쩌면 난 당신에게 그보다 훨씬 더 멋진 것을, 고통의 의미와 그 아름다움을 가르쳐주기 위해 선택된 사람인지도 몰라.

당신의 좋은 친구
오스카 와일드

OSCAR
WILDE

오스카 와일드
—앙드레 지드

먼저 독자들에게 미리 말해두고자 한다. 이 책[1]은 오스카 와일드의 전기도, 그의 작품에 대한 연구서도 아니다. 다만 미간未刊으로 남겨두기에는 아까운 두 편의 짧은 글을 한데 모은 것일 뿐이다. 아일랜드 출신의 위대한 작가에게 관심을 가지는 사람들이 점점 더 많아지는 가운데, 이 글들을 어디에서 찾을 수 있을지 알지 못하는 이들을 위해 그리한 것이다. 하나는 다양한 비평을 모아놓은 책* 속에 묻혀 있었고, 다른 하나는 1905년 8월에 처음 공개된 『레르미타주 l'Ermitage』를 아직 벗어나지 못하고 있었다.

이제 와서 아무것도 다시 고쳐 쓸 엄두가 나지 않아, 나는 이 두 편의 글을 단어 하나 바꾸지 않고 그대로 펴내고자 한다. 적어도 한 가지 면에서는 그사이 생각이 아주 많이 달라졌는데도 말이다. 첫번째 글에서 나는 오스카 와일드의 작품, 특히 그의 희곡에 대해 부당하게 엄격한

---

* 『프레텍스트 Prétextes』, 메르퀴르 드 프랑스.

태도를 취했던 것 같다. 영국인들뿐만 아니라 프랑스인들까지 나로 하여금 그런 생각을 하게 했기 때문이다. 그리고 와일드 자신도 때때로 자신의 희극들을 장난스럽게 비하하는 것 같은 모습을 보여주었고, 나는 그 모든 것을 곧이곧대로 믿었다. 따라서 나는 오랫동안 『이상적인 남편』이나 『보잘것없는 여인』에서 그 역시 '보잘것없는' 극적 여흥 이상의 것을 보지 못했음을 솔직히 고백한다. 그렇다고 해서 이 극들을 완벽한 작품이라고 생각하는 것은 아니다. 하지만 그것들을 더 잘 알게 된 지금은, 매우 흥미롭고 의미 깊으며, 누가 뭐라 하든 더없이 참신한 현대적 극들이라고 생각한다. 이미 프랑스 비평이 『윈더미어 부인의 부채』의 최근 상연에 많은 관심을 보였음에 스스로도 놀랐다면, 또다른 두 극에 대해서는 어떤 생각을 하겠는가!

마지막으로, 제대로 들을 수 있는 사람에게는 『이상적인 남편』과 『보잘것없는 여인』이 그 작가에 대해 많은 것을 이야기해줄 것이다. 그의 다른 작품들과 마찬가지로. 더 나아가 그의 작품들의 문학적 가치는 그 고백록적인 중요성과 비례한다고도 할 수 있다. 그토록 기이하게 의식적이며, 우연조차도 의도적인 것처럼 보이는 삶 속에서는 어떤 사건도 별로 놀랍게 여겨지지 않는다는 데에 나는 여전히 감탄을 금치 못하고 있다.

오스카 와일드를
기리며

1년 전 바로 이맘때쯤*, 비스크라²에 있던 나는 신문 기사를 통해 오스카 와일드의 비참한 최후를 알게 되었다. 하지만 안타깝게도 멀리 떨어져 있어 바뉘 묘지까지 그의 유해를 뒤따라간 초라한 장례 행렬에 함께할 수 없었다. 나의 부재로 말미암아 마지막까지 그의 곁을 지켰던 얼마 안 되는 친구들의 수가 더 줄어든 것 같아 못내 가슴이 아팠다. 나는 적어도 지금 쓰고 있는 이 글을 그 당시 즉시 쓰고 싶었다. 하지만 또다시, 꽤 오랫동안 와일드의 이름이 신문의 지면에 오르내리는 바람에 그럴 수가 없었다. 그토록 슬프게도 유명한 이름을 둘러싼 온갖 무분별한 억측들이 잦아들고, 그를 찬양했던 무리가 그에게 놀라고 악담을 퍼붓는 데 지친 이제는, 오랜 시간이 지나도 사그라들지 않는 한 친구의 슬픔을 표현하고, 버려진 무덤 위에 화관을 바치듯 애정과 감탄과 존경이 담긴 연민으로 써내려간 이 글을 그에게 바칠 수 있지

---

* 이 글은 1901년 12월에 쓴 것이다.

않을까.

영국 여론을 들끓게 했던 불미스러운 소송으로 인해 그의 삶이 산산 조각 날 위험에 처했을 때, 몇몇 문인들과 예술가들은 문학과 예술의 이름으로 일종의 구명대를 그에게 던지고자 했다. 그들은 작가로서의 그를 칭송함으로써 한 인간으로서의 그를 용서받게 하고자 했다. 아! 하지만 안타깝게도 그들은 잘못 생각하고 있었던 것이다. 분명히 인정해야 할 것은, 와일드는 위대한 작가가 아니라는 사실이다. 그리하여 그들이 그에게 던진 납으로 된 구명대는 그를 결정적으로 침몰시키고 말았다. 그의 작품들은 그를 지탱해주기는커녕 그와 함께 가라앉았다. 몇몇 이들이 손을 내밀었으나 허사였다. 세상이라는 파도는 그를 덮쳤고, 모든 것이 끝났다.

그 당시 그들은 전혀 다른 방식으로 그를 옹호할 생각을 하지 못했다. 작품 뒤에 사람을 숨기려고 하는 대신, 내가 지금 하려는 것처럼, 먼저 한 인간으로서의 놀라운 면모를 드러낸 다음 그로 인해 더욱 빛나는 작품들을 이야기해야 했던 것이다. 와일드는 "나는 내 삶에 내 모든 천재성을 쏟아부었다. 내 작품들에는 내 재능만을 투영했을 뿐이다"라고 말한 바 있다. 그는 위대한 작가는 아니었을지 모르지만, 충만하게 삶을 살아낸 사람[3]이었다. 와일드는 그리스의 철학자들처럼, 그가 지닌 삶의 지혜를 글이 아닌 이야기로 전달했고, 그것을 몸소 살아냈다. 그리고 물 위에 새기듯, 변덕스러운 인간의 기억에 그것을 맡기는 경솔함을 범했다. 그를 더 오랫동안 알았던 이들은 그의 전기를 쓰면 될 것이다. 나는 그 누구보다 열심히 그의 말에 귀 기울였던 사람으로서 여기에 단지 몇몇 개인적인 추억만을 이야기하고자 한다.

1

와일드가 생애 마지막 시간들을 보낼 때에야 그를 만났던 이들은 수
감생활로 인해 쇠약해지고 망가진 모습을 보면서 그가 그 이전에 얼마
나 경이로운 존재였는지를 잘 떠올리지 못한다. 나는 1891년에 그를
처음 만났다. 당시 와일드는 새커리가 '위대한 인물들의 필수적인 천
부적 재능'이라고 규정한 '성공'의 정점에 도달해 있었다. 그의 몸짓과
그의 시선은 모두를 열광시켰다. 그의 성공은 지극히 당연시되면서 와
일드 자신을 앞질러 가는 듯했고, 그는 그것을 따라가기만 하면 되는
것처럼 보였다. 그의 책들은 사람들의 경탄을 자아냈고, 그들을 매혹
했다. 런던 사람들은 그의 극이 상연되는 곳이면 어디든지 달려갔다.
그는 부자였고, 큰 키에 잘생겼으며, 행복과 영예를 마음껏 누렸다. 어
떤 이들은 그를 아시아의 바쿠스에 비유했다. 또 어떤 이들은 그를 로
마 황제나 아폴론에 비유하기도 했다. 분명한 것은, 그가 찬란하게 빛
났다는 사실이다.

파리에서는 그가 나타나자마자 그의 이름이 입에서 입으로 전해졌

다. 사람들은 그에 관해 터무니없는 일화들을 퍼뜨리기도 했다. 당시만 해도 와일드는 금 필터가 달린 담배를 피우고, 한 손에 해바라기 꽃을 들고 거리를 산책하는 인물 정도로만 알려져 있었다. 세속적인 명성에 매달리는 사람들을 조롱하는 데 능했던 그는 자신의 진정한 자아보다 앞선 홍미로운 허상을 창조해내 그것을 재치 있게 가지고 놀 줄 알았던 것이다.

나는 말라르메의 집[4]에서 그에 관한 이야기를 처음으로 들었다. 사람들은 그를 뛰어난 재담가라고 묘사했다. 나는 그를 좀더 잘 알고 싶다는 생각이 들었지만 실제로 그럴 수 있으리라는 기대는 하지 않았다. 그러던 어느 날 행복한 우연이, 아니 내 바람을 알고 있던 한 친구가 그것을 이루어주었다. 그는 와일드를 한 레스토랑으로 저녁식사에 초대했다. 우리는 모두 넷이었는데, 그날 말을 한 사람은 와일드가 유일했다.

와일드는 그저 잡담을 하는causer 게 아니라 이야기를 들려주었다 conter. 그는 식사를 하는 내내 쉬지 않고 부드럽고 느릿하게 이야기를 이어갔다. 그의 목소리 또한 더없이 감미로웠다. 그는 프랑스어를 능숙하게 구사했지만, 때로 우리를 기다리게 하기 위해 적절한 단어들을 찾는 척하기도 했다. 그에게서는 외국인의 악센트도 거의 느껴지지 않았다. 그 자신이 재미 삼아 일부러 구사하는 게 아니라면. 악센트는 종종 단어에 신선하고 야릇한 뉘앙스를 부여하기 때문이었다. 예를 들면, '셉티시스므scepticisme'를 의도적으로 '스켑티시스므skepticisme'로 발음하는 식이었다. 그날 저녁 그가 우리에게 끝없이 들려준 이야기들은 혼란스러웠고, 그가 할 수 있는 최선의 것들은 아니었다. 와일드는 아직 우리에 대한 확신이 서지 않아 우리를 시험하고 있었던 것이다. 그는 자신의 지혜나 광기 중에서, 듣는 사람이 음미할 수 있을 거라고 생각하는 것만을 들려주었다. 각자의 입맛에 따른 먹을거리만을 제공했던 것이다. 그에게서 아무것도 기대하지 않은 사람들은 아무것도 얻지 못하거나 가벼운 디저트의 맛만 볼 수 있었을 뿐이다. 그는 처음에는 좌중을 즐겁게 하는 데에만 신경을 썼기 때문에, 그를 안다고 생각하는 대다수의 사람들은 그에게서 흥미로운 재담가의 모습만을 보았을 터였다.

식사가 끝나자 우리는 밖으로 나왔다. 내 두 친구가 나란히 걸어가자, 와일드는 나를 옆으로 잡아끌며 불쑥 말했다.

"당신은 이야기를 눈으로 듣는군요. 그래서 당신한테 이 이야기를 들려주려 합니다. 나르키소스가 죽자, 들판의 꽃들은 몹시 슬퍼하면서 강물에게 그를 애도하기 위한 물방울을 달라고 요구했어요. 그러자 강물은 이렇게 대답했죠. '그럴 수 없어요. 내 물방울들이 모두 눈물이 된다면 내가 나르키소스를 애도하는 데 필요한 물이 부족해질 거예요. 난 그를 사랑했어요.' 그러자 들판의 꽃들이 말했어요. '오! 어떻게 나르키소스를 사랑하지 않을 수 있겠어요? 그렇게 아름다운 청년을 말이에요.' '그가 아름다웠나요?' 강물이 물었어요. '누가 그걸 당신보다 더 잘 알 수 있을까요? 그는 매일 당신의 기슭에서 몸을 숙여 당신 물속에 자신의 아름다운 모습을 비춰보았는걸요……'"

와일드는 잠시 말을 멈추었다가 이어 말했다.

"그러자 강물이 대답했어요. '내가 그를 사랑했던 것은, 그가 내 위로 몸을 숙일 때마다 그의 눈 속에 비친 내 모습을 볼 수 있었기 때문이랍니다.'"

와일드는 야릇한 웃음을 터뜨리고는 거드름을 피우면서 덧붙였다.

"이 이야기의 제목은 「제자」입니다."

우리는 그의 숙소 앞에 도착해 그와 헤어졌다. 그는 내게 다시 만나기를 청했다. 그해와 이듬해에 난 그를 자주 그리고 여러 곳에서 만났다.

앞서 말했듯이, 와일드는 다른 사람들 앞에서는 과시용 가면을 쓰고 그들을 감탄하게 하거나 즐겁게 하거나 때로는 그들의 짜증을 돋우기도 했다. 그는 다른 사람의 이야기는 결코 듣는 법이 없었고, 자기 생각이 아닌 다른 사람의 생각에는 아무런 관심을 두지 않았다. 그리고 더이상 홀로 빛나지 않는다고 느끼면 그 즉시 입을 다물었다. 그러다 우리끼리 단둘만 있게 되면 비로소 다시 본모습으로 돌아왔다.

그는 즉시 이야기를 시작했다.

"그래, 어제 이후 무엇을 했나요?"

당시 내 삶은 별문제 없이 흘러가고 있던 터라 내가 들려주는 이야기는 그에게 어떤 흥미도 불러일으키지 못했다. 나는 순순히 사소한 일들을 반복해 이야기하면서 와일드의 이마가 어두워지는 것을 살폈다.

"정말 그게 단가요? 당신이 한 일이?"

"네."

"당신 말이 모두 사실이라는 거죠!"

"네, 그렇습니다."

"그런데 뭐 때문에 그 이야기를 다시 하는 거죠? 당신도 보다시피 전혀 흥미롭지 않은데. 우리에게는 두 종류의 세상이 있다는 걸 알아야 합니다. 우리가 이야기하지 않아도 이미 존재하는 세상. 우리는 그것을 현실세계라고 부르죠. 애써 이야기하지 않아도 볼 수 있는 세상이죠. 다른 하나는, 예술세계입니다. 우리가 이야기해야 하는 것은 바로 그것입니다. 이야기 밖에서는 존재할 수 없는 세상이니까요."

"옛적에 이야기를 잘해서 마을 사람들에게 사랑받는 한 남자가 있었어요. 그는 매일 아침 마을을 떠났다가 저녁에 돌아오곤 했죠. 마을의 모든 일꾼들은 하루종일 힘들게 일한 뒤 그의 주변에 둘러앉아 이렇게 말했어요. '자, 얼른 이야기해보라고. 그래, 오늘은 뭘 봤지?' '오늘은 숲에서 플루트를 연주하며 꼬마 요정들에게 원무를 추게 하는 목신을 봤어요.' '더 얘기해봐. 또 뭘 봤지?' 사람들은 그에게 이야기를 더 해달라고 졸랐죠. '바닷가에 이르렀을 때 물가에서 금빛으로 초록색 머리를 빗고 있는 세이렌들을 봤어요.' 마을 사람들은 이야기를 들려주는 그를 사랑했어요."

"어느 날 아침, 그는 여느 때처럼 마을을 떠났어요. 그런데 바닷가에 이른 그는 세 명의 세이렌을 발견했어요. 물가에서 금빛으로 초록색 머리를 빗고 있는 세이렌들을. 그리고 산책을 계속하던 그는 숲 부근에 이르러서는 플루트를 연주하며 꼬마 요정들에게 원무를 추게 하는 목신을 발견했어요. 그날 저녁, 마을로 돌아온 그는 다른 날처럼 그에게 이야기를 들려달라고 채근하는 마을 사람들에게 이렇게 말했어요. '오늘은 아무것도 보지 못했습니다.'"

"난 당신 입술이 마음에 들지 않아요. 한 번도 거짓말을 해보지 못한 사람의 입술처럼 너무 반듯한 게 말이죠. 내가 당신한테 거짓말하는 법을 가르쳐주겠소. 당신 입술이 고대 가면의 입술처럼 아름다워지고 일그러지도록."

"예술작품과 자연의 작품이 각각 어떤 특성을 지녔는지 아나요? 그 둘의 차이점이 뭔지 아나요? 수선화도 예술작품만큼 아름다운 게 사실이고, 아름다움은 그 둘을 구분짓는 기준이 될 수 없어요. 그럼 무엇이 그들을 구분짓는다고 생각해요? 예술작품은 언제나 유일합니다. 하지만 항구적인 것을 만들어낼 수 없는 자연은 언제나 반복을 거듭하지요. 자신이 만들어내는 것은 그 무엇도 영영 사라져버리는 일이 없도록 말이에요. 이 세상에는 수많은 수선화가 존재하지요. 그래서 꽃들은 하루밖에 못 살아도 되는 겁니다. 그리고 자연은 새로운 형태를 만들어낼 때마다 즉시 그것을 복제합니다. 바닷속에 사는 괴물은 다른 바닷속에 자신을 닮은 또다른 괴물이 살고 있다는 걸 알고 있지요. 신이 네로 황제나 보르자나 나폴레옹 같은 인물을 창조할 때는 그와 유사한 인물을 다른 곳에 비축해둡니다. 사람들은 그 사실을 알지 못하지만, 그런 건 중요한 게 아닙니다. 중요한 건, 하나가 성공한다는 것입니다. 신이 인간을 창조했기 때문에 인간은 예술작품을 창조해내는 겁니다."

"그래요, 나도 압니다. 언젠가 이 땅이 커다란 불안감에 휩싸인 적이 있었지요. 마침내 자연이 유일한 무언가를, 진정 유일한 무언가를 탄생시킬 것처럼. 그리고 이 땅에 그리스도가 태어난 겁니다. 그래요, 나도 잘 압니다. 하지만 내 이야기를 들어보세요."

"어느 날 저녁, 아리마테아의 요셉은 예수가 막 죽임을 당한 골고다 언덕에서 내려오다가 한 젊은 남자가 새하얀 돌 위에 앉아 울고 있는 것을 보게 됐어요. 요셉은 그에게 다가가 말했죠. '당신이 느끼는 슬픔이 얼마나 큰지 잘 알고 있습니다. 그는 분명 정의로운 인물이었으니까요.' 하지만 그 젊은 남자는 이렇게 대꾸했어요. '아닙니다! 그래서 우는 게 아니라고요! 나도 그처럼 기적을 행했기 때문에 우는 겁니다! 나도 장님들의 눈을 뜨게 해주었고, 수족이 마비된 사람들을 낫게 해주었고, 죽은 자들을 살렸습니다. 나 역시 열매를 맺지 못하는 무화과를 말라 죽게 했고, 물을 포도주로 바꾸었습니다. 그런데도 사람들은 나를 십자가에 못 박지 않았단 말입니다.'"[5]

그와 함께했던 여러 날 동안 느낀 것은, 오스카 와일드는 자신이 예술적 사명을 띠고 있음을 굳게 믿었다는 것이었다.

복음은 세속적인 와일드에게 불안감을 안겨주고 그를 괴롭혔다. 복음은 그의 기적들을 용납하지 않았다. 그에게 세속적인 기적은 예술 작품이었다. 그런데 기독교가 그 영역을 침해하고 있었던 것이다. 견고한 예술적 비현실성은 삶 속에 뿌리박은 사실주의를 요구하기 때문이다.

그의 더없이 기발한 우화들과 위협적인 풍자들은 두 종류의 도덕, 즉 세속적 자연주의와 기독교적 이상주의를 대결시켜, 모든 의미에서 기독교적 이상주의를 뒤엎고자 했다. 그는 이런 이야기를 들려주었다.

"다시 나사렛으로 향한 예수는 너무도 변해버린 도시의 예전 모습을 알아볼 수 없었어요. 그가 예전에 살았던 나사렛은 한탄과 눈물로 가득한 곳이었죠. 하지만 지금은 웃음소리와 노랫소리가 넘쳐났어요. 도시로 들어간 예수는 꽃을 잔뜩 든 노예들이 새하얀 대리석으로 된 저택의 대리석 계단을 향해 바삐 가는 것을 목격했어요. 집 안으로 들어간 예수는 벽옥으로 장식된 방 안쪽의 자줏빛 침상 위에 한 남자가 누워 있는 것을 발견했죠. 헝클어진 머리에는 붉은 장미화관을 쓰고, 입술은 포도주로 붉게 물든 채로. 예수는 그에게 다가가 그의 어깨에 손을 올리면서 물었어요. '넌 어찌하여 이렇게 사는 것이냐?' 뒤를 돌아본 남자가 예수를 알아보고는 대답했죠. '나는 나환자였는데 당신이 나를 치유해주었지요. 그런데 왜 다른 삶을 살아야 하는 거죠?'

예수는 그 집을 나왔어요. 그리고 길에서 얼굴에 화장을 짙게 하고 요란한 옷차림에 진주로 만든 신발을 신은 한 여인과 마주쳤어요. 그녀의 뒤에는 한 남자가 따라가고 있었는데, 소박한 옷차림의 그는 두 눈이 욕정으로 이글거리고 있었죠. 예수는 그에게 다가가 어깨에 손을 올리며 물었어요. '넌 어째서 이 여인을 쫓아가며 그런 눈빛으로 바라보느냐?' 뒤를 돌아본 남자가 그를 알아보고는 대답했죠. '나는 한때 눈이 멀었었는데 당신이 내 눈을 뜨게 해주었잖소. 그런데 이 눈으로 달리 무엇을 할 수 있겠소?'

그러자 예수는 여인에게 다가가 물었어요. '네가 가고 있는 이 길은 죄악의 길이다. 그런데 왜 이 길을 가는 것이냐?' 그를 알아본 여인은 웃으며 대답했어요. '내가 가고 있는 이 길은 쾌락의 길인걸요. 당신이 내 모든 죄를 사해주셨잖아요.'

그러자 예수는 한없는 슬픔을 느끼고는 마을을 떠나고자 했어요. 그런데 마을을 떠나려고 할 때 마을의 도랑 가에서 울고 있는 한 젊은 남자를 발견했어요. 예수는 그에게 다가가 그의 곱슬머리를 어루만지며 물었죠. '내 친구여, 왜 그렇게 슬피 울고 있느냐?'

그러자 청년이 고개를 들어 그를 알아보고는 대답했어요. '나는 이미 죽었었는데 당신이 나를 되살려놓지 않았습니까. 그런데 내가 달리 무엇을 할 수 있겠습니까?'"[6]

"내가 비밀 하나 말해줄까요?" 어느 날 와일드는 이렇게 말문을 열었다. 에레디아의 집에서였다. 그는 사람들이 잔뜩 모여 있는 응접실에서 나를 옆으로 잡아끌었다. "이건 정말 비밀인데…… 아무에게도 말하지 않겠다고 약속해야 합니다. 예수가 왜 자기 어머니를 좋아하지 않았는지 그 이유를 아나요?" 그는 부끄러운 이야기를 할 때처럼 내 귀에 대고 조그맣게 속삭였다. 그리고 잠시 뜸을 들이더니, 내 팔을 잡고 뒤로 물러서면서 느닷없이 웃음을 터뜨리며 말했다. "그건 그녀가 처녀였기 때문이라오!"

그다음으로 그는 인간의 정신이 맞닥뜨릴 수 있는 더없이 기이한 이야기 중 하나를 들려주었다. 와일드의 전적인 창작이라고 보기는 어려운 모순을 요령껏 이해하기를.

"……그리하여 신이 주관하는 심판의 집에는 무거운 침묵이 흘렀습니다. 죄인의 영혼은 벌거벗은 채 신 앞으로 나아갔죠.

죄인의 삶이 기록된 책을 펼쳐 든 신이 말했어요.

'넌 아주 사악한 삶을 살아온 게 분명하구나. 너는…… (그는 전대미문의 놀라운 죄목들을 열거했다)* 네가 이 모든 악행을 저질렀으므

---

* 와일드는 훗날 이 이야기를 더없이 훌륭하고 감탄스러운 산문시로 펴냈다. 또한 우리의 친구 앙리 다브레가 『르뷔 블랑슈la Revue Blanche』에 발표한 번역도 마찬가지로 훌륭했다.

로 난 너를 반드시 지옥으로 보내야겠다.'

'당신은 나를 지옥으로 보낼 수 없습니다.'

'어째서 너를 지옥으로 보낼 수 없다는 것이냐?'

'나는 이미 지옥에서 평생을 살았으니까요.'

그러자 심판의 집에는 다시 무거운 침묵이 흘렀어요.

'좋다! 지옥에는 보낼 수 없다고 하니 너를 천국으로 보내야겠구나.'

'당신은 나를 천국으로 보낼 수도 없습니다.'

'어째서 너를 천국으로도 보낼 수 없다는 것이냐?'

'나는 천국을 상상해본 적이 한 번도 없으니까요.'

그러자 심판의 집에는 다시 무거운 침묵이 흘렀습니다."[7]

어느 날 아침, 와일드는 상당히 아둔한 비평가가 그를 두고 '자신의 생각을 좀더 잘 포장하기 위해 흥미로운 이야기들을 지어낼 줄 안다'고 칭찬한 기사를 내게 내밀었다.

그는 이렇게 말문을 열었다.

"그들은 모든 생각들이 벌거벗은 채로 생겨난다고 생각하지요. 내가 이야기로밖에 생각할 수 없다는 것을 이해하지 못하는 겁니다. 조각가는 자신의 생각을 대리석으로 표현하고자 하는 게 아닙니다. 그는 대리석으로 생각을 하는 것이란 말입니다."

"옛적에 청동으로만 생각할 수 있는 한 남자가 있었어요. 어느 날 문득 그는 어떤 생각이 떠올랐습니다. 즐거움, 한순간만 머무르는 즐거움에 대한 생각이었어요. 그는 그것을 말해야만 한다고 느꼈습니다. 하지만 이 세상에는 더이상 한 조각의 청동도 남아 있지 않았어요. 인간들이 모두 써버렸기 때문이지요. 남자는 자신의 생각을 이야기하지 않으면 미쳐버릴 것 같았습니다.

그는 자기 아내의 무덤 위에 있는 한 덩어리의 청동을 떠올렸어요. 그가 유일하게 사랑했던 여인의 무덤을 장식하기 위해 직접 만든 조각상이었죠. 그것은 슬픔의 조각상이었어요. 영원히 지속되는 슬픔의 조각상이었죠. 남자는 자신의 생각을 이야기하지 않으면 미쳐버릴 것만 같았습니다.

그리하여 그는 그 슬픔의 조각상, 영원히 지속되는 슬픔의 조각상을 가져와 부서뜨려 불에 녹였어요. 그리고 그것으로 한순간만 머무르는 즐거움의 조각상을 만들었습니다."[8]

와일드는 예술가의 숙명 같은 것을 믿었고, 그 생각은 내내 그를 따라다녔다.

그는 이렇게 말했다.

"세상에는 두 종류의 예술가가 있습니다. 하나는 답을 제시하는 예술가이고, 다른 하나는 질문을 던지는 예술가입니다. 따라서 예술가가 답을 제시하는 쪽인지, 질문을 던지는 쪽인지를 알아야 합니다. 질문을 던지는 이들은 답을 제시하는 이들이 될 수 없기 때문입니다. 기다려야만 하는 작품들, 오랫동안 사람들에게 이해받지 못하는 작품들이 있습니다. 그건 그 작품들이 아직 던지지 않은 질문들에 대한 답을 제시하고 있기 때문입니다. 답이 제시되고 아주 오랜 시간이 지난 뒤에야 질문을 던지는 경우가 종종 있기 때문이지요."

그는 이런 말도 했다.

"영혼은 나이가 든 채로 몸에서 태어납니다. 몸이 늙어가는 것은 영혼을 젊어지게 하기 위한 것입니다. 플라톤은 젊어진 소크라테스입니다."

그후 3년간 나는 그를 다시 만나지 못했다.

2

여기서부터는 비극적인 기억들이 시작된다.

와일드의 성공에 비례하듯(당시 런던에서는 그의 극을 세 군데 극장에서 동시에 공연하기도 했다) 나날이 커지며 끈질기게 퍼져나가는 그에 관한 소문은 그의 동성애에 관한 것이었다. 사람들의 반응은 웃음과 함께 그 소문에 분노하거나, 전혀 분노하지 않거나 둘 중 하나였다. 게다가 그는 그 사실을 별로 감추려 하지 않았고, 오히려 종종 공공연하게 드러내기까지 한다는 주장도 있었다. 어떤 이들은 그가 용감하게, 또 어떤 이들은 그가 시니컬하게, 또다른 이들은 그가 가식적으로 그리한다고 주장했다. 나는 그런 소문에 놀라움을 감추지 못했다. 와일드와 알고 지낸 이래로 나는 단 한 번도 그런 의심을 해본 적이 없기 때문이다. 하지만 신중을 기하느라 이미 상당수의 친구들이 그를 떠난 터였다. 아직은 그를 공공연하게 부인하지는 않았지만, 더이상 아무도 그를 가까이하려 하지 않았다.

그러던 어느 날 아주 기막힌 우연이 각기 다른 우리의 행보를 마주쳐 지나가게 했다. 1895년 1월의 일이었다. 나는 여행중이었다. 우울한 마음을 달래고자 떠난 길이었고, 새로운 풍경보다는 고독을 찾아 헤매던 중이었다. 날씨는 아주 고약했다. 나는 알제에서 도망치다시피 블리다로 갔고, 이번에는 블리다를 떠나 비스크라로 향하려던 참이었다. 호텔을 떠나기 직전 나는 호기심에서 무심코 투숙객들의 이름이 적힌 흑판을 보았다. 순간 난 내 눈을 의심했다. 내 이름 옆에 결코 잊지 못할 그 이름, 와일드의 이름이 적혀 있는 것이 아닌가…… 고독에 목말라하던 나는 지우개를 집어 내 이름을 지웠다.

그런데 역에 다다르기 전에 내 행동 속에 일말의 비겁함이 감춰져 있는 게 아닌가 하는 생각이 들었다. 나는 즉시 호텔로 되돌아가 트렁크를 방에 도로 올려놓게 하고는 흑판 위에 내 이름을 다시 적어넣었다.

그를 만나지 못했던 3년간(1년 전 피렌체에서 잠깐 만났던 것은 제대로 본 것이라고 간주하긴 어려우므로) 와일드는 상당히 변해 있었다. 그의 눈빛에서는 예전보다 나른함이 덜 느껴졌고, 그의 웃음소리는 다소 걸걸했으며, 유쾌해 보이는 모습 뒤로 격렬한 분노 같은 것이 엿보였다. 자신의 말이 사람들을 즐겁게 해줄 거라는 확신은 전보다 더 강해 보였고, 반드시 그렇게 하리라는 야심은 줄어든 것 같았다. 그는 대담했고, 확고했으며, 예전보다 더 커 보였다. 이상한 것은, 더이상 우화로 말하지 않는다는 것이었다. 그와 함께 지냈던 며칠간 나는 그에게서 어떤 이야기도 들을 수 없었다.

무엇보다 나는 알제리에서 그를 만난 것에 놀라워했다. 그는 내게 이렇게 말했다.

"오! 나는 지금 예술작품을 피해 다니는 중입니다. 이제 난 태양만을 숭배할 생각이거든요. 태양이 생각을 아주 싫어한다는 것을 알고 있나요? 태양은 생각을 계속 뒷걸음치게 해서 그림자 속으로 숨어버리게 만들죠. 생각은 애초에는 이집트에 살고 있었습니다. 그러자 태양이 이집트를 정복해버렸죠. 생각은 그리스에서도 오랫동안 살았습니다. 태양은 이번에는 그리스를 정복했어요. 그다음으로 이탈리아와 프랑스도 마찬가지 운명을 겪었죠. 이제 생각이란 생각은 모두 노르웨이와 러시아까지 밀려나 있습니다. 태양이 결코 찾아오지 않는 곳으로 말이죠. 태양은 예술작품을 질투하거든요."

태양을 열렬히 사랑하는 것, 아! 그것은 곧 삶을 열렬히 사랑하는 것이었다. 와일드의 서정적인 숭배는 격렬하고 무시무시한 성질을 띠어갔다. 일종의 숙명성이 그를 이끌었던 것이다. 그는 자신의 숙명에서 벗어날 수도 없었고, 벗어나기를 원하지도 않았다. 그는 자신의 숙명을 스스로 격화하고 자신을 맹렬하게 몰아붙이는 데 온 힘과 정성을 쏟아붓는 것처럼 보였다. 그는 마치 의무를 이행하듯 쾌락을 향해 나아갔다. 그는 이렇게 말했다. "내게 부여된 의무는 미치도록 즐기는 겁니다."

훗날 니체조차도 당시 이런 말을 했던 와일드보다는 나를 덜 놀라게 했다. 그는 내게 이렇게 말했다.

"행복을 원해서는 안 됩니다! 무엇보다 절대 행복을 좇아서는 안 됩니다. 오직 쾌락만이 중요합니다! 언제나 가장 비극적인 것을 원해야 합니다."

그가 알제의 거리를 활보할 때면 한 무리의 부랑자들이 그를 에워싸고 줄곧 따라다녔다. 그는 그들 각자와 대화를 하면서, 그들을 즐겁게 바라보고 그들을 향해 돈을 뿌려대곤 했다. 그는 내게 이렇게 말했다.

"난 이곳을 부도덕한 도시로 만들고 싶소."

와일드의 말에 누군가가 플로베르에게 어떤 종류의 영광을 가장 누리고 싶은지 물었을 때 그가 "풍기 문란자가 되는 것"이라고 했다는 이야기가 떠올랐다.

나는 이 모든 것들 앞에서 놀라움과 경탄과 두려움을 감추지 못했다. 그의 위태로운 상황과 사람들의 적대감, 그를 향한 비난들, 대담한 쾌락의 추구 뒤에 감춘 그의 음울한 불안을 충분히 짐작할 수 있기 때문이었다.* 그는 곧 런던으로 돌아갈 거라고 했다. Q 후작[9]이 그를 모욕하

---

* 알제에서 마지막 날들을 보내던 어느 저녁, 와일드는 진지한 이야기를 하지 않기로 자신에게 약속이라도 한 듯 보였다. 그가 지나치게 정신적인 역설을 남발하는 것에 얼마간 짜증이 난 나는 그에게 따지듯 물었다.

"그런 농담 말고 더 할 얘기가 없는 겁니까? 오늘 저녁엔 내가 마치 대중이라도 한 것처럼 얘기하고 있지 않느냔 말입니다. 아니, 대중에게도 당신 친구들에게 이야기할 때처럼 말해야 하는 것 아닌가요? 어째서 당신 희곡들이 당신 최고의 작품이 될 수 없는 겁니까? 당신은 대화에서 최고의 기량을 발휘하지 않습니까. 그런데 어째서 그걸 글로 쓰지 않는 거죠?"

그는 즉시 이렇게 외쳤다.

"오! 내 희곡들은 그리 훌륭하지 않습니다. 난 별로 대단하게 생각하지도 않고 말이죠. 하지만 굉장히 재미있다는 건 장담할 수 있습니다! 그리고 그 대부분은 내기의 결과물입니다. 『도리언 그레이의 초상』도 마찬가지고요. 내 친구 하나가 나는 결코 소설을 쓸 수 없을 거라고 주장하는 말에 자극받아 단 며칠 만에 써내려간 작품이거든요." 그리고 그는 느닷없이 나를 향해 몸을 숙이며 말했다.

"내 인생의 가장 큰 비극이 뭔지 아시오? 그건, 내 삶에 나의 모든 천재성을 쏟아부었고, 내 글에는 내 재능만을 투영했을 뿐이라는 사실이라오."

그의 말은 지극히 사실이었다. 그가 쓴 최고의 작품이라 할지라도 그것은 그의 빛나는 대화의 희미한 반영에 불과했다. 그가 이야기하는 것을 들은 사람들은 그의 글을 읽고 실망하는 경우도 있다. 『도리언 그레이의 초상』은 처음에는 정말 놀랍고, 『나귀 가죽』보다 더 훌륭하고 더욱더 의미심장한 이야기였다. 하지만 아! 글로 쓰인 작품은 불완전한 걸작이 되고 말았다.

그의 매혹적인 콩트들 속에도 문학적 요소가 지나치게 많이 섞여 있다. 우아한 이야기들 속에 지나친 허식이 느껴진다. 겉멋과 완곡어법이 본래의 이야기가 간직한 아름다움을 가려버리는 것이다. 그 이야기들을 읽다보면 그것들이 생겨나게 된 세 단계를 추정해볼 수 있

고 싸움을 걸어오면서 그를 도망자로 취급하고 있기 때문이었다.

"하지만 그곳에 돌아가면 어떻게 될지 몰라서 그러는 겁니까?" 나는 그에게 물었다.

"어떤 위험이 당신을 기다리고 있는지 알고는 있느냔 말입니다."

"그런 건 결코 알아서는 안 되는 겁니다. 내 친구들은 정말 대단한 사람들이지요. 그들은 내게 신중을 기하라고 충고하더군요. 하지만 신중을 기하라니! 내가 그럴 수 있을 것 같아요? 그건 뒤로 물러서라는 말이나 다름없는 거예요. 난 되도록 멀리 앞으로 나아가야만 합니다. 그런데 더이상은 나아갈 수가 없어요. 그러니 이제 무언가가 일어날 차례입니다. 또다른 무언가……"

와일드는 다음날 배를 타고 런던으로 돌아갔다.

그다음 이야기는 모두가 알고 있는 것과 같다. 그가 말한 '또다른 무언가'는 강제 노역형이었던 것이다.*

다. 최초의 아이디어는 무척 아름답고, 단순하며, 심오하고, 어떤 울림을 준다. 그리고 잠재적인 필요에 의해 그중 일부분이 채택된다. 하지만 바로 여기서 그의 천재적인 재능이 멈추는 듯 보인다. 이야기의 전개가 인위적인 방식으로 이루어지는 것이다. 그다음에 그는 문장을 다듬을 때, 감정의 흐름이 느껴지지 않는 가볍고 야릇한 말들과 기교적인 수식을 지나치게 많이 사용한다. 영롱하게 빛나는 외양이 작품의 가장 중요한 깊은 감동을 가려버리는 것이다.

* 여기서 인용하는 와일드의 말은 모두 내가 들었던 것을 그대로 옮긴 것이다. 나는 그 어떤 것도 덧붙이거나 매만지지 않았다. 당시 와일드가 내게 했던 말들은 여전히 내 머릿속에, 아니 내 귓전에 생생하게 들려온다. 내가 본바, 와일드는 자기 앞에 감옥이 기다리고 있음을 또렷이 의식했던 것 같지는 않다. 하지만 느닷없이 그를 원고에서 피고인으로 변모시키면서 세상을 놀라게 하고 런던의 모든 사람들을 혼란에 빠뜨렸던 극적인 반전은 당사자인 그에게는 특별한 놀라움을 안겨주지 않았음이 분명하다. 그에게서 우스꽝스러운 어릿광대 같은 모습만을 보고자 했던 언론은 그가 자신을 방어하는 모습을 한껏 왜곡해 보도함으로써 그러한 몸짓의 모든 의미를 앗아갔다. 어쩌면 먼 훗날, 그 끔찍했던 재판의 역겨운 진창을 딛고 그가 다시 우뚝 서게 될 날이 오지 않을까.

3

오스카 와일드는 감옥에서 나오자마자 프랑스로 건너갔다. 디에프 부근의 눈에 띄지 않는 작은 시골마을 베른발에 서배스천 멜모스라는 한 남자가 새롭게 자리를 잡았다. 바로 그였다. 그의 프랑스인 친구들 중에서 그를 마지막으로 본 사람이었던 나는 그를 다시 만난 첫번째 사람이 되고 싶었다. 나는 그의 주소를 알아내자마자 그를 만나러 달려갔다.

나는 한낮에 그곳에 도착했다. 그는 내가 찾아간다는 사실을 알지 못했다. 배려 깊은 타우로프[10]가 종종 디에프로 초대했던 멜모스는 저녁에나 돌아오기로 되어 있었다. 그는 밤이 깊어서야 돌아왔다.

겨울이나 다름없는 차갑고 을씨년스러운 날씨였다. 낙담한 나는 우울한 마음으로 하루종일 텅 빈 바닷가를 배회했다. 어째서 와일드는 베른발 같은 곳에서 살 생각을 한 것일까? 더없이 음울한 이곳에서.

밤이 되어 나는 방을 잡기 위해 호텔로 되돌아갔다. 멜모스가 머물고 있는 그곳은 그 마을에서 유일한 호텔이었다. 깨끗하고 전망이 좋은 그곳에는 내가 함께 저녁식사를 할 사람에 비하면 그다지 눈에 띄지 않는 평범한 이들 몇몇이 투숙하고 있을 뿐이었다. 멜모스에게는 얼마나 서글픈 일행들인가!

다행히 내게는 책 한 권이 있었다. 정말 우울한 저녁이었다. 시간은 어느덧 11시를 가리키고 있었다. 그를 기다리는 것을 포기하려는 찰나 마차 소리가 들려왔다. 멜모스가 돌아온 것이다.

멜모스는 온몸이 꽁꽁 얼어붙어 있었다. 오는 길에 외투를 잃어버렸다고 했다. 전날 밤 그곳의 하인이 그에게 가져다준 공작 깃털(불길한 징조로 여겨지는) 하나가 그에게 불행이 닥칠 것을 예고한 터였다. 그는 그쯤으로 그친 것을 다행으로 여겼다. 하지만 어찌나 추위에 떨었던지 그에게 그로그주를 데워주기 위해 호텔 전체가 법석을 떨었다. 그는 내게 인사를 하는 둥 마는 둥 했다. 적어도 그는 다른 사람들 앞에서는 감격하는 모습을 보이고 싶어하지 않았다. 서배스천 멜모스가 예전의 오스카 와일드와 아주 비슷할 뿐이라는 사실을 확인한 순간 나의 흥분 또한 즉시 가라앉았다. 그에게서는 알제리에서 알았던 격정적이고도 서정적인 모습을 더이상 찾아볼 수 없었다. 그는 위기가 닥치기 전의 온화한 와일드로 돌아와 있었다. 마치 2년 전이 아닌, 4, 5년 전으로 되돌아간 것만 같았다. 그때와 똑같은 나른한 눈빛, 변함없이 유쾌한 웃음과 똑같은 목소리……

그는 호텔에서 가장 좋은 방 두 곳에 머물면서" 그곳을 자신의 취향에 맞게 꾸며놓았다. 테이블 위에는 책이 잔뜩 쌓여 있었는데, 그는 얼마 전에 출간된 나의 『지상의 양식』을 내게 보여주었다. 커다란 받침대 위에 놓인 고딕 양식의 아름다운 성모상이 어둠에 잠겨 있었다.

우리는 이제 램프 가까이 앉아 있었고, 와일드는 그로그주를 홀짝거렸다. 이제 난 그를 좀더 잘 볼 수 있었다. 그의 얼굴 피부는 벌겋고 평범하게 변해 있었다. 손은 더 그래 보였지만 여전히 예전과 똑같은 반지들을 끼고 있었다. 한 손에는 그가 특별히 아끼는, 움직이는 거미발에 청금석으로 된 이집트의 신성갑충神聖甲蟲 형상이 박힌 반지를 끼고 있었다. 그의 이는 아주 흉측하게 망가져 있었다.

우리는 이런저런 이야기를 나누었다. 나는 알제에서 우리가 마지막으로 만났을 때의 이야기를 꺼냈다. 나는 그때 내가 그에게 파국이 닥칠 것을 예고했던 것을 기억하는지 물었다.

"당신은 영국에서 자신을 기다리고 있는 게 어떤 것인지 대략 알지 않았나요? 위험을 예감하면서도 그 속으로 뛰어들었던 겁니까?"

(나는 와일드를 만난 직후 그가 했던 말들을 기록해두었는데, 그것들을 여기에 그대로 옮겨 적는 게 최선이라고 생각한다.)

"오! 물론이에요! 물론 난 파국이 닥칠 거라는 걸 알고 있었어요. 이런 식이 아니더라도 다른 어떤 식으로든 말이죠. 나는 그걸 기다리고 있던 겁니다. 결국 이렇게 끝날 수밖에 없었으니까. 그렇지 않나요? 어떻게 그보다 더 멀리 갈 수 있었겠어요. 더이상 그렇게 계속 갈 수는 없었지요. 그러니 어떻게든 끝을 봐야만 했던 거란 말입니다. 감옥은 나를 완전히 바꿔놓았어요. 그곳에서 난 그걸 기대했던 겁니다. B¹²는 정말 딱하기 그지없어요. 그는 이 모든 걸 이해하지 못해요. 내가 똑같은 삶을 되풀이할 수 없다는 것을 이해하지 못하는 겁니다. 그러면서 나를 바꿔놓았다고 다른 사람들을 비난하다니…… 하지만 결코 똑같은 삶을 다시 살아서는 안 되는 겁니다. 내 삶은 한 편의 예술작품과도 같습니다. 예술가는 두 번 다시 같은 것을 시작하지 않습니다. 그렇지 않다면, 그는 성공하지 못했다는 얘깁니다. 감옥 이전의 내 삶은 더 없는 성공작이었습니다. 하지만 이젠 모두 끝난 얘깁니다."

그는 담배에 불을 붙였다.

"대중은 무척 인색해서 한 사람을 그가 마지막으로 한 것으로만 판단하는 습성이 있어요. 내가 지금 파리로 돌아간다면 그들은 내게서…… 낙인찍힌 죄인의 모습만 보려 들 겁니다. 나는 새로운 극을 쓸 때까지는 사람들 앞에 나서지 않을 겁니다. 그때까지는 다들 나를 조용히 내버려두기를 바랄 뿐입니다." 그리고 그는 화제를 바꾸어 이렇게 말했다.

"내가 여기 오길 정말 잘한 것 같지 않나요? 내 친구들은 나더러 남프랑스로 가서 휴식을 취하는 게 좋겠다고 했어요. 내가 처음엔 정말 많이 힘들어했거든요. 하지만 난 친구들에게 프랑스 북부에서 쉴 곳을 찾아달라고 부탁했어요. 누구의 눈에도 띄지 않을 수 있는 곳, 조그만 해변이 있는 곳, 아주 춥고, 해를 거의 볼 수 없는 곳으로…… 아! 정말 베른발에 와서 살기를 잘한 것 같지 않나요?" 밖의 날씨는 정말 고약했다.

"이곳 사람들은 모두 아주 친절해요. 특히 신부님이. 난 이곳의 조그만 성당이 정말 마음에 듭니다! 성당 이름이 노트르담 드 리에스[13]라고 하면 믿겠어요? 아! 정말 멋진 이름 아닙니까? 나는 이제 베른발을 절대 떠날 수 없을 것 같아요. 오늘 아침에 신부님이 성직자석에 나를 위한 종신 기도석을 마련해줬거든요."

"세관원들은 또 어떤지 아세요! 그들은 여기서 몹시 지루한 나날을 보내고 있었어요. 그래서 내가 혹시 읽을거리가 아무것도 없는지 물었죠. 그리고 요즘은 그들에게 뒤마 페르의 소설들을 가져다주고 있어요. 그러니 내가 여기 계속 머물러야 하지 않겠어요?"

"그리고 아이들은 또 어떤지 알아요! 아! 아이들이 날 어찌나 좋아하는지 몰라요! 여왕의 즉위 60주년 기념일에 내가 커다랗게 파티를 열었어요. 아주 성대한 만찬이었죠! 학교의 아이들이 40명이나 왔어요. 모두 다! 모두 다 말이에요! 선생님까지! 여왕을 경축하기 위해서! 정말 근사하지 않나요? 내가 여왕을 얼마나 존경하는지 당신도 잘 알 거예요. 여왕의 초상화를 항상 지니고 다닐 정도니까요." 그는 핀으로 벽에 꽂아놓은 니컬슨이 그린 초상화를 가리켰다.

나는 초상화를 보기 위해 자리에서 일어났다. 그 옆에는 조그만 책꽂이가 있었다. 나는 잠시 책들을 훑어보면서, 어떻게 하면 와일드로 하여금 내게 좀더 진지하게 이야기하게 할 수 있을까 생각했다. 나는 다시 자리에 앉아 일말의 두려움과 함께 그에게 『죽음의 집의 기록』[14]을 읽어봤는지 물었다. 그는 직접적인 대답을 피하면서도 이야기를 시작했다.

"러시아 작가들은 정말 대단해요. 그들의 작품을 그토록 위대하게 만드는 것은 그 속에 담긴 연민입니다. 나는 처음에는 『보바리 부인』을 아주 좋아했어요. 하지만 플로베르는 자신의 작품에 연민을 담고 싶어 하지 않았죠. 그래서 그의 작품이 제한적이고 폐쇄적인 것으로 보이는 겁니다. 연민은 작품이 바깥세상을 향해 열려 있게 하고, 작품을 무한해 보이게 할 수도 있습니다. 그거 아세요, 친구, 나의 자살을 막은 것도 바로 연민이었다는 것을? 오! 처음 6개월 동안 난 정말 말할 수 없이 불행했습니다. 너무도 불행해서 차라리 죽기를 바랐지요. 하지만 다른 사람들을 보면서, 그들도 나처럼 불행하다는 것을 알고 연민을 느껴 마음을 바꾼 겁니다. 아! 연민이란 정말 놀라운 것입니다. 나는 그것을 알지 못했었지요!(그는 전혀 흥분하지 않고 아주 나직한 목소리로 말했다) 당신은 연민이 얼마나 놀라운 것인지 알고 있습니까? 나는 매일 저녁 신에게 감사하고 있습니다. 그래요, 무릎을 꿇고, 그것을 알게 해준 신에게 감사하는 것입니다. 나는 오로지 쾌락만을 생각하면서 돌처럼 굳은 마음으로 감옥에 들어왔지만, 이제 그런 내 마음은 완전히 부서져버렸습니다. 연민이 내 마음속으로 들어왔기 때문입니다. 나는 이제 연민이 세상에서 가장 위대하고 가장 아름다운 것이라는 걸 깨달았습니다. 그래서 난 나를 단죄한 사람들 그 누구도 원망할 수 없습니다. 그들이 아니었다면 나는 이 모든 걸 알 수 없었을 테니까요. B는 내게 끔찍한 편지들을 보내옵니다. 그는 이런 나를 이해할 수 없다고 합니다. 내가 아무도 원망하지 않는 것을 이해하지 못하겠다고 합니다. 세상 사람들 모두가 내게 더없이 잔인했다고 하면서 말이죠. 그래요, 그는 나를 이해하지 못합니다. 그는 더이상 나를 이해할 수 없습니다. 하지만 난 그에게 편지를 보낼 때마다 매번 반복해 말합니다. 우리는 똑같은 길을 갈 수가 없다고. 그에게는 그의 길이 있습니다. 아주 아름다운 길이지요. 하지만 난 내 길을 가야 합니다. 그가 가는 길은 알키비아데스가 갔던 길이지요. 이제 내가 가야 할 길은 아시시의 성 프란체스코가 갔던 길입니다. 아시시의 성 프란체스코가 누군지 압니까? 아! 정말 놀랍습니다! 놀라워요! 그런데 내 청을 좀 들어줄 수 있나요? 당신이 보기에 가장 훌륭한 성 프란체스코의 전기를 좀 보내주면 좋겠습니다.”

나는 그러겠노라 약속했고, 그는 이야기를 계속했다.

“그래요. 나중에 우린 멋진 교도소장을 만났죠. 아! 정말 멋진 사람이었어요! 하지만 처음 반년 동안 난 몹시 불행했습니다. 아주 고약하고 아주 잔인했던 유대인 교도소장 때문이었죠. 그는 상상력이라곤 조금도 없는 사람이었습니다.”

그가 후다닥 내뱉은 마지막 문장은 더없이 우습게 들렸다. 내가 웃음을 터뜨리자 그도 따라서 웃었다. 그는 예의 문장을 반복하고는 하던 얘기를 계속했다.

“그는 우리를 고통스럽게 하기 위해 무엇을 상상해야 할지 몰랐어요. 그가 얼마나 상상력이 부족했는지는 내 얘길 들어보면 알 수 있을 겁니다. 먼저, 교도소에서는 하루에 한 시간밖에 밖에 나갈 수 없다는 걸 알아야 합니다. 우리는 둥글게 대열을 이루어 교도소 뜰을 걷습니다. 그러는 동안 서로에게 말을 거는 것이 엄격하게 금지되어 있지요. 교도관들이 우리를 감시하고 있었고, 얘기를 하다 적발되면 끔찍한 징벌이 기다리고 있었습니다. 처음 교도소에 들어온 사람들을 알아보는 방법은, 그들은 입술을 움직이지 않고 말하는 법을 모른다는 겁니다. 나는 수감된 지 6주가 지나도록 그 누구와도 단 한마디도 나누지 않았습니다. 그 누구와도 말입니다. 어느 날 저녁, 우리는 의례적인 산책 시간 동안 둥글게 대열을 이루어 걷고 있었습니다. 그런데 갑자기 내 등 뒤에서 누군가가 내 이름을 부르는 소리가 들려왔습니다. 내 바로 뒤에 있던 재소자가 ‘오스카 와일드, 난 당신이 정말 안됐습니다. 당신은 우리 같은 사람보다 훨씬 더 힘들 테니까요’라고 말했습니다. 나는 교도관의 눈에 띄지 않으려고(그땐 정말 기절하는 줄만 알았어요) 엄청나게 노력하면서 뒤를 돌아보지 않고 이렇게 말했습니다. '그렇지 않소, 친구, 우린 모두 똑같이 힘든 겁니다.' 그날부터 나는 더이상 죽고 싶다는 생각이 들지 않았습니다."

"우린 그렇게 며칠 동안 이야기를 나누었습니다. 나는 그의 이름과 그가 무슨 일을 했었는지를 알게 되었죠. 그의 이름은 P였습니다. 정말 좋은 청년이었죠. 아! 정말 좋은 친구였어요! 그런데 난 아직 입술을 움직이지 않고 말하는 법을 몰랐습니다. 그리고 어느 날 저녁, 'C.3.3.!(C.3.3.은 내 수인번호였습니다) C.3.3.하고 C.4.8., 대열에서 나와!'라는 명령에 우린 대열에서 나왔고, 교도관은 우리에게 말했습니다. '소장님 호출이다!' 이미 연민이 내 마음속에 들어온 터라 나는 오직 그를 위해서만 두려워했습니다. 나 자신을 염려하기보다는 그로 인해 고통받을 수 있는 것에 행복해하면서 말이죠. 그런데 당시 교도소장은 악명 높은 인물이었습니다. 그는 P를 먼저 불렀습니다. 우리를 따로따로 신문하기 위해서였죠. 먼저 말을 건 사람과 대답을 한 사람에게는 각기 다른 징벌이 가해지기 때문이었어요. 먼저 말을 건 사람은 대답한 사람의 두 배에 해당하는 벌을 받았습니다. 먼저 사람은 2주 동안 지하 독방 신세를 져야 했지만, 나중 사람은 1주일만 지하 독방에 있으면 됐으니까요. 따라서 교도소장은 누가 먼저 말을 건넸는지를 알고자 했습니다. 물론 좋은 청년이었던 P는 자신이 그랬다고 대답했지요. 그리고 소장이 나를 신문했을 때 나는 물론 내가 그랬다고 말했습니다. 그러자 소장은 얼굴이 시뻘게져서는 도무지 이해할 수 없다고 하더군요. '하지만 P는 자기가 먼저 말을 걸었다고 했단 말이오! 도무지 이해할 수가 없군……'"

"아시겠소, 친구! 그는 이해할 수가 없었던 겁니다! 교도소장은 몹시 당황하면서 이렇게 말하더군요. '하지만 난 그에게 2주간의 지하 독방을 명했소……' 그리고 덧붙여서 '어쨌거나 이런 상황이라면 당신들 둘 다에게 2주간의 지하 독방을 명할 수밖에 없소'라고 했죠. 정말 멋지지 않나요! 이 남자는 상상력이라곤 전혀 없었던 겁니다." 와일드는 자신이 한 말을 더할 나위 없이 즐기고 있었다. 그는 웃음을 터뜨렸고, 이야기하는 것을 행복해했다.

"그리고 물론, 2주 후 우린 이전보다 더 서로에게 말을 걸고 싶어졌습니다. 서로를 위해 고통을 대신한다는 것을 느끼는 게 얼마나 감미로운지 당신은 모를 겁니다. 대열이 매일 바뀌기 때문에, 나는 점차 다른 사람들하고도 얘길 할 수 있었지요. 모두와 말이오! 모두와! 나는 그들 각자의 이름과 사연 그리고 언제 출소하는지도 알게 되었죠. 나는 그들 각자에게 말했습니다. 교도소에서 나가면 제일 먼저 우체국으로 가라고. 그곳에 가면 돈과 함께 그를 기다리는 편지가 한 통 있을 거라고. 그렇게 해서 난 그들 모두를 알아갔습니다. 나는 그들을 아주 좋아했어요. 그들 중에는 참으로 멋진 친구들도 있었지요. 벌써 세 명이나 그곳으로 나를 보러 왔다는 것을 믿을 수 있겠어요? 정말 놀라운 일 아닙니까?"

"그 고약한 소장 후임으로 온 사람은 아주 매력적인 인물이었습니다. 아! 정말 훌륭한 사람이었지요! 내게 얼마나 친절하게 대해주었는지 모릅니다. 그리고 바로 그 무렵, 파리에서 『살로메』가 공연된 사실이 교도소에 있는 내게 얼마나 큰 도움이 되었는지 당신은 모를 겁니다. 그곳 사람들은 내가 작가라는 사실을 까맣게 잊고 있었습니다! 그런데 내 연극이 파리에서 성공을 거두자 이렇게들 생각한 겁니다. '아니, 정말 믿을 수가 없군! 그 친구한테 그런 재능이 있었다니.' 그리고 그때부터 그들은 내가 원하는 책들을 모두 읽게 해주었습니다."

"나는 처음에는 그리스 문학을 가장 먼저 읽고 싶었습니다. 그래서 소포클레스를 신청했지요. 하지만 내 취향이 아니었어요. 그래서 이번에는 가톨릭 신부들이 쓴 책들을 읽어봤는데, 역시 아무런 흥미를 느끼지 못했습니다. 그런데 갑자기 단테가 떠오른 겁니다. 그래! 단테가 있었지! 나는 단테를 매일 읽어나갔습니다. 이탈리아어로 된 단테를. 작품 전체를 읽었지만, 「연옥편」도 「천국편」도 나를 위해 쓰인 것 같진 않았어요. 내가 무엇보다 열심히 읽은 것은 「지옥편」이었습니다. 내가 어떻게 그걸 사랑하지 않을 수 있었겠어요. 우리가 있던 곳이 지옥이었는데 말이죠. 감옥이 곧 지옥이었던 거예요."

그날 저녁 그는 내게 파라오에 대한 극과 유다에 관한 기발한 이야기를 쓸 계획이라고 말했다.

다음날 그는 호텔에서 200미터 떨어진 곳에 있는 아담하고 예쁜 집─그는 그곳을 세내어 가구를 갖추는 중이었다─으로 나를 데리고 갔다. 그는 그곳에서 극을 집필하고 싶어했다. 먼저 「파라오」를 쓴 다음, 그가 기막히게 이야기하는 「아합과 이세벨」(그는 이사벨로 발음했다)을 쓸 거라고 했다.

나를 데리고 갈 마차가 준비되자, 와일드는 잠시 나와 동행하기 위해 함께 마차에 올라탔다. 그는 내 책을 다시 언급하면서 칭찬했지만, 그의 말 속에서는 왠지 모를 머뭇거림이 느껴졌다. 마침내 마차가 멈춰섰다. 그는 내게 작별인사를 하고 마차에서 내리려다가 불쑥 말했다.

"저기 말이에요, 친구, 내게 약속을 하나 해줘야 할 것 같소. 『지상의 양식』, 훌륭해요…… 아주 훌륭해요…… 하지만 내게 약속해주시오. 앞으로는 나라는 말은 결코 쓰지 않겠다고."

내가 그의 말을 잘 이해하지 못하는 듯하자 그는 다시 말했다.

"예술에는 말이죠, 1인칭이란 없습니다."

4

파리로 돌아온 나는 B에게 와일드의 소식을 전해주러 갔다.

B는 내게 말했다.

"하지만 이 모든 건 정말 터무니없는 얘깁니다. 그는 지루한 걸 절대 참지 못하는 사람이에요. 그건 내가 잘 알지요. 그는 매일같이 내게 편지를 보냈습니다. 그리고 나 역시 그가 먼저 극의 집필을 끝내야 한다고 생각합니다. 하지만 그러고 나면 그는 내게 돌아올 겁니다. 그는 혼자 있을 때는 제대로 된 작품을 쓴 적이 없습니다. 항상 기분 전환거리가 필요했지요. 그의 뛰어난 작품들은 모두 나와 함께 있을 때 쓴 것입니다. 여기 그가 마지막으로 보냈던 편지를 보시면……" B는 내게 편지를 보여주며 읽어내려갔다. 편지에서 와일드는 B에게 자신이 「파라오」를 차분히 끝낼 수 있게 해줄 것을 간청하고 있었다. 하지만 B의 말대로, 극의 집필을 끝내는 즉시 그를 만나러 오겠다고 덧붙였다. 그리고 이 근사한 문장으로 편지를 끝맺었다. "그럼 나는 또다시 인생의 왕이 될 수 있을 거야."

5

그후 얼마 지나지 않아 와일드는 파리로 되돌아갔다.* 그는 극을 쓰지 못했고, 앞으로도 결코 쓰지 못할 터였다. 사회는 한 개인을 제거하고자 할 때 어떻게 해야 하는지 잘 알고 있다. 죽음보다 더 교묘한 방법들을…… 와일드는 2년 전부터 몹시 고통받고 있었다. 그것도 너무나 수동적으로. 그의 의지는 꺾여버렸다. 그는 처음 몇 달간은 얼마간 환상을 가질 수 있었지만 이내 전의를 상실했다. 모든 것을 포기해버린 것이다. 무너져내린 그의 삶 속에서 남은 것이라고는, 과거의 그의 고통스러운 흔적과 문득문득 치미는, 그가 아직 생각한다는 것을 입증하고자 하는 욕구, 그리고 억지스럽고 속박당하고 너덜너덜해진 정신뿐이었다. 그 뒤로 나는 그를 두 번밖에 다시 만나지 못했다.

어느 날 저녁, 대로에서 G하고 같이 산책을 하고 있을 때 누군가가

---

* 그의 가족의 대리인들은 와일드가 몇 가지 약속—무엇보다 B를 결코 다시 만나지 않겠다는—을 지키는 데 동의하면, 그에게 넉넉한 재정 지원을 해주겠다고 밝혔다. 그는 그 약속들을 지킬 수 없었거나 지키고 싶어하지 않았다.

내 이름을 부르는 소리가 들렸다. 나는 뒤를 돌아보았다. 와일드였다. 아! 그는 무척 달라져 있었다! "내가 새 극을 완성하기 전에 다시 세상에 모습을 드러낸다면, 사람들은 나를 죄수로만 기억하게 될 겁니다." 그는 내게 그렇게 말했었다. 그런데 그는 새로운 작품 없이 다시 나타났고, 그의 앞에 문들이 굳게 닫혀버린 것처럼 더이상 어디에도 들어갈 생각을 하지 않았다. 그는 방황하고 있었다. 그의 친구들은 여러 차례 그를 구하고자 했다. 그들은 이런저런 궁리를 했고, 그를 이탈리아로 데려가기도 했다. 하지만 와일드는 이내 빠져나갔고, 또다시 넘어졌다. 가장 오랫동안 그의 곁을 지켰던 이들 중 몇몇은 내게 거듭 말했다. "와일드는 이제 어디에도 없습니다." 솔직히 말하면 나는 그를 다시 만난 것이—그것도 많은 사람들이 오가는 곳에서—다소 불편하게 느껴졌다. 와일드는 한 카페의 테라스에 앉아 있었다. 그는 G와 나를 위해 칵테일 두 잔을 주문했다. 나는 행인들에게 등을 돌리고 앉기 위해 그의 맞은편으로 갔다. 하지만 와일드는 내 행동이 터무니없는 수치심에서 비롯되었다고(유감스럽게도 그의 판단이 전적으로 틀린 건 아니었다) 생각하고는 그것을 자신의 탓으로 돌렸다.

"오! 여기 내 옆으로 와서 앉아요." 그는 자기 옆에 놓인 의자를 가리키며 말했다.

"나는 지금 지독하게 외롭다오!"

와일드는 여전히 잘 차려입고 있었다. 그러나 그의 모자는 예전처럼 그렇게 빛나지 않았다. 그의 옷깃은 예전과 똑같은 모양이었지만 더이상 그때처럼 깨끗하지 않았다. 그의 프록코트 소매는 살짝 해져 있었다.

"예전에 베를렌을 만났을 때 난 그를 부끄럽게 생각하지 않았어요."

그는 애써 당당한 척하며 이야기를 계속했다.

"나는 부자였고, 유쾌하고 영예로운 삶을 살았죠. 하지만 그와 함께 사람들의 눈에 띄는 것이 나를 영광스럽게 한다고 생각했습니다. 베를 렌이 엉망으로 취해 있을 때조차도……" 그는 G가 지루해할지도 모른 다고 생각했는지 느닷없이 어조를 바꾸어 재치 있게 농담을 시도하다 가는 다시 침울해졌다. 이 부분에 대한 기억은 여전히 나를 몹시 고통 스럽게 한다. 이윽고 내 친구와 나는 자리에서 일어났다. 와일드는 자 신이 계산을 하겠다고 고집했다. 그에게 작별인사를 하려고 할 때 그는 나를 옆으로 잡아끌어 나직한 목소리로 황망하게 말했다.

"저기, 당신이 알아야 할 것 같아서…… 지금 난 완전히 무일푼이 라오."

며칠 후, 나는 마지막으로 그를 다시 만났다. 그때 우리가 나눈 이야 기 중에서 한마디만 인용하고자 한다. 그는 내게 자신의 곤궁함을 털 어놓았고, 이대로 계속 갈 수는 없으며 글을 단 한 줄도 쓸 수 없다고 말했다. 슬프게도 나는 그에게 새로운 극을 끝내기 전까지는 파리에 다시 나타나지 않겠다고 했던 그의 약속을 상기시켰다.

"아! 어째서 그렇게 일찍 베른발을 떠난 겁니까? 그곳에 오래도록 머물렀어야 하는 것 아닌가요? 당신을 원망하는 건 아니지만, 그래 도……"

그는 내 말을 가로막고는 자기 손을 내 손 위에 올려놓았다. 그리고 더없이 고통스러워 보이는 눈빛으로 나를 바라보며 말했다.

"가혹하게 뭇매를 맞은 사람을 원망해서는 안 됩니다."

이 마지막 대화는 1898년에 있었던 것이다. 그 직후 나는 여행을 떠났고, 오스카 와일드를 다시 만나지 못했다. 그는 그로부터 2년 후에 세상을 떠났다. 와일드의 충실한 친구였던 로버트 로스는 그의 마지막 날들에 관해 알려주는 매우 중요한 자료들을 대중에게 막 공개했다. 그 속에서 와일드는 내 이야기가 짐작게 하는 것보다 덜 혼자인 것처럼 보였고, 덜 외로워 보였다. 특히 그의 마지막 날들에 그의 곁을 지켰던 레지널드 터너[15]의 헌신은 단 한순간도 그 정도가 약해지는 법이 없었다.

이 글이 발표되자 독일과 영국의 몇몇 신문들은 오스카 와일드에 대한 나의 마지막 기억들을 애써 꾸미려 한다고 나를 비난했다. 영광스러운 날들 속의 의기양양한 '인생의 왕'의 모습과, 비참한 날들 속의 처량한 서배스천 멜모스의 모습을 억지로 대비하려 했다는 것이다.

내가 말한 것은 모두 틀림없는 사실이다. 역사적 진실은 우리가 도달할 수 있는 한에서는 거기서 사람들이 이끌어낼 수 있는 낭만적인 부분보다 언제나 훨씬 더 비장하고 그 의미가 풍부해 보였다. 로버트 로스가 제공한 소중한 정보는 내 글을 보완하고 그후의 일들을 설명해준다. 게다가 그는 결코 그 둘을 대조하려고 한 적이 없다. 그의 것은 1900년의 일들에 관한 것이고, 내 글은 와일드가 대부분 홀로 있으면서 자포자기했던 시기인 1898년의 이야기다.

그 사실을 뒷받침하기 위해, 몇 년 전 내가 X에게 보냈던 편지를 여기에 공개하고자 한다. 그 역시 몇몇 친구들이 변함없이 보여준 관대한 우정과 내 이야기 사이에서 발견되는 일부 모순을 언급한 바 있다.

돈 문제에 관해서는 앨프리드 더글러스 경의 설명이 가장 타당성이 있어 보입니다. 사실 내가 보기에도 출소 당시 와일드는 '과도하게 낭비하고 무분별하게' 살지만 않았더라면 그런대로 지낼 수 있을 만큼의 여유는 있었던 것 같습니다. 하지만 내가 와일드를 마지막으로 만났을 때, 그는 극도로 곤궁하고 슬퍼 보였고, 무기력하고 절망에 빠져 있었던 것도 사실입니다. 그가 칸으로 떠나기 얼마 전(1897~1898년 겨울) 내게 보냈던 편지가 말해주는 것처럼 말입니다. 그의 글이 아름다워서라기보다는, 사실을 분명히 하는 데 도움이 되기를 바라는 마음에서 이 편지를 당신에게 보여드리는 것입니다.

'하지만 요즘 난 무척 힘들게 지내고 있습니다. 내게 돈을 보내줘야 할 런던의 편집자에게서도 아무것도 받지 못했습니다. 나는 알거지나 다름없습니다.'
'내 삶의 비극이 얼마나 비천해졌는지는 당신도 잘 알 겁니다. 고통은 겪을 수도 있고, 어쩌면 필요한 것일지도 모릅니다. 그러나 가난과 곤궁은 정말 끔찍합니다. 인간의 영혼을 추하게 만들기 때문입니다.'

하지만 내 글의 일부가 행여 어떤 면에서건 앨프리드 경에게 불쾌감을 주게 될까봐 염려되기도 합니다. 그는 이 모든 일에서 더없이 고귀하게 처신했으며—언젠가는 그 얘기를 글로 쓸 생각입니다—나는 그 기억을 소중하게 간직하고 있습니다. 혹시 그를 다시 보게 된다면 이 말을 꼭 전해주시기 바랍니다.

『심연으로부터』를
읽고

몇 달 간격으로 와일드의 책 두 권이 우리말로 번역되어 나왔다. 『의도들』*과 『심연으로부터』**가 그것이다. 전자는 그의 성공으로 대변되는 가장 빛나는 시기의 것이고, 후자는 감옥에서 쓰인 것으로, 전자를 마주하면서 그것과 대조를 이루거나, 앞선 그의 말을 취소하는 것처럼 보인다. 사실 나는 이 글에서 이 두 책을 따로 떼어 논하기보다는 각각의 책에서 다른 책의 흔적을 발견하고 싶었다. 후자에서 전자의 기억을 찾아내고, 무엇보다 전자에서 후자의 전조를 발견하는 식으로 말이다. 하지만 이 부분에서 미셸 아르노가 『의도들』에 관해 매우 훌륭하게 이야기를 한 터라*** 내가 그 문제를 재론할 필요는 없을 것 같다. 더없이 훌륭한 이 책에 보낸 그의 찬사에 독자들도 동의하리라 믿으며 나는

---

* 장조제프 르노 옮김, P.-v. 스톡. 그후 위그 르벨이 서문을 쓴 샤를 그롤로의 훨씬 더 나은 번역본(캐링턴)이 나왔다.

** 앙리 다브레 옮김, 메르퀴르 드 프랑스. 옥중에서 쓴 편지들과 「레딩 감옥의 발라드」가 함께 실려 있다.

*** 1903년 4월 15일 『레르미타주 l'Ermitage』에 발표.

『심연으로부터』에 관해서만 이야기하고자 한다.[16]

사실 『심연으로부터』를 책이라고 할 수 있을지 잘 모르겠다. 무의미하고 그럴듯한 이론들을 걷어내고 보면, 상처받은 한 인간이 몸부림치면서 흘리는 비통한 눈물과 마주하게 되기 때문이다. 나는 그의 이야기를 눈물 없이는 차마 들을 수 없었다. 그러나 감정의 동요를 애써 억누르며 내가 느낀 바를 이야기하고자 한다.

"삶은 그림자들로 우리를 속이지." 와일드는 소송에 휘말리기 6년 전에 이렇게 말한 바 있다.[17] "우린 삶에 기쁨을 달라고 요청하지만, 삶은 우리에게 쓸쓸함과 실망을 함께 안겨주지." 그리고 좀더 뒤에서는 이렇게 이야기한다. "삶! 삶이라니! 성취나 경험을 얻기 위해 삶의 문을 두드리진 말잔 말이야. 삶이란 건 상황에 제약받고, 그 표현에도 일관성이 없으며, (…) 형식과 정신의 아름다운 일치도 찾아볼 수 없어. 삶은 그 산물을 사는 데 너무 비싼 값을 치르게 하지. 우린 아주 하찮은 삶의 비밀을 알아내는 데에도 터무니없고 끝없는 대가를 치러야만 하는 거라고."

와일드처럼 삶에 대한 조예가 깊은 사람조차 그토록 터무니없는 대가를 치러야지만 알 수 있는 아주 하찮은 삶의 비밀이란 과연 무엇일까? 그는 『심연으로부터』의 곳곳에서 거듭 말하고 있다. "들판에 숨겨진 보물처럼 내 안에 숨겨져 있던 그 무언가는 바로 겸손이었어." 그건 아마도 그가 찾던 것이 아니었을지도 모른다. 하지만 어쩌겠는가? 이제 그는 그것에 매달려야만 한다. 그에게는 그것밖에 남지 않았기 때문이기도 하다. "이제 내게 남은 것은 단 한 가지, 절대적인 겸손밖에는 없어." 그가 처음에는 자신의 상태를 '미칠 것 같은 절망감'으로 표현했다면, 잠시 후에는 다시 냉정을 되찾으면서, 또는 그런 척하면서 이렇게 말하고 있다. "겸손은 내게 남은 마지막이자 최고의 것이었어. 내가 도달한 지고의 발견이자, 새롭게 나아가기 위한 출발점이었지." 예술가에게 외부적 요인이나 내적인 이유로 창작의 샘물이 고갈될 때 예술가는 가만히 앉아 포기를 하고, 자신의 피로감을 지혜로 바꾼다. 그리고 이러한 과정을 '진리를 발견했다'라고 부른다. 와일드나 톨스토이에게 그 '진리'는 대동소이하다. 어떻게 다를 수가 있겠는가?

'새롭게 나아가기 위한 출발점!' 나는 마음을 정했다. 나는 와일드의 목소리에 최소한으로 개입할 것이다. 되도록 그의 말을 인용하는 것으로 내 목소리를 대신하고자 한다. 책에서 인용하게 될 문장들이 내가 하는 그 어떤 말보다 그의 글의 의미를 더 잘 알게 해줄 것이다.

와일드는 절망적인 심정으로 이렇게 말하고 있다. "나의 창작능력을 되살릴 수 있기를 바라고 있어." 그럴 수 있기를 기다리는 동안 그는 가능한 모든 역설을 동원해서 자신에게 허락된 유일한 자리를 장식하고 있다.

"나는 내게 일어난 모든 일이 내게 유익한 것이 되게 해야만 해. 널빤지 침대, 역겨운 음식, 손끝이 고통으로 무감각해질 때까지 잘게 찢어야 하는 질긴 밧줄, 매일같이 하루를 시작하고 끝맺을 때까지 끝없이 반복해야 하는 천한 노동, 판에 박힌 일상이 필요로 하는 듯한 엄격한 지시들, 슬픔을 바라보기에도 흉측한 것으로 만들어버리는 끔찍한 죄수복, 침묵, 고독, 수치스러움—나는 이 모든 것들과 각각의 것들을 영적인 경험으로 변모시켜야 하는 거야. 모든 육체적인 타락을 하나도 빠짐없이 영혼의 영화靈化를 위한 수단으로 변화시키도록 노력해야 하는 거라고." 그리고 이런 말을 하기에 이른다. "뭐든지 깨닫는 것은 옳은 것이야." "나는 수감된 이후 처음 1년은 아무것도 하지 않았고, 무력한 절망감 속에서 두 손을 비틀면서 '이런 비참한 종말이라니! 이토록 끔찍한 종말이라니!'라며 절규한 것 외에는 아무것도 기억나지 않아. 하지만 지금은 다음과 같이 생각하려고 노력하며, 때로 나 자신을 괴롭히지 않을 때면 정말 진심으로 이렇게 말하곤 해. '굉장한 시작이야! 정말 놀라운 시작이 아닌가!' 그리고 정말 그런지도 몰라. 정말 그럴 수도 있고 말이지."

그는 그 사실을 스스로 의식하거나 인정하지 않은 채, 그가 격찬하던 '절대적인 겸손'에 반하는 말을 한다.

"어디를 가든 사람들이 나를 알아보고, 내 삶에 관해 모두 알고 있다는―내 삶의 별스러운 행각이 이어지는 한―사실 속에서 내게 좋은 점을 찾아낼 수도 있게 되었어. 그 사실은 내게 다시금 예술가로서의 나 자신을 확고히 할 필요성을 강요할 것이기 때문이야. 그것도 되도록 빠른 시간에. 내가 만약 다시 한번 아름다운 예술작품을 창조해낼 수 있다면, 난 악의에서 독을, 비겁함에서 비웃음을, 사람들의 혀에서 경멸을 뿌리째 뽑아낼 수 있을 거야."

그런 다음 이렇게 말한다.

"나는 자신의 완성을 위해 도달해야 하는 첫번째 단계 중 하나가 내가 벌을 받았다는 사실을 부끄러워하지 않는 것임을 느끼고 있어. 나는 매우 불완전한 존재이기 때문이지. 그런 다음에 나는 행복해지는 법을 배워야 해. 예전에 난 그 방법을 알고 있었거나, 안다고 생각했어. 본능적으로 말이지. (…) 이제 난 삶에 완전히 새로운 관점으로 접근하고 있고, 행복을 떠올리는 것조차 지극히 어렵게 느껴질 때가 많아." 그리고 자신의 소망을 이야기한다. "그리고 내 바람대로, 내가 받는 벌에 대해 부끄러워하지 않게 되면 나는 자유롭게 생각하고, 걷고, 살아갈 수 있을 거야."

감옥에 가기 전과 출소 후의 와일드를 알았던 이들에게 그의 이런 말들은 의심스럽고 고통스럽게 들린다. 그의 예술적 침묵은 라신[18] 같은 작가의 경건한 침묵이 아니었다. 그가 말하는 겸손은 자신의 무기력함에 부여하는 그럴듯한 이름에 불과했다.

"많은 사람들이 출소할 때 자신의 감옥을 세상으로 함께 가지고 나가며, 그것을 자기 마음속에 비밀스러운 불명예처럼 간직하다가 종국에는 독에 중독된 불쌍한 짐승처럼 보이지 않는 구덩이 속으로 숨어들어가 죽고 말지."

'독에 중독된 불쌍한 짐승처럼', 그렇다, 예전에 내가 알았던 거인 와일드는 그렇게 변해 있었다. 안타깝게도 사회가 그를 희생시키기 직전까지 달콤한 찬사를 보냈던, 득의양양하고 빛나던 그가 아니었다! 그는 수치심에 휩싸이고, 망가지고, 지칠 대로 지친 모습이었다. 자신의 그림자를 찾아 헤매던 페터 슐레밀[19]처럼 방황하면서, 투박하고 애처로운 모습으로 내게 흐느낌처럼 들리던 억지웃음과 함께 이렇게 말하던 그가 떠오른다. "그들은 내 영혼을 앗아갔소. 그걸로 뭘 했는지는 모르겠지만."

그의 '겸손'의 깊은 곳에서 치밀어오르는 과거의 자긍심은 더욱더 우울하게 느껴진다. 그는 이렇게 예고하고 있다.

"나는 사람들이 나를 매달아놓은 기괴한 공시대에 언제까지고 머물지 않을 거야. 나는 내 아버지와 어머니로부터 고귀한 이름을 물려받았으며, 그 이름이 영원히 더럽혀진 채로 있는 것을 용납할 수 없기 때문이야." 그리고 아울러 이렇게 말한다.

"내 어머니와 아버지는 문학과 예술, 고고학과 과학에서뿐만 아니라, 내 나라가 한 국가로서 발전하는 과정에서의 공식적인 역사에서도 고귀하고 명예롭게 여겨지는 이름을 내게 물려주셨지. 그런데 내가 그 이름을 영원히 욕되게 했어. 그 이름이 비천한 사람들 사이에서 하찮은 조롱거리가 되게 했지. 내가 그 이름을 진창 속으로 끌고 들어갔어. (…) 그때 내가 겪었고, 지금도 여전히 겪고 있는 고통은 그 어떤 펜으로도 쓸 수 없고, 그 어떤 종이에도 기록할 수 없을 거야."

그리고 또다른 곳에서는 "내게 일어난 모든 것을 받아들임으로써 나 자신을 그에 걸맞은 사람이 되게 해야만 해"라고 말하고 있다.

기이하게도 여전히 명료함을 간직하고 있던 와일드는 자신의 오만으로 인해 추락했다는 사실을 받아들이면서, 자신이 저지른 과오의 성질에 대해서도 정확한 분석을 시도했다. 자신은 과도한 개인주의 때문이 아니라 부족한 개인주의 탓에 추락했다는 것이다.

"예전에 사람들은 지나치게 개인주의적이라며 나를 비난하곤 했지. 지금 나는 그 어느 때보다도 훨씬 더 개인주의자가 되어야만 해. 그리고 그 어느 때보다도 나 자신으로부터 많은 것을 이끌어내고, 그 어느 때보다도 세상에 적게 요구해야만 해. 사실, 나의 몰락은 삶에 개인주의를 지나치게 요구해서가 아니라 너무 적게 요구한 데서 비롯된 거야. 내 삶에서 유일하게 수치스럽고 용서받을 수 없고 경멸할 만한 행위는 당신 아버지로부터 나를 지켜달라며 마지못해 사회에 도움과 보호를 요청했다는 거야."

모두가 아는 바처럼, 그의 비방자들 중 가장 악명 높은 사람과 맞서서 소송을 먼저 제기했던 것은 바로 그였다. 그는 '인간의 정의를 논하는 방'에 고소인으로 걸어들어갔다. 무모한 대담함과 무분별함과 광기에 사로잡힌 채로! 자신이 맞서 싸우던 사회에 호소했던 바이런이 떠오르는 부분이다.

"물론 내가 사회의 힘을 작동시키자마자, 사회는 나를 돌아보며 이렇게 말했지. '당신은 지금까지 나의 법들을 무시하며 살아와놓고 이젠 자신을 보호하기 위해 그 법들에 호소한다는 건가? 그렇다면 당신은 그 법들이 최대한으로 적용되는 것을 보게 될 것이오. 당신이 법에 호소를 했으니 그 법을 따라야만 하오.' 그 결과, 나는 지금 감옥에 있지."

그랬다, 부족한 개인주의가 문제였던 것이다. 그가 수치스럽게 생각하는 것은, 사회가 그에게 비난하는 그의 '죄과'가 아니라, 스스로를 불리한 입장에 처하게 놔두었다는 사실이다. "나는 즐거움을 추구하며 살았던 것을 단 한순간도 후회해본 적이 없어. 무언가를 할 때는 모든 것에 전력을 다해야 하는 것처럼, 나는 그런 삶을 전력을 다해 살았지." 그랬다, 부족한 개인주의가 문제였던 것이다. 그 때문에 그는 이처럼 격앙된 목소리를 내기에 이른다. "내가 겪은 비극의 모든 것은 흉측하고 보잘것없고 역겹고 스타일이 결여되어 있지" 또는, "이 세상 그 누구도 나처럼 비루한 수단으로 이토록 비천하게 추락하진 않았을 거야"라고 말하거나, "알고 보니 내 삶은 한 편의 역겹고 혐오스러운 비극이었던 거야"라고 외친다.

물론 와일드가 겪었던 비극의 위대함을 알아보는 것은 그가 아닌 우리의 몫일 터이다. 과거 그의 수치를 야기했던 그 감옥은 오늘날 그를 위대한 인물이 되게 했고, 그의 비극적인 모습으로 하여금 이 천재적인 재담가가 으스댔던 런던의 살롱들과 무대들, 그 쾌락의 간이 무대들이 오랫동안 부여해줄 수 없었던 엄청난 중요성을 띠게 했다.

그는 감옥 깊은 곳에서, 죽어버린 자신의 영광스러웠던 시절—이제 그것을 이야기하는 그의 말이 조금도 과장되게 들리지 않는다—을 되돌아보는 자신에게 놀라며 이렇게 외친다. "신들은 내게 거의 모든 것을 주었지."

"살아 있는 동안 그런 위치를 차지하면서 그 사실을 인정받는 사람은 극히 드물어." 그는 입술에 아직 남아 있는 그 꿀의 맛을 반추하는 듯 보인다. "난 지금까지 오로지 쾌락만을 좇으며 살아왔어." 그리고 이렇게 적고 있다. "나는 내 삶을 즐거움으로 가득 채웠지. 포도주를 잔 가장자리까지 가득 채우듯."

하지만 넘치는 쾌락 너머로 그보다 한층 더 의미 있는 운명을 향해 은밀하게 나아갔던 그에게 찬사를 보낸다. 그는 의지의 발현이 줄어들수록 더욱더 예술적인 인물이 되어갔다. 이러한 숙명성은 그 실례를 보여주듯 그를 이끌었다. 그는 때로 그 의미를 곡해하지 않고 자신의 운명에 스스로를 내맡겼다. "똑같은 삶을 계속 사는 것은 나 자신에게 한계를 짓는 일이 되었을 거야. 난 앞으로 계속 나아가야만 했어." 이러한 잠재적 숙명성은 그의 삶에 비장미와 통일성을 부여하면서 그의 작품들의 내밀한 의미를 돋보이게 한다. 그렇다, '예술가를 감추는 것'이 '예술의 목적'이었던 사람의 작품이 우리에게 그 비밀을 털어놓게 되는 것이다. 그는 이렇게 고백하고 있다. "물론 이 모든 것은 나의 예술 속에서 그 전조가 보이고 어느 정도 예고되어 있었지." 그리고 자신의 작품들을 차례로 인용하면서 마지막으로 이렇게 말한다. "'한순간만 머무르는 즐거움'의 청동 조각상으로부터 '영원히 지속되는 슬픔'의 청동 조각상을 만들어야 하는 사람을 그린 산문시에서는 (⋯)" 아아! 가엾은 와일드, 당신의 이야기가 말하던 것은 그게 아니었지요. 당신이 말하는 예술가는 그 반대로, '슬픔의 조각상'을 부수어 '즐거움의 조각상'을 만들었습니다. 당신의 의도적인 오류는 그 어떤 고백보다도 더 많은 것을 말해주고 있습니다.

이와 같은 이유로 나는 장조제프 르노가 와일드의 『의도들』 번역본에 덧붙인 서문을 읽으면서 짜증이 치미는 것을 억누르기 힘들었다.

"게다가 진위 여부가 제대로 밝혀지지도 않은 채, 명예롭고 부유하고 모두에게 인정받던 한 작가를 느닷없이 감옥으로 보낸 이러한 사실들은 그의 작품에 반하는 어떤 것도 입증하지 못한다. 그러니 그것들을 잊어버리자. 우린 뮈세, 보들레르 같은 작가들의 사생활과 상관없이 그들의 작품을 읽지 않는가. 만약 누군가가 플로베르와 발자크가 범죄를 저질렀음을 밝힌다면, 그런 이유 때문에 『살람보』와 『사촌 베트』를 불태워야 할까? 작품은 작가가 아닌 우리에게 속하는 것이다." 뭐라고! 아직도 우리 수준이 그것밖에 안 된다는 말인가! 물론 그의 말은 더없이 좋은 의도에서 비롯된 것일 터이다. 하지만 와일드 자신이

『심연으로부터』에서 이렇게 말하지 않았던가.

"예전에 언젠가 나와 아주 가까운 친구—10년 동안 알고 지낸 친구— 가 나를 보러 와서는 이런 말을 한 적이 있어. 자기는 세상 사람들이 나에 대해 하는 나쁜 말들을 한마디도 믿지 않으며, 나를 완전히 결백한 사람으로, 당신 아버지가 꾸민 비열한 흉계의 희생자라고 생각하고 있음을 내가 알기를 바란다고 말이지. 나는 그의 말에 울음을 터뜨리면서 이렇게 말했어. 당신 아버지의 결정적인 비난 가운데는 거짓된 것들과 역겨운 적의에 의해 내게 전가된 것들이 많은 것이 사실이지만, 내 삶이 비뚤어진 쾌락들과 기이한 열정들로 가득했던 것 또한 사실이라고. 그러니 그가 그 사실을 나에 관한 기지의 사실로 받아들이고 그것을 충분히 이해하지 않는다면 나는 더이상 그의 친구가 될 수 없고, 그와 어울릴 수도 없다고 말했지." 그리고 이런 말도 한다. "자신의 경험을 거부하는 것은 자신의 발전을 저해하는 것이야. 자신의 경험을 부인하는 것은 자신의 삶의 입술에 거짓을 부여하는 것이고. 그것은 자신의 영혼을 부인하는 것과 다를 바 없어."

'설령 플로베르가 죄를 지었다 해도', 『살람보』는 여전히 흥미로운 작품으로 남을 것이라고 주장하는 게 무슨 의미가 있겠는가 말이다. 그보다는 '만약 플로베르가 죄를 지었다면', 그는 『살람보』가 아닌 다른 것을 썼거나 아무것도 쓰지 못했을지도 모르고, 발자크가 자신의 인간극을 직접 살아내고자 했다면 그는 아마 그것을 쓰지 못했을지도 모른다는 것을 이해하는 게 훨씬 더 흥미롭고 더욱더 타당할 것이다. "삶에서 얻은 것은 예술에선 잃게 마련이다." 와일드는 평소 이런 말을 자주 했다. 그리고 바로 그런 이유로 와일드의 삶은 비극적이었다.

그는 『의도들』에 수록된 최고의 대화체 글에서 등장인물들의 입을 빌려 이렇게 말한 바 있다.

"그럼 우리는 모든 것에서 예술로 향해야 하나?—그래, 모든 것에서. 예술은 우리를 다치게 하지 않기 때문이지."[20]

아니, 그래서는 안 된다. 장조제프 르노의 말과는 달리, 그의 작품을 더 잘 이해하기 위해서는, 다치게 할 것을 알면서도 삶으로 향했던 이의 비극을 모르는 체하지 말자. 와일드는 "모방이 끝나는 곳에서 예술이 시작된다" "삶은 예술을 해체하는 용해제이며, 그 집을 파괴하는 적이다" "예술이 삶을 모방하는 것보다 삶이 예술을 훨씬 더 많이 모방하는 게 사실이다"[21]라고 당당하게 선언한 뒤 스스로를 그 예로 제시했으며, 귀류법[22]을 동원해 자신의 삶을 실례로 들어 자기 이론을 증명해보였다. 그는 자신의 가장 아름다운 산문시 중 하나에 나오는 훌륭한 이야기꾼 남자와 아주 닮았다. 그 남자는 매일 저녁, 자신이 낮에 경험한 것처럼 꾸민 멋진 모험담을 마을 사람들에게 들려주며 그들을 매혹하곤 했는데, 정작 신기한 광경을 실제로 목격하게 되자 더이상 아무 말도 할 수 없었다.

앙리 다브레는 『심연으로부터』의 번역본에, 영어판에 포함되지 않은, 와일드가 감옥에서 쓴 네 통의 편지를 번역해 추가했다. 그 편지들의 몇몇 구절이 매우 비장하고, 절박한 심리적 흥미를 불러일으키는 터라 여기에 옮겨 적고 싶은 마음을 간신히 억눌러야 했다. 『심연으로부터』를 모두 인용하고도 싶었지만 그건 독자들의 몫으로 남겨두고자 한다. 오스카 와일드의 슬프고도 명예로운 기억에 조금이라도 보탬이 되었다면 난 그것으로 만족할 것이다. 이제 그를 향한 경멸과 오만한 관대함, 그리고 경멸보다 훨씬 더 모욕적인 연민만을 느끼는 것을 그만두어야 할 때인 것이다.

1장

1) 편지의 원문에는 'HM Prison, Reading'이라고 되어 있다. HM Prison은 'Her(His) Majesty's Prison(여왕 폐하의 감옥)'을 뜻하며, 당시 영국의 대부분의 교도소에는 'HM Prison'이라는 명칭이 붙어 있었다.

2) 앨프리드 더글러스(Alfred Douglas, 1870~1945)를 가리킨다. 'Bosie'는 'Boysie(어린 소년)'라는 더글러스의 어릴 적 애칭에서 비롯된 별칭이다.

3) 와일드의 비난은 다소 지나친 면이 있다. 감옥에 있는 동안 편지를 거의 받지 못한 것은 사실이지만, 그건 그에게 편지를 받아볼 권리가 없었기 때문이기도 하다.

4) 와일드의 첫 동성애 상대였으며, 와일드가 죽을 때까지 그의 곁을 지키며 물심양면으로 그를 도운, 절친한 친구 이상의 존재였던 로버트 로스(Robert Ross, 1869~1918)의 애칭이다. 로스는 와일드 사후에도 그의 유언집행자로서 그의 명예회복과 빚 청산 등 실질적인 문제 해결을 위해 애썼으며, 자신의 유언에 따라 죽어서도 와일드와 함께 묻혔다.

5) 더글러스는 옥스퍼드에 다닐 때 학업성적이 좋지 못했으며, 2년 만에 학교를 떠나 졸업장을 받지 못했다.

6) 이러한 비난은 근거가 없는 것이다. 와일드는 더글러스와 함께 지내는 동안에도 꾸준히 작품활동을 했으며 여러 편의 극작품을 썼다.

7) 애초에 프랑스어로 쓰인 와일드의 희곡 『살로메』는 1893년에 파리에서 출간된 후 1894년 2월 영국에서 영역본이 나왔다. 와일드는 『살로메』의 번역을 더글러스에게 맡겼는데, 번역에 만족하지 못한 와일드가 번역의 문제점을 지적하면서 둘 사이에 언쟁이 오갔다. 영역본은 번역자의 이름 없이 출간되었으며, 아마도 더글러스의 화를 누그러뜨리려 한 듯 와일드는 『살로메』의 영역본을 더글

러스에게 헌정했다.

8) 앞에서 언급한 아파트가 있던 거리 이름.

9) 카페 루아얄과 버클리는 와일드의 단골 레스토랑이었다.

10) 보통 식후에 마시는, 달고 과일 향이 나기도 하는 독한 술.

11) 세인트제임스 가에 있던 '신사의 클럽' 중 하나로 와일드는 그곳의 회원이었다. 『도리언 그레이의 초상』에서도 언급되는 곳이다.

12) 와일드는 1880년부터 첼시 구역의 타이트 가 1번지에서 살았고, 결혼 직전인 1884년부터 1895년까지는 타이트 가 16번지에서 살았다.

13) 윌리스는 세인트제임스 구역의 킹 가에 있던 품격 있고 유명한 레스토랑이었다. 와일드의 『진지함의 중요성』과 『도리언 그레이의 초상』에서도 언급되는 곳이다.

14) 와일드의 주장과는 달리 존 그레이(John Gray, 1866~1934)는 더글러스보다 연상이었으며, 피에르 루이스(Pierre Louÿs, 1870~1925)는 더글러스와 동갑이었다. 와일드는 시인이었던 존 그레이와 한때 가깝게 지냈으나 곧 결별했으며, 벨기에 태생의 프랑스 시인이자 소설가였던 피에르 루이스에게 지대한 관심을 보이며 그에게 『살로메』의 프랑스어판을 헌정했다. 존 그레이는 『도리언 그레이의 초상』의 주인공 도리언 그레이의 모델이 된 인물로 알려져 있다.

15) 제목이 프랑스어(La Sainte Courtisane)로 되어 있으며, 아나톨 프랑스의 『타이스』(1890)에서 영감을 얻어 쓴 작품으로 끝내 미완성으로 남았다.

16) 더글러스는 1896년 『시집』을 출간한 바 있다.

17) 더글러스의 어머니(퀸스베리 부인)는 버크셔 주 브랙널 부근에 커다란 저택을 소유하고 있었다. 자기 작품의 등장인물들에게 친근한 지명에서 따온 이름을 붙이는 습관이 있던 와일드는 『진지함의 중요성』에서 그웬딜린의 깐깐한 엄마에게 '브랙널 부인'이라는 이름을 붙여주었다.

18) 와일드는 1892년 8월과 9월에 노퍽 주 크로머에 머물면서 『보잘것없는 여인』의 대부분을 썼다.

19) 와일드와 더글러스는 1895년 1월 함께 알제에 갔다. 1월 17일에 그곳에 도착한 그들은 열흘 후 블리다에서 앙드레 지드를 만났다. 와일드는 1월 31일 런던으로 떠났으나, 더글러스는 와일드가 체류비용을 대고 2월 18일까지 그곳에

머물렀다. 당시 알제리에는 돈 때문에 몸을 파는 젊은이들을 만나러 온 프랑스와 영국의 동성애자들이 많았다.

20) 퀸스베리 후작을 명예훼손죄로 고소한 소송에서 진 와일드는 1895년 4월 5일 홀러웨이 구치소에 수감되었다. 5월 25일에는 '다른 남성들과 역겨운 외설 행위를 했다'는 죄목으로 2년간의 강제 노역형을 선고받은 후 뉴게이트를 거쳐 펜턴빌 교도소에 수감되었다. 그리고 7월 4일 원즈워스로 옮겨졌다가 건강상의 이유로 11월 21일 레딩 감옥으로 다시 이송되었다.

21) 편지에서 더글러스와 관련하여 여러 번 반복해 언급되는 돈 문제에서는 와일드가 주장한 금액이 다소 과장되었다고 보는 견해들이 있다. 더글러스 자신도 훗날 펴낸『자서전』(1929)에서 이 사실을 항변하며, 그가 와일드를 알고 지냈을 때 와일드의 연수입이 약 2000파운드였다고 주장했다.

22) 와일드는 1893년 6월부터 10월까지 옥스퍼드셔 주의 고링에 조그만 집을 빌려서 더글러스와 함께 지냈다. 그는『이상적인 남편』의 주인공 중 한 명에게 고링 경이라는 이름을 붙였다.

23) 윌리엄 워즈워스(William Wordsworth, 1770~1850)의 소네트「1802년, 런던」에 나오는 구절(Plain living and high thinking)을 빌려온 것.

24) 영국의 구 화폐제도에서 1파운드는 20실링에 해당한다. 1971년부터 10진법으로 바뀌면서 실링은 폐지되었다.

25) 1891년, 문학·예술 평론집『의도들』에 실린, 유미주의 미학에 관한 대화체 에세이「거짓의 쇠락」을 가리킨다.

26) 1893년 3월, 런던의 사보이 호텔에서 더글러스에게 보낸 편지를 가리키는 듯하다.

27) 그리스어로 파토스라고 한다. 동정과 연민의 감정, 비애감, 또는 그런 감정들을 유발하는 강렬한 정서적 호소력을 가리키는 말이다.

28)『보잘것없는 여인』의 3막에서 일링워스 경이 하는 말에서 따온 구절이다. "여자들의 역사는 세상에 존재했던 독재의 형태 중에서도 최악이야. 약자들이 강자들에게 행하는 독재인 거지. 유일하게 오래 지속되는 독재인 거라고."

29) 1895년 2월 18일, 더글러스의 아버지 퀸스베리 후작은 와일드가 드나들던 앨버말 클럽에 자신의 명함(여러 장이 아니라 한 장)을 남겨놓았는데(와일

드는 열흘 후에야 그 명함을 발견했다) 거기에는 '남색자를 자처하는 오스카 와일드에게(To Oscar Wilde posing Somdomite)'라고 씌어 있었다. 퀸스베리는 훗날 법정에서 명함에는 '남색자인 척하는 오스카 와일드에게(To Oscar Wilde posing as Somdomite)'라고 씌어 있었다고 주장했다. 퀸스베리 후작이 'Sodomite(남색자)'를 'Somdomite'라고 잘못 쓴 것은 종종 언급되는 에피소드이다. 당시 와일드는 퀸스베리 후작과 그 아들 사이에서 몹시 난감해했으며, 훗날 더글러스에게 보내는 편지에서 "그때 나는 캘리밴과 스포루스 사이에 서 있는 것 같았다"고 말했다. 캘리밴은 셰익스피어의 『템페스트』에 나오는 반인반수의 노예이며, 스포루스는 로마의 네로 황제가 총애하여 거세시켜 결혼식까지 올린 젊은 노예다.

30) 1895년 3월 1일, 와일드는 명예훼손죄로 퀸스베리 후작에 대한 공식적인 체포영장을 발급받았다.

31) 영국의 비평가이자 소설가로 19세기 말 데카당스적 문예사조의 선구자인 월터 페이터(Walter Pater, 1839~1894)의 평론집 『르네상스』(1873)의 결론에서 인용한 구절이다. 이 편지의 뒤에서도 밝히고 있듯이 페이터의 이 책은 와일드에게 지대한 영향을 미쳤다.

2장

1) 18~19세기에 유행한 고딕풍의 문학 양식은 괴기스러운 분위기에 낭만적인 모험담을 그린 것을 가리킨다.

2) 그리스신화에 나오는 뮤즈의 하나로 사시(史詩)·역사의 여신이다.

3) 구약성서 「사무엘」 등에 나오는 고대 이스라엘 최후의 판관·사제·예언자로 어릴 적부터 경건한 신앙심을 가진 것으로 잘 알려져 있다.

4) 단테의 『신곡』 「지옥편」 제8곡에 나오는 '악의 수령들'을 가리킨다.

5) 본래 잔 다르크와 함께 백년전쟁의 영웅이었으나, 잔 다르크가 마녀로 낙인 찍혀 1431년 화형을 당하고 난 후 낙망하여 악마숭배 등에 빠져들었다. 그는 수백 명의 어린아이들을 납치, 강간하여 고문해 죽인 죄로 화형에 처해졌다. 그

의 엽기적인 살인행각은 그에게 '푸른 수염'이라는 별명을 붙여주었고, 그는 샤를 페로의 동화 등 많은 이야기에 등장하고 있다.

6) 고대 그리스의 비극시인 아이스킬로스의 걸작 『아가멤논』에 등장하는 이야기.

7) 와일드와 더글러스가 다녔던 옥스퍼드 대학의 모들린 칼리지를 가리킨다.

8) 와일드의 희극 『진지함의 중요성』에는 '심각한 사람들을 위한 경박한 희극'이라는 부제가 붙어 있다.

9) 영국 대중연극의 한 형태, 혹은 노래와 춤, 촌극 등을 뒤섞은 보드빌을 보여주는 극장을 가리키는 것으로, 당시에는 품위 있는 신사에게 어울리지 않는 대중오락으로 간주되었다.

10) 프랑스 북서부 브르타뉴 지방에 있는 소도시.

11) 초봄부터 초여름까지의 사교계 시즌을 가리킨다. 당시에는 품격 있는 세련된 모임들이 대부분 이때 열렸다. 와일드는 『윈더미어 부인의 부채』에서 예의 그 시즌의 사회적 중요성을 강조한 바 있다.

12) 로버트 로스를 가리킨다.

13) 와일드가 1897년 4월 7일, 절친한 친구였던 모어 애디에게 보낸 편지에서 언급한 1893년 12월의 에피소드를 가리킨다.

14) 1897년 4월 7일, 모어 애디에게 보낸 편지에서 와일드는 어떻게 더글러스와 가까워졌는지를 설명하고 있다. "(…) 또한 나는 퍼시(더글러스의 형)가 자기 동생과 내가 어떻게 불행한 친분을 맺게 되었는지 대략이라도 알아야 한다고 생각해. 그 우정은 1892년 5월, 그의 동생이 내게 아주 안쓰러운 편지를 보내 어떤 심각한 문제로 사람들이 자기를 협박하고 있으니 도와달라고 호소를 하면서 시작되었어. 그때만 해도 나는 그를 거의 알지 못했어. 18개월 전쯤에 그를 처음 만났지만, 그동안 네 번 정도 본 게 다였으니까. 하지만 너무나도 간곡하게 호소하는 편지를 외면할 수 없어서 커다란 어려움과 번거로움을 감수하면서 즉시 그를 곤경에서 구해주었지. 앨프리드 더글러스는 그 일로 내게 몹시 고마워했고, 그후 3년간 거의 내 곁을 떠나지 않았어, 내가 그로 인해 감옥에 갈 때까지. 나는 퍼시가 내게 예술적, 재정적, 사회적으로 엄청나게 파괴적인 그와의 우정을 끝내기 위해 부단한 노력을 했다는 것을 알아주었으면 좋겠

어. (…)"(2장 주 18 참조) 와일드의 주장과는 달리 여러 가지 정황으로 미루어 볼 때 두 사람은 1891년 7월경 처음 만났다는 게 정설로 받아들여지고 있다.

15) 1893년 12월, 더글러스는 와일드가 퀸스베리 부인에게 청하여 카이로로 떠나게 되었다. 공식적으로는 건강상의 이유였지만 사실은 열여섯 살짜리 소년 과의 부적절한 관계 때문이었다. 그 소년은 로버트 로스가 벨기에에서 만나 런 던으로 데리고 왔는데, 영국군 중령이었던 그의 아버지가 가만두지 않겠다고 위협했다. 소송에 휘말리지 않기 위해 카이로로 떠난 더글러스는 콘스탄티노플 영국 대사관의 명예 대사관원으로 임명되었으나 품행상의 문제로 직무를 수행 하지 못하고 1894년 3월 그곳을 떠나야 했다.

16) 당시 영국에서는, 특히 토머스 칼라일 이후 '속물적·속물적인 사람 (philistine)'이라는 말은 문화(culture)와 대립되는 개념으로, 교양 없고 상 스러운 야만인, '문명(산업시대의 문명)'의 옹호자들을 가리켰다. 매슈 아널드 (Matthew Arnold, 1822~1888)는 그의 저서 『교양과 무질서』(1869)에서 다 음과 같이 말한 바 있다. "독일 학생들이 속물로 부르는 것을 프랑스 예술가들 은 부르주아라고 지칭한다." 와일드는 'philistine'이라는 말과 개념을 무척 즐 겨 사용했다.

17) 앨프리드 더글러스의 아버지인 퀸스베리 후작은 과격하고 충동적인 성격 에 귀족사회에서도 아주 평판이 나쁜 인물이었다. 그의 부친은 사냥중에 총으 로 자살했으며, 그의 형제 중 한 명도 스스로 목을 베어 자살했다. 그리고 더글 러스의 형인 드럼랜리그 자작 역시 1894년 10월 사냥중에 총으로 자살했다. 사 고사로 알려져 있지만 당시 외무장관과 동성애 의혹을 받고 있던 차에 스캔들 이 두려워 자살한 것으로 추정된다. 퀸스베리 후작은 1887년 더글러스의 어머 니와 이혼하고 1893년에 재혼했지만 성기의 기형을 이유로 1894년 10월에 결 혼을 취소당했다.

18) 1892년 더글러스는 그가 보낸 '무분별한' 편지─필시 동성애에 관한 이야 기가 적혀 있을─한 통으로 인해 공갈범에게 협박을 당하고 있었는데 그 일로 와일드에게 도움을 청했다. 와일드는 런던의 유능한 변호사이자 자신의 고문변 호사였던 조지 루이스에게 일을 해결해줄 것을 부탁하며 적지 않은 돈을 공갈 범에게 내주고 더글러스를 곤경에서 구해주었다.

19) 더글러스는 그의 『자서전』에서 와일드의 말과는 반대로 와일드의 부인과 좋은 관계를 유지했다고 주장했다. 와일드의 부인은 남편의 동성애에 관해 아무것도 알지 못했던 것으로 추측된다.

20) 더글러스는 그의 『자서전』에서 이 전보에 관한 이야기는 와일드가 지어낸 것이라고 주장했다.

21) 퀸스베리 후작은 1894년 4월 1일, 두 사람이 함께 있는 것을 발견하고 자기 아들에게 문제의 편지를 보내 당장 와일드와 관계를 끊지 않으면 생활비 지원을 중단하겠다고 으름장을 놓았다. 더글러스는 답장으로 자신의 아버지를 비웃는 무례한 언사가 담긴 전보를 보냈다.

3장

1) 영국 남부 서식스 주 브라이턴 부근에 있는 해변 휴양지로, 와일드는 그곳에 1894년 7월부터 10월 4일까지 머물렀다. 와일드는 『진지함의 중요성』의 주요 등장인물에게 존 워딩이라는 이름을 붙여주었다.

2) 그랜드 호텔은 해변에 위치한 호화로운 호텔이다. 와일드는 그곳이 아닌 메트로폴 호텔에 1894년 10월 4일부터 7일까지 머물렀다.

3) 1894년 10월 16일, 와일드의 생일은 화요일이었다. 로버트 로스는 타자로 친 원고에서 이 부분을 사실과 맞게 화요일로 바꾸었다.

4) 런던의 피커딜리 거리에 있던 버클리 레스토랑을 가리킨다.

5) 와일드와 퀸스베리 후작의 소송이 시작될 무렵, 더글러스는 조지 루이스가 와일드의 변호를 맡아주기를 원했으나, 루이스에게 일을 맡긴 적이 있던 퀸스베리 후작이 먼저 의뢰를 하는 바람에 와일드는 그에게 도움을 청할 수 없었다.

6) 앨프리드 더글러스에게는 1894년 10월 자살한 프랜시스(드럼랜리그 자작)와 퍼시 두 형과 동생 숄토, 에디트라는 여동생이 있었다.

7) 베르길리우스의 『아이네이스』에서 인용한 말로 세상의 불행에 흘리는 눈물을 뜻하며, 인간적인 고통의 보편성과 필연성을 나타내는 표현으로 알려져 있다.

4장

1) 그리스 신화에서 헤라클레스가 사랑한 미소년.

2) 그리스 신화에 나오는 미소년으로 아폴론의 총애를 받았으나 아폴론과 원반 던지기를 하다가 제피로스의 질투로 아폴론이 던진 원반에 맞아 죽었다. 그가 흘린 피에서 생겨난 꽃이 히아신스라고 전해진다. 힐라스와 히아킨토스는 모두 동성애의 상대로 언급되고 있다.

3) 노랑수선화(Jonquil)는 더글러스가 쓴 「노랑수선화와 백합꽃」(1896)이라는 시에 대한 언급이다.

4) 와일드는 자기 자신과 사랑에 빠진 나르키소스를 『도리언 그레이의 초상』을 비롯한 여러 작품 속에 자주 등장시켰다.

5) 와일드의 「W. H. 씨의 초상화」(1889)는 셰익스피어의 소네트가 소년 배우 윌리 휴즈에게 헌정된 것이라는 가설을 전제로 한 추리소설 형식의 단편으로 셰익스피어의 동성애를 암시하고 있다.

6) 플라톤의 『향연』은 종종 이상화된 그리스에서의 동성애적 사랑에 대한 옹호의 글로 해석된다.

7) 와일드가 1893년 1월, 더글러스에게 보낸 문제의 편지는 와일드의 재판에서 그에게 불리한 증거로 사용되었다. 와일드와 그의 변호사는 이 편지가 단지 '산문으로 쓰인 소네트'일 뿐이라고 주장했으나, 이는 와일드의 동성애 성향을 '정당화하기' 위한 것으로 받아들여졌다.

8) 빅토리아 여왕의 통치 초기에 런던 대학이 세워지긴 했으나 당시의 상류층은 옥스퍼드와 케임브리지 대학만을 높이 평가했다.

9) 더글러스는 예전에 알고 지냈던 앨프리드 우드라는 남자에게 낡은 옷 한 벌을 주었는데 그 옷 주머니에 와일드의 편지가 들어 있었다. 우드는 전문 공갈범들(이들은 퀸스베리 후작과의 소송 때 증인으로 소환되었다)의 도움을 빌려 와일드에게 편지를 돌려주는 조건으로 돈을 뜯어내려 했다. 편지의 복사본 하나는 헤이마켓 극장의 관장이던 허버트 비어봄 트리에게 보내졌다.

10) 영국 윌트셔 주의 주도. 더글러스의 어머니는 그곳에 별장을 소유하고 있었다.

11) 문제의 잡지는 1894년 12월에 발행된 『카멜레온*Chameleon*』이다. 1호만 발간된 이 잡지에 실렸던 와일드의 글은 「젊은이를 위한 문구와 철학Phrases and Philosophies for the Use of the Young」이다. 여기서 언급된 더글러스의 친구는 잡지의 편집장이던 존 프랜시스 블록섬을 가리킨다.

12) 런던의 중앙형사법원(The Central Criminal Court)을 가리키는 통칭.

13) 동성애자였던 존 프랜시스 블록섬이 쓴 단편 「신부와 복사服事」를 가리킨다.

14) 『카멜레온』에 발표한 더글러스의 시 「두 개의 사랑Two Loves」을 가리킨다. 블록섬의 글처럼 동성애를 묘사하고 있다.

15) 더글러스의 「두 개의 사랑」의 마지막 구절이다. "나는 감히 그 이름을 말할 수 없는 사랑이니(I am the Love that dare not speak its name)."

16) 개인적인 파산을 선고받았을 때 와일드의 빚은 총 3591파운드에 달했다. 따라서 문제의 선물 때문에 파산했다는 건 지극히 과장된 이야기다. 와일드의 장서와 개인 문서들을 비롯한 그의 모든 동산은 1895년 4월 24일, 채권자들의 요청으로 경매에 부쳐졌다. 몇몇 물건은 와일드의 친구들이 되샀다가 그가 감옥에서 나온 후 그에게 돌려주었다.

17) 1895년 3월 1일, 와일드가 퀸스베리 후작에 대한 체포영장을 발급받았을 때를 가리킨다.

18) 와일드의 변호사 중 한 사람.

19) 1865년에 창간된 석간신문으로, 와일드는 1885~1890년 여기에 89편의 글을 기고했다. 팰맬은 런던에서 신사의 클럽이 많은 거리로 알려져 있다.

5장

1) 더글러스의 형인 드럼랜리그 자작은 당시 외무장관이던 로즈버리 경의 비서관으로 독일 바트홈부르크 방문에 그를 수행했다. 퀸스베리 후작은 두 남자 사이의 관계를 의심하여 그곳까지 쫓아가 스캔들을 일으키기 위해 장관을 승마용 채찍으로 내려치려 했다. 그는 웨일스 공(훗날 영국 국왕 에드워드 7세)의 개입

으로 저지당해 그곳에서 쫓겨났다.

2) 더글러스가 엽서는 봉투가 없어 모두 볼 수 있다는 점을 이용한 것이다.

3) 퀸스베리 후작은 1895년 2월 14일, 세인트제임스 극장에서 와일드의『진지함의 중요성』이 초연되는 날 밤 소란을 피울 계획을 세웠다. 하지만 자신의 계획을 먼저 떠벌리는 바람에 입장을 저지당해 뜻을 이루지 못했다.

4) 상상력을 가리키는 말로, 이에 관해서는 4장 끝 부분에서 언급한 바 있다.

5) 더글러스는 와일드의 첫번째 재판이 열리기 전날인 1895년 4월 25일, 변호사들의 충고에 따라 런던을 떠나 프랑스로 갔다.

6) 와일드는 선고를 받기 전까지 런던 북부에 있는 홀러웨이 구치소에 머물렀다. 그리고 선고를 받은 후인 6월 9일 펜턴빌 교도소로 옮겨졌다. 홀러웨이 구치소는 재판을 기다리는 미결수들이 수감되던 곳으로 1903년 이후 여성 전용 교도소가 되었다.

7) 1895년 4월 20일,『스타』지에 실린 편지를 가리킨다. 더글러스가 와일드에게 호의적인 기사에 답변을 한 것처럼 보이지만, 사실은 4월 18일 자 신문에 실린 그의 아버지의 편지에 간접적인 방식으로 반격한 것이었다.

8) Sir Edward Coley Burne-Jones, 1833~1898. 19세기 영국의 화가이자 장식가. 중세와 고전주의 작품, 성서에 바탕을 둔 주제의식에서 영감을 받아 풍부한 감정과 낭만적인 스타일이 두드러진 작품을 만들었다.

9) 주로 흰색과 파란색의 중국산 도자기를 가리킨다. 당시 와일드와 휘슬러, 로세티를 비롯한 심미주의자들이 수집에 열을 올렸다.

10) Algernon Charles Swinburne, 1837~1909. 영국의 시인, 평론가. 대표작으로 영국 속물주의에 대한 반항을 표시한 이교적이고 관능적인『시와 발라드』등이 있다.

11) William Morris, 1834~1896. 영국 출신의 화가이자 최초의 공예운동가, 건축가, 시인. 다양한 활동을 하면서 영국의 장식예술, 특히 실내장식 분야에서 혁신을 일으켰다.

12) 당시 와일드의 모든 동산(가구, 책, 소장품 등)은 246개 품목으로 나뉘어 경매에 부쳐졌으며, 총 판매액은 285파운드였다. 그중 2000여 권에 이르는 그의 장서는 고작 130파운드에 팔렸다.

13) 와일드는 레딩 감옥으로 이송되기 직전인 1895년 11월 12일 공식적인 파산선고를 받았다.

6장

1) '앨런'을 잘못 쓴 것으로 보이는 앳킨스는 와일드가 더글러스에게 쓴 편지를 훔쳐 그것을 빌미로 돈을 뜯어내려다 실패한 직업적인 공갈범들 중 하나다. 원고측 증인으로 나선 앳킨스는 앞뒤가 맞지 않는 말을 늘어놓으며 횡설수설하다가 법정에서 퇴장당하고 후에 위증죄로 고발당했다.
2) 구약성서 「열왕기상」 22장 34절에 나오는 구절을 인용한 것. '한 사람이 우연히 활을 당기어 이스라엘 왕의 갑옷 솔기를 쏜지라 (…).'
3) 와일드는 수감 기간 동안 석 달에 한 번씩만 편지를 받아볼 수 있었다.
4) 와일드는 시릴(1885년생)과 비비언(1886년생) 두 아들을 두었다. 그런데 이상하게도 여기서는 둘째 아들 비비언이 언급되지 않고 있다. 와일드의 대표적인 문학·예술 평론 「거짓의 쇠락」은 비비언과 시릴이라는 이름의 두 인물이 등장해 대화하는 극 형식으로 되어 있다. 와일드는 감옥에 간 이후 죽을 때까지 두 아들을 보지 못했다.
5) 셰익스피어의 『오셀로』 제5막 2장에 나오는 구절을 인용한 것.
6) Robert Harborough Sherard, 1861~1943. 윌리엄 워즈워스의 증손자로, 와일드의 절친한 친구였으며 최초의 오스카 와일드 전기작가이다. 와일드의 부도덕성에 대한 세간의 비난에 맞서 그가 죽을 때까지 열렬하게 그를 옹호했다.
7) 양식화된 백합 모양으로 된 장식 문양을 가리킨다. 와일드는 예전에 더글러스를 '플뢰르 드 리스' 또는 '노랑수선화'라고 지칭한 바 있다. 더글러스는 1896년 「노랑수선화와 백합꽃(플뢰르 드 리스)」이라는 제목의 발라드를 발표했다.
8) '두 겹으로 겹친 것'이라는 뜻으로, 솜 같은 것을 넣거나 누비는 것이 특징인 남성용 상의. 프랑스어로 '푸르푸앵'이라고 한다.
9) 워즈워스 교도소를 가리킨다. 와일드는 1895년 11월 21일 레딩 감옥으로 이감되었다.

10) 레딩 감옥에서 와일드의 수인번호는 'C.3.3.'이었다.

11) 와일드는 1895년 10월 초, 굶주림과 불면증 그리고 설사로 인해 원즈워스 교도소 병동에 입원한 적이 있다.

12) 프랑스어로 '퇴폐, 타락'을 의미하며, 19세기 말 프랑스의 상징주의와 영국의 심미주의로 대표되는 세기말 문학을 가리킨다. 대표적 작가로는 폴 베를렌, 아르튀르 랭보, 스테판 말라르메, 오스카 와일드 등이 있다.

13) 파리 5구와 6구 사이에 자리한 대학가로 소르본 대학, 콜레주 드 프랑스, 파리고등사범학교 등 파리의 주요 교육기관들이 위치해 있다. 학생들뿐 아니라 예술가들에게도 큰 사랑을 받는 곳으로, 1968년 5월 프랑스 학생운동이 시작된 곳이기도 하다.

14) 와일드 자신을 가리킨다.

15) 와일드의 소네트 「키츠의 러브레터 경매에 관하여」(1886)의 마지막 구절이다.

16) 체사레 롬브로소(Cesare Lombroso, 1835~1909). 이탈리아의 정신의학자·법의학자. 범죄인류학의 창시자.

17) Henry Bouër, 1851~1915. 1893년 6월, 와일드와 편지를 주고받았던 프랑스의 저명한 극비평가. 그는 1895년 6월 3일자 『레코 드 파리』지에 투옥된 와일드를 옹호하는 격렬한 기고문을 발표했다.

18) 와일드는 수감 기간 동안 여러 차례에 걸쳐 내무장관에게 조기 석방을 요구하는 청원서를 보냈지만 모두 거절당했다.

19) 각각 질 드 레와 마르키 드 사드를 가리킨다.

20) 토머스 데이(Thomas Day, 1748~1789)가 1783~1789년에 발표해 큰 인기를 얻었던 아동소설 『샌드퍼드와 머튼의 이야기』의 두 주인공이다. 루소의 지대한 영향을 받은 것으로 알려진 이 소설은, 선하고 근면한 농부의 아들인 샌드퍼드가 게으르고 이기적인 귀족의 아들인 머튼을 올바른 길로 이끌려는 다양한 시도를 그리고 있다.

7장

1) 로버트 로스가 1905년에 펴낸『심연으로부터』삭제판은 바로 이 문장부터 시작된다.

2) 와일드의 어머니는 1896년 2월 3일에 세상을 떠났다. 와일드는 그 소식을 직접 전하기 위해 이탈리아에서 영국까지 먼 길을 온 아내 콘스턴스를 통해 2월 19일에야 그 사실을 알게 되었다.

3) 영국의 계관시인 앨프리드 테니슨의「베르길리우스에게 바침」이라는 시에서 인용한 말이다. 와일드는 여기서 로마 최고의 시인과 자신을 동일시하고 있다.

4) 와일드의 아내 콘스턴스는 1895년 초, 집의 계단에서 구르는 사고를 당한 후 두 차례의 척추 수술에서 완전히 회복하지 못했다. 그녀는 와일드가 선고를 받은 후 스위스를 거쳐 이탈리아에서 머물다가 1898년 4월 7일 40세의 나이로 세상을 떠나 제노바에 묻혔다.

5) 단테의『신곡』「지옥편」제3곡 51절에 나오는 구절을 인용한 것(박상진 옮김, 민음사. 이하『신곡』은 모두 박상진 역을 참고했다). 생전에 수치도 명예도 알지 못하고 살았던 자들을 두고 하는 말이다.

6) 책을 제본할 때 정전기의 전하(電荷)를 탐지하기 위해 사용하는 금박검전기(金箔檢電器)를 가리키는 것으로 1787년에 발명되었다. 자기 작품의 장정에 세심한 신경을 썼던 와일드는 이 기술에 관해 잘 알고 있었다.

7) 동방의 세 박사가 아기 예수를 참배하러 왔을 때 가지고 온 세 가지 예물(황금, 유향, 몰약) 중 하나이다.

8) 매슈 아널드가 노래한, 옥스퍼드 서쪽에 위치한 조그만 마을.

9) 그리스 펠로폰네소스반도에 있는 한 지역의 이름으로, 목가적 이상향을 가리킨다.

10) 그리스 신화에 나오는 복수와 율법의 여신.

11)『신곡』「지옥편」제33곡 135~147절에 등장하는 인물. 제노바의 귀족인 그는 장인을 연회에 초대해 살해한다. 단테에게 브란카 도리아는 그가 저지른 끔찍한 죄악으로 인해, 육체가 죽기 이전에 이미 그 영혼이 죽어 지옥에 떨어진

것으로 간주되었다.

12) 이는 은유적인 표현인 동시에 말 그대로 해석될 수도 있다. 와일드의 투옥으로 인해 가정이 해체되었을 뿐 아니라, 그의 모든 동산이 경매에 부쳐져 뿔뿔이 흩어져버렸기 때문이다.

13) 젊은 남자들을 소개해주는 유곽을 운영했던 앨프리드 테일러는 와일드에게 불리한 증언을 거부했다는 이유로 그와 똑같은 형을 선고받았다.

14) Alfred Austin, 1835~1913. 살아생전에는 하찮은 시인으로 여겨졌으나 1896년 계관시인으로 임명되었다.

15) 조지 스트리트(George Slythe Street, 1867~1936). 영국의 작가이자 저널리스트.

16) 그리스 신화에 나오는 무녀로 아폴론한테서 예언 능력을 물려받았다.

17) 시인 코벤트리 패트모어가 『새터데이 리뷰』에서 앨리스 메넬이 테니슨이 죽은 후 계관시인으로 임명될 거라고 암시한 사실을 가리킨다.

8장

1) 감춰진 결점, 결정적인 약점을 의미하는 표현이다.

2) 『도리언 그레이의 초상』 15장에 나오는 표현으로, 구약성서 「다니엘」 2장 31~45절 '느부갓네살의 꿈'에 관한 에피소드를 떠올리게 하는 대목이다. (하지만 와일드가 더글러스를 처음 만난 것은 『도리언 그레이의 초상』을 발표한 후였다.)

3) 와일드가 1891년에 발표한 평론집 『의도들』에 수록된 대화체로 극화된 문학·예술 평론 「거짓의 쇠락」과 「예술가로서의 비평가」를 가리킨다.

4) 본래 '한가로이 거니는 사람' '빈둥거리는 사람' 등을 의미하던 '플라뇌르'는 19세기 이후로는 부정적 의미에서 벗어나 다양한 의미를 갖는 말로 정착되었다. 예를 들어, 보들레르는 나폴레옹 3세 치하에서 파리 지사 오스만의 도시 개발 프로젝트에 의해 정비된 파리의 대로를 걷는 산책자를 '근대적 메트로폴리스를 그리는 예술가이자 시인(artist-poet)'으로 정의했다.

5) 와일드가 별로 좋아하지 않았던 영국 시인 윌리엄 어니스트 헨리(William Ernest Henley, 1849~1903)의 시 「천하무적Invictus」에 나오는 구절을 떠올리게 하는 말이다.

6) 윌리엄 워즈워스가 쓴 유일한 희곡인, 무운시로 된 비극 『변경의 사람들*The Borderers*』 제3막에 나오는 구절을 인용한 것.

7) 단테의 최초의 중요한 작품 『신생*Vita Nuova*』을 인용한 것. 시와 산문의 혼합 형식으로 1293년 전후에 쓰였다. 와일드는 똑같은 제목을 붙인 시를 쓴 바 있다.

9장

1) 와일드 자신의 희곡 『보잘것없는 여인』 제4막에 나오는 구절을 인용한 것.

2) 『보잘것없는 여인』 제4막에서 주 1의 인용문과 이어져 있는 문장이다.

3) 월터 페이터의 『르네상스』 중에서 「미켈란젤로의 시」에 나오는 구절이다.

4) 단테의 『신곡』 「지옥편」 제7곡 122~123절을 인용한 것이다.

5) 기독교에서 말하는 일곱 가지 대죄는 '폭식, 질투, 색욕, 자만, 나태, 탐욕, 분노'이다. 그중 '나태'는 정신적인 죽음을 야기하는 것으로 알려져 있다.

6) 단테의 『신곡』 「연옥편」 제23곡 80~81절에 나오는 말이다.

10장

1) 영국의 비평가이자 사상가, 역사가인 토머스 칼라일(Thomas Carlyle, 1795~1881)을 가리킨다.

2) 독일 교양소설의 전형인 괴테의 『빌헬름 마이스터의 수업시대』(1796) 제2권 13장에서 인용한 것.

3) 프로이센의 국왕 프리드리히 빌헬름 3세의 왕비였던 루이즈를 가리킨다. 칼라일은 1806년 예나 전투에서 프로이센이 나폴레옹에게 패해 도주할 때 루이

즈 왕비가 괴테의 이 시구를 옮겨 적어 갔다고 주장했다. 그녀는 틸지트 조약을 맺기 전에 나폴레옹을 찾아가 선처를 호소했으나 거절당했고, 이 조약으로 프로이센은 영토의 절반을 잃고 많은 배상금을 지불해야 했다.

4) 스윈번의 『시와 발라드』에서 「헤어지기 전」에 나오는 구절이다.

5) 와일드와 친분이 각별했던 아들러 슈스터를 가리킨다. 그녀는 와일드가 재판을 받을 때 그의 파산을 막기 위해 1000리브르를 보내주는 등 그에게 많은 도움을 주었다.

6) 윌리엄 워즈워스가 1814년에 발표한 장편시 『소요The Excursion』에 나오는 구절.

7) 신약성서 「사도행전」 3장 2절에 나오는 구절을 인용한 것.

8) 재는 '슬픔, 회한, 굴욕'을 상징한다.

11장

1) 「예술가로서의 비평가」는 1891년에 발표한 와일드의 문학·예술 평론집 『의도들』에 수록된 에세이다. 「인간의 영혼」은 처음에는 「사회주의에서의 인간의 영혼」이라는 제목으로 발표되었다.

2) 중세 유럽에서 형성된 정형시의 하나로, 자유로운 형식의 짧은 서사시를 가리킨다. 담시(譚詩), 이야기시라고도 한다.

3) 와일드는 자신의 산문시 「예술가」에 나오는 내용을 반대로 뒤집어 인용하고 있다. 작품에서는 '영원히 지속되는 슬픔'의 청동 조각상으로 '한순간 머무는 즐거움'의 청동 조각상을 만든다. 혹자는 이러한 도치를 와일드의 가벼운 실수라고 이야기하지만, 그를 가까이서 접했던 앙드레 지드는 "고백보다 더 의미심장한 작가의 의도적인 오류"라고 평했다.

4) 월터 페이터가 1885년에 발표한, 고대 로마 시대를 배경으로 한 역사·철학 소설.

5) 와일드와 지드는 1891년 파리에서 처음 만난(당시 와일드는 37세, 지드는 22세였다) 이후로 파리와 피렌체, 알제리(1895) 등에서 여러 차례 만난 바 있

다. 지드는 와일드가 죽은 뒤 이 책에 실린 「오스카 와일드」라는 짧은 추모의 글에서 그와의 개인적인 추억을 이야기했으며, 그의 『한 알의 밀이 죽지 않는다면』(1921)에서도 와일드와의 만남을 회고했다.

6) 매슈 아널드의 『문학과 도그마』(1873)에서 인용한 것이다.

7) 로맨스는 19세기 후반 빅토리아 시대의 전통적인 소설의 리얼리즘에 대한 반동으로 등장한 새로운 형태의 모험소설을 가리킨다. 로맨스는 역사, 철학, 과학, 정신 분야를 모두 다루었는데, 와일드는 새로운 미학의 전도사로서 로맨스의 열렬한 옹호자였으며, 자신의 작품에서는 전통적인 로맨스의 형식인 동화나 판타지 등의 양식을 차용했다.

8) 보르자 가문은 르네상스 시대 이탈리아에서 위세를 떨쳤던 에스파냐 출신의 귀족 가문으로 알렉산드르 6세를 포함한 두 명의 교황을 배출한 바 있다. 알렉산드르 6세의 아들 체사레 보르자는 마키아벨리가 현실주의적인 군주의 본보기로 그린 인물로 권력 확대와 자신의 목적을 달성하기 위해서라면 수단과 방법을 가리지 않은 것으로 유명하다. 알렉산드르 6세의 딸 루크레치아는 여러 번 정략결혼을 했으며 남매지간인 체사레 보르자와 근친상간 관계였던 것으로 알려져 있다.

9) 고대 로마의 황제 엘라가발루스(또는 헬리오가발루스, 재위 218~222)를 가리킨다. 태양신 바알을 섬기는 엘라가발의 신관(神官) 집안 출신으로 그의 이름은 여기에서 유래했다. 괴팍하고 잔인하며 문란한 행동으로 악명이 높았으며, 로마에서 예로부터 전해오는 종교와 전통을 무시하고 태양신 숭배를 강요하다가 고작 열여덟 살에 암살되었다.

10) 신약성서 「마가복음」 5장 1~9절에 나오는 내용을 인용한 것. "예수께서 (…) 배에서 나오시매 곧 더러운 귀신 들린 사람이 무덤 사이에서 나와 예수를 만나다. 그 사람은 무덤 사이에 거처하는데 (…) 밤낮 무덤 사이에서나 산에서나 늘 소리 지르며 돌로 제 몸을 상하고 있었더라. (…) 이에 물으시되 네 이름이 무엇이냐 이르되 내 이름은 군대니 우리가 많음이니이다 하고 (…)."

11) Percy Bysshe Shelley, 1792~1822. 바이런, 키츠와 더불어 영국의 낭만파를 대표하는 시인으로, 와일드는 셸리에 대해 무한한 애정을 드러냈다. 그는 「사회주의에서의 인간의 영혼」에서 셸리에 대해 다음과 같이 말한 바 있다. "하

지만 그가 (…) 시로써 자신의 완벽성을 추구한 셸리보다 더 그리스도적이었던 것은 아니다." 셸리가 1822년 7월 요트 항해중 익사했을 당시 그의 주머니에는 소포클레스의 시집이 들어 있었다고 한다.

12) 아리스토텔레스에게 비극의 근원이자 징후인 두 가지 감정을 가리킨다. 그는 『시학』에서 연극의 정의를 내리며 비극과 희극의 구별과 기원을 설명하고 있다. 제6장에 나오는 유명한 '정화설(카타르시스)'은 비극에 대한 정의의 일부를 이루는데, 비극은 관중의 마음에 두려움과 연민의 감정을 유발시키고, 이러한 감정은 같은 종류의 감정을 정화하는 효과가 있다는 것이다.

13) 고대 그리스의 도시 테베의 왕 라이오스의 아들인 오이디푸스의 비극을 의미한다.

14) 펠롭스는 그리스 신화의 주신(主神) 제우스의 손자로 탄탈로스의 아들이며, 존속살해와 근친상간의 비극으로 점철된 아트레우스 가문의 저주의 근원인, 아트레우스의 아버지다.

15) 존 밀턴의 초기작에 속하는 시 「사색에 잠긴 사람」에 나오는 구절을 인용한 것.

16) 앞서 언급한 『시학』을 가리킨다. 원제는 '시작(詩作)에 관하여'이다. 근세부터 현재에 이르기까지 문학이론의 고전으로 여겨지는 책으로, 본래 비극과 희극에 관한 두 권으로 되어 있었으나 전자만 전한다. 시작을 비롯한 예술활동 전반이 인간의 '모방(미메시스) 본능'에 근원하고 있음을 설파한다.

17) 예수가 체포되고 처형될 때 유대 속주를 관장하던 로마제국의 총독 본디오 빌라도(폰티우스 필라투스)를 가리킨다. 그는 예수가 로마에 정치적 위협이 된다고 여기지 않았으므로, 예수가 '유대인의 왕'이 되려 한다는 유대인들의 고발이 없었다면 그를 석방했을 것이라고 한다. 빌라도는 예수가 수동적인 태도로 재판에 임하는 것을 보고 크게 놀랐으며, 유대인들이 로마에 진짜 위협이 되는 정치 혁명가인 바라바를 풀어주라고 부탁했을 때는 더욱 크게 놀랐다. 빌라도는 유대인들의 탄원에 굴복했으나 예수의 죽음에 관한 책임에서는 분명히 손을 씻고 싶어했다.(「마태복음」 27장 19~24절)

18) "그의 옷을 벗기고 홍포를 입히며 가시 면류관을 엮어 그 머리에 씌우고 갈대를 그 오른손에 들리고 그 앞에서 무릎을 꿇고 희롱하여 이르되 유대인의 왕

이여 평안할지어다 하며 (…).”(「마태복음」 27장 28~30절)

19) 세마포가 고대 이집트에서 많이 생산되긴 했으나 성서에는 '이집트산'이라는 세부적인 내용은 나오지 않는다. 세마포는 아마로 짠 천으로 제사장, 레위인, 귀인 등의 옷감으로 쓰였다.

20) 존 밀턴의 가면극『코머스』(1634) 478절에 나오는 구절을 인용한 것.

21) 조제프 에르네스트 르낭(Joseph Ernest Renan, 1823~1892)은 프랑스의 철학자이자 문헌학자, 언어학자, 종교사학자이자 비평가로, 이폴리트 텐과 함께 19세기 후반의 실증주의를 대표하는 인물이다. 한 인간으로서 그리스도를 역사적 환경 속에서 추적해나간 르낭의『예수의 생애』(1863)는 모두 일곱 권으로 된『그리스도교 기원사』(1863~1883)의 제1권으로, 세속적·합리주의적·회의적인 관점에서 예수를 그렸다. 예수의 12사도 중 하나였던 성 도마는 예수의 부활을 믿지 못해 예수의 손에 난 못자국에 자기 손가락을 넣어보고 나서야 그 사실을 믿게 되었다(「요한복음」 20장 25절). '성 도마의 불신'은 카라바조를 비롯한 여러 화가의 그림 주제가 되었다. 와일드가『예수의 생애』를 '성 도마에 의한 복음서'라고 표현한 것은 그런 의미에서이다.

22) 가톨릭에서 미사를 드릴 때 성찬례 전에 외우는 기도문에 대한 언급인 듯하다.

23) 단테의『신곡』「천국편」 제17곡 58~60절에 나오는 구절. 단테는 정쟁에 휘말려 피렌체에서 추방당했다.

24) 보들레르의『악의 꽃』(1857)에 수록된 시 「시테르 섬으로의 여행」에 나오는 구절.

25) 아이스킬로스는 당시 얼마 되지 않았던 배우들이 무대에서 여러 역할을 할 수 있도록 가면을 처음 도입했다고 전해진다.

12장

1) 그리스 신화에 나오는 사티로스의 하나로, 아폴론에게 악기 연주 실력을 겨루자고 제안했다. 승리한 아폴론에 의해 나무에 묶인 채 살가죽이 모두 벗겨졌

다고 한다.

2) 테베의 왕 암피온의 아내였던 니오베는 자식이 많은 자신이 아폴론과 아르테미스 남매만을 둔 레토 여신보다 훌륭하다고 뽐내다가 아폴론과 아르테미스에게 열네 명의 자식을 모두 잃는 비운을 맞았다.

3) 그리스 로마 신화에 나오는 직조 기술이 뛰어난 여성으로, 평소 아테나 여신보다 자신이 베 짜는 기술이 우월하다고 자랑했다. 그 소문을 들은 아테나 여신은 그녀를 찾아가 솜씨를 겨루었는데, 실제로 그녀의 솜씨가 흠잡을 수 없을 만큼 훌륭한 것으로 드러나자 그녀를 거미로 만들어 자자손손 실을 잣는 벌을 내렸다고 한다.

4) 테베의 왕 카드모스의 딸인 세멜레가 제우스의 사랑을 받아 그의 아이를 배자, 제우스의 아내 헤라가 질투하여 그녀를 꾀어서는 자신에게 구혼했을 때와 똑같은 모습으로 와달라고 제우스에게 요구하라고 부탁했다. 세멜레의 요구를 무엇이든 다 들어주기로 약속한 제우스가 천둥소리와 번갯불에 싸여 나타나자 그녀는 그 자리에서 타 죽고 말았다. 제우스는 6개월 된 태아를 꺼내 자기의 넓적다리에 넣고 꿰맸는데, 이렇게 달이 차서 낳은 아이가 훗날 주신(酒神)이 된 디오니소스다.

5) 데메테르 여신을 가리킨다.

6) 고대 로마에서 주신 바쿠스(디오니소스)를 기리는 바카날리아(바쿠스 축제)가 열렸던 곳.

7) 곡물과 땅의 여신 데메테르의 딸 페르세포네가 지하세계의 왕 하데스에게 납치되었던 곳. 딸을 돌려달라는 데메테르의 강경한 요청에 제우스는 페르세포네가 1년 가운데 4개월은 명계에서 지내고 나머지 기간은 땅 위에서 어머니와 함께 지낼 수 있도록 중재했다.

8) 조토 디본도네(Giotto di Bondone, 1266~1337)는 이탈리아 피렌체 출신의 화가로 미술사에서 새로운 장을 연 것으로 평가된다.

9) 프란체스코 페트라르카(Francesco Petrarca, 1304~1374). 이탈리아의 시인이자 인문주의자.

10) 산치오 라파엘로(Sanzio Raffaello, 1483~1520). 이탈리아의 화가, 건축가이며 이탈리아 르네상스의 3대 거장으로 불린다.

11) 안드레아 팔라디오(Andrea Palladio, 1508~1580). 이탈리아의 건축가. 비첸차 출신으로 로마에서 유학한 후 고향에 돌아와 많은 궁전과 저택을 설계했다. 1546년 이후 베네치아에서 활약하며 산 조르조 마조레 성당 등을 설계했다.

12) 영국 런던에 있는 영국 국교회의 성당.

13) 알렉산더 포프(Alexander Pope, 1688~1744). 영국의 시인, 비평가.

14) 셰익스피어가 원숙기에 쓴 희비극. 1611년경 초연되었다.

15) 중세 유럽(12~13세기)에서 봉건제후의 궁정을 찾아다니며 스스로 지은 시를 낭송하던 남프랑스 음유시인들의 시를 가리킨다.

16) 영국의 시인이자 평론가인 콜리지(Samuel Taylor Coleridge, 1772~1834)가 쓴 서사시.

17) 영국의 낭만파 시인 존 키츠(John Keats, 1795~1821)의 발라드로 제목이 프랑스어(La Belle Dame sans Merci)로 되어 있다.

18) 토머스 채터턴(Thomas Chatterton, 1752~1770). 시재를 타고나 15세 때부터 의고체 시를 발표했으며, 워즈워스, 셸리, 키츠 등의 시인들에게 영향을 끼쳤다. 가난 때문에 자포자기에 빠져 불과 17세의 나이에 비소를 먹고 자살했다.

19) 탄호이저는 독일 중세의 기사이자 음유시인이며, 여기서는 그를 주제로 한 바그너의 가극을 가리킨다.

20) 영국의 정치가이자 철학자이며, 데카르트와 함께 근대철학의 시조로 불리는 프랜시스 베이컨(Francis Bacon, 1561~1626)의 『수필집』(1597) 가운데 「아름다움에 관하여」에 나오는 구절.

21) 신약성서의 시대에는 대다수 유대인들(예수와 사도들 포함)이 히브리어 대신 아람어나 그리스어를 썼다. 구약성서는 히브리어에서 아람어와 그리스어로 번역되었다. 아람어는 예수와 제자들이 사용한 언어로, 당시 유대인들의 공용어였다. 예루살렘이 있는 유다 지역의 유대인들은 주로 히브리어를 썼으며, 예수와 제자들처럼 아람어를 쓰는 갈릴리 유대인을 경멸했다. 로마인들은 예수를 십자가에 처형할 때 그의 머리 위에 붙은 표지판에 '유대인의 왕, 나사렛 예수'라는 문구를 아람어, 그리스어, 라틴어 세 문자로 써놓아 지나가는 사람들이

다 알아볼 수 있도록 했다고 한다.

22) 플라톤의 대화편 「카르미데스」에 나오는 인물로 소크라테스의 제자다. 오
스카 와일드의 『시집』(1881)에 포함된 「카르미데스」는 와일드가 자신이 쓴 최
고의 시라고 자평한 작품이다. 하지만 와일드의 시 속의 카르미데스는 그가 상
상으로 만들어낸 인물이다.

23) 헬레니즘 시대에 유행했던 종파의 하나로 기독교와 다양한 지역의 이교 교
리가 혼합된 모습을 보였다.

24) 와일드는 흔히 그렇듯, 막달라 출신으로 '일곱 악령'에 시달리다가 예수에
의해 고침을 받고 열렬한 추종자가 된 막달라 마리아와(「누가복음」 8장 2절),
예수가 한 바리새인의 집에서 식사를 할 때 그의 발에 입 맞추고 향유를 부은
죄인 여자를(이름이 알려져 있지 않은)(「누가복음」 7장 36~50절) 혼동하고 있
는 듯 보인다. 이와 관련한 에피소드는 마태복음과 마가복음 그리고 요한복음
등에도 등장한다.

25) 기원전 5세기경 기록된 구약성서 「룻기」에 등장하는 여성.

26) 단테의 『신곡』 「천국편」 제30~32곡에 나오는 내용.

27) 율법을 엄격히 따르던 유대 민족의 한 종파인 바리새파의 일원. 바리새인
들은 식사에 관한 여러 가지 규칙, 안식일에 할 행동 등 세세한 문제를 고리타
분하게 따지고 들었다. 예수는 규칙에만 집착한 나머지 이웃과 신을 사랑하는
일에 소홀한 바리새인들의 태도를 비판하면서, 제자들에게 그들보다 정의로워
야 하며, 율법을 고수하기보다 사랑에 더 큰 관심을 가져야 한다고 가르쳤다.

28) 아리스토텔레스의 『니코마코스 윤리학』 제6권 2장에 나오는 말.

29) 독일의 성직자, 신비주의자인 토마스 켐피스(1380~1471)가 저술한, 성서
다음으로 널리 읽히는 『그리스도를 본받아』를 가리킨다.

30) 14세기에 집필해 1510년에 처음 발표된 피사의 바르톨로메오의 방대한 저
작으로, 그리스도와 성 프란체스코의 삶의 유사성을 비교하고 있다.

31) 예루살렘의 서북쪽에 있는 그리스도교 성지의 하나로, 부활한 그리스도
는 엠마오로 가는 길에서 두 제자에게 처음 모습을 나타냈다.(「누가복음」 24장
13~35절)

13장

1) '너 자신을 알라!'는 말은 고대 그리스 델포이의 아폴론 신전 입구에 새겨져 있던 말로 소크라테스 철학의 중심이 되는 좌우명으로 알려져 있다.

2) 이스라엘의 지도자이자 선지자 사무엘을 가리킨다.

3) 이스라엘 민족의 초대 왕으로, 베냐민족(族) 기스(키시)의 아들인 사울의 에피소드는 구약성서 「사무엘상」 9~10장에 상세히 기록되어 있다.

4) 폴 베를렌은 그의 젊은 연인 아르튀르 랭보에게 총을 쏘아 부상을 입힌 죄목으로 2년간 옥살이를 했고, 러시아의 지리학자, 저술가, 무정부주의자인 표트르 알렉세예비치 크로폿킨은 리옹에서 4년간 감옥에 있었다.

5) 와일드는 1896년 7월 레딩 감옥의 새로운 교도소장으로 부임한 제임스 오스먼드 넬슨 소령의 이야기를 하고 있다. 그는 엄격하고 가혹하기로 악명 높았던 전임 소장 헨리 아이작슨과는 대조적으로 죄수들의 수감생활의 고통을 덜어주기 위해 인간적인 노력을 기울인 것으로 알려져 있다. 특히 오스카 와일드에 대해 깊은 연민을 느낀 그는 와일드에게 독서를 허락하면서 그가 편지를 쓸 수 있도록 배려했다. 『심연으로부터』도 그가 아니었다면 세상에 나오지 못했을 것이다. 와일드는 그의 따뜻한 배려와 인간적인 대우에 깊이 감동받고 죽을 때까지 그에게 고마워했다.

6) 성 프란체스코가 지은 시 「태양의 찬가Canticum Fratris Solis」에 나오는 구절.

7) 『신곡』 「천국편」 제1곡 20~21절.

8) 불협화음의 협화음으로의 이행을 가리킨다.

9) 매슈 아널드의 극시 『에트나 산 위의 엠페도클레스』(1852)에 나오는 하프 연주자의 이름.

10) 매슈 아널드는 시인 아서 휴 클러프와 절친한 친구였는데, 『학생 집시』(1853)에서 자신들의 우정을 노래했고, 『티르시스』(1867)에서 클러프의 죽음을 애도했다.

11) 매슈 아널드는 『에트나 산 위의 엠페도클레스』에서 마르시아스를 언급하고 있다.

12) 이 부분은 와일드가 착각한 것으로, 그는 11월 13일이 아닌 11월 21일에 원즈워스 교도소에서 레딩 감옥으로 이송되었다.

14장

1) 발자크의 『잃어버린 환상』 제2부에 나오는 구절에서 아이디어를 빌려온 듯하다.

2) 캘리밴, 에어리얼은 프로스페로와 함께 셰익스피어의 『템페스트』에 등장한다. 캘리밴은 추방된 밀라노의 대공 프로스페로를 섬기는 반인반수의 노예, 에어리얼은 공기의 정령이다.

3) 『피렌체의 비극』과 『성스러운 창녀』는 와일드의 미완성 희곡이다.

4) 클리번은 앞서 6장에서 언급된 앳킨스와 한패이다. 클리번은 후에 협박죄로 7년형을 선고받았다.

5) 19세기 프랑스의 극작가, 소설가. 『삼총사』 『몬테크리스토 백작』 등의 걸작을 남겼다. 『춘희』의 작가인 뒤마 피스(아들)와 구분하기 위해 알렉상드르 뒤마 페르(아버지)라고 부른다.

6) 이탈리아의 조각가, 금속세공가 벤베누토 첼리니(Benvenuto Cellini, 1500~1571)를 가리킨다.

7) 와일드는 원문에서 '속물주의(Philistinism)'에서 비롯된 'Philistia'라는 조어를 사용하고 있다.

8) 와일드는 발자크의 소설 『창녀의 영광과 비참』 3부의 제목을 프랑스어로 인용하고 있다. 소설 속에서 뤼시앵 드 뤼방프레는 잘못된 삶으로 인해 비극적인 죽음을 맞이한다. 와일드는 「거짓의 쇠락」에서 "내 인생의 가장 큰 비극 중 하나는 뤼시앵 드 뤼방프레의 죽음"이라고 밝힌 바 있다.

9) 더글러스의 어머니가 살았던 곳이다.

10) 훗날 와일드가 지드에게 들려준 바에 의하면, 와일드는 수감생활을 한 지 6주가 지나도록 그 누구와도 단 한마디도 나누지 않았고 극심한 자살충동에 시달렸다. 의례적인 산책 시간에도 재소자들은 서로에게 말을 거는 것이 금지되

어 있었다. 그러던 어느 날, 그의 뒤에서 걷고 있던 한 재소자가 조그만 소리로 그의 이름을 부르며 그를 이해하고 동정한다는 말을 했고, 이에 와일드는 교도 관의 눈에 띄지 않도록 주의하며 뒤를 돌아보지 않은 채 이렇게 대답했다. "그 렇지 않소, 친구, 우린 모두 똑같이 힘든 겁니다." 그리고 그는 그날부터 더이 상 죽고 싶다는 생각이 들지 않았다고 한다. 그 일로 와일드는 사흘간 징벌용 지하 독방에 갇힌 채 맨 빵과 물만 먹어야 했다.

15장

1) 더글러스의 둘째 형. 3장 주 6 참조.
2) 영국의 대표 여류시인이자 시인 로버트 브라우닝의 부인.
3) 프랑스의 작가이자 공화주의자로, 프랑스 혁명기에 집에 살롱을 열고 지롱 드파의 중심인물이 되었다. 공포정치 때 체포되어 처형당하면서 다음과 같은 유명한 말을 남겼다. "오 자유여! 너의 이름으로 얼마나 많은 죄악이 저질러졌 는가!" 당시 내무장관이었던 그녀의 남편 장마리 롤랑도 이틀 후 스스로 목숨 을 끊었다.
4) 더글러스 가족과 친분이 있었던 정치인이다.
5) 2장 주 17 참조.
6) 17세기 프랑스의 극작가 몰리에르(Molière, 1622~1673)의 동명 희극의 주 인공으로 위선자의 전형이 된 인물.
7) 본래 『보잘것없는 여인』 제3막 첫 부분에 나오는 긴 대사의 일부였으나, 헤 이마켓 극장의 관장이자 배우였던 허버트 비어봄 트리의 권유에 따라 삭제되었 다.
8) 2장 주 3 참조.
9) 와일드의 말과는 달리 문제의 질문은 전혀 어리석거나 필요 없는 것이 아니 었다. 와일드의 두번째 재판에서 배심원 대표는 판사에게 "앨프리드 더글러스 경과 와일드의 친밀한 관계를 고려해볼 때" 더글러스에게도 체포영장이 발부 되었는지를 물었다. 이에 부정적인 답변이 돌아오자 그는 이번에는 그러한 조

치를 고려하고 있는지를 물었다. 판사는 또다시 부정적인 답변을 하면서 다음과 같은 말을 덧붙였다. "그에게 체포영장이 발부되지 않은 데에는 우리가 알지 못하는, 그의 증언을 가로막는 수많은 이유가 있을 것입니다. 배심원들은 자신들에게 맡겨진 사실에만 집중해야 할 것입니다."

10) 윌리엄 콩그리브는 17세기 말에 명성을 떨쳤던 영국의 풍속 희극 작가이다.

11) 19세기에 런던에서 유행했던 신사의 클럽을 가리키는 것으로 보인다.

12) 고대 그리스 철학의 한 학파인 견유학파(키니코스학파)의 창시자 디오게네스는 가난하지만 부끄러움이 없는 자족생활을 실천하며 통에서 살았던 것으로 알려져 있다. 하지만 여기서 와일드가 말하는 '냉소주의(cynicism)'는 철학적인 의미보다는 '시대의 도덕과 관습, 제도 등을 부정하고 거스르고자 하는 도발적인 태도'를 가리키는 일반적인 의미로 쓰이고 있다. 와일드는 자신의 풍속 희극 『윈더미어 부인의 부채』 제3막에서 냉소주의자는 "모든 것의 값은 알지만 그 가치는 전혀 알지 못하는 사람"으로 규정하고 있다.

16장

1) 프랭크 해리스는 이 친구가 자신이라고 주장했지만 로버트 셰라드일 가능성이 더 큰 것으로 알려져 있다.

2) 와일드의 세번째 재판 때 검찰측을 대표했던 법무차관 프랭크 록우드를 가리킨다.

3) 와일드는 문학·예술 평론집 『의도들』에 수록된 「예술가로서의 비평가」에서 다음과 같이 말한 바 있다. "감정적 힘 또한 물리적 영역의 힘처럼 그 범위와 정도에서 제약을 받는다는 미묘한 법칙에서 비롯되는 거야."

4) 스코틀랜드의 시인 알렉산더 스미스의 극시 「극적인 삶」(1853)에서 인용한 구절.

5) 카이사르의 정신적 아들이었던 마르쿠스 브루투스가 아니라, 로마의 마지막 왕 타르퀴니우스 수페르부스를 몰아내고 공화정을 창시, 초대 집정관이 되었던

루키우스 유니우스 브루투스를 가리킨다. 그는 아버지와 형제들이 독재 군주 수페르부스에 의해 처형당하는 광경을 목격하고는 바보로 위장하여 목숨을 건졌다.

6) 『햄릿』 제2막 2장에 나오는 구절.

7) 와일드는 이 글의 앞에서, 그리고 『의도들』에 수록된 「예술가로서의 비평가」 2부에서 '적절한 감정들과 함께 삶의 광경을 관조하는 것'이 시인의 진정한 목적이자 신들이 살아가는 방식이라고 이야기한 바 있다.

8) 햄릿의 옛 친구들인 로젠크랜츠와 길든스턴은, 편지를 보는 즉시 햄릿을 죽이라는 지시를 적어 영국 왕에게 보내는 클로디어스 왕의 친서를 가지고 햄릿을 영국으로 데리고 간다. 도중에 그 편지를 보게 된 햄릿은 영국 왕에게 로젠크랜츠와 길든스턴을 즉각 처형하도록 지시하는 내용으로 편지를 고쳐 쓴다.

9) 『햄릿』 제5막 2장.

10) 빈 공국을 배경으로 타락한 행정 판사(공작의 대리인)의 이야기를 다룬 셰익스피어의 비희극 작품, 『자에는 자로 Measure for Measure』에 나오는 인물.

11) 로마의 동남쪽에 있던 고대 라티움의 도시로 『우정을 위하여』를 쓴 키케로의 별장이 있었던 곳이다.

12) 『햄릿』 제2막 2장에서 클로디어스 왕과 거트루드 왕비는 두 사람에게 햄릿을 잘 살펴볼 것을 부탁하면서 각각 이렇게 불렀다.

17장

1) 와일드는 형기를 마친 후에도 자신의 복권을 요구한 적이 없으며 파산한 상태로 세상을 떠났다.

2) 멧새과 촉새의 일종인 조그만 새의 이름. 잔인한 방법으로 사육하여 요리해 먹는 것으로 유명하다.

3) 구운 고기나 생선을 파이 껍질로 싸서 구운 것.

4) 1893년 4월에 초연된 『보잘것없는 여인』을 가리킨다.

5) 에우리피데스의 『타우리케의 이피게네이아』 1193행에 "바다는 인간의 더러

움을 깨끗이 씻어준다"는 말이 나온다.

6) 스웨덴의 식물학자 칼 폰 린네를 가리킨다.

7) 공쿠르 형제의 『일기』에서 인용된 테오필 고티에의 말이다. 와일드는 『도리언 그레이의 초상』 11장에서 도리언을 정의하며 이 구절을 인용하고 있다.

8) 앨프리드 더글러스의 별칭인 '보시(Bosie)'는 팬지를 의미하기도 하며, 팬지는 남자 동성애자를 모욕적으로 가리키는 말이기도 하다.

9) 와일드는 출소 후 서배스천 멜모스라는 가명을 사용했다. 서배스천은 로마 제국 황제의 근위병으로, 기독교를 믿는다는 이유로 화살을 맞는 공개처형을 당한 성인 이름에서, 멜모스는 어머니의 삼촌이었던 작가 찰스 매튜린의 고딕 소설 『방랑자 멜모스』(1820)의 주인공 이름에서 빌려온 것이다.

10) 「누가복음」 18장 5절에 나오는 이야기.

11) 「누가복음」 11장 5~8절에 나오는 이야기.

12) 더글러스는 1896년 와일드가 감옥에 있을 때 메르퀴르 드 프랑스 출판사에서 『시집』을 출간했다.

13) 존 키츠의 『소네트에 관하여』에서 인용한 구절.

14) 1810년 윌리엄 블레이크가 자신의 그림을 묘사한 글 「마지막 심판의 환영」에서 약간 부정확하게 인용한 것이다.

오스카 와일드

1) 지드는 1901년 12월에 회상기 「오스카 와일드를 기리며In Memoriam」를 썼고, 1903년 비평집 『프레텍스트Prétextes』에 발표했다. 1905년에는 「『심연으로부터』를 읽고Le De Profundis』를 발표했다.

2) 알제리 북동부에 있는 도시.

3) 여기서 지드는 'grand viveur'라는 표현을 사용하고 있다. 'viveur'는 프랑스어 'vivre(살다)'의 명사형('삶을 사는 사람')으로, 지드가 오스카 와일드를 정의하기 위해 만들어낸 표현이다.

4) 스테판 말라르메는 매주 화요일 밤, 당시의 젊은 문인들과 예술가들을 자신

의 집에 초대해 모임을 가졌다. 이 '화요회'에서 후일 20세기 초반을 대표하는 작가 앙드레 지드, 폴 클로델, 폴 발레리 등이 배출되었다.

5) 와일드의 산문시 「예수」에 나오는 내용이다.

6) 와일드의 산문시 「선행가」에 나오는 내용이다.

7) 와일드의 산문시 「심판의 집」에 나오는 내용이다.

8) 와일드의 산문시 「예술가」에 나오는 내용이다.

9) 앨프리드 더글러스의 아버지 퀸스베리 후작을 가리킨다.

10) 와일드가 베른발에 머무는 동안 그를 자주 집에 초대하며 친절을 베풀었던 노르웨이의 화가 프리츠 타우로프(Frits Thaulow, 1847~1906)를 가리킨다. 와일드가 디에프의 한 카페에서 사람들에게 모욕을 당하고 있을 때 타우로프가 다가가 큰 소리로 "당신을 저녁식사에 초대하고 싶으니 허락해주시면 영광이 겠습니다"라고 했다 한다. 그후 와일드는 그의 가족의 친구가 되어 자주 그들의 집에 드나들었다.

11) 와일드는 방 하나는 '글을 쓰기 위한 곳'이고, 다른 하나는 '불면을 위한 곳'이라는 말을 했다.

12) 앨프리드 더글러스를 가리킨다. 보시(Bosie)는 더글러스의 애칭이다.

13) '환희에 찬 성모 마리아'라는 뜻.

14) 도스토옙스키가 시베리아 옥중생활 체험을 바탕으로 쓴 독특하고 참신한 장편소설.

15) '레지'라는 애칭으로 불렸던 레지널드 터너(Reginald Turner, 1869~1938)는 영국의 작가이자 언론인으로 오스카 와일드와 가까이 지냈다. 그는 와일드가 수감되었을 때와 출감 후 죽을 때까지 변함없이 그의 곁을 지키면서 그를 지지하고 도와준 몇 안 되는 충실한 친구 중 한 명으로 잘 알려져 있다.

16) 지드가 읽은 것은 당연하게도 『심연으로부터』의 삭제판이며, 이 글을 쓸 당시 그는 원본의 존재를 알지 못했다. 따라서 『심연으로부터』에 대한 그의 감상 또한 제한적일 수밖에 없을 터이다.

17) 1889년 7~9월에 두 부분으로 나뉘어 발표되었다가 1891년 문학·예술 평론집 『의도들』에 실린 「예술가로서의 비평가」에서 인용한 것.

18) Jean Baptiste Racine, 1639~1699. 코르네유, 몰리에르와 더불어 프랑스 고전주의를 대표하는 극작가.

19) Ludwing Thoma, 1867~1921. 독일의 소설가, 극작가인 루트비히 토마. 페터 슐레밀은 필명이다.

20) 『의도들』에 실린 「예술가로서의 비평가」에서 인용한 것.

21) 『의도들』에 실린 「거짓의 쇠락」에서 인용한 것.

22) 간접 증명법의 하나로, 어떤 명제가 참임을 증명하려 할 때 그 부정명제를 참으로 가정하여 모순됨을 증명함으로써 원래 명제가 참이라는 것을 보여주는 방법.

심연으로부터
감히 그 이름을 말할 수 없는 사랑을 위해

1판 1쇄 2015년 5월 2일
1판 12쇄 2023년 7월 20일

지은이 오스카 와일드 | 옮긴이 박명숙

책임편집 오경철 | 모니터링 이희연
디자인 김마리 이주영 | 저작권 박지영 형소진 최은진 서연주 오서영
마케팅 정민호 한민아 이민경 안남영 김수현 왕지경 황승현 김혜원 김하연
브랜딩 함유지 함근아 박민재 김희숙 고보미 정승민 배진성
제작 강신은 김동욱 이순호 | 제작처 영신사

펴낸곳 (주)문학동네 | 펴낸이 김소영
출판등록 1993년 10월 22일 제2003-000045호
주소 10881 경기도 파주시 회동길 210
전자우편 editor@munhak.com | 대표전화 031) 955-8888 | 팩스 031) 955-8855
문의전화 031) 955-3576(마케팅), 031) 955-2671(편집)
문학동네카페 http://cafe.naver.com/mhdn
인스타그램 @munhakdongne | 트위터 @munhakdongne
북클럽문학동네 http://bookclubmunhak.com

ISBN 978-89-546-3616-2 03840

www.munhak.com